La memoria

318

James Barlow

Torno presto

Sellerio editore
Palermo

1991 © Sellerio editore via Siracusa 50 Palermo

1991 Prima edizione «Il castello»

1994 Prima edizione «La memoria»

2013 Quinta edizione

Questo volume è stato stampato su carta Palatina prodotta dalle Cartiere Miliani di Fabriano con materie prime provenienti da gestione forestale sostenibile.

Torno presto / James Barlow. - 5. ed. - Palermo : Sellerio, 2013.
419 p.; 17 cm. - (La memoria; 318)
I. BARLOW, James
CDD 823.914

(a cura di S. & T. - Torino)

Titolo originale: *The Protagonists*

Traduzione di Maria Altieri

Torno presto

Parte prima

La vittima

I

L'uomo e la donna camminano a passo lento e incerto. La stanchezza appesantisce i movimenti della donna; l'uomo, con gentile premura, regola i suoi passi su quelli di lei. È magro e nervoso, più alto della compagna, con un volto bonario, ossuto e, nonostante l'età, con una corporatura d'atleta. Indossa la nera uniforme del conducente d'autobus, senza berretto, perché il suo turno di lavoro è finito. Due losanghe nere, cucite sulle maniche, segnano il suo lutto. Ancora più severo è il lutto della donna; tutto: guanti, scarpe, calze, borsetta, in nero o in grigio. In apparenza più vecchia dell'uomo, non avrebbe bisogno d'indossare abiti scuri, tanto evidente è il suo dolore. Il suo volto, non abituato né disposto a nascondere ciò che prova, è segnato da rughe e impietrito, come per una perdita improvvisa. Sono, senza dubbio, marito e moglie; lo si intuisce dal loro affiatamento e ci si domanda, con la leggera impazienza di chi è estraneo alla vicenda, quale perdita, dato che non si tratta di uno di loro due, possa colpirli tanto.

Lo sfondo è insolito. Se fosse quello di una città, in gran parte sporco od opaco, la coppia passerebbe inosservata; ma qui, il verde trionfa contrastando con i loro abiti scuri. Campi ed alberi fuggono su tre lati; in lontananza, si profilano le alture del Galles; dalla parte opposta, s'agita il mare freddo in tempesta, nonostante l'aria immobile: con acque verdi screziate di bianco. Ci sono poche nubi oggi e queste poche si ammassano in due strati e si intersecano, creando figure mostruose. Girando lo sguardo intorno, o anche dall'alto in basso, si ha la sensazione di uno spazio infinito. L'uomo e la donna camminano lungo un sentiero in direzione del mare: la natura felice li circonda da ogni lato; ma essi non guardano, non vedono. Per loro, non esiste che una distanza da percorrere e l'aria, satura di sale, non fa che sottolineare il vuoto.

A un crocicchio, voltano a destra e imboccano la strada maestra che corre parallela al mare per mezzo chilometro. Alcune automobili sfrecciano via: donne seminascoste dal cappello sbadigliano guardandosi intorno (rozzi campagnoli vestiti di nero: dove mai saranno diretti?); qualcuno getta fuori un mozzicone di sigaretta che rotola fino all'uomo in un involontario gesto di disprezzo. La gente passa via, ansiosa di essere altrove: non vi è niente di interessante qui, non vi sono né città, né giornali; il panorama è monotono, triste, senza risonanze interiori. Mancano buoni alberghi, musica, rifornitori di benzina. La noia sommerge ogni cosa: nessuno, tranne due persone, si muove lungo la strada. È il caso di dare un passaggio? No, meglio di no; cosa potremmo dire? Non parlano nemmeno tra di loro. Hanno percorso circa tre chilometri scambiandosi appena qualche parola: si sono detti tutto, forse, e non è rimasto loro proprio più niente di cui valga la pena di parlare.

I cancelli del cimitero sono aperti, il luogo è deserto. Ecco perché sono venuti a quest'ora. Avrebbero potuto prendere un autobus fino al crocicchio: ne conoscono certamente l'orario, perché è l'uomo a guidarlo, sovente.

Nel loro desiderio di solitudine, vanno al cimitero quando pensano di averlo tutto per sé. La donna si trascina a piedi, con fatica, per tre chilometri, pur di non affrontare la curiosità o la compassione altrui. Nel cimitero, invece, c'è silenzio: nessuno dice una parola inopportuna.

L'uomo s'avvicina alla casa del guardiano, riempie un secchiello d'acqua e segue la donna che ha portato un mazzo di crisantemi, alla tomba 125. Sulla tomba recente non vi è lapide. L'intero cimitero, del resto, è completamente nuovo e c'è posto per innumerevoli morti futuri. Molti pezzi di terra sono già stati preparati (non si capisce se siano acquistati oppure in affitto). La donna si china su un vaso di metallo, toglie i fiori appassiti, cambia l'acqua nel portafiori e dispone i crisantemi a uno a uno. Ora, la tomba è in ordine; eppure, finita la breve cerimonia, indugiano ancora. Non vi è tregua al loro dolore: ora, con questo dolore, sono faccia a faccia.

Uno strepito attira la loro attenzione: grida acute d'animali. Cinque o sei gabbiani, è difficile stabilirne il numero perché saltellano intorno agitati, hanno rovesciato a terra, sul dorso, un corvo e un frenetico battito d'ali accompagna le loro strida, mentre lo colpiscono furiosamente col becco. È uno spettacolo crudele, violento, insopportabile. Perfino l'uomo distoglie lo sguardo. È troppo brutale: gli assassini e la vittima, le grida di terrore e quelle di trionfo e, come oggetto della lotta, rifiuti di cibo. Questo riporta la coppia a un ricordo troppo penoso; così, ritornano indietro.

La donna, sfinita, si avvicina a un sedile presso il rubinetto, anche se vi è già seduto un vecchio, uno sconosciuto. Infatti, teme d'incontrare soltanto persone di conoscenza. L'uomo è vecchio e malvestito, ha i capelli bianchi e un'espressione stranamente assorta. Scruta il mare con tanta intensità che la donna pensa che qualcosa di strano stia accadendo. Ella pure osserva e, all'orizzonte, vede soltanto muoversi un battello. È uno dei soliti battelli a vapore che trasportano carbone, più in là, sulla costa; l'aria è così immobile che, dietro il suo lento percorso, resta una scia sottile di fumo che sottolinea l'intero orizzonte: un nastro di fumo per trenta o quaranta chilometri. Interessante, ma non tanto da giustificare un'attenzione così prolungata. La donna lo osserva meglio e si accorge che è cieco. È da molto tempo che un'emozione estranea al suo dolore non la riempie di pietà. Cieco. Il vecchio ha con sé un cagnetto che salta giù dal sedile per annusare la coppia. Poi, vi risale di nuovo e si mette a leccare la faccia del cieco. Questo cerca a tastoni il cane, lo accarezza con affetto e toglie da una tasca dell'impermeabile una palla di gomma. La getta a terra e il cane con un balzo corre a riprenderla. Allora il vecchio manda fuori uno strillo acuto, più innaturale del gracchiare del corvo o delle strida dei gabbiani. Dopo un attimo di stupore, la donna si accorge che l'uomo non è pazzo o anormale. Semplicemente, non può parlare. Quel grido è la sua maniera di esprimersi e l'unico a capirlo è il cane, un bastardo dal pelo scuro e dagli acquosi occhi castani. Sconvolta corre a cercare il cane, contenta che il vecchio non la veda, perché non può fare a meno di piangere. Pensa che c'è sempre qualcuno più infelice di lei; che quell'uomo non può parlare, né vedere, eppure sa ancora amare una bestiola. Piange, come per una ferita, senza accorgersene, come in preda a una violenta emozione. E, infatti, è una ferita, che la fa soffrire assieme con il marito e i parenti più prossimi. Ora è in procinto di guarire. Da quella, più grave d'ogni altra ferita, e da quella condizione disperata ha imparato di nuovo ad avere compassione degli altri. L'emozione, forse, sarà efficace: ella piange ora non per la sua creatura, ma per quel vecchio, cieco e muto, che siede (perché mai?) in un cimitero con un cagnetto al fianco.

Se esiste una lotta, e che sia descrivibile, si può a stento discuterne (noi non abbiamo una vita puramente animale: i nostri volti devastati non sono imputabili soltanto al tempo, ma all'amarezza, all'orgoglio, alla lussuria, all'avarizia, alla pietà, all'innocenza, all'ignoranza e ad altre cosiddette qualità), se esiste una lotta, e io sostengo ci sia, fra il bene e il male, è certo che queste nel cimitero ne sono le ferite.

In cimitero, la coppia è andata a trovare una figlia: la tomba è recente. È ottobre: una giornata immobile, chiara e fredda. La ragazza è morta in luglio. Anch'essa è dovuta soccombere in una lotta che rientrava nella guerra fra il bene e il male. I suoi errori e peccati sono noti. Il suo nome, Olwen Rosemary Hughes, fu diffuso per radio e stampato a grossi caratteri, il suo volto è apparso sui giornali; intorno a lei si è fatta una pubblicità che si offre di solito a un pubblico affamato dei peccati altrui; le si accordò l'attenzione un tempo concessa soltanto all'adulterio di un'attrice cinematografica. Nessuno, però, ricordò le sue vittorie: è per questo che i suoi genitori soffrono con tanta amarezza e nessuno, forse, le ricorderà mai, perché la sua ultima sconfitta è irreparabile. Infatti, è morta assassinata.

Nella guerra fra il bene e il male, l'interesse dello spettatore è quasi sempre attratto dai trionfi del male. Lo stesso avviene per quella parte della lotta chiamata delitto, come se fosse una parte a sé stante. Il delitto peggiore è quello che attira su di sé l'interesse più morboso, perché un assassino è una rarità, un essere a parte, ed è naturale che ogni interesse converga su di lui. Chiunque, infatti, può diventare una vittima: il delitto piomba sull'innocente e il colpevole, il ricco e il povero, l'uomo normale e l'anormale, con l'imparzialità di una incursione aerea. L'assassino, commettendo il delitto senza premeditazione, come normalmente succede, nell'agitazione del momento lascia dietro di sé una traccia. Ed è sempre interessante vedere come l'autorità segua questa traccia e, quindi, ascoltare le infelici frasi comuni sull'amore, la slealtà, la gelosia, i figli, l'altra donna o l'altro uomo, i sogni infranti, gli incontri, il martello o il coltello che servì allo scopo; ascoltare tutto questo e pensare che avremmo potuto essere noi le vittime.

Quando una giovane donna viene uccisa, non importa quanto innocente possa essere, c'è una tendenza da parte degli spettatori (lettori di giornali, frequentatori di tribunali, l'uomo qualunque della strada, e, anche, la polizia) a pensare che sia stata uccisa con una certa giustificazione. E la ragione spesso addotta è che la vittima coinvolse l'assassino in una avventura amorosa, lo distolse dalla famiglia, gli intrecciò intorno una rete inestricabile, fino al punto di obbligarlo a un atto di violenza per liberarsene. E se qualcuno protestasse, i medesimi spettatori, quelli non coinvolti nell'accaduto e gli apatici, replicherebbero: « Be', che differenza c'è? Fu il medico stesso a dichiarare che la ragazza non era più innocente. Per chi ci prendete? ». Sappiamo tutto della faccenda; ne conosciamo anche i particolari (perché anche noi non siamo più tanto ingenui). Si stringerebbero nelle spalle; la verità non ha poi questa grande importanza; che i genitori soffrano pure e che la gente abbia un'idea inesatta dei fatti... Che importa sapere di quale grado sia la colpa, o l'identità del colpevole? Aspettandosi la morte in una forma ancor più spettacolare, trovano comodo essere oppressi dalla delusione che i fattacci clamorosi siano il grosso peccato del mondo. Come parecchi di noi, mentre aspettiamo di venir spazzati via, non credono che i peccati originali abbiano tanta importanza. Un cadavere, una integrità distrutta, alcune bugie e infedeltà, un po' d'empietà e di crudeltà verso gli altri, dei furti... che importa se intere città possono venir distrutte in un batter d'occhio? Ma quel peccato è così enorme ed ovvio che perfino gli atei sono in grado di capirlo. Siamo incappati nella rete della nostra complessità, e forse dovremmo sforzarci di ammettere che sono i peccati piccoli, personali, individualmente decisi, ad offendere Dio maggiormente...

Olwen Hughes era nata nel paese di Bosco Azzurro sulla costa occidentale del Galles, non lontano dal grande centro balneare di Bar Quay. I suoi compaesani erano laboriosi, frugali e intransigenti. Se una donna si metteva a lavare di domenica, gridavano allo scandalo. Se un ragazzo e una ragazza si spingevano su per la collina sovrastante il villaggio erano sospettati di peccato e c'era chi si faceva premura d'informare i loro genitori. In teoria, queste tendenze avrebbero dovuto rendere Olwen sospettosa nei riguardi del prossimo, ma per natura non riusciva ad esserlo. Fra gli altri casi che la portarono a morire, forse ci fu anche quello di essere nata in quel posto e non altrove. Se fosse cresciuta in città, è probabile che gli approcci pieni d'enfasi, lungo la passeggiata, dei giovani in vacanza e le sale da ballo a buon mercato le avrebbero insegnato a distinguere gli uomini che la desideravano da quei pochi che realmente l'amavano (sebbene quel tipo che si faceva chiamare Harrison avesse ingannato ragazze ben più astute di lei). Ma la vita del villaggio era senza malizia. Si parlava il gallese meglio dell'inglese. D'estate, qualche vedova dava alloggio agli inglesi in vacanza, e su questo si passava sopra, ma l'occupazione principale era il lavoro di fattoria e l'estrazione di pietre dalle cave. Nei ricordi visivi di Olwen, per diciassette anni, ci furono soltanto verdi distese di campi. Con infantile curiosità, osservava in febbraio gli agnellini saltellare dietro le madri, la loro lunga, solenne processione nel fango, ogni pomeriggio, la paziente risposta del cane al fischio del padrone, l'ottuso sbandarsi del gregge qua e là, attraverso gli steccati e lungo i binari del treno. Andava a scuola in bicicletta, tra le raffiche del vento autunnale, nelle esalazioni dense delle siepi; scansava rospi e ricci decapitati, trascinata dal vento qua e là, a volte con amici, a volta sola, mai spaurita, perché in quei posti era nata. E sempre, alla fine del sentiero, il mare freddo e desolato d'inverno, caldo e invitante d'estate. Mentre il mondo civilizzato sembrava avviarsi alla rovina, e perfino i discorsi cavillosi si facevano amari, qui regnava la serenità più completa. Negli stessi afosi pomeriggi d'estate, mentre cortine di fumo s'alzavano nel cielo di Londra e il fioco crepitio della polvere da sparo e del cupronichelio decideva la prima vittoria di coloro che non credevano nella gloria, duecento chilometri lontano, la dodicenne Olwen viveva estranea a tutto questo. Era destino che morisse in un'altra guerra, più dolce: in quella splendida estate, invece, si distendeva sull'erba soffice, a fantasticare, raccoglieva fiori o si arrampicava su per la collina, attraverso le ginestre spinose, fino in cima, per dominare da ogni parte l'orizzonte. E intorno, tanti suoni amici: il vento attraverso il grano, il rompersi delle onde, i tardi muggiti del bestiame, il querulo chiamarsi delle pecore, l'abbaiare di un cane e, lontano, il passaggio delle corriere o il gracchiare dei lenti corvi in evoluzione come bombardieri *Heinkel*. Un tonfo in lontananza che non era una bomba, ma il lavoro di scavo. Si univa a quei suoni, parlando di scuola, di amici, di genitori o di Dio: mai di guerra, arte o peccati. Quando conobbe Harrison, Olwen si vergognò di certe sue lacune. Discorreva con tanta confidenza di teatro, di libri e della sua vita familiare da vergognarsene, perché sembravano più reali della realtà che rappresentavano. Eppure, nonostante il suo scoraggiamento, non rinnegò mai la realtà: era suo desiderio, « una volta che fossero sposati », godere assieme con Harrison gli incanti del silenzio e della natura.

La casa degli Hughes, piccola e vecchia, era circondata da un giardino inselvatichito e da un muro in rovina. Oltre il muro, passava il sentiero per il villaggio, illuminato, la notte, da un lampione. In casa, mancavano il gas e l'elettricità, e l'acqua vi arrivava attraverso una pompa. Dalla finestra della sua stanza, Olwen intravvedeva il sentiero qua e là (dietro gli alberi c'erano il campanile e le case del villaggio) e ne seguiva le molteplici svolte fino al mare. Olwen e suo fratello Tom, di due anni maggiore, scrutavano spesso il sentiero per scorgere una piccola corriera rasentare la costa per otto chilometri, da Bar Quay, voltare ad angolo retto e proseguire poi nell'interno, in direzione del villaggio. La guidava il padre dei ragazzi: William Hughes; sua moglie Nancy era lavandaia. In complesso, la famiglia aveva una vita discreta e tranquilla; lavoravano sodo, frequentavano regolarmente la chiesa, e leggevano la Bibbia, pur senza eccessiva convinzione.

Olwen aveva un incarnato splendente, poco comune, mentre il fratello, nel colorito pallido e nei capelli scuri, era tipicamente gallese. I capelli di Olwen erano rosso-castani, fini, gli occhi blu, la carnagione perfetta. Come gallese era insolitamente alta, come donna era assai ben fatta: aveva le spalle tornite, le braccia lunghe, le gambe snelle e flessuose. Alla sua bellezza, istintivamente, non dava peso: l'andatura goffa e impacciata diceva che era timida. Il cinico dedurrebbe, da questi dati, che un tipo del genere pareva fatto apposta per amare, ma le qualità di Olwen non si limitavano a questo. Aveva temperamento e coraggio, era allegra e generosa, le piaceva lavorare, era affezionata ai genitori e al fratello, e, più tardi, come infermiera, anche ai pazienti che non fossero né attraenti né simpatici. Mentre le altre infermiere erano apatiche, continuava a mantenersi religiosa. Era il tipo di donna disposta a sacrificare la vita per un figlio e, in certo modo, lo fece. Nei suoi difetti, non gravi, rientrava la tipica indifferenza femminile per argomenti di musica e di politica, e l'ignoranza sul fatto che il peccato non è soltanto oggetto di sermoni domenicali, ma si deve riconoscerlo e combatterlo, quando lo si incontra, e riconoscerlo non è sempre facile. Il peccato non sempre ha un aspetto repellente: viene, magari, in fuoriserie, è elegante, ha buon gusto, parla con intelligenza e persuasione, fino al punto che la ragazza si convince che non soltanto vale la pena, ma è nobile sacrificarsi per amore.

Da piccola, Olwen faceva amicizia con facilità. Era affettuosa, vivace e loquace. Si spingeva nei campi, sulle colline e lungo la spiaggia con le amiche e giocava a rimpiattino con Peggy, l'amica del cuore, intorno alla fattoria, candida come la neve, in cui Peggy viveva con i genitori e tre sorelle: imparò là ad amare gli animali. Il sabato andava a distribuire il latte con Peggy e le sue sorelle, e la domenica, dopo la dottrina, scorrazzavano insieme su per la collina a cogliere fiori. Dopo alcuni anni di scuola pubblica, al villaggio, Olwen passò alla scuola della contea, a Bar Quay, che Tom già frequentava. Riusciva meglio sul campo di gioco che in classe. Era una scolara diligente, ma alcune materie come algebra, trigonometria, latino non le andavano proprio a genio. Se la cavava meglio in geografia, storia, arte, religione e botanica: materie basate più sul buon senso e sulla memoria che sul ragionamento. Il sarcasmo e l'ira degli insegnanti la sprofondavano in un tal panico che ammutoliva di colpo, diventando scarlatta e facendo sforzi enormi per non piangere.

Se gli spettatori avessero potuto avvicinare il vicario di Olwen, avrebbero espresso un'opinione un po' diversa su di lei (la loro opinione, infatti, si fondava soltanto su induzioni, e non poteva essere altrimenti, ché la ragazza, morta, non poteva prestarsi agli interrogatori dei giornalisti e della polizia). Ma il vicario, già vecchio quando Olwen era bambina, morì anni prima che il cosiddetto Harrison conoscesse Olwen. Qualunque possa essere stata la sua vita verso la fine, Olwen fino a vent'anni era stata molto religiosa. Accettava Dio con emozione, cioè avvertiva continuamente la sua presenza. Non fece mai la scoperta pseudoscientifica che potesse non esistere. A volte, anche dopo aver commesso un peccato non grave, provava paura e disagio, come se Egli le fosse vicino e attendesse una spiegazione. Allora, si guardava perfino sospettosamente dietro le spalle...

II

Olwen Rosemary Hughes: tredici anni e dieci mesi, alta un metro e cinquantacinque, quarantadue chili di peso, occhi blu, capelli castani, studentessa, nèi sul braccio sinistro e sulla spalla destra. Protestante e gallese, Olwen, precoce e entusiasta della vita, sana come un pesce, consapevole di avere innanzi a sé nella vita un mistero da risolvere quasi certamente da sola, tornava da scuola quando trovò al cancello il fratello e un compagno.

Non c'era niente d'insolito: era già accaduto; ma, questa volta, l'amico di Tom la guardò.

Aveva press'a poco la sua età: quindici anni, pallido, magro, triste. Incontrando i suoi occhi, vi scorse tutto un insieme di stupore, sorpresa, rispetto e timidezza. Olwen sentì un tuffo al cuore: si trovò eccitata, arrossì come il ragazzo e si precipitò, a testa bassa, in casa. Fece capolino, con cautela, dalla finestra della sua stanza per osservarli, ma, con inspiegabile disappunto, vide il ragazzo che stava ripartendosene in bicicletta.

Al tè disse: « Chi era il tuo amico? ».

Tom, con la bocca ancora piena di cibo, rispose: « Oh, era Leslie, perché? ».

Senza rendersene conto, Olwen eluse la sua domanda: « Che faccia buffa ha, e triste! ».

Tom osservò: « E tu che faccia hai? Da luna piena ».

Poi, dopo un istante aggiunse, riempiendola di gioia: « Questo, però, lui non l'ha pensato ».

« E che ha pensato? ».

« Che t'importa, se ha una faccia così buffa? ».

« È stato poco gentile con me? » s'informò, con una punta di sottigliezza femminile.

« No » disse Tom, « pareva che gli piacessi ». E, dopo un'altra pausa, in cui si concentrò sul pane e la marmellata, concluse: « Comunque, si sa che non è del tutto normale ».

« Sì? ».

« Legge poesie ».

Olwen pensava, intanto, che di lì a sei mesi sarebbe andata anche lei alla scuola della contea e l'avrebbe rivisto. Era pronta ad aspettare, a lasciarsi cullare dal pensiero di lui con tenerezza, magari con dolore, per sei mesi: pronta a subire anche una delusione finale. Il suo amore non si distingueva ancora dalla tenerezza della prima fanciullezza; era perciò più doloroso e più aspro da sopportare, perché doveva adattarsi ai piani incomprensibili degli adulti, deriso e beffato come puerile, soggetto all'arbitrio dei genitori, eppure infinitamente più tenero di ogni altro amore che sarebbe venuto dopo.

Non fu necessario che Olwen aspettasse. Dieci giorni dopo, un sabato pomeriggio, il ragazzo ritornò. Si era portato dietro un gran numero di fotografie di aeroplani, ritagliati da riviste; fuori pioveva e i due ragazzi trascorsero il pomeriggio ad ammirare le fotografie sparse sul pavimento della stanza di soggiorno. Era l'unica stanza cui si dava particolare importanza. Conteneva sbiadite fotografie in cornice dei nonni di Olwen, che contribuivano in parte al tanfo di muffa della stanza, mobili massicci ricoperti di panno, un vecchio grammofono e il ritratto a olio di un antenato, di nessun valore, scuro e con una cornice enorme. Era talmente sincero il rispetto per questo quadro, che Olwen era cresciuta nella convinzione che fosse « come una tela di Rembrandt ». Lo si affermava in modo tale da non lasciar dubbi che fosse opera di uno dei suoi contemporanei.

Era difficile trovar pretesti per entrare nella stanza, ma Olwen lo fece una o due volte. Leslie la fissava apertamente; Tom invece la ignorava del tutto e aveva senz'altro dimenticato il loro dialogo al tè, se pure vi aveva mai fatto attenzione. A merenda, Leslie mangiò poco o nulla. Era un fatto così insolito in Tom e nei suoi amici, che Olwen trasse conclusioni ottimistiche sulla mancanza di appetito del ragazzo, dovuta certo alla sua presenza. Con questo pensiero, divenne turbolenta e spiritosa fino al punto di irritare Tom: « Si può sapere che ti prende? Sei noiosa come una vespa ».

« Tom » lo rimproverò la madre, « frenati: Olwen può chiacchierare quanto le pare ».

« Ma se straparla... » borbottò Tom.

« Quei tuoi noiosi aeroplani darebbero fastidio a tutti » replicò Olwen.

Leslie arrossì e Olwen, accorgendosi di aver criticato anche lui, si affrettò a dire: « Sono sicura che Leslie muore dalla voglia di sentirne parlare ».

Per tutto quel pomeriggio e la serata, lunga, esasperante, non ci fu un momento in cui Leslie ed Olwen potessero parlarsi da soli. Era così emozionato che, perfino durante la conversazione generale, a tavola, non osava rivolgersi a lei direttamente. La sera era umida e fresca: i due ragazzi si fermarono con Olwen e la madre nel tinello mentre il signor Hughes era fuori, al lavoro. Ma anche di quei pochi momenti in cui furono soli, Olwen e

Leslie non seppero approfittare. Ogni volta, cadeva tra loro un silenzio opprimente, cosicché il ritorno degli altri era quasi un sollievo. Proprio al momento di congedarsi, trovandosi soli, Leslie disse con visibile imbarazzo: « Di solito, la domenica mattina, vado in bicicletta lungo la spiaggia ».

Olwen, depressa per l'andamento della serata, gli rispose con un: « Davvero? » che troncò ogni tentativo di conversazione.

Più tardi, aspettando di prendere sonno, in uno stato di dolce fantasticheria, Olwen ripensò con tenerezza al ragazzo che le aveva fatto capire, in silenzio, tante cose. Analizzò ogni suo gesto e rossore, e, la mattina dopo, chiese il permesso di andare più tardi in cappella, nel pomeriggio.

Fuori, il freddo era intenso e, d'un tratto, si sentì scioccamente sentimentale. Ricordava a stento il volto di Leslie; avrebbe anche potuto pedalare per chilometri e chilometri, lungo la spiaggia, senza vedere nessuno; avrebbe potuto giungere troppo presto o troppo tardi per trovarlo; incontrandolo, Leslie avrebbe capito che lei desiderava vederlo, e questo, anche se vero, non le andava a genio. Ciò nonostante, percorse il chilometro e mezzo che la separava dalla spiaggia e, da quando Leslie prese a frequentare la scuola di Bar Quay, la strada che conduceva al molo le divenne familiare. Il cielo e il mare erano grigi: un forte vento la schiaffeggiava, mulinelli di sabbia le roteavano attorno; gli occhi e il naso le si erano inumiditi. Era obbligata a chinare la testa e non avrebbe scorto Leslie se non fosse stata avvisata dal suono del suo campanello.

Per il freddo, Leslie sembrava ancora più smorto; gli lacrimavano gli occhi, non era affatto attraente, ma ad

Olwen piaceva. Erano state la sua gentilezza e la sua aria malinconica a colpirla. Olwen non sapeva perché la sua presenza lo intimidisse tanto: era come spaurito e la trattava quasi con rispetto.

Non sapevano cosa dirsi. Avrebbero voluto dirsi la verità e non sapevano ancora che anche l'amore è fatto di movimenti comuni e vive e si alimenta di bugie, ipocrisie e dei soliti noiosi discorsi sul tempo.

« Dove potremmo andare? » chiese Leslie, felice all'idea di avere qualcosa da fare.

« Andiamo al faro » suggerì Olwen. Era infatti l'unico posto in cui andare, a meno di fermarsi sulla spiaggia dove il vento sempre più forte faceva turbinare la sabbia. Pedalarono per cinque chilometri e giunsero al faro, che non era veramente un faro, ma una torre d'osservazione costruita al tempo della guerra. Dentro, al riparo dal vento, si riebbero subito. « È caldo » esclamò Olwen stupita.

« Dovremmo venire sempre qui » disse Leslie. Poi precisò: « Almeno, fino all'estate ». Infatti, d'estate, al faro c'era un continuo viavai di curiosi, bambini, cani, girovaghi e innamorati in cerca di angoli appartati.

Si fermarono per poco, dicendosi appena qualche parola, timorosi l'uno dell'altra. Le loro mani si sfiorarono in un contatto fisico quasi insopportabile. Non ci volle molto per visitare la torre: l'entrata, i gradini e la torretta. Mentre scendevano i gradini, Leslie osservò: « Hai della polvere sul cappotto ».

« Potresti togliermela? ».

Toglierla era come toccarla e Leslie esitava. « Che c'è? » si meravigliò Olwen. Era anche innervosita e inquieta come il compagno: come tutti gli innamorati, all'inizio, erano guardinghi l'uno verso l'altra e soltanto al momento del distacco avrebbero trovato la forza di dichiararsi.

« Niente » disse Leslie. « Mi piaci, ecco ». Questo doveva servire di spiegazione.

« Ma non posso tornare a casa col cappotto sporco » si lamentò Olwen.

Era la sua scusa per ciò che doveva succedere. Leslie tolse la polvere dalle sue spalle e poi le sfiorò i capelli. Si sfiorarono timidamente in un bacio: da quel primo contatto sorsero l'amore e l'altruismo che le sarebbero stati fatali.

Quella primavera s'incontrarono molte volte, sempre sulla spiaggia.

Leslie non fu più invitato a casa di Olwen, perché Tom, una volta ottenute le fotografie, troncò l'amicizia con noncuranza, capricciosamente, come succede spesso tra compagni di scuola. Olwen aspettava con ansia l'estate, in cui avrebbero potuto incontrarsi tutti i giorni spingendosi su per le colline, una volta invasa la spiaggia dai turisti, e ancor di più, forse, aspettando la fine dell'estate, quando avrebbe frequentato anche lei la stessa scuola di Leslie.

Il loro amore finì dolcemente, com'era incominciato, sotto il segno di una sognante malinconia. La incontrò un sabato pomeriggio: aveva un'espressione crucciata (il suo dispiacere sembrava sincero). « Bisogna che parta » disse. « Per Londra ».

« Fantastico » esclamò Olwen.

« Non ci vedremo più ».

« Nemmeno domani? ».

« No. È a causa del lavoro di mio padre. Non mi avevano mai avvertito e ora, in quattro e quattr'otto, pretendono che faccia le valigie, saluti le zie e tutto il resto ». Poi, concluse mortificato: « Partiremo lunedì ».

Non restava molto da dire. Sapeva che non sarebbe più ritornato. Perfino quando si è innamorati, non ci si può far visita, quando si hanno quindici anni e sono i genitori, sempre, a decidere.

« Mi scriverai? ».

« Certo ».

« Che peccato. In settembre ci sarei stata anch'io alla scuola della contea ».

Pedalarono verso il faro, col cuore pesante: dentro, vi erano due innamorati, più vecchi di loro, strettamente abbracciati, in silenzio. Quel giorno pioveva. Corsero per tutta la strada in direzione di Bar Quay e là sedettero al coperto. Poterono soltanto tenersi le mani, perché le vecchie signore che si erano azzardate fuori senza ombrello, in quell'umido pomeriggio della prima estate, avevano scelto quel posto come loro rifugio e li osservavano con curiosità ostile. La pioggia aumentò e arrivò il momento in cui l'unica soluzione fu quella di tornare a casa. Pedalarono insieme, Leslie senza impermeabile, verso il villaggio. A mezzo il sentiero, nell'oscurità della pioggia e degli alberi si separarono con enorme tristezza. All'ultimo momento, egli le diede un pacchetto: « Aprilo quando non ci sarò più » le sussurrò. Nella quiete della sua stanza, sotto il picchiettio della pioggia, di fuori, sempre sul punto di scoppiare in pianto, Olwen aprì il pacchetto e vi trovò una spilla a forma di faro.

Ricevette, in seguito, qualche lettera da Leslie, ma non lo rivide più. Ebbe influenza sulla sua vita in questo modo, che l'affetto per Leslie non ebbe il tempo di rovinarsi attraverso litigi o indifferenze: fu abbandonata con una visione dell'amore tenera e semplice. Fu come se fosse una delle tante disgrazie della guerra che stava infuriando. Pur senza la loro sofferenza continua, era come se fosse una di quelle giovani vedove di guerra che non si soffermavano sulla banalità della vita a due, ma si muovevano nel ricordo di qualcosa di perfetto che le aveva definitivamente lasciate. Irrise e disprezzate come zitelle, invecchiando si volgevano indietro alla incerta gloria del 1940: agli addii nelle stazioni, ai balli, mentre le bombe scuotevano tavoli e vetri, ai film e alle commedie, alle confessioni guardinghe, alla passione; nel grigiore della loro vita attuale, rimiravano indietro il passato senza pensare che anche le cose perfette possono corrompersi, invecchiare, farsi banali. Olwen era ancora una bambina e il ricordare per lei era un fatto istantaneo e, a volte, piacevole; il dirsi che aveva un ragazzo a Londra rendeva insignificanti, ai suoi occhi, tutti i suoi compagni di scuola.

Autunno 1943. Le incursioni aeree si susseguono: la terra ne è martoriata e anche il mare. Esplosioni continue, enormi fiammate di benzina, morti orribili. Attraverso le inevitabili rovine, si fa strada la convinzione che potremo vincere.

I platani, ai cancelli della scuola, lasciavano cadere le foglie. Gonfie nubi si incalzavano veloci nel cielo. C'era poco trambusto, perché i turisti se n'erano tornati a casa. La quiete era deliziosa, rotta soltanto dal suono di voci infantili. Non c'era alcun indizio di guerra, anche se si stava preparando un assalto. Per la milionesima volta, ricominciava la più antica delle battaglie.

Tutti i pomeriggi, il ragazzo dell'ultima classe si fermava ai cancelli per osservare Olwen, attraverso le volute di fumo della pipa. Il suo modo di guardarla era diverso e significativo, da adulto, snervante; in certo modo, ella capiva perché fosse una cosa più seria dell'innocente ammirazione dei ragazzi di prima e seconda che l'avevano preceduto. Non provava, forse, né timore né rispetto: si accostava alla sua bellezza come se fosse su un piano di parità, di superiorità perfino.

Olwen era all'inizio dei suoi tre ultimi trimestri di scuola. Era una fanciulla in fiore ormai: il bel viso aperto e dolcissimo. A sedici anni, il suo corpo era maturo, da donna. Si era ormai fatta consapevole del suo volto, del suo corpo e del fatto che gli uomini le osservavano le gambe e la persona. Non si accorgeva interamente della volgarità di queste attenzioni: ne era imbarazzata e insieme compiaciuta. Era divisa tra il desiderio d'indossare abiti e calze che modellassero la sua figura e il timido impulso di nascondersi in calze di lana ed appiattire il più possibile il busto. Le sarebbe piaciuto essere una donna, una persona con tutti i suoi diritti e la sua libertà; ma la cosa avrebbe avuto i suoi svantaggi. Arrossiva facilmente, senza motivo, e non le piaceva andare in città, a Bar Quay, se non quando l'inverno le dava maggior sicurezza. La città straboccava di soldati in permesso: erano già ubriachi nel pomeriggio e la sera accadevano frequenti litigi. Donne dai visi e dagli abiti provocanti passeggiavano con arrogante naturalezza; senza saperne il perché, Olwen ne aveva paura. I soldati la scrutavano in maniera audace, ammiccavano, qualcuno fischiava e tentava di accostarla. Tutti, comunque, si scambiavano le loro impressioni sottovoce e la faccia di Olwen si faceva scarlatta per il timore e la vergogna. Era un sollievo tornare al villaggio in bicicletta. Lungo le strade oltrepassava soldati in compagnia di ragazze di Bar Quay; ma non si spingevano mai fino al villaggio: otto chilometri erano troppi per i tacchi alti.

Tutti i pomeriggi, si fermava a chiacchierare ai cancelli della scuola, snervata e insieme attratta dall'attenzione continua del ragazzo dell'ultima classe. Stornava lo sguardo, sorrideva indaffarata e faceva considerazioni ad alta voce su Beethoven, la guerra, il matrimonio, le stranezze degli insegnanti e su qualsiasi cosa le passasse per la testa. Parlava senza fermarsi, per timore di non essere « alla mano », ma noiosa e ignorante. E quel ragazzo avrebbe potuto riportare una impressione sfavorevole.

Il ragazzo si chiamava Bond: era alto, grande e grosso come un uomo già fatto e, forse, lo era già per l'età. Il suo nome, usato di rado perché non era generalmente benvoluto, era Paul. Come già i soldati, aveva notato il corpo ormai fiorito di Olwen, le sue lisce gambe lunghe, la sua bellezza; non si sarebbe data, altrimenti, la briga di farle la corte, essendo già amico di cameriere, ragazze allegre e commesse. Olwen era lusingata e insieme turbata dalle attenzioni di un ragazzo che stava per entrare all'università e si comportò da adulta, finché Bond non le rivolse la parola. Allora, balbettò e gli rispose a monosillabi.

Ascoltò con attenzione Bond parlare di se stesso, di libri, di guerra, d'amore e della vita in generale. Era il discorso più intellettuale che avesse mai udito e i suoi complimenti erano diversi da quelli degli altri. Non erano né astuti né timorosi: siamo consapevoli di questa bellezza, dicevano, è nostra e dobbiamo approfittarne. Olwen ammirava Bond quando fumava la pipa, le piaceva il suo modo di comportarsi, ancora più sicuro di quello di suo padre, e andava volentieri con lui, anche se con un po' di timidezza, nei caffè e nei teatri della città. Se i suoi baci erano diversi, dentro, nella bocca e la stordivano e indebolivano, e la sua mano la stringeva un poco più sotto della vita, non le sembrava che valesse la pena di protestare. Le piaceva molto, soprattutto perché aumentava la sua importanza essere la preferita di un ragazzo dell'ultima classe.

Un sabato che Bond le propose una nuotata in mare, Olwen lo accompagnò piena di gioiosa attesa: dopo il nuoto, ci sarebbe stato il tè in un caffè, poi, un film o una commedia e, infine, prima che la sua corriera ripartisse, una passeggiata nel buio, le sue parole, i suoi baci...

Faceva ancora caldo e la spiaggia era invitante come d'estate: dopo aver nuotato, si stese con Bond sulla sabbia, al sole. C'era la solita folla festaiola e, quando Bond espresse il desiderio di baciarla, le parve di poter giustificare il suo pretesto di trovar rifugio in una cabina.

Ma, dentro la cabina, i baci di Bond, dopo averla eccitata passarono dalla bocca alle sue spalle. Contemporaneamente, le mani che l'avevano stretta (e una mano, troppo in basso, mentre il costume bagnato, aderente alla pelle, delineava perfettamente le linee del suo corpo) incominciarono ad accarezzarle le braccia e la schiena. Pareva il contatto sussurrato e suggerito già a scuola, da lontano, e Olwen era troppo impaurita per reagire. Bond lo interpretò come un assenso e prese, lentamente, a sfilarle il costume. Olwen, allora, si ribellò e presto Bond si convinse che i suoi sforzi erano ridicoli e non approdavano a nulla. Le spiegò che così si comportavano gli adulti, e che non doveva spaventarsi; era questo l'amore e non c'era niente di male. Ma la virtù di Olwen era solida e, comunque, l'avidità che si leggeva negli occhi di Bond non era né da adulti, né simpatica: era soltanto bestiale. Si oppose ai suoi tentativi.

« Che c'è, Olwen? » chiese Bond sforzandosi di essere gentile. Non si accorgeva quella sciocca che era ormai tempo di approfittare della sua maturità? « Pensavo di piacerti ».

« È il tuo modo di fare che non mi piace ».

Bond sorrise con aria di superiorità. « Sei troppo ingenua. Non puoi mica restare bambina per tutta la vita ». Era una spiegazione, non una scusa; anzi, sembrava che la compatisse. « Nessuno mi obbliga a farlo se non ti diverti ». Sorrideva in modo confidenziale, maturo. Bond era uno di quegli esseri che considerano l'atto sessuale come la cosa più intelligente del mondo: non la finiva mai di compiacersi di sé e del suo istinto sviluppato come negli animali. « Forse, non sai come ci si possa divertire » e il suo sorriso spento proponeva d'insegnarglielo, passando sopra, così, alla sua ignoranza. E Bond sapeva come divertirsi? Sì, certo. Aveva uno speciale talento per questo genere di cose. Nessuno, allora, era interessante, nella sua individualità, agli occhi di Bond? Nessuno, fatta eccezione per le rosse: quando Bond trovava resistenza, si diceva che amore, all'ingrosso, ne trovava quanto ne voleva e non aveva bisogno di rovinarsi il fegato. Olwen trovò questi rapporti troppo materiali, troppo privi di sentimento. Dieci mesi più tardi, sarebbe stata più donna, ma vergine ancora, e perfino Harrison, più esperto ed abile di Bond, avrebbe dovuto fornirle molte spiegazioni e farle promesse d'amore e di matrimonio, prima di iniziare con lei una relazione intima.

A niente di questo si accennò sui giornali, quando Olwen morì.

Olwen, la bambina, si strinse addosso il costume bagnato e gridò:

« Smettila, Paul ».

« Suvvia, angioletto » disse Bond, « adesso non incominciare a piagnucolare. Non ti farò niente. Promessa ».

« Mi spiace, ma voglio andarmene ».

« Che ti prende? ».

« Hai rovinato tutto. A me piacevi com'eri prima ».

« Hai paura » la prese in giro, « proprio come una bambina ».

« Non ho paura » replicò Olwen. « Ma non voglio che mi tocchi. Del resto, siamo ancora fradici ».

« Io sono quasi asciutto » disse Bond. Prese un asciugamano e cominciò a strofinarle la schiena ancora bagnata.

« Desidero asciugarmi nella mia cabina » disse Olwen. La voce le tremava e sapeva che egli avrebbe considerato il suo contegno infantile. Evidentemente, non era l'amore a guidarlo, perché chi ama non si oppone con tanta durezza ai desideri dell'altro. Bond inseguiva il proprio piacere, senza preoccuparsi di lei. Cercava quello su cui scherzavano i soldati, bisbigliando tra di loro: le sue spalle tornite, il busto fiorente, le gambe perfette e il suo seno intatto di fanciulla. Si diresse alla porta, ma Bond, abbandonando tutta la sua calma, si mise a lottare con lei. Era troppo terrorizzata per opporre resistenza: gli afferrò i capelli, obbligandolo, per il dolore, a lasciarla andare. Al suo desiderio sfrenato, subentrò la rabbia. « Idiota » la schernì. « In fondo, non vali gran che. Posso trovarne cento meglio di te quando mi pare, e che ci sappiano fare. Vai, vai con i mocciosi della tua classe, così non correrai nessun pericolo ».

Olwen non disse niente e lo lasciò subito, sollevata. Fuori, c'era il sole, la sabbia scottava i piedi e i bambini ridevano. Si rivestì in fretta e pedalò verso casa. Lungo la via, incominciò a tremare e a singhiozzare e dovette fermarsi perché si sentiva male. Ma fu leale, e non disse nulla di quello che le era capitato con Bond, né a Tom né ai suoi.

Sei settimane dopo, la sua amica Peggy le chiese di

accompagnarla a ballare in città; non a un ballo scolastico, perché Peggy aveva lasciato la scuola un anno prima, ma in un ritrovo pubblico gremito di soldati, ragazze più vecchie di loro e donne dallo sguardo duro che non si capiva da dove venissero e che sembravano godere di una libertà illimitata. Peggy, una ragazza alta e robusta, piena di irruente vitalità, era maggiore di Olwen di un anno. Ogni giorno conduceva il camion di suo padre con noncuranza dalla fattoria alla stazione, avanti e indietro, con i bidoni del latte, oppure si recava a Bar Quay per sementi e concimi chimici. Pur non condividendo la riluttanza di Olwen (faceva collezione di soldati, come altre ragazze la fanno di francobolli), la capiva e, invitandola, le fornì delle spiegazioni.

« Vedi » le disse, « Harry ha un amico che ha soltanto diciott'anni. Non gli assomiglia » aggiunse in fretta. « È timido, tranquillo e così via. Harry mi ha chiesto se conoscevo qualcuno... ».

« È proprio quello che si dice un incontro fortuito » osservò Olwen.

« Lo so » disse Peggy. « Ma in tempo di guerra si lasciano da parte le consuete formalità. Ti riporterò a casa in macchina. Vedrai, il posto ti piacerà e saremo di ritorno prima di mezzanotte ».

« Chiederò alla mamma » si riservò Olwen.

Lasciò decidere a sua madre e con molta sorpresa le fu dato il permesso. « A che ora sarete di ritorno? » chiese a Peggy. « La riporterò con la macchina per mezzanotte. Senz'altro. Il ballo continua fino alle due, ma ce ne andremo prima » disse Peggy, compunta. « Non bere, ti raccomando » disse la signora Hughes ad Olwen. « Ti aspetto alzata » aggiunse con un sorriso che non negava i suoi propositi.

Era una fredda serata d'ottobre quando Peggy venne a prenderla. Aveva una sciarpa in testa, era molto truccata e stava fumando. Per Olwen, sia il trucco sia la sigaretta erano peccati. Era, comunque, la prima volta che si avventurava nel mondo degli adulti, un mondo di guerra, ed era piena di diffidenza.

La sala da ballo era stata un tempo adibita a cerimonie ufficiali, ma ora i muri erano scrostati, i mobili rovinati, sparito ormai il colore dalle grosse colonne all'entrata, avvisi d'incontro di boxe erano attaccati sui muri esterni e nei gabinetti degli uomini disegni e scritte oscene, a matita. Nella sala principale, dai muri sbiaditi, cherubini e barbuti magistrati osservavano, disapprovando, la scena. La gente aveva già incominciato a ballare: soldati in uniforme da campo, con scarpe nere prese chi sa dove; donne che Olwen riconobbe come ex scolare, un tempo, più avanti di lei; altre i cui sguardi ironici la misero a disagio; alcune ragazze che stavano con il soldato che avevano indubbiamente incontrato prima, a casa loro, e alcuni civili, venuti a sentire la musica. C'era folla intorno al bar: uomini che si cimentavano in potenti bevute e donne che li incoraggiavano con risate troppo squillanti. La banda faceva un fracasso assordante. Olwen si guardò intorno: non le piaceva nessuno. Erano gli uomini che consideravano la vittoria come la causa più sacra, ma le riusciva difficile collegare le loro persone a quell'idea.

Un soldato ben messo, occhi blu, acuti, e capelli impomatati si avvicinò attraversando la sala. Non era molto alto, ma aveva un torace largo e ancheggiava muovendosi.

« Salve, Peg del mio cuore » incominciò.

Apparteneva senza dubbio alla categoria delle persone

che decidono per gli altri ciò che si deve fare, quando li vedono incerti. I suoi corti baffetti neri si muovevano continuamente mentre parlava. Era così esuberante, che ispirò subito fiducia ad Olwen.

« Salute, Harry » disse Peggy. « Dov'è il tuo amico? ».

L'amico di Harry, come Olwen, tentava di nascondersi timidamente dietro le sue spalle. Era ancora un ragazzo, magro e piuttosto piccolo, con una faccia minuta e nervosa. Tutto, in lui, parlava di un duro lavoro nell'atmosfera viziata di una fabbrica, di troppe sigarette in troppi cinema e sale da biliardo, di scarse dormite e di cibi non adatti, di energie consumate nelle masturbazioni della giovinezza. Coraggio, timidezza e pudore erano tutto ciò che possedeva: non lo sapeva, altrimenti, per la collera, avrebbe bruciato le sue energie, come gran parte dei suoi amici, in alterchi, risse, fornicazioni, insolenze...

Harry si girò. « Eccolo. Pensavi di squagliartela, eh, Joe? ».

Joe arrossì, imbarazzato. « Ciao » disse Peggy. « Questa è Olwen ».

« Che bel nome » osservò Harry. « E che bei capelli... ». Si arrestò sull'orlo di un gioco di parole volgare e disse, invece: « Come una pinta di birra ».

« Ciao » disse Olwen.

« Piacere » rispose Joe sottovoce. Arrossì violentemente: rimase a bocca aperta, per un attimo. Olwen era tanto bella che toglieva il fiato a guardarla. Ogni volta, doveva radunare tutto il suo coraggio per lanciare rapide occhiate a quella straordinaria, splendida faccia dall'espressione infantile.

« Be', che cosa prendiamo? » chiese Harry.

« Io, birra » disse Joe.

« Gin e soda » dichiarò svelta Peggy.

« E io una limonata » disse Olwen.

Harry la guardò, fece una smorfia, come se la considerasse una scelta di cattivo gusto, poi aggiunse: « Bene, sarà fatto ».

In brevissimo tempo era già di ritorno con le bevande: era uno di quei tipi che sono capaci di farsi largo tra la calca, dare ordini a voce alta, in tono confidenziale, e sono serviti all'istante.

Si fermarono in piedi, chiacchierando e bevendo, tranne Harry che, dato fondo alla birra in un batter d'occhio, era andato a prenderne un'altra. Quando la musica ricominciò i suoi tonfi assordanti, ineguali, Harry gridò: « Su, balliamo ».

Afferrò Peggy per i fianchi e si lanciarono in mezzo alla folla in un valzer.

Joe ed Olwen restavano in piedi, le braccia goffamente penzoloni, troppo consapevoli di essere destinati a farsi compagnia.

A un tratto, Joe si decise: « Balliamo anche noi? ».

Il suo evidente nervosismo rassicurò Olwen: dopo tutto era un soldato... Ballarono compunti, lentamente e in silenzio, agli orli della pista.

« Viene qui spesso? » chiese Joe.

« Non sono mai venuta prima di stasera ».

« Neanch'io. Mi ha trascinato Harry. Non sono molto bravo, a ballare ».

« Stasera se la cava bene ».

« Va davvero ancora a scuola? ».

« Sì, ma » aggiunse subito, « tra poco ho finito ».

« Io ho appena diciotto anni » disse Joe. « Ma la scuola è tramontata da un pezzo. Lavoro da quando ho compiuto quattordici anni ».

« Che genere di lavoro? ».

« Oh, di ogni specie. Prima in un negozio, poi in fabbrica. Erano contenti di avermi... a causa della guerra ».

« Da quanto è richiamato? ».

« Sei mesi, e anche qui non me la cavo molto bene ».

« Sono davvero così grossolani come paiono, i soldati? È orribile il loro modo di guardare ».

« Alcuni sì » disse Joe. « Harry è un caso a parte. Si comporta bene, è buono con me e andiamo d'accordo ».

« Sembra... esuberante ».

« Ha un cuor d'oro. Non cerca mai di trascinarmi in linea, come gli altri ».

« In linea? » chiese lei.

Joe provò un improvviso imbarazzo, la sua mano si fece sudata. Spiegò in fretta: « Alcuni pensano che sei un pivello, se non vai a donne ».

Olwen fu meravigliata della sua ingenuità: era schivo come lei, circondato da una masnada di Bond, arroganti nelle parole, nei sogghigni e nei consigli. Osservò la sua faccia e le piacque.

Un'ora più tardi, quando l'atmosfera divenne densa, la folla strabocchevole, e le fronti dei soldati madide di sudore, Olwen disse: « Non riesco più a respirare, avrei bisogno di un po' d'aria ».

« Vuoi qualcosa da bere? » propose Joe.

Olwen rifiutò: si diressero fuori come altri già avevano fatto. L'aria fresca li ravvivò piacevolmente. Non c'era luna, ma la notte senza illuminazione per l'oscuramento di guerra era trapuntata di stelle. « Spingiamoci fino al mare » disse Olwen. « La passeggiata mi farà bene ».

Era la prima volta che si fermava a Bar Quay di sera. Nonostante la mancanza di illuminazione, era affollata come di giorno. Il ticchettio dei tacchi alti e il suono più cupo degli stivali riempivano la città: si vedeva a stento.

Olwen avvertì altre presenze, vicine, più silenziose, nei vani dei portoni, ma non riuscì a vedere nulla. La spiaggia, invece, era più in luce. Si scorgeva il flusso della marea: sagome oscure si muovevano sulla sabbia. Altre coppie stavano passeggiando: aggrappati gli uni agli altri, si riconoscevano soltanto per la brace delle sigarette e per il suono delle voci. Nessuno era solo e Olwen non protestò quando Joe le prese la mano. Procedevano con cautela: erano messi a disagio dagli altri, stretti, più vicini di loro, su sedili di legno o mezzo sdraiati, in silenzio, al riparo di mucchi di sabbia. Joe ed Olwen continuarono per un centinaio di metri, oltre la fine della passeggiata a mare, finché furono completamente soli.

« Mi piace questo posto » disse Joe, « non avevo mai visto il mare prima ».

« A me non piace la città » disse Olwen.

« Non abiti in città, tu? ».

Ella gli indicò la collina ai piedi della quale viveva: era quella che poteva vedere ogni giorno, all'orizzonte, mentre faceva le esercitazioni.

« Deve essere bello là » disse Joe. « Spero di venirci prima di partire ».

Olwen si ricordò dei luoghi comuni sui militari: ragazze che erano state costrette ad abbandonare il distretto, altre che si erano sposate in fretta e furia. Era naturale che il villaggio volesse tenerli lontani; ma Joe pareva onesto quanto lei.

« Lo spero anch'io » rispose con sincerità.

Egli la baciò improvvisamente, con nervosismo, come se Olwen se lo aspettasse. « Hai un ragazzo? » le chiese.

Olwen rispose, pronta: « No, al momento ».

« Be' » disse Joe, ancora nervoso ed un po' sfiduciato, « adesso, se ti va, nei hai uno ».

Poco prima della mezzanotte, ritornarono al posteggio delle macchine per aspettare gli altri due. Mentre stavano dandosi appuntamento per la prossima volta, Peggy ed Harry si avvicinarono barcollando. Erano leggermente, simpaticamente sbronzi, e, anche per questo, gli addii furono prolungati.

Sulla via del ritorno, nel camioncino, Peggy esclamò: « Che buco ammuffito quel posto. Grazie al cielo, non lo vedrò più ».

« Ti sposi? ».

Peggy scoppiò in una risata: « Oh, questa è buona. Io, sposarmi... Non ce n'è bisogno, ci si può divertire lo stesso ».

« Be', che intenzioni hai, allora? » chiese Olwen, urtata dalla sua volgarità.

« Ho deciso di fare qualcosa di più per i soldati: farò l'infermiera ».

L'idea si attagliava perfettamente all'altruismo di cui Olwen era capace.

« Che buona idea. Vai a Cardiff? ».

« No, di certo » rispose Peggy, « ho troppi parenti là. Andrò a Birlchester ».

Era una grande città, a centosessanta chilometri di distanza, in Inghilterra.

Olwen non l'aveva mai vista. « È molto lontana da casa » osservò.

Troppo timorosa delle chiacchiere del villaggio (dappertutto, dietro le tendine, occhi spiavano e i postini portavano le lettere anonime; non c'era, insomma, niente di sacro e di segreto), Olwen il sabato seguente percorse il chilometro e mezzo che la separava dalla spiaggia e attese Joe all'incrocio, vicino al nuovo cimitero. Egli arrivò in corriera e, vedendolo, tutti i dubbi che aveva accumulato su di lui durante la settimana scomparvero: si era sbagliata.

Si salutarono con nervosismo. Senza la presenza di Harry e di Peggy, stavano in silenzio.

Olwen gli disse: « Era mio padre che guidava la corriera ».

« Ha parlato con me ».

« Di che cosa? ».

« Oh, della vita di caserma ».

« Non di me? ».

« Mi chiese dove stavo andando ».

« Tu che cosa gli hai detto? ».

« Che andavo dalla mia ragazza ».

Erano le parole che Olwen desiderava sentire e chinò timidamente la testa. Passeggiarono lungo la spiaggia fino al faro. Da molto tempo non ci andava e notò, con vergogna, che era peggiorato dai tempi in cui c'era stata con Leslie.

Joe invece fu contento della solitudine della torre che permetteva loro di baciarsi. In seguito, si spinsero fino a Bar Quay, mangiarono patatine e pesce fritto in un caffè, e alle sette erano in una sala da ballo.

Una settimana più tardi, contemplavano i dintorni dalla cima del colle sopra il villaggio. Joe faceva sforzi per vedere al disopra degli alberi e dei cespugli di ginestre. Sotto, in basso, si muovevano, come minuscole macchie di lana, le pecore. Distese di campi si allargavano, in un mosaico di innumerevoli verdi, fino alla macchia scura, sull'orizzonte, della città.

Un trenino minuscolo si muoveva lungo la costa: pareva un giocattolo e Joe ne rise. Dall'altra parte dell'orizzonte, si delineavano, profilate in rosso cupo, altre colline. Lontano, sul mare, dalla spiagga non si vedevano, si muovevano alcune barche. Un aeroplano militare riempiva l'aria di un cupo rimbombo: Joe osservò stupito che volava sotto di loro. Olwen si accorse allora che il ragazzo era impressionato e perfino commosso.

« È il più bel posto del mondo » disse Joe, timidamente. « In città non c'è mai spazio abbastanza ».

« E in città non c'è niente che meriti d'esser visto? ».

Joe disse: « In città, non c'è un posto in cui andare con la propria ragazza. Sempre folla d'intorno... Bisogna per forza andare al cinema ».

« A me piace il cinema » disse Olwen.

« Sì, ma è tutta una finzione, no? ».

« E nemmeno pretende di essere altro; è soltanto... be', cinema ».

Joe disse: « Ma la gente vuole stare sola, chiacchierare, eccetera ».

Olwen chiese, curiosa. « Come fai in città per stare solo con una ragazza? ».

« Si va nei parchi o nei bar » disse Joe, « ma non si riesce mai a stare veramente soli, mai così ».

Olwen sorrise. « Qui, se un ragazzo va con una ragazza in collina, si dice che... fanno peccato ».

Sulle labbra di Joe spuntò un breve sorriso. « Qualunque cosa facciate qui, è sbagliato. È perché vi sono troppe regole ».

La strinse a sé piuttosto goffamente. Arrossì, chinò gli occhi: aveva qualcosa di importante da dire.

« Sai? Per te varrebbe la pena di andarsene all'altro mondo ».

« Non chiederei a nessuno di farlo per me ».

« Sei una cara ragazza. Non è che mi piaci soltanto. Capisci? Non sei come le altre ».

« Credo di sì ».

« Mio Dio » supplicò, « cerca di capirmi. C'è qualcosa di più: ti amo ».

Ella gli toccò la stoffa ruvida del cappotto, la faccia e i capelli. « Sono contenta » disse.

Un'ora dopo ridiscesero. C'era foschia. Sotto gli alberi, nell'oscurità, calpestarono le foglie viscide, umide, respirando l'insidiosa aria autunnale.

« Sei certa che i tuoi vogliano vedermi? » chiese Joe.

Prese il tè con i genitori di Olwen ed il fratello: era come sottostare a una prova. Quando la signora Hughes esclamò, rivolta a Joe: « Non mangi molto per un ragazzo che deve farsi le ossa » intendeva dirgli qualcosa di gentile, ma il ragazzo si confuse.

All'acquaio, mentre rigovernavano, la madre disse ad Olwen: « È un ragazzo simpatico, ma non è un po' timido? Non sembra davvero un soldato ».

Dopo aver messo in ordine, Olwen si trovò nell'altra stanza con Joe, in mezzo alla mobilia pesante, i piatti e il quadro oscuro. Nel caminetto era acceso il fuoco: il silenzio era completo. Senza esitare, ella spense la luce e si riposò con Joe davanti al fuoco, fino a che egli si levò per andarsene. Mentre Joe, in disparte, indossava il cappotto, Tom sussurrò: « È simpatico, mi piace ». L'approvazione del padre venne per ultima, la mattina dopo. « È un bravo ragazzo. Portalo qui tutte le volte che vuoi ».

E lo fece. Per tutto l'autunno e l'inverno, Olwen vide Joe appena la scuola e le sue faccende glielo permettevano. Joe divenne di casa, perché, per i genitori di lei, era naturale e giusto che, dopo un giretto con Olwen, entrasse per il tè e la cena. Vi passò anche un breve permesso.

Un sabato, in primavera, mancò al solito appuntamento. Olwen passò un brutto fine settimana, chiedendosi che cosa potesse essere successo, e fu soltanto in parte sollevata quando il lunedì mattina le giunse una lettera col timbro di Bar Quay. Lesse le prime righe scritte con calligrafia infantilmente rotonda, e si rassicurò subito: il suo mondo era ancora intatto. Joe avrebbe dovuto partire presto per un nuovo campo, in Inghilterra. Piena d'ansia per lui, Olwen sperava che sarebbe venuto da lei, in maniera drammatica, nel cuore della notte e le avrebbe parlato a lungo del suo amore, prima di ritornare al campo e proseguire poi per l'Inghilterra. Gli scrisse una lunga lettera in risposta, pregandolo di fare così.

Egli venne tre giorni dopo. Olwen tornava in bicicletta da scuola e lo trovò là, ritto in piedi, un po' impacciato, come sempre, con gli stivali e il cappotto troppo grandi: l'aspettava sulla porta.

Si abbracciarono senza preoccuparsi, questa volta, della loro intimità.

« Ho soltanto due ore » disse Joe.

« Andiamo in qualche posto tranquillo ».

« Prima è meglio che tu prenda il tuo tè ».

« Non ne ho proprio voglia ».

« Allora, avvisa tua madre ».

Olwen lo fece, poi si incamminarono, come avevano fatto sovente, fuori del villaggio, e si allontanarono nel fitto verde del bosco, per un viottolo in salita.

« Fa freddo sotto gli alberi » disse Joe. « Andiamo al sole ».

Sedettero vicino ad una siepe, in pieno sole. Faceva così caldo che si tolsero i cappotti: c'era tanta quiete che la guerra pareva una cosa irreale.

Ma non lo era.

« Quando parti? » chiese Olwen.

« Stanotte. Non ci hanno detto molto ».

« Dove andrai? ».

« Non posso dirtelo ».

Ella fu colpita. « A me puoi dirlo... ».

Appariva molto nervoso ed ella non poteva capirne la ragione. Forse perché era il loro ultimo incontro?

Joe si decise: « In qualche posto del Wiltshire ».

Ella capì subito: era terrorizzato e la paura era dovuta a qualcosa di più grave della partenza e del distacco.
« È l'invasione » ella disse.

« Ci sarà ».

« Ti andrà bene, vedrai. Pregherò per te ».

« Non mi lamento » disse Joe. « La guerra mi ha portato da te, ma può anche togliermi di mezzo ». Sorrise. « Ma tornerò ».

« Non pensiamoci » disse Olwen. « Perché non dovresti tornare? Fra sei settimane ho finito la scuola e forse ti avrò già rivisto ».

Si appoggiò a lui pesantemente: egli dimenticò le sue ansie nei baci di lei, nella sua calma e in quel tepore. I candidi fiori del biancospino ondeggiavano davanti ai suoi occhi; gli insetti, intorno, ronzavano. Il corpo morbido e caldo di Olwen gli dava uno stordimento, una specie di torpore, ma le stava troppo vicino, perché potesse addormentarsi. Era troppo femminile per non turbarlo. Joe le sussurrò: « Posso accarezzarti? » e la sua mano sinistra, sperando in un assenso, s'insinuò sotto la sua giacca, prima che Olwen, colpita (ma non impaurita: non era Bond, infatti) tentasse di difendersi. « Joe, tu hai paura ».

Egli rispose, quasi lamentandosi: « Non ho paura e, anche se l'avessi, è soltanto per me ».

« Tu pensi di non ritornare e vorresti... ».

« Sei così morbida. Volevo soltanto toccarti. Niente di più. Credevo di sognare e così ho dimenticato... ».

Per il caldo e la tenerezza, il corpo di lei si era rilassato, così che dovette lottare con se stessa per non arrendersi o, meglio, per non abbandonarsi. Un fremito piacevole le corse, al contatto della mano di lui, per tutto il corpo. Si sentì debole. Egli andava a rischiare la vita e l'amava. Faceva parte delle tentazioni della guerra la persuasione che un piccolo fallo non si sarebbe notato ed era perfino ammissibile nel caos di quelli più grandi. Tentò di difendersi, ma non volle rattristare Joe. « Una volta, un ragazzo, a scuola, tentò di toccarmi » disse, « ma non glielo permisi. Perché per te dovrebbe essere diverso? ».

« Io, prima d'ora, non ho mai accarezzato nessuna donna. Non so che cosa mi abbia... ».

Con la mano stessa che lo aveva fermato, si portò la mano di lui sul seno, dal lato sinistro, e al calore di quel contatto si sentì quasi venir meno. Joe, fraintendendola, incominciò ad accarezzarla. Sudava, quando la baciò con passione e tentò di sfiorarle le gambe. Olwen si oppose: « No, caro » e gli riportò ancora la mano sul seno, quasi volesse che arrivasse a toccarle il cuore. Resistette, finché Joe si calmò, comprendendo il significato del gesto. Desiderava fare con lei ciò che non aveva mai fatto, ma l'amava abbastanza per aspettare. La gente si sposava a vent'anni, in quei giorni, e, per questo, avrebbe dovuto aspettare soltanto diciotto mesi...

Più tardi, Olwen mormorò: « Che ore sono? ».

« Ora d'andare » disse Joe. « Anzi, di correre ».

Si riassettarono in fretta e si precipitarono alla fermata della corriera al villaggio. Apparve la corriera. « Ti scriverò » disse Joe. Pareva che pensasse a qualcos'altro. « Ecco, prendi questo ». Era il distintivo del suo berretto. La baciò con violenza sulla bocca, gridò: « E grazie,

Olwen, grazie » e già, in un attimo, era scomparso. « Oh Dio » mormorò Olwen, « abbi cura di lui ».

Qualche giorno dopo ricevette una lettera, la seconda, da lui e gli rispose subito, con entusiasmo. Due settimane più tardi s'iniziò lo sbarco in Normandia, ma le lettere continuavano a giungere da quell'altra parte dell'Inghilterra. Poi, non ne vennero più per quindici giorni e Olwen capì che aveva lasciato l'isola. In seguito, ricominciarono ad arrivare, in strane buste per militari, dall'estero. La riempivano di gioia e di timore. A volte avvertiva nelle sue parole la paura e allora avrebbe desiderato che si ripresentasse un giorno, come l'ultimo, per confortarlo con il suo amore e il suo tepore. Un giorno, una sua lettera le fu respinta, e andò a scuola con l'angoscia di averlo perso per sempre. Tentò di pensare che Joe aveva un'altra ragazza, una le cui mani non contrastassero i suoi desideri, si mise perfino a sperare che ciò fosse realmente accaduto. Pensò che lo avessero spostato, e che le sue lettere fossero andate perse; come ultima risorsa, lo immaginò prigioniero. Ma aveva visto, quel giorno, nei suoi occhi, l'angoscia, e sapeva come fosse sincera la sua gratitudine per lei. « E grazie, Olwen, grazie ». (Grazie per i mesi di tenerezza che mi darai e, infine, di passione; grazie per avermi dato dei ricordi meravigliosi). Intuiva soltanto che doveva essere morto ed infatti, qualche settimana dopo, giunse una lettera di Harry a confermarglielo.

Olwen fu stordita dal dolore. Aveva ormai lasciato la scuola: non sapeva cosa fare, gironzolava qua e là e ogni passo la riportava dove era già stata con Joe. In questi luoghi, l'illusione che fosse vivo era più forte: le ritornava vicino; allora, prendeva a parlargli, scoppiando in un pianto sconsolato. Anche il suo corpo si tendeva nel desiderio di Joe ed avrebbe voluto esserglisi abbandonata quel giorno: forse egli sapeva di andare incontro alla morte. Stava sdraiata per ore sul letto, incapace di prendere sonno e con vergogna (era pura come lui) sentiva stimoli sessuali e si immaginava i suoi occhi, pieni di desiderio, spalancati su di lei. Poi, si addormentava di colpo e lo vedeva morire nel modo più realistico e tremendo. Poi il suo corpo pareva soltanto addormentato e dei fiordalisi gli nascondevano gli occhi. Si svegliava sudata, ringraziando Dio che fosse stato un sogno. Ma Joe era morto veramente. Diventò pallida e magra. Si chiudeva nella sua stanza a scrivergli ed alternava le lettere a scoppi di pianto. Dappertutto v'era dolore: forse, l'inferno non era peggio di tanti luoghi della terra. Desiderò andarsene via, lontano, come aveva fatto Tom, che si era arruolato, dove non ci fosse nessuno che si ricordasse di lei e potesse compiangerla. Andò da sua madre. « Mamma » la supplicò. « Non riesco più ad avere pace qui senza di lui. Voglio andarmene ed essere anch'io di qualche aiuto in guerra. Lasciami fare l'infermiera ».

III

La sua decisione le parve meno inevitabile, quando si trovò alla stazione di Bar Quay con i genitori e il fratello. Peggy la stava aspettando alla fine del viaggio; eppure tutta l'impazienza di Olwen scemò e il suo proposito le parve sciocco, perfino sbagliato. Tremava, quando la madre la strinse fra le braccia. Il treno era zeppo di divise cachi, zaini, fucili e facce rossastre che la fissavano con ammirazione palese. Il mondo le apparve triste, così pazzamente occupato a distruggersi: ormai, si era lasciata la pace alle spalle. Il treno si mosse: Olwen lanciò un'ultima occhiata al molo e alla passeggiata lungo il mare che si perdevano in lontananza. Era proprio una cittadina; una serie di strade regolari, qualche albergo, una passeggiata, un molo e un campo militare. Il treno, seguendo la costa, si lasciò dietro, in un baleno, il faro e i colli... Olwen era diretta, come infermiera, a un sanatorio.

Ci volle del tempo, prima che si abituasse alla città di Birlchester. Aveva appena diciassett'anni e non era mai stata in una grande città piena di traffico e rumore: un autobus impiegava più di un'ora a fare il giro della periferia. Per mesi interi, tutte le volte che usciva dal sanatorio, dovette farle da guida Peggy. L'atmosfera di Birlchester, polverosa e soffocante, era poco adatta ai convalescenti. La pioggia stessa sporcava. Gli edifici anneriti, di fuori, e non poca era la fatica per tenerli puliti all'interno. Nel fango, uccisi a dozzine, ogni giorno, si potevano vedere gatti e cani. Alcune zone di periferia, immerse in un puzzo greve, erano interamente occupate dagli impianti del gas: cilindri enormi che assomigliavano a dirigibili sfasciati. La popolazione era pallida, malaticcia. Era una massa anonima che ignorava di essere intaccata dal male. Olwen comprese l'emozione acuta, fortissima, che aveva afferrato Joe, quel pomeriggio, sulla cima del colle. Questa era una grossa città... Quando Olwen si recò in chiesa, la trovò vuota: non credendo ai suoi occhi, entrò in un'altra, poi un'altra ancora, ma le trovò tutte ugualmente deserte: un piccolo coro, alcune vecchie signore e qualche uomo e lunghe file di sedie vuote. L'Inghilterra le appariva come un paese straniero. Scriveva a casa raccontando ogni cosa, e, quando aveva dei permessi, ritornava nel Galles per narrare, a voce, quei fatti ancora più sorprendenti della guerra.

Le infermiere erano più vecchie di Olwen, ma nessuna pareva preoccuparsi dell'età, quanto piuttosto del grado: sembrava di essere nell'esercito. La capo-infermiera era un donnino che aveva per lei una simpatia particolare. C'erano parecchie suore: molte venivano dal Galles e continuavano a parlare il gallese. La severità non era più rigorosa che a scuola. Le ore di servizio, piuttosto lunghe, erano inframmezzate da un discreto intervallo. A tutta prima, il contegno delle inglesi e delle irlandesi la impressionò. Appena se ne presentava l'occasione fumavano, avevano un linguaggio molto libero e i loro discorsi sugli ammalati davano a vedere una totale insensibilità. Sbadigliavano, sputavano e parlavano senza imbarazzo del sesso. Ai balli e alle festicciole del personale, bevevano come spugne e sbaciucchiavano chiunque. La domenica, soltanto quelle cattoliche andavano in chiesa. Le altre, quelle fuori servizio, saltavano la prima colazione e si fermavano a letto fino a mezzogiorno. Ma, in seguito, Olwen si accorse che non erano così corrotte come poteva sembrare. Nessuna di loro approfittava della vicinanza degli ammalati e, se uscivano per bere, lo facevano, almeno, insieme e insieme tornavano. Se bestemmiavano e litigavano, era perché si stancavano troppo e, per lo stesso motivo, avevano sempre un appetito eccezionale. In un anno circa, il contegno di Olwen si uniformò al loro, con la sola differenza che ella continuava a frequentare la chiesa. Anche per lei, una sigaretta dopo un lungo turno di lavoro divenne una sorta di rito. Altri diversivi di quella vita così regolare erano gli spuntini di pesce e patatine fritte nei caffè, qualche film e le capatine nei bar, per un ultimo bicchierino.

Olwen non aveva mai lavorato, prima, e non si lamentò quando le toccò spazzare pavimenti e svuotare secchi di sangue e di sputo. Le operazioni, numerose, non erano così complicate come negli ospedali comuni. I pazienti, in maggior parte, erano sottoposti alla respirazione artificiale. Passarono mesi prima che Olwen assistesse a un intervento chirurgico. Trovò lo spettacolo impressionante: assistere, per ore, alla lotta di un chirurgo sudato che ritagliava pezzi di carne era forse così tremendo come subirla da paziente. Olwen non svenne, ma, alla fine, se ne andò con la nausea. Il lavoro quotidiano era più simpatico: misurare la temperatura, fare i letti, preparare i cibi, sorvegliare i vari reparti. Era abitudine dei pazienti, infatti, fare ciò che era proibito. Tutti, entrando in sanatorio, si erano illusi di venirvi per un breve periodo di riposo. Poi, quando si vedevano sottoposti a lunghe cure, smaniavano. Non capivano che un polmone, per guarire, ha bisogno di tempo: una volta passati la prima tosse e il primo spavento, si lamentavano di essere trattenuti, come prigionieri, soltanto per dar da fare al personale. Le infermiere dovevano persuaderli a pazientare e, insieme, contribuire alla loro guarigione.

Lavorava al sanatorio da circa quattro anni, quando arrivò Taylor. Giunse un lunedì pomeriggio in compagnia di due altri pazienti, mentre Olwen prestava servizio in uno dei reparti maschili. I pazienti arrivavano sempre il lunedì: si dovevano liberare i letti, in un modo o nell'altro, il venerdì precedente, si sterilizzavano le stanze e, il lunedì pomeriggio, scaffali, letti e biancheria erano pronti per l'uso.

I tre nuovi pazienti, nervosi e leggermente ansanti per il peso delle sacche da viaggio, entrarono nella stanza in cui Olwen stava preparando i vassoi del tè.

« Prego, sedetevi » disse.

I tre uomini si abbandonarono sulle sedie, mentre Olwen trascriveva i loro nomi. S'informò se le loro pulsazioni erano normali e poi misurò a ciascuno la temperatura. Quindi, li pesò. Taylor pesava poco più di cinquantasette chili, pur avendo l'ossatura per una decina di chili in più. Quando ebbe finito, Olwen sorrise. « Ora, vi mostrerò i vostri reparti. Quando suonerà la campana, alle quattro e mezzo, il signor Smith e il signor Wilde saranno accompagnati giù per il tè. Lei invece, signor Taylor, prenderà il suo tè a letto ».

« Perché? ».

Il tono era così sgarbato che Olwen si fermò un attimo ad osservarlo. Taylor poteva avere ventisette anni e, sotto il pallore dato dalla malattia, aveva una espressione buona.

« Fa parte del regolamento » gli disse. « Ha un po' di febbre ».

« Idiozie, maledette stupidaggini, se volete saperlo » replicò Taylor.

« Non voglio saperlo » ribatté Olwen, « e un'altra regola dell'ospedale esige che i pazienti non usino un linguaggio volgare almeno con il personale » concluse sempre sorridendo.

Era evidente che, per qualche ragione, egli era del tutto fuori di sé: il suo pallore si era mutato in un rosa cupo. « E io non voglio tè ammuffiti o infermiere ».

« Se volete seguirmi, vi mostrerò dove andare » disse Olwen rivolgendosi a tutti e tre. Era arrabbiata, ma lasciò che l'ira le sbollisse. Era ammalato: si sarebbe adattato per non morire, e così sopportò i suoi modi aspri. Quantunque egli protestasse, volle portare il suo bagaglio: era una dimostrazione che, per quanto la riguardava, egli faceva parte del suo lavoro e che le sue parole non l'avevano offesa. Nondimeno, quando un'altra infermiera la sostituì, alle cinque e mezzo, chiedendo notizie dei nuovi arrivati, Olwen rispose:

« Tutto normale: il numero diciassette ha un poco di febbre ».

Pareva avesse davvero una brutta temperatura. La mattina, gli stava rifacendo il letto, quando giunse il dottore con una suora per la solita visita mattutina ai pazienti trattenuti a letto. Il dottore era giovane e cercava di essere sempre spiritoso con gli ammalati. « Salve » esclamò. « Lei è Taylor, no? Come va? ».

« Cosa diavolo vuole che sappia io? » gli rispose. « Non è lei il dottore? ».

La suora rimase sbalordita. Olwen si voltò per nascondere un sorriso, mentre il dottore replicava: « Non lo so ancora, ma, in mezz'ora, le faremo una visita generale ».

Allontanatisi il dottore e la suora, Olwen lo avvertì: « Non deve parlare così. Lei aveva capito che cosa intendeva dire. È un dottore bravo e lei dovrebbe essere contento ».

Taylor le rispose, in tono calmo: « Non sono stato io a chiedere di venire qui. Mi hanno costretto; ma ora non voglio diventare lo zimbello dei medici e delle infermiere. Per conto mio potrei farne a meno benissimo, niente mi fa paura ».

Olwen lo lasciò dicendo: « Nessuno crede che lei abbia paura di qualcosa, e, d'altronde, nessuno ha paura di lei ».

Non ebbe più occasione di pensarvi, finché, una settimana dopo, prima di cena un paziente le si avvicinò: « Ricorda quel militare del numero diciassette? ».

« Non sapevo che fosse un militare ».

« Non lo è ora » le rispose il malato. « Comunque si è chiuso dentro in camera. Dicono che stia piangendo ».

Olwen si era un poco indurita nei confronti degli ammalati: l'aveva fatto per non abbattersi troppo, ma ora si lasciò prendere dalla commozione e tremò leggermente. « Piangendo? » disse, con un sorriso incredulo. « Non è possibile. Quello è fatto di ferro ».

Ormai, gironzolava qua e là, chiacchierando con i pazienti a letto e con quelli stesi sulle sedie a sdraio. Pochissimi di loro avevano osato approfittare della vicinanza con le infermiere. Qualche volta, avevano tentato di baciarla nella stanza di servizio, alcuni le avevano proposto passeggiate al buio, nel folto del parco, e uno o due si erano azzardati a carezzarle le gambe, mentre arrampicata su una sedia tentava di raggiungere le boccette dei medicinali. Ma, di fronte ai suoi rifiuti allegri e spiritosi, presto non insistettero più ed Olwen fu lasciata in pace. Inoltre, l'ambiente stesso non favoriva i loro tentativi.

Dopo aver parlato, secondo il solito, con qualche paziente, si avviò al padiglione di Taylor, lungo un viottolo lastricato, elevato sopra praticelli rasati, rocce e pini. Le finestre erano chiuse e le tendine tirate. Olwen entrò, senza bussare, dal corridoio interno.

Taylor giaceva su un fianco, voltando le spalle ad Olwen e al resto della stanza, e guardava il muro.

Olwen gli chiese: « Ha mal di testa? ».

Taylor parve sorpreso della sua presenza, nonostante il rumore che aveva fatto entrando. Dopo una pausa, rispose: « No ».

« Dovrebbe lasciare le finestre aperte, lo sa, non è vero? ».

« Avevo voglia di starmene solo ».

« Ma lei è solo, qui ».

« Io intendo veramente solo, per sprofondarmi nei miei pensieri, senza nessuno che venga a disturbarmi ». La sua voce divenne ironica: « Belle trovate. Il comitato dell'ospedale. Io sono il capo qua dentro: può fidarsi di me. È già morto? Ci dia tre ragioni per convincerci che non lo è. Le piacerebbe leggere un libro istruttivo su un artista e la sua amica? Può avere saponette a volontà e carta da scrivere, come ex militare. Dieci lire al giorno e può avere del tè, dopo che è stata misurata la temperatura, di primo mattino. Non prima, naturalmente, perché la febbre sarebbe di quarantadue gradi e impressionerebbe le infermiere che sanno che è impossibile sopravvivere in tali condizioni. Potrebbero cremarla e allora sarebbe morto con dignità; ma è l'ultima cosa che vogliono ». Fece una pausa, ormai senza respiro. « A volte, non hanno nessun rapporto con la realtà ».

Arrossendo, nel buio, perché non aveva mai detto prima simili parole, Olwen gli rispose: « Certo, questa è la ragione della loro esistenza: alterare la realtà. Non si può infatti sopportare sempre la vista della realtà ».

Le sue parole lo sorpresero. Tacque, poi, parlò di nuovo, senza asprezza. « Lei mi è simpatica, infermiera » disse, « ma ascolti. Proprio mentre stavamo per partire per la Polonia, ci furon sopra le fortezze volanti. Pensavamo che stessero tornando a Marienburg. Era la prima volta che vedevamo qualcosa del genere dal 1940, anche se le avevamo sentite di notte. Non potevamo crederci. Facevano un baccano come se fosse la fine del mondo. Sapevamo di vincere. I nostri vennero fuori ad applaudirli e i tedeschi divennero furenti. Non fummo abbastanza prudenti: alcuni di noi ci lasciarono la vita, fra questi il mio amico Bert che era stato con me tre anni. Buttarono giù anche un fortino e quelli dentro... Questa è la realtà, non già perdere tempo con pappine e prove del sangue... ».

Il tono quieto si addiceva alla descrizione meglio di quanto avrebbero fatto gesticolazioni ed isterismi. Olwen aveva paura di rispondere con qualcosa di troppo comune o sciocco, con un « Mi spiace » o: « Deve essere stato tremendo ». Invece, disse con calma: « Era la realtà, ma di allora, non di quest'anno. Ora, la realtà per lei, signor Taylor, è mangiare molto, riposare con serenità ed aprire le finestre ».

« Serve soltanto a sopravvivere ».

« E lei non vuole continuare a vivere? ».

« Sì, ma tutto quel po' di roba... ».

« Una cosa alla volta » disse Olwen. « È la malattia che rende esaltati e ipersensibili » sorrise, « ma lei dovrebbe cercare di non esserlo ». Fece scorrere le tendine e spalancò le finestre. « Proprio perché ha sofferto molto in guerra, la sua guarigione è più faticosa di quella di questi robusti operai... ».

Egli scoppiò a ridere ed ella ne fu soddisfatta, come se fosse la sua vittoria personale sul dolore.

« Lei è un demonio d'infermiera » disse Taylor. « Si immagina che io sia un rottame senza speranza, ma si preoccupa di me come di un peso sulla sua coscienza ».

« Che cosa vuole per cena? » chiese Olwen.

« Non ho fame ».

« Le piacerebbe una tazza di birra? ».

« Cosa sta cercando di fare, adesso? Uccidermi? ».

« C'è una bottiglia, avanzo di una festicciola. Potrei versarla in una tazza e fingere che sia tè, se viene una suora ».

« Non è proibita la birra? ».

« Sì ».

« Allora, perché vuol farmela bere a tutti i costi? ».

Olwen non seppe rispondere, perché lei stessa non capiva bene. Era una associazione d'idee: Joe era stato soldato ed era morto, Taylor lo era anche lui e avrebbe dovuto morire. Voleva evitarlo. Sembrava depresso: voleva renderlo allegro. « Potrebbe farle venire appetito » disse.

« Bene » disse Taylor. « Porti questa birra ».

Tre settimane dopo, Olwen ebbe la sua vacanza. Di ritorno dal Galles al sanatorio portò delle uova. Ne diede mezza dozzina a Taylor. « Vuole delle uova? » gli chiese con nervosismo.

« Non l'ho vista per due settimane ».

« Sono stata in vacanza ».

« Vedo. Si è divertita? ».

« È stato un diversivo ».

« Quanto le devo per le uova? ».

« Non è il caso di parlarne ».

« Ma perché poi le ha date a me? ».

« Non le vuole? ».

« È molto carino da... ».

« Allora le prenda » disse Olwen, e se ne andò via in fretta.

Alcuni giorni dopo, egli osservò: « Ha mani piccole, infermiera. Guardi le mie ».

Le sue mani non erano molto più grandi quando le misero vicine per confrontarle. Taylor non fece nessun tentativo per prendergliele, e Olwen si meravigliò della sua osservazione. « Me ne vado la settimana prossima » disse.

Sembrò stupito. « Lei non può andarsene via ».

« Perché non potrei? ».

« Dove va? ».

« Al reparto femminile ».

« Non se ne va per sempre, però, no? ».

« Oh no » disse Olwen, « è soltanto per sei mesi ».

« Spero di essere fuori di qui fra sei mesi » disse Taylor. « Altrimenti impazzirò ».

Olwen era al reparto femminile da quindici giorni, quando Peggy le portò un involto di carta scura. « Cosa succede fra te e Taylor? » chiese.

« Niente, perché? ».

« Mi ha pregato di darti questo ».

Olwen trovò nel pacchetto un paio di guanti lavorati a mano. Erano di ottima lana: il modello difficile e bello, la misura perfetta. « Come sta? » chiese.

« Sta alzato due ore quando non ha febbre » sbuffò Peggy. « Succede da quando sei venuta qui ».

Olwen si propose di fare una capatina nel reparto maschile tra le due e le quattro del pomeriggio; sapeva che in quelle ore Taylor si alzava. Lo trovò che chiacchierava con un gruppetto di compagni; sapeva che non avrebbe voluto essere interrotto, e così ripassò quando era di nuovo a letto. Stava bevendo il suo tè, era nervoso. « Salute » disse.

« Ho sentito che si alza » disse Olwen, « ne sono contenta. Grazie per i guanti ».

« Terapia manuale » disse con una sorta di amarezza. « Del resto, lei mi ha dato le uova ».

« I guanti mi vanno a pennello ».

« Anche le uova erano ottime ». Taylor fece una pausa e aggiunse: « Era un modo per chiederle scusa. Quando arrivai, fui veramente scortese con lei ».

« Fanno tutti così » disse Olwen. « Dovrebbe sentire le donne... Dev'essere un sintomo ».

Taylor sorrise: « Allora, sto migliorando ».

Olwen lo vide solo occasionalmente durante i mesi in cui si fermò al reparto femminile. Le diceva sempre: « Salve », ma non andava mai oltre. Quando tornò a prestare servizio nel reparto maschile, lo trovò ancora là: stava alzato per sei ore al giorno e sembrava rimesso.

Olwen preparava i vassoi del tè per quelli a letto, un pomeriggio, quando si accorse che la sua lista includeva il nome di Taylor. Portò il vassoio e cercò di mostrarsi allegra quando entrò nella sua cameretta. « Così, è di nuovo a letto » disse. « È troppo fresco il tempo per lei? ».

Taylor era abbattuto e nuovamente pallido. « Non ho voglia di tè ».

« Non ha fame? ».

« Cosa mi serve mangiare? ».

« Non dimentichi che non sono tranquilla se lei non mangia » disse Olwen. « Abbiamo fatto un patto su questo ».

« Non cerchi di convincermi » disse forte. « Non voglio mangiare ».

« E perché? ».

« Perché sono spacciato ».

« Ha febbre? Perché è di nuovo a letto? ».

« Ho una caverna nell'altro polmone. Quel ciarlatano di dottore vorrebbe operare quello già rovinato. Ho delle novità per lei, infermiera. Ne sarà colpita. Io ho paura. Mi hanno finalmente messo fuori combattimento. Non i tedeschi, oh no, sarebbe stato troppo naturale, ma dovevano essere suor Jones e un plotone di dottori e infermiere, coraggiosi soltanto per le morti degli altri... ».

« Vedrà, migliorerà ».

« Non mi prenda in giro » disse. « Morirò. Quanto durerà? ».

« È sciocco porsi simili domande ». Olwen sorrise debolmente. « Non sono una compagnia di assicurazioni ».

« Lei mente » si arrabbiò Taylor. « Dovete mentire, comunque. È molto carino da parte sua farlo. Prega anche per me? ».

Il suo tono era ironico ed Olwen arrossì mentre annuiva: « Sì ».

Egli fu un poco sconcertato dalla sua risposta e aggiunse: « Mi spiace. Non potevo immaginarlo. È che sono qui da mesi e mesi... Ho visto altri casi, ne so troppo per un malato ».

« Tutti hanno ricadute ».

« Sporchi, puzzolenti ospedali » inveì. « Ci rovinano le budella per mesi... Perché non lo fanno in modo pulito e sbrigativo? ». Abbassò la voce e si rivolse quasi a se stesso: « Perché non è successo in Francia, Germania, Polonia? Ne avrei riso... ».

Il giorno seguente, il suo umore era cambiato: più calmo, allegro e non fece più allusione alla morte. Mangiava tutto il cibo che gli portavano. Il flusso di sangue gli era estratto per mezzo di un lungo ago: era un intervento doloroso e spaventoso, mà egli non diceva niente. Una settimana dopo, ebbe uno sbocco, ma non si lamentava. Non temeva l'assalto diretto del male, ma le lunghe attese: finché pensò di guarire non si lasciò abbattere; ma poi il male colpì di nuovo. Incominciò ad essere considerato con rispetto, come uno di quei pazienti che rimangono in sanatorio per anni e la cui morte o guarigione è un evento per l'intero ospedale. Fu chiamato per nome, Stephen, da infermiere e dottori e, a poco a poco, accettò il suo nuovo ruolo. Imparò nella lontananza a dimenticare il mondo di fuori (per lui si era arrestato al 1940) e il desiderio di tornarvi: imparò a considerare quella vita regolatissima come la più normale e le febbri e i flussi di sangue come prove quotidiane.

Passando i giorni, incominciò a interessarsi alla terapia del lavoro manuale e divenne molto attivo. Fece giocattoli e borsette, insistendo per regalare ad Olwen l'ultima di esse. Chiacchierava con lei senza interruzione quando era vicina, ed era sempre lei ad essere incaricata di qualche piccolo favore fuori dell'ospedale. Olwen impostava le sue lettere, comprava riviste e sigarette, perfino della birra, se insisteva. La osservava mentre si dava da fare intorno alla sua stanzetta, spolverando, lavando o semplicemente entrando per chiacchierare, eppure non le venne mai il minimo sospetto che potesse essere innamorato di lei. Era un paziente che era molto ammalato, era stato lì per molto tempo senza mai innamorarsi di lei, perché avrebbe dovuto farlo adesso? Questo, forse, pensava e, ignorando quanto fosse innamorato, lo rese insieme felice e disperato. Taylor capiva come fosse sciocco e doloroso innamorarsi da ammalati, ma non poteva evitarlo. Riconosceva i passi di lei da lontano, l'ascoltava cantare, voleva essere informato di ogni sua azione, osservava i riflessi dei suoi capelli rosso-castani e la morbidezza del suo viso quando si muoveva nella stanza, quella prigione che egli conosceva a memoria in ogni particolare. Era così graziosa, così poco compresa di questo, che egli avrebbe desiderato essere il solo a dirglielo. Soffriva di non essere sano come lei, in condizioni di parità, e, in certi momenti d'amarezza, avrebbe quasi desiderato che anche lei fosse ammalata. Quando la sentiva ridere, all'aperto, odiava i pazienti che erano alzati: non dovevano avere più importanza, agli occhi di Olwen, di quanta ne avesse lui, ma potevano intrattenersi con lei e riuscirle simpatici. Potevano condurla in un angolo e tentare di baciarla, se volevano. Potevano, se lei era d'accordo, incontrarsi con lei di notte, dentro o fuori i confini del sanatorio.

Sembrava ingenua, ma come poteva sapere se lo era realmente? E come poteva esserci un'infermiera del tutto ingenua?

Un giorno non la vide affatto e si chiese che cosa le fosse successo. Non poteva informarsi da nessuno, senza tradirsi. Quando aveva abbandonato ormai ogni speranza per quel giorno, riconobbe, a un tratto, i suoi passi nel buio e attese con impazienza che venisse a trovarlo.

Ella venne verso le dieci e accese la lampadina sopra il letto. « Salve » disse. « Sta bene? ».

« È di turno, stanotte? ».

« Soltanto finché Peggy è fuori. Ha bevuto la sua spremuta? ».

« Sì » le rispose. « Adesso aspetto il bacio della buonanotte ».

Le parole erano banali, e lo sapeva, ma non si possono sussurrare belle frasi da un letto d'ammalati, a meno di non essere Proust.

« Siete tutti piuttosto impertinenti » replicò Olwen e queste parole lo fecero pensare, con tormento, alle probabili impertinenze degli altri pazienti. Forse, anch'essi la amavano.

« Perché non vuole baciarmi? » la supplicò accorato. « Io sono un malato speciale ».

« Non vedo cos'abbia di speciale ».

Egli osservò con amarezza, deluso: « Capisco, ha paura ».

« Non mi prende in trappola, in questo modo » ella disse.

« Infatti, potrei contagiarla » rispose, irritato.

Olwen uscì senza una risposta, ferita dalle sue parole, non conoscendone il motivo. Due ore dopo, girò per il corridoio del padiglione, in punta di piedi, per assicurarsi che i pazienti dormissero. Taylor era rimasto sveglio, sapendo che sarebbe dovuta venire, l'aspettava. Si mosse leggermente e bisbigliò, come fosse assonnato: « Chi è? ».

« Dorma, Stephen ».

« Mi spiace ciò che le ho detto ».

« Spero che non sia stato sveglio per questo ».

« Volevo chiederle scusa ».

« Dorma e non si preoccupi. L'avevo già dimenticato ».

« Mi baci, allora ».

« Perché? ».

« C'è bisogno di un motivo? ».

Olwen gli toccò i capelli: « Non la capisco » disse. « Non ha ragione di arrabbiarsi ». Lo baciò. « A cosa pensava? ».

« Olwen » le sussurrò. « Davvero non capisce? ».

Ella fu sconvolta dal tono della sua voce. « Come sa il mio nome? Oh, Stephen, io non ti amo. Mi piaci, sì, ma... ».

« Non dir niente » la supplicò. « Fingi, dimmi bugie e qualsiasi cosa ti piaccia. Non importa, tanto non ti darò fastidio a lungo ».

Con stupore, vide il suo volto rigato di lacrime. « Non morirai » lo consolò, « non lo permetterò: pregherò per te. Non sarebbe giusto ».

« Non c'è bisogno che sia giusto » le rispose. « Se le cosa andassero secondo giustizia, la vita non sarebbe quella che è. E ci sarebbe quel Cielo in cui credi ».

« Quanta amarezza... » osservò e ritornò a baciarlo con forza, sopraffatta dalla compassione. « Non dirmi mai più cose tanto cattive. Ti bacerò tutte le volte che vorrai. Non sarà difficile amarti. Non ci avevo pensato ».

Le toccò il volto morbido e liscio. « Non sei abituata a mentire, no? ».

« Ho appena incominciato a volerti bene e le parole non vengono ancora con facilità ».

« Non ho conosciuto nessuno come te » disse Taylor. « Sei dolce e insieme vivace. Canti le canzoncine dei bambini... ».

« Non mi ero accorta che... ».

« Ti ascoltavo sempre ».

« Non avresti dovuto dirmelo. Adesso... non potrò più... ».

« Vorresti venire a passeggio con me? ».

Gli accarezzò la faccia e i capelli. « Certo ».

« Quando ci verrai? ».

« Fra dodici mesi, da oggi ».

Egli si rabbuiò. « C'è qualcuno più malconcio di me? ».

Olwen sussurrò frettolosamente: « Dodici mesi non sono poi molti, Stephen. Devi essere paziente: ci vuole del tempo per guarire. Io ti sarò sempre vicina, per tutto questo tempo. Oh, caro, impara ad aspettare... ».

« Vorrei star bene, adesso » replicò. « Passeggerei con te dietro quei pini ».

« Sarà la prima cosa che faremo, appena uscirai. Ma ora devi stare tranquillo. Che cosa ti ha fatto tanto arrabbiare? ».

Sospirò. « Non lo so ».

« La guerra è finita da cinque anni ».

« Non per me ».

« È troppo tardi per inquietarsi. Sappiamo che è stata crudele e ingiusta, ma, appunto per questo, non ne vogliamo un'altra ».

« Parli come un uomo politico » disse. « Fui fatto prigioniero in Francia. Ci fecero marciare in direzione del Lussemburgo. Il caldo era soffocante e non ci davano da mangiare. Ogni tanto, qualcuno cadeva e i nazisti lo colpivano col calcio del fucile. Alcuni morirono. Un giorno, ci misero in un campo in cui c'era un toro impazzito. Due ci rimisero la pelle. Mi ammalai di dissenteria. Svenivo tutte le volte che facevo la coda per il rancio. Mi diedero della paglia per imbottirmi i calzoni. Così incominciarono i cinque anni... ».

« E adesso, questo » mormorò Olwen.

Taylor le aveva preso le mani. « Sono gelate » disse. « Ti ho raccontato la storia delle mie disgrazie e tu non hai fatto altro che tremare, per tutto il tempo ».

« Non ho freddo » replicò Olwen. « Sono soltanto le mani. Adesso devo andare a dare un'occhiata agli altri. Vuoi che ritorni? ».

« Se lo vuoi anche tu ».

« Vorresti bere una tazza di caffè? ».

« Se c'è... ».

« D'accordo. Tornerò appena posso ».

Ma quando ritornò con il caffè, Taylor si era addormentato: la bocca aperta e un braccio abbandonato attraverso il letto. Olwen lo ricoprì e se ne andò via in punta di piedi.

La sera seguente e per altre cinque di seguito, Olwen era ancora di turno. Taylor non si addormentava se prima non era baciato e, dopo, era troppo emozionato per poter dormire. « Non importa » le disse la sesta mattina, quando Olwen lo trovò ancora sveglio all'una. « Dormirò domani, quando non ci sarai più ».

Ella gli disse, con difficoltà: « Non ci sarò più per molto tempo ».

« Perché? ».

« Mi è stato ordinato di trasferirmi ancora nella sezione femminile ».

Cadde un silenzio pesante, poi Taylor disse, triste e irritato: « Hai fatto fatica per avere questo cambio? Chi ti sostituirà? Qualcuna insopportabile, suppongo ».

« Credi davvero a quello che dici? Pensi che sia io a volermene andare? ».

« Che cosa dovrei pensare? ».

« Vado nella sezione femminile, perché me l'hanno ordinato. È solo questa la ragione ».

« Perché non puoi protestare? ».

« Che scusa potrei dire? Che mi sono innamorata di

uno dei malati? Se lo sapessero, non mi lascerebbero più uscire dalla sezione femminile ».

« Verrai a trovarmi? ».

« Appena mi sarà possibile ».

« Non farti scrupoli, se non ne avrai voglia ».

« Oh, sciocco che sei » protestò Olwen. « Cerca di ricordare che lavoro. Correrò ogni rischio per te ».

« Oh mio Dio » sospirò Taylor, « lo so che ne sei capace. Cerca di pensare anche tu alla mia situazione. Sei la sola cosa che m'importi in questo mondo dann... ».

« Puoi scrivermi » suggerì Olwen. « Non hai proprio nessuna fiducia in me? Cercherò di venirti a trovare, perché lo desidero anch'io, ma sarà soltanto per brevi istanti, quando passerò di qui ».

Alla sezione femminile, Olwen chiacchierava qualche volta con la signora Dawson, che non era molto ammalata. « Il dottore dice che potrò andarmene in sei settimane, se non ci sono ricadute. " Conduca una vita tranquilla " mi ha detto. " Si occupi di giardinaggio. Faccia un sonnellino nel pomeriggio. Lasci che gli altri pensino a lei ". Buoni quelli! » e scosse la testa allegramente. « Lei è una cara ragazza » disse ad Olwen. « Non ha mai pensato alla vita fuori di qui? ».

Olwen si strinse nelle spalle. « Veramente, no ».

« Ascolti, cara. Non si è mai accorta che i suoi capelli sono splendidi? ».

« Non ci ho più pensato da quando avevo dodici anni ».

« Non sto scherzando » spiegò la signora Dawson. « A mia sorella piacerebbe vedere i suoi capelli ».

« I miei capelli? ».

« È parrucchiera » disse la signora Dawson. « Dà alle sue aiutanti, come paga iniziale, cinque sterline la settimana. Sono delle buone a nulla. Vuole che le parli di lei? ».

« È molto gentile da parte sua » rispose Olwen. « Ma hanno bisogno di me qui ».

« Comunque, la veda » le suggerì la signora Dawson. « Non c'è nessun male in questo. Mi verrà a trovare domenica ».

Olwen cercò di girare alla larga dalla signora Dawson e da sua sorella la domenica pomeriggio, ma non riuscì ad evitarle.

« Olga » fece le presentazioni la signora Dawson, « questa è la ragazza di cui ti ho parlato. Signorina, questa è mia sorella, la signora Harper ».

Olga Harper era una signora di mezz'età, dai capelli biondo cenere, la faccia tirata e truccata, e la bocca sottile, amara. Vestiva bene, con noncuranza. Era evidente che viveva per gli affari e il danaro e che aveva dimenticato tutto il resto. « Ha dei bei capelli, signorina » le disse. « Se mai volesse impiegarsi da me, lo faccia sapere a mia sorella che ci metterà in comunicazione. Ho un negozio con tre reparti e le mie ragazze guadagnano cinque sterline la settimana, più le mance ».

« La ringrazio » rispose Olwen. « Glielo farò sapere ».

Una paga iniziale di cinque sterline era una bella occasione, ma non la interessava finché Stephen Taylor aveva bisogno di lei. Aveva ormai già deciso. Circa tre settimane dopo questa conversazione, Peggy le disse, a colazione: « Senti, Olwen, fino a che punto sei innamorata di quel soldato? ».

Olwen, agitata, si mise a tremare e osservò, in giro, le altre infermiere e le suore. « Mi piace molto » rispose. Poi, con sforzo, chiese: « Perché? ».

« Mi sembra che stia morendo ».

Olwen non riuscì più a inghiottire e nemmeno si sforzò di farlo. Notò che le altre infermiere mangiavano avidamente. Era uno spettacolo. I coltelli tagliavano la carne, le forchette trinciavano l'aria scegliendo i bocconi, e poi portavano alla bocca pezzi di carne, patate e cavoli. Mentre il cibo fumante veniva sollevato, gocce di grasso sfuggivano: labbra femminili, leggermente dipinte, si spalancavano e si richiudevano. La trappola. « Mi sembra che stia morendo ». La logica conclusione. Deve risolvere ogni cosa da solo. È un problema arduo e nessuno l'ha risolto, ma egli deve tentare. Non deve essere aiutato. Non si deve ingannarlo. Stavo cercando di aiutarlo io, ma forse era una specie d'inganno. Oh, Dio... se esisti e non sei occupato altrove, quest'oggi, e se ami me e lui... concedici un po' di tempo. Lascia che viva ancora, perché io possa mostrargli, per amore o per compassione, o altro, che il mondo non è così come crede. Lascia che abbia anche lui un po' di felicità, so che la merita. So anche che la felicità non è una proprietà dell'uomo, ed egli dovrebbe farne a meno, dovrebbe accettare la sofferenza perché qualcun altro, intanto, ne è risparmiato, ma fa' un'eccezione. Fa' che possiamo illuderlo ancora per un poco, pochi giorni soltanto. Fa' che viva, così che io possa togliergli un po' d'amarezza e convincerlo della sua immortalità. Non fare che sprofondi sempre più nella sua amarezza, perché...

« Bisogna che lo veda » disse. « Chiederò il permesso ».

Peggy le obiettò: « Pensi che te lo diano? E se te lo rifiutano? Tu sei risoluta a vederlo, no? Ed egli non può aspettare, del resto. Vieni verso le tre, quando tutti gli altri saranno alle prove del sangue ».

Olwen trovò una scusa per lasciare il suo reparto alle tre; poi diede un'occhiata nella stanza di guardia del reparto maschile per vedere se Peggy c'era. Peggy le disse: « Hai dieci minuti a disposizione ».

All'interno della stanzetta diciassette, Stephen Taylor giaceva immobile. Il suo volto emaciato era completamente esangue; gli occhi avevano uno sguardo smarrito; non c'era dubbio che era moribondo. Si sollevò, appoggiandosi ai guanciali, le labbra si schiusero e pronunciò a fatica: « Sei venuta per vedermi? ».

Non c'era traccia d'ira nella sua faccia, né di timore o di dubbi: pareva che avesse finito allora di giocare una partita a scacchi o di fantasticare su cose impossibili: come fare il primo milione, come sposare la figlia del principale, come andare sulla luna, che cosa pensare di negri e di ebrei... Problemi, insomma, di questo tipo. Non sembrava amareggiato. Olwen pensò che la sua preghiera fosse stata ascoltata.

Gli prese le mani ossute: in poco tempo era diventato uno scheletro. Presto, non avrebbe più potuto lamentarsi e questa ragazza avrebbe trovato qualche altro su cui riversare la sua generosità. Non era niente d'importante, in realtà; si trattava del solito sconforto umano, perché uno se ne andava per sempre dalla sua prigione di dolore e l'altro restava a piangerlo. Soltanto il taccuino del medico se ne sarebbe ricordato. I settimanali intellettuali non si occuperebbero mai di una simile vicenda, troppo sentimentale e semplice: c'è tanta robaccia intorno di cui il pubblico è affamato...

Olwen Rosemary Hughes disse soltanto, senza badare se fossero frasi comuni e banali: « Stephen, io ti avrei aspettato, sai? Voglio... ».

Guardò i suoi capelli lisci, l'impronta della testa sul guanciale, la forma del pigiama, i suoi indumenti sporchi che non sarebbero più stati cambiati. Nella faccia cadaverica, le labbra erano sbiancate, non c'era quasi più carne attaccata alle ossa, i capelli erano opachi, la pelle giallastra: soltanto gli occhi eran rimasti gli stessi, e desideravano, capivano, supplicavano, perfino. Ogni parola contava: doveva stare attento a cosa diceva, perché non c'era molto tempo, né fiato, e il mondo aspettava che se ne andasse: soldati ce n'erano ancora, in quantità. Non pregare, Stephen, c'è appena tempo per salutarci. Che cosa dirai? Oh, Signore, fa' che sia ancora in sé, fa' che io non abbia paura e che egli capisca...

Egli sorrise, come da un mondo lontano, ma non era del tutto staccato dalla realtà. (Mi sorride, mi trova buffa? Sono ancora una donna, per lui?). Disse, e le parole si udivano a stento, nonostante il silenzio: « Lo so, lo so. E grazie ». Una lunga pausa. È ancora vivo? « Hanno voluto che vedessi un prete ». Un altro fievole sorriso. Non si illude più. « Ho detto che qualcun altro ha pregato per me. Ascolta! ».

Ella ascoltò con attenzione: dove sognava di essere? « Sì, Stephen? ».

« Oh, dimmi, dimmi: tu sai, no? Credevo di saperne più io di te, perché non eri stata in nessun posto. Invece, non è così. Che cosa dovrei cercare nel mondo, che significato ha? Ci sei tu e basta ».

Non c'era nessun significato all'infuori della luce dei suoi occhi. Era ancora là: la luce del mondo. L'amore era l'ultima cosa a morire. Oh Dio, se esisti e, disgustato, non hai rivolto il tuo sguardo su un pianeta più degno, se t'interessi a questo caso particolare e ritieni che io sia uno strumento adatto, ispirami le parole necessarie. Egli ha il tempo e la capacità d'intendere ancora, ma io ho bisogno delle parole. È troppo tardi? Ne ha mai sentito il bisogno? Non so niente di lui, pensava Olwen, all'infuori della sua vita qui.

Disse: « Non so niente e, forse, non c'è bisogno di sapere. Sarebbe un vantaggio sleale. Forse è un trabocchetto, Stephen, molto complicato e al di là delle nostre forze, ma non necessariamente ostile ». Gli occhi le pungevano e doveva fare uno sforzo tremendo per non piangere. « Cerca soltanto di credere, caro. Forse, dobbiamo fare questo soltanto. Forse, ti arrabbiavi giustamente ».

Dalla bocca di Taylor uscì un po' di saliva. C'era odore di morte nella stanza, nonostante le finestre fossero aperte: Taylor sembrava acconsentire alle sue parole. « Penserai qualche volta a me? ». Era la sua prima preghiera: nessuno, infatti, l'avrebbe ricordato; ma questo non lo preoccupava ormai più.

« Penserò a te » lo rassicurò Olwen. Ormai non sapeva più trattenere le lacrime che le scendevano in silenzio.

Taylor si era voltato, con sforzo, per guardar fuori da una finestra. Oltre i rossi edifici in mattoni e il muro di cinta c'era il mondo. Gli autobus passavano veloci. I passeggeri guardavano senza interesse o pietà. Le strade erano sporche. C'erano case tetre. I lampioni, nella luce del giorno, erano assurdi e sgradevoli. Esistevano, poi, altre cose antipatiche: gli apparecchi da bombardamento e gli uomini uccisi dalla guerra, le risse per bere nei cortili delle prigioni, i calci dei fucili che si abbattevano sulle carni, alcune ragazze a La Havre che avevano dato uno spettacolo di rivoltante animalità, i furti e le uccisioni da parte di uomini che si chiamavano camerati, i parenti che si vergognavano di farsi vedere in un sanatorio, la lunga cannuccia che prelevava il sangue e il dottore che sbadigliava per i gesti che si ripetevano ogni giorno... Aveva avuto una brutta vita, nessuno gli aveva dimostrato un po' di pietà, eppure non avrebbe voluto morire. Questa infermiera, donna e insieme bambina, non si sarebbe mai resa conto di quello che aveva fatto. Non poteva dirglielo, senza descriverle l'altra, crudele parte d'umanità che costituiva il mondo. Perché disilluderla? Era innocente e saggia: non occorrevano orrori e sofferenze perché si persuadesse che era dalla parte della ragione. Qualcuno uscì dal reparto delle medicazioni e attraversò il prato.

« La suora sta venendo » le disse.

« Allora, bisogna che me ne vada ».

« Sì » mormormò, guardando il grembiule inamidato, le maniche rimboccate, le due spille di sicurezza sull'uniforme, il viso rotondo e i soffici capelli rosso-castani. Se si crede negli esseri umani, si crede in Dio: è il primo passo e il più difficile. Le fu riconoscente delle lacrime. « Me ne andrò presto anch'io ».

« Arrivederci, caro » gli sussurrò Olwen e, dopo averlo sfiorato, fuggì.

Egli morì nella notte senza che Olwen potesse assisterlo, ed essa ne soffrì come di un atto d'infedeltà. Vegliava, sapendo che la morte non doveva esser lontana, ma all'una cadde addormentata. Non udì il suono del campanello di Stephen nella sala di guardia, lo scalpiccio dei passi lungo i corridoi, gli ordini agitati del dottore; non fu presente all'ultima, inutile lotta per strapparlo alla morte. Molti ammalati si erano svegliati, sembrava una prigione la mattina di un'esecuzione: ognuno stava all'erta. Sentirono i passi, le discussioni, gli ululati dei cani nei cortili.

Olwen incominciò il suo turno già stanca, impaurita, sfinita, e fu salutata da qualcuno che ignorava il suo amore per Stephen con il commento che era morto.

Non era una bella cosa, infine, dato che non c'era mai stata molta speranza e che aveva tanto sofferto? Olwen pianse; in seguito, le subentrò una sorta di ribellione. Desiderò star lontana dalle malattie e dalle paure. La guerra era ormai finita e anche le disgrazie. Ci pensò per qualche giorno: aveva ventidue anni e aspirava a una vita normale. Anche Peggy la incitava. « Cinque sterline la settimana! Non lasciartele scappare ». Una volta che si fu decisa, le pareva che la signora Dawson non facesse abbastanza in fretta.

IV

Quando la porta si aprì il campanello suonò, mentre un fresco soffio d'aria primaverile ravvivò l'atmosfera torrida e viziata del negozio. Si mossero dei fiori in un vaso e alcune facce sorridenti, appese alle pareti, oscillarono come riflesse in uno specchio deforme: una di queste réclame cadde sul pavimento. Non arrivava nessun suono di voci: è naturale, pensò Olwen, dato che la signora Harper è fuori. Non era stato fissato alcun appuntamento; forse, poteva essere una cliente imprevista. Olwen uscì da una cabina per vedere chi avesse suonato. Era un uomo. Portava una cartella di ottima pelle (dev'essergli costata al minimo cinque ghinee, pensò Olwen). Era, inoltre, molto ben vestito: aveva belle scarpe (altre cinque ghinee), un pesante soprabito (trenta ghinee), un abito di tweed, un cappello verde bottiglia e i guanti; ad occhio e croce, con una punta di divertimento, lo stimò per un valore complessivo di un centinaio di sterline. Era un tipo giovanile, non il solito viaggiatore di mezz'età: sul suo volto militaresco brillava uno sguardo scrutatore. Stava ritto in piedi, in perfetto equilibrio, osservando Olwen mentre si avvicinava. Ci fu un lievissimo cambiamento di espressione sul suo volto, quando Olwen gli fu vicina (forse una variante nel tipo di analisi) ma, lì per lì, ella non riuscì a definirla. Arrossì leggermente per il suo disordine: indossava ormai quel grembiule bianco da tre giorni e una ciocca di capelli le era caduta sulla fronte. Si accorse, però, che la guardava con palese approvazione e questo la fece sentire a disagio.

« Buongiorno » disse. « È in casa la padrona? ».

Continuava a fissarla e, pur nei limiti dell'educazione, era uno sguardo piuttosto intenso. Poteva avere trentacinque anni, forse meno, la sua carnagione era fresca, da ragazzo, abbronzata, e gli occhi erano scuri, grandi e sentimentali.

Olwen disse: « Mi spiace, ma la signora Harper rientrerà soltanto nel pomeriggio ».

« Sono della *Perfecta Saponi Company* » si presentò. « Pensiamo di allargare... ».

« Penso che farebbe meglio a vedere la signora Harper » disse Olwen. « Potrebbe ripassare questo pomeriggio? ».

« Sarà un piacere ».

Olwen tornò ad arrossire lievemente ed evitò il suo sguardo. « Non posso però assicurarle che la signora Harper ci sarà ».

« Va bene » le rispose. « Nel frattempo farò colazione. Saprebbe indicarmi qualche posto? ».

« Ci sono ristoranti lungo la strada » disse Olwen. Sorrise. « Sono zeppi di signore. È in macchina? ».

« Sì ».

« Allora potrebbe provare al Dragon » gli suggerì. « È a circa cinque chilometri da qui, sulla via principale, in direzione di Almond Vale ».

« Lei va là? ».

Arrossì, confusa. « No ».

« Le piacerebbe? ».

« Credo di no ».

« Mi spiace. È stata un'impertinenza ».

Queste parole calmarono un poco il suo imbarazzo. « Non si tratta di questo » disse, sebbene lo fosse. « Ma ho soltanto un'ora a mia disposizione ».

« E se approfittasse della macchina? ».

L'aveva giocata con le parole, ma ella resisteva ancora. « Sono in parola con un'amica » mentì.

« Porti anche l'amica » propose. « Devo lo stesso tornar qui, no? ».

« Non credo che stia bene » osservò Olwen. « Io non la conosco ».

« Mi chiamo Harrison » rispose, « Roy Harrison. Neanch'io la conosco, naturalmente, ma quale altro modo ci sarebbe per conoscerla? Capisco che cosa pensa, e l'ammiro per questo... Non so come io abbia potuto osare, non l'avevo mai fatto prima d'ora... ». Sorrise, un po' sostenuto. « Glielo chiederò un altro giorno ».

« Mi fa passare per meschina » disse Olwen, « e non ho nessuna intenzione di sembrarlo ».

« Allora, perché non viene? » insisté. « Conosce il mio nome e quello della mia ditta. Inoltre, è giorno. Stia tranquilla, non la mangerò. E non c'è bisogno che venga un'altra volta ».

Olwen scoppiò a ridere. « E va bene » disse. « Ma non potrò venire prima dell'una ».

« Dove c'incontreremo? Qui? ».

« No, non qui » disse Olwen.

« All'angolo? ».

« Sì, al semaforo ».

« Adesso potrei sapere come si chiama? ».

« Hughes ».

« La prego, non pensi che sia mia abitudine invitare a colazione le clienti affascinanti, signorina Hughes, ma è che... ». Non spiegò però che cosa fosse. « Vorrei che mi capisse ».

« Veramente no » disse Olwen. « Ma me lo spiegherà a colazione. Nemmeno lei deve pensare che io accetti inviti dai rappresentanti ».

« Ne sono certo » rispose Harrison. « E questa è una delle ragioni per cui l'ho invitata ». Indietreggiò, con la mano ancora sulla maniglia. « Spero di vederla all'una ».

Olwen ritornò alla sua cabina dove una cliente sfogliava con impazienza le pagine di « Vogue ». Si stupiva lei stessa del proprio contegno. Eppure, c'era una parte di vero in quello che aveva detto Harrison. Non esisteva altro modo per incontrarlo. Sperò di essersi rifiutata con sufficiente energia e così a lungo da togliergli ogni sospetto che lei non desiderasse altro. Ma non apparteneva certo a quella categoria di uomini: era dignitosamente calmo e lontano da qualsiasi impertinenza.

Fu colta dall'angoscia all'idea di pranzare al Dragon. Era un ambiente frequentato da proprietari di fuoriserie, dove si davano balli costosi e altri trattenimenti del genere e dove si potevano trovare più facilmente modelle che pettinatrici o ex infermiere. Non era il suo ambiente. E nemmeno desiderava farne parte.

Harrison la stava aspettando in una piccola vettura sport rossa, quando Olwen si diresse al crocicchio, all'una. Suonò il clacson, quando la vide. « Salve, sono contento che si sia decisa a venire ».

« Ero sul punto di non farlo ».

« L'avrei giustificata ». Sorrise ancora, con controllo. « Ma sono così contento che non l'abbia fatto. Penso che entrambi siamo un poco sorpresi del nostro comportamento; eppure, non c'è motivo perché due persone non possano pranzare insieme, no? ».

« Naturalmente no » disse Olwen. Le spiegazioni e le scuse la imbarazzavano, perché si sentiva tuttora un poco in colpa. Cambiò argomento. « Che bella vetturetta ».

« Non è malvagia » disse Harrison. « Fa i suoi centodieci. Salti dentro, signorina Hughes ».

Mancava lo sportello e quindi la possibilità di entrarvi compostamente. Egli fermò per un attimo lo sguardo sulle sue gambe che si erano un poco scoperte; distolse l'attenzione. E così, distaccato, si mantenne per tutto il tragitto.

Nella sala da pranzo del Dragon trovarono una ventina di persone, sedute a una dozzina di tavoli. La maggior parte erano uomini di affari di mezz'età, ma c'erano anche alcune donne sulla trentina, abbigliate con un'eleganza che la umiliava. Alcuni uomini, al bar, facevano gruppo, ridendo tra di loro. Harrison ordinò sherry per due. « So che non lo avrebbe voluto, se glielo avessi chiesto » disse, « e così, mi sono preso la libertà di non chiederglielo. È veramente ottimo: viene direttamente dalla distilleria » concluse, e ne risero insieme.

Mangiavano adagio, chiacchierando, piacevolmente imbarazzati. Olwen era preoccupata, perché, studiando quel viso attentamente, al di là del tavolo, nessuno avrebbe pensato che Harrison non fosse sposato. Perché, allora, aveva voluto pranzare con lei? Era il tipo d'uomo cui piace essere attorniato e ammirato dalle ragazze? Tradusse quasi l'intero pensiero in parole: « Signor Harrison, lei è sposato, no? ».

Il suo equilibrio parve appena turbato. « Che domanda curiosa. Come lo sa? ».

« Nessuno me l'ha detto » disse Olwen. « Ma glielo si legge in faccia ».

« Credo di sapere che cosa si sta domandando ». Ci fu

una lunga pausa in cui sembrò cercare le parole adatte: « Vede, mia moglie è molto ammalata ».

Olwen non fu capace di celare il suo dispiacere; se riconosceva che si doveva sottostare agli obblighi del matrimonio, ancor di più era convinta che non si dovesse abbandonare chi è ammalato e dà fastidio. Harrison parve di capire il suo pensiero, perché si affrettò a spiegarle: « È malata di mente ». I suoi grandi occhi scuri si fissarono, senza vederlo, su un vaso di fiori: sempre fiori da mandare, forse pensava, o non pensava piuttosto a una triste corona? « Ho sperato per molto tempo che potesse guarire, ma ingannavo me stesso. È una povera pazza, odiosa in ogni cosa. Non guarirà più, ma io sono stato sempre trattenuto dal nostro passato in comune, fino a quando non ho incontrato lei ».

« Mi spiace » disse Olwen.

Harrison fece una pausa, poi continuò: « Le hanno dato un altro anno di vita. È orribile, sa. Non mi piace parlare di questo. Guardi, signorina Hughes, noi ci conosciamo da un'ora e mezzo, ma lei mi piace e io non posso nasconderglielo. L'ho vista in quel negozio e, per la prima volta in due anni, la mia agonia si è interrotta. Evelyn mi è uscita di mente. Non mi sembra di aver visto qualcuno, realmente, in questi due anni. Vede, in questo modo mi è stata di aiuto. Ma parliamo di lei, adesso. Come è capitata in un negozio di parrucchiere? ».

Il suo tono e la sua domanda implicavano che il posto non fosse adatto a lei. Non era il suo ambiente: avrebbe dovuto lavorare in un ufficio o in una libreria o posare per un fotografo.

« Ho fatto l'infermiera » disse Olwen. « Circa quattro anni fa, curai un uomo che amavo e che morì. Sorse in me una specie di ribellione. Ebbi un'offerta... Sa, a causa dei miei capelli, e così, quando Stephen scomparve... ».

« Ed è per questo che non si è sposata? ».

Olwen distolse lo sguardo, incapace di sostenere quello di Harrison. « Ne ho conosciuti altri, da allora, però nessuno... ».

« Vede » disse Harrison, « avevo immaginato proprio questo di lei: lo si intuisce guardandola. Naturalmente, pur non avendone diritto, desideravo saperlo ».

Olwen sorrise. « Bene, ora sa tutto ».

« Oh no, non tutto » disse in tono insinuante. « Non so ancora il suo nome ».

« Veramente, non avrebbe il diritto di saperlo » rispose timidamente. « È Olwen ».

« Che nome insolito » osservò Harrison. « I nomi sono sempre appropriati, non crede? Calzano sempre. Anche mia moglie sa? era molto bella. Si chiama Evelyn ».

« È un nome simpatico ».

« Le era molto adatto. Ma non ora... Lei è d'origine gallese, no, signorina Hughes? ».

« I miei genitori vivono tuttora nel Galles ».

« Allora lei vive sola? ».

« No » rispose Olwen. « Con un'altra ragazza, Hazel. Dividiamo la stessa camera ».

« Anche lei è pettinatrice? ».

« No. È conducente d'autobus. Le camere d'affitto sono molto care; così ci siamo messe d'accordo per dividere la spesa ».

« Inoltre » disse Harrison, « vi fate compagnia. So che cosa significhi la solitudine ».

Quando lasciarono il Dragon, un quarto d'ora più tardi, le disse: « Signorina Hughes, mi sono trovato molto bene in sua compagnia. Posso vederla di nuovo? Accetterò tutte le condizioni che vorrà pormi ».

« Sono indecisa » disse Olwen. « Lo vuole proprio? ».

« Sì. Non c'è niente di frivolo in me. Guardi, mi dica che cosa ha deciso quando ripasserò dalla sua padrona, questo pomeriggio ».

« È meglio di no » disse Olwen. « La signora Harper si arrabbierebbe se venisse a sapere che sono uscita con lei ».

« Allora è meglio che io non mi faccia più vivo in negozio? Sarebbe imbarazzante per lei? ».

« Faccia come crede ».

« Ha un pomeriggio libero? ».

« Sì, il martedì ».

« Posso condurla di nuovo a colazione, martedì? Discuteremo di questo e, se lei acconsente a rivedermi, potremo, poi, fare un giro in macchina o andare a teatro ».

« Va bene » rispose Olwen. « Sono d'accordo. Anch'io mi sono divertita oggi ».

« Un altro favore » aggiunse Harrison. « Potrei chiamarla Olwen? ».

Ella annuì, era difficile rifiutare: l'avrebbe considerata infantile. Egli continuò: « E lei vuole chiamarmi Roy? Mi sentirei ugualmente felice ».

Alle cinque e mezzo, Olwen, piuttosto affaticata dal lavoro, ma ancora piacevolmente eccitata per quell'incontro, ritornava a casa. Viveva in una vecchia casa di tre piani, con la padrona, una vedova, e con Hazel. La casa era di stile edoardiano: come quella, in quel distretto, se ne allineavano circa duecento. Era dignitosa, ma cupa, con un piccolissimo giardino davanti, di due metri circa, un vestibolo lungo ed oscuro e le camere spaziose che sapevano di stantio. Erano zeppe di vecchie fotografie stinte, di mobili comprati a rate, di paesaggi pesantemente incorniciati, e, ai piani superiori, di armadi massicci di seconda mano. Anche la tappezzeria era scura. Ma Olwen non vi faceva caso. La signora Wilson, la vedova, era un tipo allegro che scoppiava a ridere fragorosamente alla minima occasione. Era molto affettuosa e ascoltava con interesse tutto quello che le due ragazze le raccontavano. Hazel aveva cinque anni meno di Olwen, ma era affezionata a Olwen e la ammirava per la sua bellezza e perché era sincera e onesta. Le confidava tutti i suoi errori, cercando la sua comprensione. Le aveva raccontato in che modo si era ubriacata insieme con un conducente di autobus, un uomo sposato, e come gli aveva permesso qualche confidenza; aspettava il conforto di Olwen per tranquillizzare la sua coscienza. Ascoltava Olwen parlare delle clienti, delle sue esperienze precedenti, all'ospedale; del suo amore per Joe e Stephen. Lavoravano molto, ma quando non erano stanche e avevano un po' di tempo libero, uscivano insieme per compere o andavano al cinema.

Appena Olwen entrò dall'atrio nel vestibolo, la signora Wilson uscì a salutarla. « Sei stanca? Hazel è in casa ed è arrivata una lettera per te dal Galles ».

« Ho le caviglie gonfie. È di sopra la lettera? ».

« L'ho data ad Hazel. Uscite stasera? ».

« Potremmo andare al cinema ».

Olwen salì le scale fino alla grande stanza, fornita di letti e di fornelli a gas, che divideva con Hazel. Una ragazza stesa a letto stava leggendo una rivista. Era florida, scura di capelli, graziosa ma troppo pallida. I suoi occhi erano scuri, grandi, e aveva un'espressione molto ingenua. Saltò subito giù dal letto, quando Olwen entrò.

« Mio Dio » disse. « Mi hai fatto quasi paura. Stavo leggendo ».

« Vedo. Cosa c'è per il tè? ».

« Aringhe. Io ho già mangiato ».

« Usciamo stasera? Non sono stanca ».

« Benissimo. Anch'io ne ho voglia. Che cosa stai facendo? ».

« Scrivo il mio diario ».

« Ma la giornata non è ancora finita » si lamentò Hazel. « Allora non usciamo più? ».

« Per me, la giornata è finita ».

« Sei stanca o c'è qualcosa che non va? ».

« Non si tratta di questo, ma mi è successo qualcosa ».

« Hai incontrato un uomo! » esclamò Hazel. « Racconta come è successo ».

« Non sarebbe meglio di no? » tentò di sottrarsi Olwen. « Potrebbe portar sfortuna, parlarne. Ti dirò soltanto che potrebbe diventare una cosa seria ».

« Che meraviglia » disse Hazel, sinceramente contenta. « Guarda, bisogna fare qualcosa di diverso stasera. È San Patrizio, e hai incontrato un uomo. Bisogna far festa con una bevuta, dopo il cinema ».

« Bene » acconsentì Olwen, « ma una soltanto. Ti conosco sai! E invitiamo anche la signora Wilson. Ma non dirle niente, ti prego ».

Il martedì seguente, all'una, Olwen si vestì molto accuratamente per il suo secondo appuntamento con Harrison. Questa volta, nessuna ciocca di capelli le cadeva sulla fronte; indossava l'unico abito a giacca che avesse, le sue scarpe migliori e le calze di nailon.

La stava aspettando, vicino alla sua automobile, esattamente nello stesso posto della volta precedente e fu felice di vederla. Il cuore di Olwen diede un tuffo quando lo scorse. Il suo aspetto era straordinariamente piacente: alto e snello, elegante in un altro completo di tweed, con un pesante soprabito, sempre di tweed, scarpe scure e i guanti in mano. Si accorse con quanto piacere avesse atteso questo incontro e quanto desiderasse essere liberata dai suoi scrupoli: ricordava come fosse stato lui, con insistenza, contro le regole della buona educazione, ad invitarla fuori, e come fosse stata lei ad informarsi se fosse sposato e non lui a dichiararlo, per primo. Eppure, non riusciva ad arrabbiarsi e a condannare del tutto questi due fatti: del resto, quando gli aveva chiesto della moglie, non le aveva mentito. Perché si stava tormentando? Non riusciva a definirlo. I suoi grandi occhi sentimentali le sorrisero, con piacere evidente. Ha l'aspetto di un ex ufficiale, pensò Olwen.

« Sono felice » disse. « Ho avuto ancora paura che non venisse ».

Olwen lo guardò negli occhi e notò la sua carnagione scura e le guance scavate. « Credo di sapere quello che pensa » disse. « Non continuiamo a scusarci, perché ci siamo incontrati in un negozio ».

« Senta » disse Harrison. « Andiamo a far colazione, invece. Poi, devo passare da un negozio, questo pomeriggio: le spiacerebbe accompagnarmi? ».

« Non ho ancora deciso che cosa fare » rispose Olwen.

Presero due aperitivi e si sentirono subito più a loro agio, allegri. La conversazione di Harrison era spiritosa ed interessante. Non tentò di adularla, anzi, parlava di faccende piuttosto serie e ascoltava a sua volta Olwen con molta attenzione.

« Senta, Roy » gli disse verso la fine del pranzo. « Ho pensato a lungo in questi giorni, tirando a indovinare. Mi dica se le mie conclusioni sono esatte. Lei ha passato la trentina? ».

« Ho trentacinque anni » disse Harrison.

« È stato ufficiale? ».

« Ha colpito nel segno. Ero nella RAF ».

« Pilota? ».

« Bombardiere ». Il suo sguardo si fece lontano, astratto. Fissò, senza vederla, l'estremità della stanza. « Ero a Little Over ».

« Dov'è? ».

« Era una base per apparecchi da bombardamento. Avevamo un incarico speciale: minare il canale di Kiel. Scampammo soltanto in quattro. Partecipai a sessantaquattro operazioni ».

« Sessantaquattro! ».

« Sono molte » ammise Harrison. « Sono stato molto fortunato. Prima ero stato in Oriente: cinquanta voli. Fu là che persi per la prima volta il mio equipaggio ».

« Immaginavo che fosse un tipo... da guardare in faccia la morte ».

Abbassò lo sguardo modestamente. « Ma adesso è tutto finito, Olwen ».

« Ne sono contenta ».

« Sapevo che lo sarebbe stata ».

« E poi ho pensato che lei sia stato ad Oxford o a Cambridge... ».

« Intuito femminile! » scoppiò a ridere. « Sono stato a Oxford. Ho studiato chimica ».

« Pensavo che la chimica si studiasse a Cambridge » gli fece notare Olwen, ricordandosi di Bond.

« Non ci sono regole strettissime » disse Roy, muovendo le mani vagamente. « E non mi sono fermato alla chimica. Mi sono interessato di letteratura e di araldica e dell'arte del bere. Giorni indimenticabili. Tutto è finito, ormai, e si fa ogni cosa per il vile danaro ».

« Mi sono poi detta che lei fa il rappresentante, perché non sa resistere lunghe ore seduto a una scrivania... ».

« È proprio così. Ho conosciuto nella RAF un amministratore distrettuale. Risultato: volevano mandarmi nel Pakistan, come rappresentante dell'Inghilterra. Era un ottimo impiego: avrei avuto a disposizione casa, domestici, automobili e altre comodità. Interessante anche il paese. Ma capitò quell'incidente a Evelyn. Ora, naturalmente, non posso pensare di andarmene all'estero. Comunque, non ancora ».

Harrison fece una pausa per fissare Olwen, con attenzione. « Ho pensato anch'io alla nostra situazione... Oh, non arrossisca. Ho riflettuto molto seriamente. Non voglio far qualcosa che la danneggi. Credo che non le possa piacere uscire con me, mentre mia moglie è viva, se si può chiamare vita ».

Fu scosso da un lieve tremito. « Avrei dovuto parlargliene appena la vidi, Olwen, ma non potevo abbandonare Evelyn durante i suoi ultimi mesi e intanto lei avrebbe potuto anche andarsene chissà dove. Ho visto il dottore, domenica, è quello il giorno delle visite, e mi ha detto che potrebbe durare anche meno di dodici mesi. Una pietosa liberazione, sarebbe. Potrebbe avvenire anche un miracolo, ma io non credo nei miracoli ».

« Non credo » disse Olwen, « che ci possa essere del male nella nostra amicizia ».

« Lo penso anch'io » rispose Harrison, « ma non posso far finta che sia unicamente un sentimento platonico, il mio. Io l'ammiro, Olwen. Lei è incredibilmente bella ».

Il rossore di Olwen si fece più intenso, ma la sua ansietà stava scomparendo. Egli la desiderava, ma si preoccupava insieme del bene d'entrambi. Ella non poteva pretendere di più: guardandolo con sollievo, si rese conto che anche lei ricambiava la sua ammirazione. Era innamorato di lei, eppure era pieno di scrupoli. Mostrava di essere buono e di avere un carattere molto forte. La mamma, il papà e Tom ne sarebbero stati entusiasti, quando l'avessero saputo. Ma quando avrebbe potuto informarli? Probabilmente, soltanto di lì a dodici mesi. Prima si sarebbero preoccupati per lei e non avrebbero capito molto della faccenda della moglie...

« Anch'io » disse Roy, « ho tirato a indovinare. Quanti anni ha? Ventidue? ».

« Quasi ventisei » rispose Olwen.

« Davvero? » si stupì. Poi sorrise: « È una vecchietta ben conservata, direi. Complimenti... La sua famiglia deve aver passato dei brutti momenti, durante la guerra, perché lei dovesse cercarsi un lavoro in una città sconosciuta... ».

« Venni qui perché volevo fare l'infermiera. Una mia amica lavorava già in un ospedale di Birlchester, ed io la raggiunsi ».

« E manda dei soldini ogni settimana alla sua bianca nonnina? ».

Olwen non capiva a che cosa stesse mirando. Cercava forse di stabilire quale fosse la sua posizione sociale? Provò, per la prima volta, un senso di vergogna, perché suo padre era soltanto un conducente d'autobus. Non poteva dirlo a Roy: avrebbe potuto troncare ogni cosa appena agli inizi.

« I miei hanno una fattoria » disse, « ma mando alla mamma una sterlina alla settimana, come piccolo aiuto ».

« Ha fratelli o sorelle? ».

« Un fratello soltanto ».

« Lavora alla fattoria? ».

Ella esitò. « Sì ».

Roy la guardò fisso, con i suoi occhi dolci. « Lei si è innamorata tre o quattro volte » cercò di indovinare,

« sempre in modo tenero, e non ha mai perso completamente la testa ».

Appariva come una specie di inchiesta sulla sua integrità, e Olwen, sincera, rispose: « Qualcosa di simile ».

« E ora » le chiese, « gradirebbe una tazza di caffè? ».

« Con entusiasmo ».

Quando uscirono, s'accorsero che il tempo era peggiorato e pioveva a scrosci. Roy aveva lasciato la macchina scoperta: alzò in fretta la capote, asciugò i sedili e spinse Olwen dentro. « Adesso, deve venire con me per forza. Non può aspettare l'autobus sotto questo diluvio ».

« Va bene » acconsentì Olwen. « Ho preso le mie decisioni ».

La pioggia tambureggiava sulla tela della capote, e c'era puzza d'olio, ma proprio per questo le pareva di far parte del mondo di Roy. Il tergicristallo, dalla sua parte, non funzionava e quando la macchina si fermò, si trovò davanti al droghiere, Birrell, da cui lei e Hazel si servivano. Roy ritornò euforico. « Ho ottenuto una buona ordinazione. Millecinquecento dozzine ».

« È molto? ».

« Non c'è male » rispose. « Non credo che si possa andar molto lontano, con questa pioggia, no? ».

« Non c'è speranza che smetta, per oggi ».

« Che cosa propone di fare? ».

« Non ho speciali preferenze » disse Olwen. Accennò indietro, alla strada principale. « Potremmo andare al cinema ».

Dentro, nell'oscurità del cinema, Roy le diede una scatola di cioccolatini. Dopo un po' di tempo, le prese la mano. Non la tenne a lungo, ma, prima di lasciarla andare, le diede una stretta affettuosa. Olwen gliela restituì. Dopo lo spettacolo, la condusse in una specie di caffè in stile Tudor, pieno di vecchie signore e di giovani madri con prole. Alle pareti di legno, molto scure, erano appesi finimenti di cavalli ed acqueforti.

« Che impressione le ha fatto il film? » chiese al disopra dei pasticcini e delle tazze da tè.

Aveva per oggetto lo spionaggio e la Resistenza durante la guerra, in Francia. « È stato emozionante » rispose Olwen. « A lei è piaciuto? ».

« Mi ha divertito » spiegò Roy, « sebbene si distaccasse molto dalla realtà ».

« A me, invece, sembrava così vero, che mi sono mordicchiata tutte le unghie ».

Roy rise. « È stato bene che lei non abbia fatto la spia ».

« Ma neanche lei l'ha fatta » rispose Olwen, un poco punta sul vivo. « Ha detto che faceva il pilota ».

« Fino al 1944, certamente » disse. « Poi una leggera debolezza alla vista mi ha costretto a desistere. Parlo il francese, e così... ». Ondeggiò le mani, con le palme rivolte all'insù, come a indicare, senza parole, paracadute, incontri e messaggi segreti, la Gestapo.

« Non c'è cosa che lei non abbia fatto, sembra ».

« Oh no » disse Roy. « In fondo, non ho mai baciato una rossa ».

Olwen si fece scarlatta, colta da un pensiero irritante. Se le rosse erano le uniche donne che non avesse baciato, questo non implicava, forse, dovizia di bionde e di brune? « Dovrebbe scrivere un libro sulle sue avventure » propose.

Egli non sembrò accorgersi della sua confusione e aggiunse: « Una parte di queste cose è ancora segreta. Dove andremo stasera? A ballare o a fare una passeggiata? ».

« Piove ancora? ».

« Pare che abbia smesso ».

« Allora facciamo una passeggiata » suggerì Olwen che desiderava stargli vicino in macchina, e parlargli e ascoltarlo per ore parlare. « Al ballo, la gente distrae ».

« Potremmo andare a cena fuori città, al Castello, a Brownhill. È un posticino elegante che ho scoperto durante i miei giri. Si mangia benissimo ».

« Deve aver girato moltissimo ».

« Ho percorso l'intera contea ».

« Chissà quante donne ha incontrato... ».

« Oh, Olwen » la supplicò. « Non si tormenti, non ha ragione di pensare così. Due anni fa, Evelyn era in perfetta salute come lei. Da quando... insomma da allora, non è stata che una angosciosa attesa. Mi sento già molto colpevole. Non complichi le cose, in questo modo ».

« Mi spiace » disse Olwen. « Scherzavo. Non sia triste, Roy, io sono pronta ad aspettare volentieri per questi dodici mesi... ».

« Intende dire che... ».

« Sì, lei mi piace ».

La sua dichiarazione lo colmò di gioia e, dato che la ragione non poteva essere che una sola, ella ne fu contenta. Desiderava che egli si innamorasse di lei e pareva prossimo ad esserlo. Dal canto suo, ella ne era già del tutto presa. Purché si mantenessero leali nei confronti della sconosciuta Evelyn, era pronta ad amarlo pazientemente, con tenerezza, senza passione, per il momento, finché la loro relazione potesse divenire, legalmente e moralmente, più stretta. Non era troppo presto per prendere in considerazione queste cose, perché egli sembrava fare sul serio e lei aveva idee chiare su tutta la faccenda.

Guidò cauto nella serata primaverile, perché si era subito fatto scuro. Al Castello, una piccola taverna con molte travi e gradini superflui, furono accolti con speciali riguardi. Olwen ricominciò di nuovo a far supposizioni: questo doveva essere uno di quei posti... Bevve più di un bicchiere di sherry e trovò il cibo ottimo. Roy insisteva perché bevesse ancora prima di andarsene, ma ella rifiutò. « No, grazie, Roy, sono già quasi addormentata. E poi, è tardi ».

Lungo i sentieri di campagna, ritornando indietro, Roy guidava adagio e, finalmente, girò la macchina in un viottolo e si fermò. Spento il motore, il silenzio era quasi imbarazzante. « Fermiamoci un poco a chiacchierare » disse Roy, avendolo già fatto altre volte. « Una sigaretta? ».

Aveva smorzato le luci ed ella intuì, in un misto di piacere e di paura, che intendeva baciarla. Olwen non ebbe la forza di allontanare questo momento fumando, e rispose: « No, grazie ».

« Vuole che finga? ».

« Fingere? ».

« Che non l'amo. Tento di farlo, come vede, ma mi sembra sciocco nascondere che... ».

« Non le impedisco di amarmi » disse Olwen. E, se la sua voce tremava, non si poteva certo pensare che fosse per il rimorso. « Finché non andiamo contro la nostra coscienza... ».

« Lei vede chiaro » disse Roy. « Non faremo niente di male ».

Le accarezzava dolcemente i capelli, il volto, le orecchie, poi le rialzò la faccia. Olwen chiuse gli occhi, come se non sapesse che stava per essere baciata; stava per accadere qualcosa che aveva già presagito e aspettato. I suoi baci furono, dapprima, delicati, poi, di minuto in minuto, si fecero sempre più insistenti e appassionati. Non sembrava aver fretta, anche se era tardi: occorreva molto tempo perché si saziasse. Olwen era un poco intontita per lo sherry; il cuore le batteva forte mentr'egli la baciava sul collo; si accorse che la passione stava per avere il sopravvento sulla tenerezza. La colpa era d'entrambi, ma Olwen capì e perdonò la sua bramosia. C'era una moglie, da qualche parte, che non era ancora legalmente e fisicamente morta, ma non si poteva nemmeno considerare viva... Roy bisbigliò il suo nome ed Olwen riaprì gli occhi. Nella penombra, poteva scorgere i solchi profondi sulle sue guance: vicino al sopracciglio destro, gli pulsava una vena. Il suo trasporto era evidente. Era molto eccitato, ansava: nel piacere di quel momento aveva senz'altro dimenticato le infelicità passate, la disgrazia per cui la bella moglie si era ridotta pazza e scostante. « Non eccitarti troppo » lo pregò Olwen. « Dobbiamo resistere a lungo ».

« Sei così dolce » le disse, « ma anche tanto bella... Devi pensare a tutti e due ».

« A tutti e tre » corresse Olwen.

Roy aveva leggermente mutato posizione. Una sua mano, sotto le gambe di lei, attirava a sé meglio il suo corpo nell'abbraccio. Olwen giaceva abbandonata e a suo agio in questa posizione, pur sapendo che egli avrebbe potuto farla sua e che era completamente in suo potere; ma si fidava di lui. Soffocata dai suoi abbracci, si andava spostando sempre più sul sedile. La mano di lui, insinuandosi in una calza, le toccò la gamba. Olwen si mosse lievemente, così che egli poté togliere la mano. Una vite del sedile le dava un fastidio intollerabile. « Roy » lo pregò, ridendo sommessa, « mi sono tutta attorcigliata e il sedile mi fa male ».

Roy lasciò a mezzo l'abbraccio e la rimise subito seduta. « Mi spiace » disse, « non me ne ero accorto ».

Olwen incominciò a rimettersi il rossetto sulle labbra, indicando, senza parole, che era tempo di smetterla. « Mi sono rotta le calze » osservò.

« Che peccato » disse Roy. « Te ne comprerò un altro paio. Misura dieci? ».

« Sì, ma come fai a saperlo? ».

« Sei alta, press'a poco, come Evelyn ».

« Stavi accarezzandomi le gambe, sai? » lo rimproverò Olwen. « È stato cattivo da parte tua. Per fortuna, non ho bevuto un altro bicchierino ».

« Cara » disse Roy, « come sei assurda e deliziosa. La colpa è stata del modo in cui mi eri caduta addosso ».

Olwen non volle che l'accompagnasse fino al portone di casa. « Vedi, Roy » tentò di spiegargli, « io non ho molti soldi e non abito in un quartiere elegante ».

« Come se io ci badassi » protestò Roy.

« So che non ci badi, ma preferirei che tu non vedessi la mia casa. Fai finta ch'io sia Cenerentola ».

« Come vuoi » acconsentì Roy.

Arrestò l'automobile allo stesso angolo da cui erano partiti. Si abbracciarono stretti per più di cinque minuti, prima di trovare la forza di separarsi. Questa volta, egli seppe frenarsi. Olwen pensava ch'egli capisse il sacrificio che dovevano fare per esser teneri, ma non appassionati, per comportarsi con lealtà verso Evelyn.

Erano le undici passate quando Olwen entrò nella sua stanza. Hazel, in pigiama, stava ascoltando la piccola radio che avevano in comune. La spense subito, eccitata, e pregò Olwen di farle il resoconto esatto del pomeriggio e della serata.

« Sono così agitata » disse Olwen, « che devo parlare

con qualcuno. Oh, Hazel, è simpatico e mi ama. Anch'io lo amo. Se tu soltanto potessi vederlo! ».

« L'ho visto ».

« Davvero? » si meravigliò Olwen. « Dove? ».

« Vi ho visti al cinema ».

« Perché non ti sei avvicinata? ».

« E perché? » replicò Hazel. « Non sembravate desiderosi di parlare ».

« Che impressione ti ha fatto? ».

« È un bell'uomo » rispose Hazel, « e sembra anche ricco. Non me lo lascerei scappare se fossi in te ».

« È un uomo intenso ».

« Intenso? ».

« Molto emotivo, voglio dire. Esagera un pochino nelle espansioni ».

« Glielo hai permesso? ».

« Non essere sciocca » disse Olwen. « Non gli piacciono certe cose più di quanto non piacciano a me. Il problema non esiste ».

« Forse un giorno sorgerà ».

« Oh, tu e la tua mentalità, Hazel! È stato ad Oxford ed è un ex ufficiale. Ha avuto le avventure più emozionanti, ma adesso è desideroso di quiete ».

« È proprio il tipo adatto del marito ».

« Sì. È già sposato ».

« Cosa? » esclamò Hazel.

« È in una situazione tremenda » tentò di spiegarle Olwen. « Sua moglie ha avuto un incidente ed è ammalata da parecchi mesi ».

« Allora, divorzierà » disse Hazel. « Che vicenda romantica! ».

« No » le fece notare Olwen, « per niente. È molto ammalata e non può guarire. Anzi, non vivrà a lungo. Roy si sente in colpa, venendo con me. Ma che cosa si può fare? ».

« Non saprei » rispose Hazel. « Io aspetterei e vedrei un po' che cosa intende fare ».

V

Alcuni estratti del diario di Olwen Hughes

Giovedì, 17 marzo

Oggi mi è successa una cosa straordinaria. Ho incontrato R. È un rappresentante che si è presentato questa mattina, durante l'assenza della signora Harper. Dopo aver chiacchierato un poco, mi ha persuasa ad accompagnarlo a colazione al Dragon, lungo la provinciale di Almond Vale. Io non desideravo andarci, dapprima, anche se l'invito mi sembrava spontaneo e il suo imbarazzo era paragonabile al mio. Ne abbiamo parlato e l'abbiamo ammesso, anche se nessuno dei due, poi, pareva rimpiangere la decisione. Ci siamo dati appuntamento per il prossimo martedì. Dobbiamo discutere intorno a una difficoltà: egli è sposato, infatti. Questo, normalmente, renderebbe impossibile ogni rapporto, per quanto mi riguarda, se non fosse che sua moglie ha avuto un incidente, tempo fa, e, adesso, non è soltanto ammalata, ma è destinata, in breve, a morire. (Ed è anche insopportabile, mi ha detto). Non mi ha dato spiegazioni sull'incidente, e io non le ho chieste, presumendo che, in qualche modo, ne sia stato anche lui coinvolto: forse, è accaduto con la sua macchina. Comunque, pare seriamente intenzionato ad essere leale, così come lo sono io. È stato molto educato e si è saputo controllare: lo direi un tipo cavalleresco, se non fosse un termine così antiquato.

Martedì, 22 marzo

Lavoro tranquillo, stamattina. Ho visto R. all'una e mi ha portato di nuovo al Dragon nella sua vetturetta rossa. In seguito, R. passò da Birrell dove ha ottenuto un'ordinazione di millecinquecento dozzine che l'ha reso molto allegro. Pioveva, così siamo andati al cinema. (Hazel ci ha visti: le piace l'aspetto di R.). Poi abbiamo preso il tè al Priory. Non vi ero mai stata prima, perché troppo caro e alla moda. R. faceva parte della squadriglia di piloti che minò il canale di Kiel e, in seguito, ha fatto anche la spia. Abbiamo discusso se dobbiamo incontrarci ancora: è ovvio che non possiamo farne a meno. In serata, R. mi ha portata fuori città, in una taverna caratteristica di Brownhill. Ho bevuto parecchi bicchieri di sherry, troppi forse, che, con una cena squisita, mi hanno un poco intontita. Più tardi, in automobile, R. si è fatto affettuoso: fin troppo mi pare. Ha una grande ammirazione per me e me l'ha detto. Del resto, si poteva leggergliela in faccia. Era molto eccitato. Penso che deve essere stato piuttosto infelice in questi due ultimi anni e che l'amore gli riappare, di nuovo, come una cosa meravigliosa ed inebriante. Era completamente perso nel piacere che provava con me: ho dovuto spiegargli che, finché la situazione è quella che è, non dobbiamo oltrepassare i limiti della tenerezza. È straordinariamente intenso. Non so che cosa sarebbe successo, se mi fossi lasciata andare: ritengo che mi sarei persa del tutto con lui.

Martedì, 29 marzo

Ci ho pensato tutta la settimana, senza credere che ogni

cosa potesse ugualmente ripetersi. R. mi ha condotta in un nuovo posto, al Queen's, in città, dove ho bevuto ancora dello sherry. Sto diventando una ubriacona. Non so più cosa sia la birra che, quand'ero infermiera, mi piaceva tanto. R. mi ha comprato due paia di calze di nailon. Uno al posto di quello che ho rotto la volta scorsa in automobile (colpa sua: per difendermi ho perso l'equilibrio), e l'altro per quello ch'egli chiama un regalo fuori ricorrenza. Ho il presentimento che ne riceverò parecchi di questi, anche se non avrebbe bisogno di farmeli. Lo amo già: regali e persuasione sono cose superflue. Questa volta, dopo il tè, siamo andati a ballare. Sono anni che non ballo: in realtà, ho proprio vegetato per anni! Mi ricordo di quella sera in cui ho incontrato Joe. Com'eravamo teneri, allora. Stasera è stato diverso: R. è un ballerino meraviglioso, molto più bravo di me. In automobile, è diventato ancora affettuoso e avrebbe oltrepassato i limiti, se non avessi abbassato di un tono la sua tenerezza. Non ho ancora detto niente alla mamma, perché non approverebbe il fatto che è ancora sposato. Le spiegherò tutto nella mia prossima visita a casa. So che non c'è niente di male; ma, d'altronde, so anche perfettamente che cosa si direbbe in paese. Non mi piace basare tutto sulla morte di Evelyn, eppure, l'ha detto R. almeno due volte, se avesse atteso la sua morte per dichiararsi, nel frattempo, io avrei potuto andarmene via. (Suppongo intendesse che mi sarei sposata con un altro).

Martedì, 5 aprile

Il martedì è adesso il più bel giorno, anzi, l'unico bel giorno della settimana. Il tempo era sereno oggi; così abbiamo corso per chilometri e chilometri. Le gemme incominciano ad aprirsi e i colori a farsi vedere. Caro Signore, ti ringrazio per la primavera. Essere innamorati in primavera! Vado in giro sospirando e sorridendo da sola: devo abbassare gli occhi in autobus e fingere d'interessarmi alle acconciature delle signore. Tutto il tempo penso a lui. Ricordo sì Leslie e Joe e Stephen, ma li ricordo con compassione. C'era sempre dell'infelicità con loro: qualcuno stava per partire. R., invece, non se ne va via: è venuto per restare. E poi, non è un ragazzo, ma un uomo. Entrambi siamo grandi e abbiamo coscienza dei nostri doveri e delle nostre responsabilità. Sarà meraviglioso il giorno in cui condurrò R. nel Galles. So che ha girato parecchio il mondo, è un tipo complicato, complesso e intelligente, ma mi piacerebbe insegnargli la semplicità e il valore del silenzio, come si capisce davanti al mare. Credo che in molte cose, amore, coraggio e religione, l'essenziale sia la semplicità. Il tormentarsi troppo porta alle frustrazioni e ai litigi, all'apatia verso ogni cosa. R. è molto espansivo e vive ogni attimo con intensità. Gli piace la poesia. Stasera siamo stati a teatro. Ha preso due posti in prima fila, è molto generoso e questo mi piace. Non so perché ho sempre sospettato della gente ricca: doveva essere ignoranza o invidia. Non dovrei pensare al matrimonio. I miei sogni potrebbero essere infranti, ma non riesco a non pensarci. Ha manifestato come cosa ovvia la sua intenzione di sposarmi. R. dice di avere una casa, ma di stare in pensione da quando Evelyn è ammalata. Forse, non vivremo in quella casa, perché il ricordo di lei ci farebbe troppo male. Sono gelosa di lei e ne ho compassione allo stesso tempo. Non m'importerà nulla di come e dove vivremo, comunque.

Martedì, 12 aprile

Abbiamo avuto un'altra giornata tutta per noi. Giornate come questa sono perfette, perché si possono rivivere in ogni particolare. Le si può godere quante volte si vuole: ecco perché i vecchi vivono di memorie. Io voglio addirittura metterla per iscritto, così che, negli anni venturi, possa ritrovarne ogni particolare intatto. Che cosa è accaduto? Siamo andati al Dragon, poi abbiamo fatto un giro in macchina, c'è stato il tè, il ballo, poi un'altra corsa in macchina, per bere qualcosa. (Ho il sospetto che a R. piaccia bere, ma non è il tipo d'uomo che si ubriaca di birra. Gli piacciono i locali eleganti e le conversazioni interminabili. Anch'io sono resa molto loquace dallo sherry, del resto).

Mi vien da ridere quando penso a stasera: ho dovuto perfino schiaffeggiarlo! Ha ragione Hazel, quando sostiene che è sopraffatto dalla passione. Non c'è dubbio, ormai, che siamo sconfinati dal campo della semplice tenerezza. Non possiamo evitarlo, perché io lo amo quanto lui: è così difficile tenere l'amore a distanza, con freddezza. Nel breve spazio della macchina, ci avvinghiamo stretti. In principio, è dolce, come me; poi, in un quarto d'ora, siamo stretti in un abbraccio tale che ogni bottone o medaglia che porto, lascia un'impronta dolorosa sul mio corpo. È sempre come se non si sentisse abbastanza vicino. Immagino che desideri possedermi, ma, controllandosi, si accontenta di stringermi fino a soffocarmi. Ha voluto soltanto toccare la mia pelle e io ero in uno stato tale che l'ho lasciato fare. In fondo, ho quasi ventisei anni e ho pensato talvolta all'amore fisico; vi ho pensato, unendolo all'immagine di R., desiderando che continuasse dove il povero Joe aveva smesso. Come posso evitarlo? Aspetterò, naturalmente, ma sono una donna e piena di salute, e una volta o due, quando ho dovuto fermare gli impeti maschili, mi sono chiesta che cosa sarebbe successo se li avessi lasciati fare. Innamorata come sono di R., il mio corpo fa a pugni con la mia volontà e sono diventata l'aguzzina di me stessa. Mi tiene a freno la religione. Le infermiere mi chiedevano sempre: « Perché credi in Dio? ». E le mie risposte non le convincevano mai. Quando si presentava una difficoltà, volevano spiegazioni pratiche, fisiche, quasi scientifiche; perfino quando si trattava di un sentimento. R. conosce le mie credenze religiose e le rispetta, sebbene non le condivida. Inoltre, rispetta me con lui, e quel piacere che abbiamo in comune... Caro R., lo so che si era proposto di comportarsi bene. Il suo amore gli ha fatto oltrepassare i limiti, ecco, e ha cercato di accarezzare la mia pelle, perché desiderava sentire la mie braccia, le spalle e il seno. Era piuttosto ardente, lo ammetto, e anch'io desideravo lasciarlo fare. « Tocco la tua pelle » diceva, « quando ti accarezzo il viso, ti stringo le mani o ti bacio, eppure non protesti dicendo che è peccato ».

Tentavo di parlargli dei miei scrupoli religiosi, ma m'interrompeva, obiettando, in modo alquanto confuso, che la guerra e la disgrazia di Evelyn lo avevano reso indifferente moralmente. (Cercherò di porre riparo anche a questo guaio). Così, gli ho risposto: « Vedi, tu senti la mancanza di un amore completo, anche dal punto di vista fisico, e mi stai sostituendo a tua moglie ». Parve sconvolto. « Non desidero altro che conoscerti » disse, « ma conoscendoti, desidero soltanto amarti ».

Martedì, 19 aprile

La macchina di R. aveva un guasto, oggi; così abbiamo preso il treno per Almond Vale. Sembravamo una coppia di giovani innamorati. Penso che R. abbia dimenticato come possa essere simpatico viaggiare in treno. Almond

Vale è proprio una cittadina. E ha anche un nome appropriato, perché lungo uno dei suoi vialoni, vicino ai praticelli rasati e al fiume, c'erano mandorli così rosa che sembrava l'illustrazione di un racconto per bambini. Abbiamo fatto colazione tardi in un locale caratteristico; poi, ci siamo diretti al fiume. R. ha remato per quattro o cinque chilometri mentre io osservavo le sue braccia in movimento. Come è forte! Ha parlato del futuro e, più o meno, ha fatto capire che vuole sposarmi. (È la prima volta che fa delle allusioni tanto esplicite).

Ha comprato una bottiglia di sherry e, siccome al ritorno avevamo lo scompartimento a nostra disposizione, siamo diventati presto molto allegri. (Uno scompartimento di prima classe, penso che l'abbia fatto apposta, il briccone!). R. è diventato di nuovo molto affettuoso, pur essendo sempre allegro, e io non sapevo come calmare le sue espansioni. Mi supplicava, con insistenza, di lasciarlo fare e non voleva dar retta alle mie proteste. Era così eccitato che non le ascoltava nemmeno e sembrava approfittare della sua maggiore energia fisica.

Comunque, ho avuto l'impressione che avrei dovuto litigare per fermarlo. Ma appena riesce a toccarmi, diventa subito gentile; e allora sono io che divento remissiva, nell'estasi. Le gambe mi tremavano, mi sentivo sciogliere, ero capace soltanto di lasciarmi andare e, quando la sua mano mi accarezzava, capivo quanto fossi donna e piena di desiderio. Oh, mio Dio, come ci hai fatti strani, nel nostro impasto di carne e di spirito! A casa, mi sono guardata nello specchio per vedere se fossi cambiata. Sono sempre la stessa, e sono contenta di averlo fermato alle carezze, perché, nell'agitazione del momento, avrebbe voluto passar oltre. (Ce ne sarebbe stato il tempo; inoltre eravamo in una carrozza senza corridoi. Sono sorpresa di non aver avuto paura. Nonostante la sua impetuosità, ho fiducia in lui).

Domenica, 24 aprile

Sono stata in chiesa stamattina, nonostante il brutto tempo. Sono piena di rimorsi. Abbiamo tanto tempo da aspettare e siamo già in pericolo di venir meno a un impegno di onestà e di perdere la capacità di controllarci. Nel pomeriggio ho visto R. per un'ora, prima che andasse all'ospedale a trovare la moglie. (Che esperienza tremenda dev'essere!). Ha ancora cercato di fare il cattivo, in macchina; ma io mi sono opposta. Dopotutto, è anche domenica. Mi ha chiesto scusa e poi ha tirato fuori un cestino di fragole. Quando ci siamo lasciati, era molto gentile.

Martedì, 26 aprile

R. doveva recarsi a Bristol, oggi; così non l'ho visto. Hazel lavorava nel pomeriggio e quindi non sapevo cosa fare e con chi chiacchierare. Sono andata al cinema. Pioveva. Era un film molto triste, inverosimile, ma ho pianto lo stesso. Penso che mi abbia fatto bene: sono stata troppo felice ultimamente. Ho sentito molto la mancanza di R., ma così ho avuto il tempo di raccogliere le idee. Sono indecisa e preoccupata: recentemente, avevo già pensato di non vedere più R. finché non fossero passati questi dodici mesi, perché la nostra felicità ci ha resi egoisti e dimentichi degli altri.

Poi, sono preoccupata perché egli vuole possedermi e incomincia a mostrare una leggera impazienza. Siamo giunti al punto che gli permetto di toccarmi. Non credo di poterlo fermare; ogni volta desidera possedermi di più. Non so come fare: sono innamorata di lui e anche il mio corpo cede. Da quel giorno in treno, mi sento intenerire nei pensieri e nei sogni...

Martedì, 3 maggio

Proprio prima che uscissi per andare al lavoro, la signora Wilson mi ha consegnato una sua lettera. Era una bellissima lettera che porterò sempre con me, d'ora innanzi. Non recava il suo indirizzo. R. è buffo, vuole anzi che io scriva sulle buste il suo indirizzo a macchina, perché la sua padrona di casa, altrimenti, gli aprirebbe le lettere e farebbe uno scandalo, vedendo che gli scrive una ragazza. (Ma con chi, dal momento che sua moglie è ammalata?). Non so proprio perché non cambi alloggio, dato che non fa questione di danaro. Comunque, la lettera non parlava di questo. Era per dirmi che avrebbe ritardato e avrebbe portato con sé un cestino per una merenda, alle due e mezzo. C'erano poi dei brutti versi: « I tuoi seni sono globi d'avorio cerchiati di blu, un paio di mondi intatti inconquistati ».

Era difficile resistere anche a questi versi, perché R. fa sempre apparire bello l'amore. Ha scritto la lettera per dirmi che, nonostante quello che era accaduto in treno, mi considerava ancora pura. Vorrei poterlo affermare anch'io, ma non me ne sento capace. Vorrei, eppure non tornerei indietro per tutto l'oro del mondo. Una cosa tanto piacevole non può essere cattiva (l'ha detto anche R.), eppure, adesso che sono passate delle ore e che i nervi e i sensi mi si sono calmati, la mia mente, a freddo, sostiene che lo è. Non è piacevole, ma eccitante: lo sapevo, del resto, anche prima, e che è un desiderio irrefrenabile della carne che non ha niente a che fare con il cuore. Eppure deve entrarci anche il cuore, perché non sarei capace di amare nessuno, in quel modo, se non lo amassi come amo R. e non vedessi il mio amore ricambiato nel modo paziente e sensitivo che è proprio di R. (Lo conosco da appena sei settimane, ma mi sembra giusto giudicarlo così, fin da ora).

Non sarebbe accaduto, se non fosse stato per il tempo. Io penso che la vita e la morte e altre cose ancora siano appese a dei fili, come il tempo, una parola, uno sguardo, la curva della strada da cui spunta il postino, quelli che la divina provvidenza ci ha dati come vicini o amici.

Oggi il tempo era perfetto: il cielo completamente azzurro, non un filo di vento, e il sole calmo come d'estate. Non ho idea di dove siamo stati: anche se ci sono posti così familiari, ormai, da appartenerci, quasi. Eravamo soli su una collina: dalla cima si vedeva snodarsi un viottolo fino alla vetturetta rossa, e, a distanza di chilometri, un treno.

R. mi aveva pregata di portare tazze e piatti. Il resto l'aveva portato lui: c'erano panini imbottiti, pasticcini, ciliegie, fragole, tè, gelato e, finalmente, dello sherry, per quando tramontò il sole e scese triste la sera. Non so come sia riuscito a far stare tutto quanto in macchina. Ci eravamo messi in una cava calda come un forno. Lì, incominciò a sussurrarmi delle parole così tenere ed appassionate, che dimenticai pian piano ogni realtà, tranne la nostra. Ma anche quando ogni cosa era svanita: consapevolezza, memoria, coscienza, ed erano soltanto rimasti i suoi occhi, il suo viso, le sue parole insinuanti, tentai di reagire. « Ma non abbiamo deciso di sposarci? » chiese R. « Dobbiamo attendere un pezzo di carta, prima di essere sicuri che Dio approvi il nostro amore? Dobbiamo aspettare già molto tempo, Olwen... ». Tentavo di restar calma: « Vuoi dire che desideri sposarmi? ». Le sue mani mi stavano ormai toccando: mentre, sotto di esse, divenivo docile creta, m'accorsi che avrei accettato qualsiasi cosa da lui. Calma e logica erano impossibili, rifiutare il suo amore insultante. L'avevo già rifiutato a lungo ed era stato egualmente paziente. Forse, tutti gli uomini sono così, anche Tom, forse. R. disse: « Certo che non desidero altro che sposarti ». (Oh, le sue parole!). « Così, ci trovi ancora del male? ». Allora, lo guardai, recitai dentro di me una preghiera e mi abbandonai. Egli se ne accorse e mi sussurrò: « Cara, sapevo che l'avresti voluto ». Fu un po' violento (mi morse una spalla), ma io ero in uno stato tale che non m'importava del dolore. Povera Evelyn, eppure anche lei deve aver provato momenti simili... Oh, mio Dio, non adirarti con me, perché lo amo. Amo anche Te...

Martedì, 28 giugno

L'atmosfera era opprimente oggi, in negozio. Anche per questo ero contenta di avere il pomeriggio libero, a parte l'agonia di vedere R. C'è stato molto daffare stamattina e ho avuto un curioso giramento di testa: credevo di svenire. La signora Harper mi ha fatto sedere un poco: è stata molto gentile e mi ha detto di lavorare con più calma. Come se fare la pettinatrice fosse più faticoso che fare l'infermiera! Dev'essere stato il caldo eccessivo. Tutto quel bel tempo sta preparando una tempesta. Purché non scoppi un giorno che sono con R.

Mi ha portato un altro regalo fuor di ricorrenza, oggi: un paio di calze nere. Ha insistito perché le mettessi subito, nonostante facessero a pugni con il resto del mio abbigliamento. Ho dovuto cambiarmele nella toilette del Dragon: mi sentivo un po' folle. Sopra, senza badare, ho scritto « agonia », ma è vero, è una specie di delirio. Assomigliamo al tempo; la dolcezza della primavera se n'è andata e il soffio rovente dell'estate mi sfibra a volte. Vorrei che potesse tornare la primavera. Non avrei mai pensato che qualcuno potesse ridurmi in un simile stato. R. si diverte a farmi spasimare di desiderio: desiderio e prostrazione. È sfrenatamente sensuale. Non si cura più dei miei sentimenti? Pettinati così, dice, poi, subito, cambia idea. Metti calze di seta, di nailon, di filo... Porta biancheria nera, blu, verde... Oh, R., non potresti toccare il vertice della sensualità e poi ritornare al mio io reale? A volte piango, ma soltanto il cielo sa per cosa. Sono certa che E. non ha mai conosciuto questo genere di amore, perché, dice R., è sempre stata piuttosto nervosa e delicata. È per questo, allora, che gli piaccio tanto? Anch'io in fondo gli assomiglio: sono una bestiola piena di salute... Perdonami, Dio. Capisco adesso perché esiste il dolore nel mondo e, in questo piacere disperato, aspetto il mio turno.

Sono felice, ma non soddisfatta. Il prossimo appare diverso, quando si è innamorati: non più simpatico, ma leggermente ostile. Forse perché sono costretta a mentire. Non posso raccontare ad Hazel ogni cosa e, a volte, quando eludo le sue domande dirette, mi guarda risentita. Avviene la stessa cosa con le mie due compagne di lavoro. Sembrano invidiose, perché mi rinchiudo in un mondo tutto mio. Forse, la gente è invidiosa della vera felicità, perché capita tanto di rado... Così, mi sento sola. Forse, non sono così felice come pensavo. Non c'è una sola persona che sia a parte, interamente, del nostro segreto. Sono stata a casa, nel Galles, due volte da quando lo conosco, ma non ho potuto dir nulla. Anzi, ho dovuto stare in guardia, perché mi amano in modo così esclusivo che vogliono sapere tutto quello che faccio. Scriverò a Peggy: mi aprirò con lei. È l'unica persona che potrebbe capirmi.

Venerdì, 1° luglio

Ho scritto a Peggy: è venuta stasera. Non la vedevo da mesi, ero contenta, ma non lo sono rimasta a lungo. Ha notato in me un cambiamento sorprendente: mi trova ingrassata, più colorita e con un certo sguardo negli occhi... Le ho spiegato quale ne fosse la ragione: invece di unirsi alla mia gioia, si è molto arrabbiata. Sono scoppiata a piangere, ma non si è lasciata commuovere. Come può criticarmi dopo quello che ha fatto? Abbiamo bevuto una birra, fumato una sigaretta, e siamo rimaste in silenzio. Poi, ha incominciato a farmi la predica: divertirsi un poco, va bene, ma quello che fai è pericoloso... Le ho detto che il nostro non era solo un divertimento e le ho chiesto che cosa potesse dirmi, allora, del suo contegno. Ha fatto un gesto evasivo, come se fosse una cosa di nessuna importanza, e ha tentato ancora di convincermi. È stato tremendo. Quando se n'è andata, l'ho pregata di non scrivere alla mamma. Mi ha guardata e ha detto: « Non è la prova che ho ragione? ». Non c'è speranza: non vuole capirmi. Ho pianto fino a quando sono caduta addormentata. Ora, io e R. siamo del tutto soli.

Martedì, 5 luglio

Proprio come pensavo. Il temporale è scoppiato oggi, pressappoco nell'attimo in cui lasciavo il negozio. Siamo stati costretti ad andare al cinema, per la prima volta dopo settimane. In realtà, era piuttosto carino stare seduti tenendosi la mano. Per qualche ora mi ha amato nel modo e con quelle effusioni che mi son più cari. La pioggia, quando siamo usciti, era ancora fitta, ma i tuoni erano cessati: ne sono stata contenta, perché mi fanno paura. R. guidò, nella sera, per chilometri e chilometri. Certo, cercava qualche posto per bere, ma non ce n'erano. All'imbrunire, svoltò in un viottolo e rimanemmo in macchina. Era scomodo, ma ci amammo a modo suo fino a che entrambi fummo stanchi. C'era una fessura nella capote, ma R. non vi ha posto attenzione.

Non lo fa mai.

Martedì, 12 luglio

Anche stamane stavo poco bene. Ormai, non ci può esser dubbio. Osavo appena respirare tanto ero spaventata. Vorrei poter parlare con qualcuno. E vorrei tanto aver detto a mamma di R. Come posso fare ora a convincerla che tutto ciò è bello? Ne sarebbe infelice e papà e Tom si arrabbierebbero.

In realtà, quello che mi spaventa è di poter perdere R. Il bambino non mi preoccupa: l'amerò perché è il frutto del nostro amore. Ma non riesco a immaginare R. se non galante e sensualmente appassionato. Mi ama (e ama *questo* amore) a tal punto che certo si adirerebbe di fronte alla possibilità di un *terzo* nelle nostre vite. Egli ha in odio la monotonia, e l'umile realtà d'ogni giorno. E anche se E. morisse oggi (sta parecchio male, dice R., e lui ha già questa preoccupazione), il nostro matrimonio, dopo il suo funerale, sarebbe sgradevolmente prematuro.

Martedì, 19 luglio

Avevo intenzione di parlarne a R. la scorsa settimana, ma non ne sono stata capace: ho tentato di farlo oggi, ma ancora non ci sono riuscita. Era diverso dal solito. Esito, prima d'affrontare il rischio di mettere a repentaglio la mia felicità. Ma non c'è più dubbio, ormai, e deve esserne informato per forza. Perché ho tanta paura? Forse ne sarà contento. Sarebbe accaduto lo stesso dopo il nostro matrimonio, e allora perché non prima? Almeno il mondo, oggigiorno, non copre d'onta la gente come noi. Siamo costretti, però, a rendere qualcuno infelice, è vero, e, per questo, ne siamo un poco sconvolti, nonostante il nostro grande amore reciproco.

Siamo ritornati in quel posticino in cui ci siamo amati per la prima volta, in primavera. Il sole era molto più caldo di allora: le mie gambe sono abbronzate. Pregai R. di essere gentile: dopo, sarebbe stato impossibile fermarlo, e infatti è stato comprensivo e delicato. Siccome non ero nel solito stato d'estasi, ho potuto osservare R. nella sua felicità. Come mi guarda in quei momenti! Avrei dovuto dirglielo. È buffo il modo in cui gli pulsa una vena sulla tempia destra: dev'essere l'agitazione, suppongo.

Lunedì, 25 luglio

Domani andremo ad Almond Vale ed io devo parlarne a R., assolutamente. Mi succede ogni giorno, ormai, e devo smettere di lavorare. Mi licenzierò dalla signora Harper entro domani e se quando glielo dico, R. si arrabbia, lascio stare il danaro degli otto giorni e ritorno a casa. Non so perché immagino che possa arrabbiarsi e rifiutare la sua responsabilità: deve essere la mia debolezza a farmi questo scherzo. Ho sempre, comunque, il sollievo di potermene tornare a casa. Sono certa che mi perdonerebbero. Anche tu, o Signore, perdonami! non arrabbiarti, non allontanarlo da me. So che ho sbagliato e nel modo peggiore, perché è un peccato piacevole, ma non ho fatto del male a nessuno e non ho intenzione di disfarmi del mio bambino. Nemmeno per lui...

VI

Martedì ventisei luglio era, a Birlchester, una di quelle giornate coperte, uggiose, sfibranti, nelle quali scoppiano guerre e violenti litigi e perfino la gente più mite soffre di irritanti mal di testa. Sulla spiaggia, la temperatura era la stessa: mancava l'umidità ma il calore era mitigato dalla brezza di mare. Vecchie signore, dopo una leggera colazione, uscivano col cane a passeggio, in cappotto, lamentandosi, finanche, dell'aria fredda. Signore più giovani, in abiti leggeri dopo un salutare riposo, giocavano a tennis o nuotavano. Invero, nell'aria stagnante del centro industriale, le cose erano un poco diverse. Non c'era brezza, perché non c'era aria; nessuno aveva dormito bene: nell'afa già del primo mattino, anche le ragazze più graziose erano sudate e pensavano con irritazione a una giornata di lavoro davanti alla macchina da scrivere.

Olwen Hughes, ventisei anni e sei settimane, sessantatré chili, occhi blu, capelli castani, corporatura media, protestante, ex infermiera, pettinatrice, nèi sul braccio sinistro e sulla spalla destra, nubile, incinta di due mesi, aveva dormito male svegliandosi a tratti, madida di sudore. Gettava via coperte e lenzuoli e si riaddormentava scoperta, per risvegliarsi di nuovo con i brividi. Si alzò già stanca, gravata dal peso del suo particolare peccato, consapevole di dover affrontare una giornata spiacevole. Al lavoro nell'atmosfera dolciastra e stomachevole del negozio, avrebbe dovuto seguire la confessione a R. che stava per diventar padre. Sapeva di andare incontro a cose sgradevoli. Il tempo della felicità se n'era andato: si avvicinavano adesso le responsabilità e, forse, le punizioni. Bevve un sorso d'acqua fresca e allontanò l'impulso di covare il suo malessere a casa. Hazel era già uscita. Olwen mangiò poco: fiocchi di grano bagnati nel latte, pane e burro, due tazze di tè. Le era arrivata una lettera dal Galles. La lesse seduta sui gradini, scandendo le dolci, ignare parole di sua madre. Un'altra agonia le era inflitta. La madre non aveva sue notizie da due settimane: non si lamentava, la supplicava soltanto di scrivere. Era la prima emozione della giornata, al di fuori dell'angoscia continua che l'afferrava ogni mattina al risveglio. Al momento, ogni tensione per colui che si faceva chiamare Roy Harrison svanì: le sarebbe ritornata più tardi vicino a lui, ma, per il momento, desiderava soltanto l'amore senza complicazioni di sua madre: era così immenso, che l'avrebbe perdonata e sarebbe intervenuta in suo favore anche presso gli altri. Comparve nel vestibolo la signora Wilson. « Buongiorno, Olwen cara. È arrivata la posta? ».

« C'è una lettera per me, di mia madre ».

« Per me niente? ».

« No, mi spiace ».

« Poco male, vuol dire che non ci sono conti da pagare. La giornata s'annuncia molto calda ».

« Non ho dormito bene ».

« Neanch'io. Sembri un po' pallida ».

« Sono di cattivo umore, oggi » disse Olwen. « Un po' per la lettera, e un po' perché non ho dormito ».

« Il tarlo della coscienza, suppongo ».

Olwen la fissò. « Questo è il caldo » rispose, poi si diresse lentamente alla porta. « Vorrei poter tornare nel Galles, oggi stesso, signora Wilson, e mi scusi se glielo dico ».

« Ci andrai per le ferie » la consolò.

« Forse anche prima. Arrivederla, signora Wilson ».

Olwen si avviò al negozio di Olga Harper a passo molto lento. L'aria era già afosa: al passaggio dei veicoli, biglietti d'autobus e pezzi di carta si sollevavano e cadevano nelle pozzanghere. Alcuni uomini la guardavano, perché camminava così adagio e pensierosa. Guardavano i suoi capelli, l'espressione dolce del viso e la figura ben fatta, poi si immergevano di nuovo nella lettura del giornale. Le ultime ventiquattr'ore erano state piuttosto tranquille: non era successo niente che li sconvolgesse. Un personaggio illustre era morto di vecchiaia. Qualcuno (in America naturalmente) si era sposato con l'ereditiera del re di qualche conserva in scatola. Era stato tratto un film da una novella pornografica. Un comunista era diventato cattolico. Un cattolico si era convertito al buddismo. Un uomo politico era passato al partito opposto. Un reattore era caduto e il pilota era morto. L'attenzione di una buona metà della contea era stata attratta da una partita di baseball. Una persona famosa dichiarava che i tempi erano difficili. Un attore era stato accusato di omosessualità. Un'attrice madre di tre figli aveva ammesso in tribunale il suo adulterio con quattro uomini. Si prevedevano pioggia e grandine a Londra e nelle contee meridionali. Nel centro del paese, sarebbe continuata l'afa e ci sarebbero stati temporali nella notte.

Alle dieci e mezzo, nell'intervallo fra due appuntamenti, Olwen chiese alla signora Harper di parlarle.

« Parla, su » disse, e accese una sigaretta aspirandone il fumo furiosamente. « Mio Dio, che giornata soffocante ».

« In privato » la pregò timida Olwen, arrossendo leggermente.

Le altre due ragazze, che stavano bevendo il tè, la guardarono con curiosità. Non conoscevano Olwen molto bene e non la capivano: non chiacchierava molto, non si appassionava di cinema, lavorava troppo e, forse, si dava arie.

« Va bene » rispose la signora Harper e la condusse nel suo ufficio. Chiuse la porta. « Cosa c'è? ».

« Vorrei andarmene ».

« Oh, cielo, non tu, Olwen! ».

« Mi spiace ».

« Ma perché? ». Le venne un sospetto. « Hai avuto un'offerta migliore? Per un negozio del centro? ».

« No. Voglio tornarmene a casa ».

« E chi non lo vorrebbe? » protestò la signora Harper. « A me piacerebbe, per esempio, restarmene a letto per una settimana. Ci sono dei guai in famiglia o qualcosa del genere? ».

Olwen arrossì, fraintendendo dapprima la sua domanda. « Sì, qualcosa del genere ».

« Mi fai un brutto tiro » si lamentò. « Queste due lazzarone non muovono un dito se non le sorveglio. Potresti aspettare qualche settimana, finché mi procuro un'altra ragazza? ».

Olwen scosse la testa. « Non posso, signora ».

« Ti fermerai almeno fino al periodo delle ferie? ». Mancavano dieci giorni.

« Naturalmente ».

La signora Harper pensò al suo interesse. « Allora,

questo pomeriggio rimarrai qui, mentre io mi darò da fare per cercarmi una sostituta ».

« Non posso fermarmi questo pomeriggio ».

La bocca le si serrò in una smorfia di disappunto. « Vuoi fare, insomma, proprio quello che ti pare ».

« Vorrei fermarmi, creda » disse Olwen, « ma ho un impegno importantissimo ».

« Importante! » la beffò. « Bene, non venirmi a chiedere le referenze, però ».

« Non ho bisogno di referenze » rispose Olwen e si diresse alla porta.

« Aspetta un minuto! » la fermò. Era arrabbiata. Non era riuscita a ferire Olwen, e questo mostrava quanto poco le fosse importato il suo lavoro « da Olga ». Era un'offesa. Però, le sembrava di aver trovato il modo di ferirla. Prese una rubrica, la sfogliò e poi disse ad alta voce: « Sbrigherò io i tuoi appuntamenti della prossima settimana. Non voglio che nessuno lavori qui malvolentieri. Chissà cosa potresti bisbigliare nelle orecchie delle clienti ».

« Signora Harper, lei mi conosce ».

« Risparmia le tue proteste » disse ironica, godendo dell'improvviso rossore di Olwen e del luccichio dei suoi occhi. « Sono una donna d'affari. Qui c'è una settimana di paga. Arrivederci, signorina Hughes. Veda un po' se le riesce di guadagnare altrove sette sterline la settimana ».

Olwen era scarlatta in volto, ma si sentiva troppo prossima alla nausea per arrabbiarsi. Passò in fretta davanti alle varie cabine, lanciò un saluto di sfuggita ai due volti che si erano affacciati con curiosità e si trovò fuori, senza sapere cosa fare. Calmandosi, scoppiò in un riso nervoso, sentendosi libera. Era stata al negozio parecchi anni, sempre lavorando sodo, più della stessa signora

Harper. Ora la signora Harper le aveva chiuso la porta in faccia senza referenze e ricompense di alcun genere. Ma c'era una ricompensa per lei che la signora Harper non poteva immaginare. Le venne l'impulso di sistemare ogni cosa al momento, senza aspettare fino all'una. Avrebbe telefonato subito a Roy e gli avrebbe detto del bambino. L'ufficio di una compagnia di viaggi l'allettava con réclame di vacanze in Corsica, sulla Riviera, in Norvegia. Pigre donne seminude si abbronzavano al sole sulla sabbia: nessuna menzione di bambini, lavoro, Dio; nello sfondo, apparivano uomini aitanti, scuri, soli, indifferenti. La felicità era dunque possibile se non ci si preoccupava di nulla e si poteva spendere. Olwen fissava le réclame senza provare invidia, pensando: se non vuole più saperne di me, comprerò qui un biglietto e tornerò a casa. Potrei prendere il treno delle tre. Aveva un brutto presentimento: era una giornata sfortunata.

In una rubrica telefonica, cercò il numero della *Perfecta Saponi Company* (ricordava questo nome da mesi, pur avendolo sentito una volta sola), ma quando l'ebbe formato sul quadrante, una voce femminile rispose: « Pronto, *Rejuvenated Oil* ».

« Ma non è Central 9999? ».

« *Rejuvenated Oil*, per servirvi ».

« Volevo parlare con *Perfecta Saponi*. Devo aver fatto il numero... ».

« Aspetti un momento ». Ci furono strani rumori, poi un'altra voce riprese: « Che numero? ».

« Mi metta in comunicazione col 172 ». Era la prima voce.

Ci fu un completo silenzio. Olwen alzò il volto e lo specchio di fronte le rimandò un'immagine tormentata. Il silenzio cessò. Una profonda voce maschile, così importante che ci si immaginava il profumo di un sigaro e una figura maestosa, disse: « Parla Bushell ».

« È la *Perfecta Saponi*? ».

« Sì. Qui è Bushell ».

« Vorrei parlare con il signor Harrison ».

« Abbiamo parecchi Harrison, signora ».

« È un viaggiatore ».

« I viaggiatori ci sono soltanto il venerdì, signora. Harrison si trova a Sheffield ».

« Ma non può essere. Io sto per... » Olwen si fece sudata, non terminò la frase. « Oh, non pensavo... ».

« Voleva fare un'ordinazione? ».

« Volevo... chiedergli qualcosa ».

« Ma non c'è la signora Harrison? ».

« No, naturalmente » rispose Olwen. « È ammalata, in ospedale. Credevo che lei sapesse... ».

« No. Mi spiace » continuò la voce profonda. « Mi spiace molto. Ma non è mai stata molto robusta. Lei è un'amica di famiglia? ».

« Qualcosa del genere ».

« Le presenti i miei omaggi. Io ho tanto lavoro in questi giorni... » si scusò. « Il nome, se lo ricorda? è Bushell. In che ospedale si trova? ».

« Non... L'ho dimenticato. Devo... attaccare. Arrivederla ».

Olwen attaccò immediatamente. Ho quasi messo Roy nei pasticci, pensava. È stato cattivo da parte sua, però, andare a Sheffield, proprio oggi. Perché poi quel signore mi ha chiesto se ero un'amica di famiglia? Una famiglia implica dei figli. Forse alludeva ai genitori di Roy. Non riesco a connettere oggi. Ho il cervello in gelatina. Berrò un caffè.

Entrò in un caffè dove si fermò un quarto d'ora. Poi

si trascinò adagio lungo la strada principale. Passò davanti ai cancelli di un parco spoglio, squallido, e decise d'entrarvi. Si sedette; il tempo non passava mai. Sfogliò un giornale: le parole parevano aver perso ogni significato e i suoi pensieri non la lasciavano in pace. Improvvisamente sobbalzò come se qualcuno la stesse osservando. Due vecchi su un'altra panchina stavano parlando fitto fitto; i bambini giocavano, un po' lontano, strillando; le madri spingevano le carrozzine senza guardarle. Non trovava niente a cui interessarsi: alcuni passeri litigavano fra di loro sollevando la polvere; l'erba era secca, riarsa, una macchia di colore era data dai fiori, c'erano alberi giovani, dai tronchi sottili e, pudicamente nascoste dietro cespugli di rododendro, le ritirate di un verde acceso. Era un parco in miniatura.

Poco prima dell'una, corse fuori, di nuovo, tornando sulla strada principale. Un orologio sopra un cartellone pubblicitario segnava soltanto le dodici e un quarto. Non gli credette e si diresse in fretta al luogo dell'appuntamento; ma un altro orologio che faceva le dodici e venti la convinse a rallentare.

Si fermò davanti a una vetrina dove erano esposte alcune macchine fotografiche. Una, del costo di quattro sterline, attirò la sua attenzione. Si era insinuata in lei un'idea insistente: voleva fare una foto a Roy, prima di parlargli del bambino. Così, se si fossero lasciati, le sarebbe rimasta quella foto per provarle che tutto era realmente accaduto. Sola e disprezzata, avrebbe rivissuto nel suo diario il passato, fermato in ogni particolare, e la foto sarebbe stata una prova di più che non era stato tutto un sogno. Olwen si decise ad entrare nel negozio.

« Non fa un cattivo affare » le disse il vecchio dietro il banco. « Ottima soprattutto per paesaggi ».

« Non per ritratti? ».

« No » e l'uomo rise alla sua ignoranza. « Per quelli, dovrebbe prendere il modello *Mark IX*. Costa dodici sterline ». Scrutò Olwen: forse poteva spenderle. « Badi, ne vale la pena ».

« Non ho dodici sterline » ammise Olwen. « Non si possono fotografare le persone con l'altra macchina? ».

« Oh, sì. Ma lei aveva parlato di ritratti veri e propri, non d'istantanee ».

« Volevo dire... ».

« Ascolti » le disse il vecchio. « Li metta a quattro metri di distanza, li inquadri nel mirino, al centro, lasciando un po' di margine per gli errori e avrà una fotografia chiara come il sole. Sarà di suo pieno gradimento ».

« La prendo » decise Olwen. « Vuole inserirvi una pellicola? ».

« Prende anche una custodia? ».

« No, grazie. La metterò nella borsetta ».

« È meglio di no » osservò l'uomo. « È facile che si rovini ».

Si chinò su un cassetto pieno di cianfrusaglie e tolse un astuccio di stoffa. « M'è avanzato. Che ne dice? Cinque scellini ».

« Mi spiace » si confuse Olwen. « Non ho molto danaro con me ».

Suonò il campanello e un altro cliente entrò. « Quand'è così » disse in fretta il vecchio ad Olwen, « le darò la custodia lo stesso ».

« È molto gentile da parte sua » gli rispose Olwen. La giornata sta migliorando, pensava. « Grazie mille ».

Arrivò all'incrocio in cui Roy avrebbe dovuto aspettarla, all'una meno dieci. Attraversò la strada di corsa e saltò all'interno della macchina, mentre tutte le preoccupazioni della giornata sembravano sparite, d'incanto. Era sempre il solito Roy: si sentì felice. « Oh, caro, come sono contenta di vederti ».

« È un'accoglienza simpatica » le disse piano, guardandola.

« Ho passato una mattinata spaventosa » gli confidò.

Roy incominciò a guidare. « È passata adesso » osservò; poi, colto da un pensiero improvviso: « È accaduto qualcosa d'insolito? ».

« Più o meno; mi hanno licenziata ».

« Licenziata! Cos'hai fatto? ».

« Veramente, non è stato proprio così. Ho chiesto io gli otto giorni, ma la signora Harper si è arrabbiata e mi ha licenziata in tronco ».

« Ma cosa t'è saltato in mente? » esclamò Roy.

Avrebbe voluto spiegargli il motivo: non si era inquietato, infatti, come la signora Harper; ma desiderava fargli una fotografia prima che la sua espressione potesse alterarsi. « Roy, ho deciso di tornare nel Galles ad aspettarti. Siamo già troppo felici ».

Ascoltò la sua proposta con calma, con una logica inaspettata che le spiacque. « Forse hai ragione, Olwen. Hai sempre pensato al bene di tutti e due. Non vorrei che te ne andassi, ma abbiamo ancora dei mesi da aspettare...». Fece una pausa, poi le chiese: « I tuoi sanno di noi due? ».

« No » disse Olwen. « È difficile spiegare... Al villaggio queste cose non le capiscono ».

« Glielo dirai adesso? ».

« Sì ».

« Ogni cosa? ».

« Tutto, Roy ».

« E io verrò a conoscerli ».

Sembrò commossa. « Roy, Roy, sarebbe meraviglioso. Allora, capirebbero... ».

« Ci scriveremo » disse Roy. « Sarà un amore diverso, pieno di sorprese ».

« Ma sarà sempre lo stesso » replicò Olwen. « Non voglio che cambi ».

Erano arrivati al posteggio del Dragon. Non c'era nessuno nei dintorni; le poche altre macchine erano vuote. Roy la baciò con forza, piegandola indietro sul sedile. « È il nostro ultimo giorno? » le chiese.

« Per forza. Non ho più danaro, eccetto quello per il treno ».

Un altro bacio prolungato, violento. Le aprì, nonostante le sue proteste, la camicetta verde, rudemente. Olwen non riusciva a rialzarsi e a liberarsi dalla sua mano. « E questo pomeriggio » le chiese, « è l'ultimo? ».

« Lasciami sedere » disse Olwen piuttosto arrabbiata. Egli la lasciò stare, accorgendosi del suo malumore. « Non dobbiamo farlo più » disse Olwen. « Ci sono delle ragioni. Renderebbe soltanto più difficile la nostra separazione ».

Roy non aggiunse niente. Sedettero a colazione piuttosto imbarazzati, nonostante le suppliche di Olwen. Poi, appena in macchina, Olwen, con un impulso affettuoso, pose la mano su quella di lui al volante e mormorò: « Mi spiace, Roy ».

Egli sorrise. È tempo che gli faccia le fotografie, prima di dovergli resistere ancora, questa volta spiegandogli la verità, pensava Olwen.

Erano usciti dal Dragon alle due e un quarto, circa, e prima delle tre erano ad Almond Vale. Roy parcheggiò la macchina dietro il cinematografo: era la sua solita tecnica per non pagare il posteggio. Faceva caldo; c'era calma, intorno. Lunghe file di nubi si spostavano in cielo, ma anche sotto la loro ombra il caldo non diminuiva. L'orizzonte era filettato d'oro. « Domani pioverà » notò Olwen, « ma il tempo oggi ci lascia in pace ».

Camminarono lungo la sponda del fiume. C'era poca gente e passava lontano. L'unico a rivolger loro la parola fu un barcaiolo, un giovanotto vestito vagamente da marinaio che guardava sfacciatamente le gambe e la figura di Olwen mentre si stavano avvicinando. « Vuole una barca, signore? ».

« Che ne dici? » Roy si volse ad Olwen.

« Preferirei camminare » rispose Olwen.

L'uomo sputò e si sedette su una latta di benzina. A un chilometro e mezzo circa dalla città il sentiero in riva al fiume finiva.

« Continuiamo ancora un poco » disse Roy ed Olwen capì con timore a cosa mirasse. Camminarono su uno strato di foglie d'ontano e poi sulla terra dura, compatta, che per la maggior parte dell'anno era fango del fiume. C'era quiete assoluta: non avevano incontrato nessuno da circa mezz'ora.

Roy vide una buca e si mise ad esaminarla: era circondata da cespugli e l'erba scottava. Andava benissimo. « È completamente asciutta » le disse, « e non ci sono formiche che possono morderti » aggiunse ridendo. Si sedette.

« Non muoverti! » gli gridò Olwen.

« Cielo! » esclamò Roy. « È una macchina fotografica? Credevo fosse la merenda ».

« A che distanza sono? ».

« A sette metri circa ».

Olwen si avvicinò. « Adesso, sorridi » disse.

Roy stava già sorridendo, Olwen fece scattare la molla. « Ora, devo ricaricarla » disse.

Roy si alzò. « Adesso, ne faccio io una a te » disse, « nella posizione giusta » e la piegò indietro per baciarla. Olwen perse l'equilibrio e cadde a terra. « Perfetto » esclamò Roy. Anch'egli si era procurato dei ricordi, su carta al bromuro, delle gambe, della faccia e dei capelli. « Stai ferma ».

« Cosa sembro? » chiese Olwen, sedendosi sulle gambe ripiegate sotto il corpo. Sorrise. « Fanne un'altra ».

Obbedì riluttante. Quindi, lasciandosi cadere sull'erba al suo fianco, disse: « Sei stata accontentata, ora devo esserlo io ». Il secondo bacio fu più violento del primo e Roy la rovesciò sulla schiena. « Sii gentile, caro » lo supplicò Olwen. « Non essere cattivo oggi, ti prego ». Pensava alla nuova vita che portava in seno. Per tutta risposta le morsicò la gola. Le sue mani, ignorando le suppliche di lei, rovistarono nelle sue vesti. Vedeva la solita sua vena pulsargli sulla tempia, lo sguardo era lo stesso di quando l'aveva rovesciata sul sedile della macchina, prima di colazione. Le parole non avrebbero potuto fermarlo. Cominciò a sudare, per la paura, nonostante l'aria fresca che le ventilava le gambe. « Roy, Roy » gridò, « quando ci sposeremo? ».

« L'anno prossimo ».

« Ma tu hai detto... ».

« Che differenza fa? ». Nella frenesia che l'aveva colto non faceva complimenti. C'era un solo modo per fermarlo, anche se avrebbe portato a un litigio: soltanto quand'era esausto, infatti, diventava tenero. Gli toccò il braccio nudo. « Roy, amore, aspetto un bambino ».

Roy si arrestò di colpo e la fissò con rabbia. « Maledetta stupida! ».

Olwen disse disperata: « Non arrabbiarti, ti prego. Non potrei sopportarlo. Fa parte di noi, no? Non m'importa Roy, non m'importa. Fa parte di ciò che dovrebbe essere la nostra... ».

« Non t'importa! » la schernì. Ella trasalì a quel tono che non aveva mai udito da lui. « Sei stupida o cosa? Mio Dio, che stupida sentimentale devi essere! ».

« Ma noi avremmo avuto un bambino lo stesso » disse Olwen, « perché... ».

« Chi te l'ha fatto credere? ».

« Tutti li mettono al mondo quando si sposano » rispose Olwen. « Non fare così, Roy. Tornerò a casa dai miei. Aspetterò. Nessuno qui lo verrà a sapere ».

« Non desidero bambini. Ne avevamo uno e morì, grazie al cielo ».

« Roy! » gridò Olwen, colpita dalla sua durezza. « Non puoi pensare soltanto a te tutta la vita. Potrebbe essere un bambino che ti somiglia come una goccia d'acqua. La penserai diversamente quando saremo sposati ».

Si era allontanato e si mordicchiava le unghie. Era un gesto imprevisto in lui, perché ogni sua azione era sempre stata, in precedenza, controllata. Anche il suo sguardo era insolito: faceva male al cuore vederlo così e osservarlo. « Non ci sposeremo mai » disse.

La sua collera era così evidente che ella non osava parlargli, non desiderava più toccarlo; ogni tenerezza era scomparsa in lui: era un uomo i cui piani erano andati distrutti. Olwen era disfatta dall'angoscia: intuiva che c'era necessità di spiegazioni, più che di scuse. Si faceva strada in lei il presentimento che quell'amore che aveva creduto così tenero, sensibile, rivolto al futuro, come il suo, era forse stato soltanto un desiderio di possesso materiale. Le sfilarono nella mente, come sequenze di film, vecchi episodi: fatti e parole che l'avevano persuasa a darsi. Fu terrorizzata: era caduta in una trappola.

« Ma tu hai detto che volevi sposarmi » disse. Era vero: l'aveva dichiarato più volte e adesso era soltanto una speranza.

Fece un gesto di diniego, con le mani e senza parole le fece capire che non aveva mai pensato veramente quello che le diceva. Le parole servivano per far fare agli sciocchi quello che si voleva: forse che i politicanti non fanno lo stesso? « Non penserai che io abbia intenzione di sposare una bestiola che si fa prendere in trappola tanto facilmente? » disse. « Dovrai sbarazzarti del bambino. Ti darò venti sterline ».

Olwen si fece molto pallida e fu sul punto di svenire. Era la fine. Questo Roy crudele era vero come quell'altro: aveva crocifisso definitivamente il suo amore con le sue parole prive di pietà: il diario e la fotografia, ormai, non avevano più nessun significato. Sentì il bisogno di fuggire a quell'uomo cinico. « Non mi sbarazzerò del bambino. Sarebbe un delitto ».

Egli rise con ironia. « Smetti di dire sciocchezze. Se hai una fissazione, non vedo perché io debba andarci di mezzo ».

Olwen allora scoppiò in lacrime. « Non mi hai mai voluto bene ».

« Smettila di piagnucolare » le gridò Roy. « Non posso sopportare le donne che hanno le lacrime in tasca. Non posso darti, comunque, più di venti sterline. Mi sei costata anche troppo ».

« Non ho bisogno del tuo danaro ».

« Bene, non perder tempo a far spiccare un mandato contro di me » e sbottò in un'acre risata. « Non l'ho mai vista prima, signorina ».

« So dove lavori » replicò Olwen. « Andrò dal tuo principale. Conosco il tuo signor Bushell. Forse, avrebbe piacere di sapere che razza di rappresentante ha ». Le venne un altro tremendo sospetto e balbettò: « Il tuo nome non è Harrison, eh? non è Harrison! ».

Egli si impaurì. La scosse per le spalle e le torse un braccio. « Che cosa ne sai di Bushell? ».

« Lasciami andare il braccio » gridò. « Roy, che ti è successo? Non sono proprio niente per te? ».

Roy continuava a torcerle il braccio: ogni colore le svanì dalla faccia. Gli cadde addosso, quasi svenuta. « Cosa sai di Bushell? ».

« Gli ho telefonato stamattina ».

« Perché? ».

« Ti prego, lascia il mio braccio ». Egli allentò la stretta. « Gli ho chiesto di te ».

« Sei pazza? Di me? ».

« Volevo soltanto sapere se c'eri. Avevo bisogno di parlarti ».

Ricominciò a torcerle il braccio. « Di cosa? ».

« Del mio licenziamento e del bambino ».

« E a lui hai detto qualcosa? ».

« No ».

« Meglio per te ».

« Ma gliene parlerò presto » disse, piangendo con amarezza. « Non pensi, eh, che ne avrò il coraggio? Eppure lo avrò ».

« Non hai prove ».

« Ho qui una lettera che parla di matrimonio ».

Tremò, quando vide l'espressione tesa del suo volto. « L'hai qui? » chiese con soddisfazione maligna. « Dammela! ».

La lasciò andare ed entrambi corsero alla borsetta di Olwen che giaceva abbandonata sull'erba a pochi passi di distanza. Olwen l'afferrò per prima e avrebbe continuato a correre, se egli non l'avesse afferrata per una caviglia. Cadde con la faccia contro terra. Roy le fu subito sopra e le sue mani l'avvinghiarono alla gola. Non pensava che ad impedire ad Olwen di scappare. Non c'era soltanto la lettera. Avrebbero capito lo stesso che diceva la verità: c'erano le prove del sangue, c'erano persone che avrebbero potuto testimoniare. Le sue mani strinsero sempre di più.

Olwen non poteva crederci: certo, voleva soltanto spaventarla. Non poteva succederle una cosa simile. Dopo tutto, era una persona normale. Non desiderava più niente da lui, adesso, e glielo avrebbe detto. Ma le mani la soffocavano, mentre cercava di opporre resistenza, sudando copiosamente. Tentò di urlare, di protestare, di guardarlo, perfino, perché si rendesse conto di ciò che stava facendo e si fermasse. Si voltò sul fianco e scorse la solita vena sulla tempia battergli furiosamente. Le sue labbra si mossero e formulò in silenzio queste parole: « Roy, il bambino... ».

Parte seconda

Il criminale

I

Sono le sedici e quarantacinque del ventisette luglio. Guido l'automobile distrattamente ai limiti della strada, poi mi fermo. Non ho idea di dove mi trovo. Mi sono fermato qui e a quest'ora per istinto, prima di tornare a casa, a rifocillarmi con una tazza di tè e un uovo sodo. In qualche luogo, dicono gli sciocchi, c'è un Dio che si occupa dell'amore e di quanti capelli abbiamo in testa e pretende che ci si procuri un pezzo di carta prima di amare una donna.

È mercoledì e, spento il motore, presto orecchio ai rumori intorno: la gente che passa sul marciapiede, l'abbaiare di un cane, porte che si aprono e si chiudono, passaggi di autobus e di altri automezzi. In un attimo di silenzio, si fa vivo un ronzio insistente, in lontananza, d'aeroplano. Sono un essere umano, ma non mi piacciono i miei simili anche se mi servo di loro per i miei piaceri. La gente è odiosa. Osservo i passanti: una folla di mezza età aspetta livida, in silenzio, a una fermata d'autobus, badando a non perdere il proprio posto. Una femmina sciocca che ha messo al mondo due figli, spinge una carrozzina e si trascina dietro un marmocchio, di negozio in negozio. L'amore è tutto, dicono i poeti. Purché non vi lasciate prendere in trappola. I passanti la evitano: non è più bella, ormai, e non si curano se sia stanca, sofferente, preoccupata. Alcuni muratori entrano in un caffè. Sono scarni, hanno facce vivaci, ma poco intelligenti. Animali. Parlano di cricket. Osservano una ragazza: è ben fatta, è vero, ma ha un'espressione completamente tonta. Un altro animale. Sorride agli uomini che le fischiano dietro. In qualche luogo, dicono gli sciocchi, c'è un Dio meraviglioso che ha fatto l'uomo a sua somiglianza. Eppure l'uomo non è meraviglioso. Il mondo è zeppo di uomini brutti, ammalati, stupidi. Essi pagano volentieri e perfino con voluttà, in danaro, tempo, dolore, non sapendo che potrebbe essere altrimenti; indignandosi, anzi, se qualcuno cerca di cambiare le cose.

Questi sono gli sciocchi che non hanno il coraggio delle loro convinzioni, perché non ne hanno. Siccome la vita li maltratta, si stringono nelle spalle e sostengono che non è che una lotta. Siccome devono sposare una donna la cui bellezza presto svanisce, si atteggiano a romantici: si dicono che all'amore è attaccata la malinconia. Ma questa non è opinione del volgo. La letteratura di tutto il mondo non si interessa molto del matrimonio: che cosa si potrebbe desiderare d'altro se non un amore senza regole, non rovinato da affitti, vecchiaia, bambini, conti del gas? Eppure, si precipitano a capofitto nella trappola biologica, ignorando quale dono immenso abbiano loro fornito la scienza e l'industria della gomma.

Uno strillone annuncia un delitto. È stato trovato un cadavere. I muratori acquistano il giornale. Sbadigliano. Il pomeriggio si è fatto caldo dopo la pioggia. Non sanno che, a trenta passi, nella macchina rossa, si trova l'assassino. Nella luce piena di questo pomeriggio è giunta la mia ora nel mondo. Ho sempre sospirato questo momento. Ora, ho un segreto e mi prenderò gioco di tutti. Le circostanze sono tali che mi sarà possibile farlo. Nondimeno, ora passo il mio momento di terrore. Forse è meglio che metta gli occhiali scuri, ma invece resisto a questo impulso e mi dirigo con calma alla volta dello strillone, e torno indietro. Poi, quando ho letto il giornale, mi vien da pensare che è il mio momento, ma che non lo sapranno mai se non sarò io a dirlo: devo scrivere. Sono passate due ore: sto ancora scrivendo. Voglio riporre il manoscritto nella cassaforte della mia banca, perché sia letto dopo la mia morte, in vecchissima età, mi auguro.

Nel giornale non si accenna al nome della vittima. È riportato nello « Sport Press » che una certa signorina Jacqueline Best e un certo signor Reginald Meredith (tento d'immaginarli, ma non ci riesco), facendo una passeggiata, la sera precedente, trovarono il corpo di una giovane donna, in un boschetto vicino alle rive del fiume Pigeon, a un chilometro e mezzo dalla cittadina di Almond Vale. A quanto sembra, la signorina Best perse i sensi. Scommetto che anche il signor Meredith ne è stato sconvolto. Non si spingeranno più nelle macchie di more: compreranno un letto matrimoniale e si sposeranno al più presto. Sono un po' preoccupato ed irritato: se avessero rimandato la loro passeggiata di qualche ora, allora la pioggia torrenziale di questa mattina avrebbe fatto traboccare il fiume e il signor Meredith e la signorina Best non avrebbero potuto avventurarsi su quelle rive dove ero passato io stesso, non molte ore prima.

Il suo nome era Olwen Hughes. Non volevo ucciderla, naturalmente; ma le circostanze me lo imposero. Credo nella vita e nell'amore, entrambi ad alta pressione, e l'avevo persuasa ad adeguarsi al mio modo di pensare, sebbene fosse rimasta sempre un po' dubbiosa. Lo sono tutte, fino a un certo punto fa parte della loro natura. Devo sempre, infatti, persuadere ogni donna che essa è l'unica cosa al mondo per cui vivo; anche se, naturalmente, lo è soltanto per quel periodo di tempo. Questo dimostra il mio assoluto bisogno di indipendenza e come sia costretto, invece, a simulare un amore eterno per quei pochi mesi che stiamo insieme. In questa finzione, uno dei due è destinato a ferirsi ed è sempre stata la donna che non ha la mia concezione della libertà personale e, in più, è troppo attaccata al sentimento e alla religione. Nelle donne, poi, prive di questi scrupoli sentimentali e religiosi, rimane pur sempre vivo il sentimento della vanità: non ammettono che, nemmeno per loro, io non concepisca un amore duraturo. Questa Olwen Hughes aveva ventisei anni ed essendo un prodotto dei suoi tempi, voleva naturalmente che le facessi credere che ci saremmo sposati. Le offrii venti sterline per andarsene, ma non volle saperne. Affrontava ogni cosa alla luce di una sentimentalità ortodossa. Credeva nella società come in Dio e pensava che avessimo per essa dei doveri. Mi sembra, e ne conveniva anche lei, mentre eravamo innamorati, che la società farnetichi, come pazza. Nessuno sa dire con certezza, in termini politici e sociali, perché viviamo. Lo sa il cielo come s'affannino a scoprirlo: l'aria e la carta stampata abbondano di rimedi e consigli. Tutti senza risultato. Tutto è dovuto, in sostanza, alle condizioni di nascita, alle proprie inclinazioni e alle circostanze in cui ci troviamo. Povera Olwen! Avrebbe voluto che tutti non facessero altro che il proprio dovere, dalla scuola alla tomba... Tutto ciò che era doloroso era giusto. La società in definitiva, preferisce le Olwen Hughes ai tipi come me, perché sono più facili da maneggiare. Riempiono i banchi di scuola volentieri, vanno in guerra, pagano i conti, riconoscono l'esistenza di Dio, soffrono per il lavoro, le malattie, la vita squallida, sono fedeli ai compagni che si sono scelti, obbediscono alle norme e, perfino, vi credono. Ma io non mi lascio irretire dalla società, da Dio e da Freud. Mi accorgo che siamo nel nostro elemento, in qualcosa che ci appartiene: ammesso che gli uomini siano immortali, perché mai lo sono? E se siamo nel nostro possesso, perché dovremmo astenerci da qualcosa? Il grande peccato è stato scoperto. Non volevo uccidere Olwen Hughes, ma, dacché l'ho fatto, ed è stata lei a indurmi a farlo, non vedo perché soffrirne. È l'assillo della coscienza e la mancanza di coraggio che fanno soffrire l'uomo. La coscienza, come ho spiegato, è un mucchio di fandonie. Il coraggio... Be', se qualcuno mi leggerà, e la seconda guerra mondiale non gli dirà niente, allora sarà l'attacco della nostra squadriglia sul canale di Kiel, per sganciare mine a bassa quota, che gli spiegherà che razza d'uomo io sia.

È straordinario pensare che, mentre sto scrivendo, la polizia del Middleshire sta facendo indagini in quel boschetto. La pioggia è cessata, ci saranno anche dei curiosi, immagino, turisti. Presumo che domani la polizia dopo aver trovato la borsetta di Olwen e le etichette della sua lavanderia estenderà le sue ricerche a Birlchester. Olwen abitava e lavorava nella zona sud-ovest della città, opposta alla mia, e questa fu la ragione, credo, per cui ci recavamo in macchina ad Almond Vale, sulla provinciale per Bristol e il Galles. Sono un rappresentante della *Perfecta Saponi Company* e sono passato da un negozio di parrucchiere per signora un giorno di marzo. Era stato appena ridipinto e fu questo particolare ad attirare la mia attenzione. Olwen può incolpare della sua morte alcuni barattoli di vernice e l'assenza della proprietaria.

Che cosa potrei dire di lei? Ricordo molto bene l'impressione che mi fece. Era una ragazza slanciata, dal corpo morbido, robusto: sotto il bianco grembiule si nascondeva ancora la scolaretta. Si muoveva, senza accorgersene, in modo deliziosamente provocante. Aveva un viso aperto, sincero, una bocca carnosa e occhi sinceri. Non badava alla sua bellezza. E questa qualità, per prima, mi attrasse: questa morbida ragazza dal corpo flessuoso, e così desiderabile, era inconsapevole del suo fascino. Nessuno le aveva ancora aperto gli occhi in proposito. In più, c'erano i suoi capelli castani dai riflessi rossi. Sebbene intuissi che era una ragazza seria e non mi fossi mai interessato, di mia iniziativa, alle clienti, nondimeno desiderai fortemente conquistarla. Era insopportabile il pensiero che quella faccia e quel corpo fossero destinati a un noioso impiegato o a un commesso dalle mani sporche, l'alito cattivo e gli occhi inepressivi. Questa, pensai, deve appartenere prima a me. Quella larga faccia ingenua deve turbarsi fino al punto di abbandonarsi da sé. I suoi capelli, i pori della sua pelle, la sua carne morbida di una bellezza sensuale che le vesti non riescono a nascondere, quell'insieme perfetto di carne, sangue ed ossa deve tremare, consegnarsi da sé, come già altre hanno fatto. L'amore è una lotta basata sulle parole e sul tempo, e io avevo il vantaggio dell'esperienza. Ella aveva dalla sua la bellezza, ma io non ne ero intimidito come gli altri uomini. Non la desideravo per sempre, così non mi trovavo nella necessità di pregarla e supplicarla. Se si fosse reso indispensabile, avrei giocato la carta del matrimonio, ma volevo evitarla, se possibile. Il pericolo dei tipi come Olwen, seri e virtuosi, è costituito dal fatto che prendono l'amore troppo sul serio. Quando alla fine spiegate loro che è stato soltanto un gioco, anche se molto piacevole, e che ormai è finito, protestano, sentendosi tradite. Avevo intenzione di divertirmi e far buon uso del tempo: prima che uno di noi due si potesse stancare dell'altro, sarei scomparso.

Avanzò tranquillamente attraverso il negozio, eppure, nonostante la sua serietà, potevo vedere che il mio aspetto le piaceva. Arrossì, perfino. Nessuno può negare che acconsentì ad uscire con me abbastanza facilmente e volentieri. Quando ebbi esposto la ragione della mia venuta, Olwen rispose con voce dolce: « Dovrà ripassare questo pomeriggio, signore, se non le spiace, quando sarà ritornata la proprietaria ».

« Verso che ora? ».

« Press'a poco alle tre ».

« Allora, è meglio che vada a far colazione. Può suggerirmi qualche posto? ».

« Ci sarebbe il Dragon. Dista da qui cinque chilometri sull'autostrada. Si dice che sia un buon posto; io non ci sono mai stata, però ».

Mi lanciò una delle sue occhiate franche, intense, molto femminili. Le chiesi: « Le piacerebbe far colazione con me? ».

Come tutte quelle del suo tipo, Olwen non voleva addossarsi il peso di una responsabilità, qualsiasi cosa potesse succedere in futuro. Desiderava tentare una piacevole avventura e, nello stesso tempo, se la persona e le circostanze non le fossero più andate a genio, voleva essere in grado di ritirarsi, dicendo: « Non è colpa mia. È stato lei a persuadermi a venire qui. Se l'avessi saputo... ».

Fa parte, nel gioco, del dialogo femminile, così non mi scoraggiai quando mi rispose: « Ma io non la conosco ».

« Anch'io non la conosco » replicai. « Potremmo far conoscenza dopo colazione ».

Olwen esitò. « Non posso uscire fino all'una » disse poi.

« Posso benissimo aspettare ».

« Ma non dovrebbe farsi più vedere qui » disse Olwen, non volendo che la proprietaria si accorgesse che aveva stretto amicizia con un venditore. Ecco perché non conobbi mai la proprietaria del negozio ed ebbi il vantaggio dell'anonimato.

« Dove la incontrerò? ».

« Al crocicchio » rispose. « È quella la sua macchina? ».

Lanciò una occhiata attraverso la finestra, alla mia vetturetta sport.

Risposi: « Sì, mi fermerò vicino al semaforo all'una ».

Stavo andandomene, quando mi chiese: « Qual è il suo nome? ».

« Roy Harrison ».

« Il mio è Olwen Hughes » disse.

Forse, era sorpresa essa stessa della sua audacia, perché quando mi raggiunse all'una, per prima cosa disse: « La prego, signor Harrison. non pensi che sia mia abitudine uscire con persone che non conosco ».

« Ne sono certo » risposi. Capii che era una ragazza coscienziosa e pregustai in anticipo il momento emozionante in cui avrebbe messo la coscienza da parte. « È stata una delle ragioni per cui l'ho invitata ». Saltò in macchina, mostrando le sue calze di nailon e le gambe fin sopra il ginocchio. Lo avevo già immaginato: le sue lunghe gambe erano bianche, tornite, morbide. È strano che il polpaccio femminile non sia muscoloso come quello maschile, nonostante le donne lavorino anch'esse in piedi. Le gambe di Olwen erano abbastanza flessuose per dare una sensazione di calda sensualità. Si sedette, non sapendo quali pensieri avesse suscitato e certa di essere al sicuro. Questo secolo, disastroso per gli uomini, è stato invece molto fortunato per le donne. Le belle si divertono di più, avendo il vantaggio di un pregiudizio in loro favore. La stessa legge che permette che sfoghino la loro sensualità è severa con le altre che lo fanno senza permesso. Per fortuna, noi siamo avvantaggiati dal cervello e dalle parole, mentre loro hanno lo svantaggio di avere una natura cedevole.

Ci dirigemmo al Dragon. Conosco parecchi locali della contea, ma non ero mai entrato prima in questo. Era un salone affollato di uomini d'affari con le loro amichette che si rimpinzavano di pollo e di pasticcio di maiale.

Olwen prese uno sherry prima di colazione. Sembrò che le piacesse e ne presi nota. Mentre mangiavamo m'accorsi che mi stava studiando, con il suo sguardo fermo ed ingenuo. Disse: « Signor Harrison, lei è sposato, no? ».

Non m'aspettavo una domanda così improvvisa e fui costretto ad ammetterlo. Forse mi aveva già visto, in precedenza, con una donna. Colto di sorpresa, senza necessità, confermai. È stato il mio unico sbaglio. Era stata soltanto la sua serietà a farle muovere quella domanda. Le ragazze serie che non sanno stare al gioco, sono sempre esclusive nel possesso d'un uomo: ovviamente, non credendo nella libertà, sono obbligate ad esserlo e anche per questo credono fortemente nell'istituzione del matrimonio. Voleva accertarsi se fossi sposato, perché, in caso contrario, avrebbe disposto i suoi piani in modo adeguato; se invece lo fossi stato e il mio matrimonio fosse stato sfortunato, avrebbe allora potuto suggerirmi l'idea del divorzio. Fui abile nel tranquillizzarla: « Sono sposato » risposi. Il suo rossore mostrò chiaramente quanto l'avessi turbata. Le spiegai: « Mia moglie è malata »; questo non fu sufficiente a rasserenarla. « Malata di mente, signorina Hughes. Ebbe un incidente... ».

Avrebbe voluto conoscere tutti i particolari, invece le dissi: « Le danno un anno di vita... È come un'estranea per me, ormai. Odiosa, ammalata di corpo e di mente ».

Non sembrava ancora rassicurata e pertanto continuai: « Ma fino a questo momento sono rimasto fedele al ricordo di Evelyn, al nostro passato in comune ».

Olwen incominciava a riaversi. « Non credo » disse, « che abbia molta importanza il fatto che noi ci conosciamo ». Le sue parole tradivano la sua incredulità nelle amicizie platoniche. Se era un incontro semplice, senza conseguenze, perché si era tanto turbata da principio? Sapeva perfettamente che non si tratta quasi mai di un'amicizia platonica. « Evelyn è un bel nome » commentò.

« I nomi sono sempre appropriati, no? » osservai. « Ma non parliamone ora. Come mai non si è sposata, signorina Hughes? ».

Rispose in fretta. « Perché me lo chiede? ».

« Ho pensato lo stesso di lei » dissi, « che era il tipo di persona che avrebbe dovuto esser sposata ».

« Oh no » disse, e mi riassunse in breve la sua storia: « Ero un'infermiera e il ragazzo che amavo morì. Dopo, non fui capace di continuare lo stesso lavoro, e devo ai miei capelli se riuscii ad ottenere un posto in un salone di acconciature femminili ».

Mi divertii a sentir chiamare salone quel bugigattolo, ma dissi: « I suoi capelli hanno le più belle sfumature rosso-castane mai viste ».

La sua faccia divenne rossa, e rispose timidamente: « Devo tornare al lavoro, adesso. Devono essere quasi le due ormai ».

Fuori le dissi, fingendomi esitante e imbarazzato: « Grazie della sua simpatica compagnia. Sono anni che non parlo con una ragazza così deliziosa ».

« È stata una colazione molto piacevole » rispose Olwen, « la ringrazio molto. Spero di poter tornare qui di nuovo ».

« Anche a me piacerebbe ricondurla qui » e insinuai: « Ha un pomeriggio libero? ».

« Il martedì » rispose.

« Allora, posso vederla ancora martedì prossimo? » dissi. « Dopo la colazione potremmo fare un giro in macchina o andare a ballare ».

« Mi piacerebbe molto ».

« Mi vuol fare un favore? ».

« Che cosa? ».

« Mi darebbe la gioia di chiamarmi Roy, così, semplicemente? ».

« Certo » rispose. « E lei deve chiamarmi Olwen ».

Il martedì seguente la incontrai per la seconda volta. Avevo dovuto incominciare il mio lavoro più presto, sbrigare gli affari in fretta e abbreviare i convenevoli. Il mio lavoro è quasi automatico: conosco infatti il Middleshire e la città di Birlchester a memoria.

Olwen era vestita molto semplicemente di un completo verde bottiglia, in piacevole contrasto con i suoi capelli rosso-castani. Aveva una camicetta di un verde più pallido: ne indossava una dello stesso colore quando morì. La sua bellezza faceva colpo: non era particolarmente sensuale nel volto, quanto nel corpo, nelle gambe e nel modo di camminare malcerto, da timida.

Incominciai subito a rassicurare la sua coscienza. « Sono così contento che lei sia venuta, Olwen » dissi, inserendo il suo nome per ricordarle il suo permesso: non intendevo infatti perdere il terreno già guadagnato. « Temevo ancora che non venisse ».

Ella si mostrò molto compiacente. « So quello che prova » disse, basandosi su se stessa. « Non continuiamo a scusarci perché ci siamo incontrati in un negozio ».

Questa volta, bevve due sherry e si lasciò andare un poco. Chiacchierammo e m'accorsi che, forse, dopo tutto, si sarebbe trattato della solita vittoria incontrastata. Poi ella cominciò a farmi domande ed io mi misi in guardia. « Ascolti, Roy » disse (le piaceva chiamarmi Roy soltanto). « Durante la settimana ho tirato a indovinare. Mi dica se ho indovinato. Ha più di trent'anni, no? ».

« Trentacinque » risposi.

« È stato ufficiale, in guerra? ».

« Quasi esatto » risposi. « Sono stato nella RAF a Lit tle Over ».

« Non era una base di apparecchi da bombordamento? » disse. « Non partirono di lì per minare il canale di Kiel? ».

Arrossii modestamente, ella sussultò. « Vuol dire che anche lei vi partecipò? ».

Era tempo che io fingessi di astrarmi nel lontano, storico passato, al di là delle bottiglie e del bar, per perdermi nel rombo dei motori *Merlin* e in quella paurosa incursione. Avevo fatto il pilota per un po' di tempo a Little Over e dopo l'operazione su Kiel mi ero ritirato a fare l'istruttore. Comunque, sugli atti eroici le donne amano le ammissioni modeste ed Olwen, considerando il mio silenzio come una conferma di eroismi di ogni sorta, disse: « Ne ho letto a scuola ».

« Ormai tutto è passato, Olwen ».

« Ne sono contenta » disse.

« E io che lei lo sia ».

Continuò: « Poi, mi sono detta che deve avere avuto un'ottima educazione, a Oxford o a Cambridge... ».

« Oxford » risposi mentendo, in ossequio al suo snobismo. Non aveva perso tempo sui libri, ma desiderava un marito con un titolo. Era proprio uguale alle altre, una tipica inglese. Non sapeva cosa stesse succedendo nel mondo, eppure aveva l'impudenza di credere che tutto andasse come voleva lei. Le dissi: « Anch'io ho pensato a lei, Olwen, in questi giorni, troppo forse ». Ella arrossì di piacere, ma le sarebbe venuto un colpo se avesse conosciuto i miei pensieri!

« Ho visto il dottore domenica. Dice che non c'è che da augurarsi che i suoi tormenti finiscano presto. Potrebbe accadere anche in meno di dodici mesi ».

« Povera Evelyn » esclamò Olwen.

Ci guardammo e capii che non le importava nulla di Evelyn, che, per quanto stava in lei, avrebbe potuto anche soffrire, impazzire, morire...

« Che cosa ha pensato di me? » mi chiese.

« Che ha ventuno o ventidue anni ». Lo pensavo davvero.

« Ne ho quasi ventisei » disse.

« Si conserva bene » replicai. Rise e le sue labbra s'incurvarono per il desiderio di sentirmi parlare di lei. « Continui, la prego ».

« Ho pensato che i suoi genitori debbano essersi trovati in una situazione difficile durante la guerra e che, per questa ragione, lei lavora e manda del danaro a casa ».

« Qualcosa del genere » rispose.

« Lei si è innamorata più volte » dissi, guardandola nei grandi occhi azzurri, « ma non ha mai perso la testa ».

Intuivo che doveva piacerle fare all'amore, ma forse non aveva mai provato il cosiddetto colpo di fulmine.

Probabilmente tutti gli uomini che l'avevano corteggiata erano stati intimiditi e frenati dalla sua incredibile bellezza. « Non credo che la riguardi » rispose; poi per temperare l'impertinenza: « Almeno, non ancora ».

Pioveva quando lasciammo il Dragon e ci rifugiammo in un cinema. Davano un orrendo film di guerra: l'eroe si sacrificava per una causa oscura che aveva probabilmente a che fare col chewing-gum. Tenni la mano di Olwen per qualche istante tra le mie, poi le diedi una stretta che ricambiò. Mangiava un cioccolatino dopo l'altro, ingordamente. Dopo il film, entrammo in un caffè in stile Tudor. Olwen discusse del film ed io le parlai un poco della guerra come era veramente. « Sembra che lei abbia fatto di tutto » osservò.

« Oh no » le risposi. « Non ho mai baciato una ragazza rossa ».

Divenne scarlatta, non sapendo che cosa avessi realmente pensato. « Dovrebbe scrivere un bel libro » mi incitò.

« Non credo nelle vanterie intorno alla guerra » e anche questo le piacque. « La guerra è brutta e non dovrebbe venir drammatizzata in nessuna forma d'arte o d'emozione che possa renderla desiderabile ».

Non sembrava capirmi; così le chiesi: « Dove andremo stasera? A ballare o a fare un giro in macchina? ».

Olwen era troppo presa, compresi che non desiderava perdere tempo ed energia ballando. Rispose: « Preferirei fare un giretto in macchina ».

Proposi di fare una corsa in campagna e di cenare al Castello, a Brownhill. È il luogo ideale per condurvi una donna, anche se ci sono stato con una o due appena. Ci si può arrivare soltanto in macchina, e questo escludeva il rischio di incontrare qualche conoscenza di Olwen.

Credo che al bar si possano trovare anche dei contadini, ma la sala da pranzo è solanto per gente come noi che desidera un'alcova privata. Olwen mi domandò: « È un posto dove portava di solito Evelyn? ».

« No » le spiegai, « ho fatto semplicemente colazione là qualche volta... Non crei troppe difficoltà alla nostra amicizia, Olwen ».

« Non sia triste » mi rispose, toccandomi la mano. « Se dobbiamo attendere dodici mesi, potremmo farlo senza sentirci infelici ».

« Vuol dire... ».

« Voglio dire che lei mi piace » disse.

Poteva soltanto significare che mi amava (alle donne gli uomini non *piacciono*) ed io ne ero enormemente compiaciuto. Diventai perfino troppo sicuro di me. Dopo la cena ed il vino (non abbastanza per ubriacarla sfortunatamente) continuammo a girare in macchina. Ma era troppo scuro e non c'erano punti di riferimento. Voltai in un viottolo, spensi i fari e mormorai: « Chiacchieriamo un po'. Una sigaretta? ».

Aveva tanta fretta di essere baciata, che non poteva aspettare fumando una sigaretta! Era troppo nervosa per chiacchierare, così incominciai a baciarla, lentamente dapprima e bisbigliando. Olwen chiuse gli occhi e tese le labbra. Scottava e si muoveva, agitata. Era turbata, senza dubbio, perché si trovava con un uomo sposato. Cercai di tranquillizzarla con i miei bisbigli: i baci non fanno male, eravamo amici, mia moglie non si poteva conside rare viva... Olwen aveva una bocca grande, ma teneva le labbra chiuse quando la baciai. La baciai ancora, con frenesia. « Non rendermi troppo felice, Roy » mi supplicò. « Dobbiamo resistere ancora per dodici mesi ». Mi desidera, pensavo, il suo corpo freme di piacere. Era tutta appoggiata a me, nello spazio ristretto, e così abbandonata che ero sicuro che mi desiderava. Se una mia mano fosse riuscita a farsi strada sotto la seta, l'avrei fatta spasimare. Ma era impedita dal suo peso. « Sei così buona » le sussurrai, « ma troppo bella per non essere amata. Devi pensare a tutti e due ». Eravamo ormai entrambi eccitati: nessuna donna mai era stata capace di sottrarsi a tale stato prossimo all'estasi. La mia mano, libera, aveva trovato il modo di accarezzarla e allora la sciocca si ricordò dei genitori, di Dio, e di un onesto matrimonio senza macchia. Si svincolò protestando: « No, no » e riprese il tono serio. « Per favore, ti prego » e poi la scusa: « Il sedile mi fa male ». Compresi che, per quel giorno, non c'era più niente da fare.

Ripresi il mio solito ruolo e Olwen si calmò. Era vero che premeva contro il sedile, ma non c'era niente che potesse farle male. Comunque, le diedi retta, perché a me piace tanto il gioco in se stesso quanto il risultato finale. Non è mia abitudine supplicare le donne: devono essere loro ad arrendersi e a pregarmi. Mi voglio divertire a lungo con te, pensai arrabbiato, prima di riderti in faccia e piantarti.

« Mi si sono rotte le calze » si lamentò Olwen.

« Mi spiace » dissi. « Te ne comprerò un altro paio ».

« Davvero » esclamò. « Mi farai un vero piacere. Misura dieci ».

Era tutta gentile, perché le avevo dato retta: si sentiva sicura, credendo di avere il potere di controllarmi, era felice perché ci eravamo divertiti. Le avevo sussurrato le solite paroline dolci e il suo corpo aveva risposto, eccitato, senza che per questo la coscienza le rimordesse. In fondo, non me ne importava niente. Anch'io mi ero divertito, del resto. Se desiderano giocare adagio, posso farlo. In questo modo, non mi costringeranno a parlar di matrimonio. Sapevo che era l'ultima battaglia a contare, tanto in amore quanto in guerra.

II

Ventotto luglio. Dopo aver scritto per più di due ore, la sera scorsa, sono andato al tennis per la prima volta da sei settimane a questa parte. Era troppo tardi per giocare, ma in compenso c'era una folla interessante al bar. Ho adocchiato un'esuberante diciannovenne che non desiderava altro che venire apprezzata da un uomo di mondo, invece che dal solito sbarbatello ventenne. Devo stare attento, perché alcuni anni fa ebbi qui un'avventura con una donna sposata: quando la piantai, parlò e le sue chiacchiere giunsero all'orecchio di mia moglie. Risultato: il suo esaurimento nervoso... Comunque, si trova spesso qualche piccola occasione da sfruttare al circolo del tennis: una bevutina insieme e qualche bacio furtivo negli spogliatoi, con le mogliettine altrui. Con un po' di pazienza, Brenda (è questo il nome del « busto » provocante) potrebbe essere la vittima di turno. È impaziente anche lei di fare qualcosa di meglio che quattro simpatiche chiacchiere, ma devo sembrarle indeciso, come se avessi bisogno di una spinta; così, quando sarà finito il suo turno, il suo cervellino non capirà che è stata veramente la vittima innocente.

Ma ora continuo a descrivere Olwen. I giornali locali oggi non parlano che di lei. Sto scrivendo seduto a un rispettabile caffè, con una teiera davanti: agli altri tavolini fanno mostra di sé noiose vecchie signore. Alzando gli occhi, ho incontrato lo sguardo stupito di una giovane donna seduta accanto a un'amica, con intorno due bambini educati. Parlano col tono nasale tipico della buona borghesia. Ho colto nei suoi occhi l'imbarazzo misto a piacere che mostra una donna sorpresa a guardare uno sconosciuto. Continua a guardarmi, mentre l'amica che mi volta le spalle è ignara della lotta dei nostri sguardi. Forse, pensa che stia scrivendo una relazione o qualcosa di simile. In un certo senso, è così; ma che occhi farebbe se sapesse quello che sto scrivendo! A un tratto, si rivolge alla cameriera con un timbro di voce squillante, impersonale. « Ha dei pasticcini, per piacere? ». Deliziosa ironia. I due bambini, suoi immagino, si chiamano Angela e Peter.

Mi venne un colpo quando scorsi nella prima pagina dei giornali, scolorita come in un dipinto di Seurat, una sorridente Olwen col camice d'infermiera. Non possedevo una sua fotografia, così la ritagliai. Forse, siccome il mistero rimarrà insoluto, s'interesseranno al caso le riviste illustrate e potrò avere fotografie più chiare. Il cielo non voglia che la dimentichi. Sarebbe imperdonabile. Leggo sulla « Birlchester Gazette »: EX INFERMIERA STRANGOLATA. Perché ex infermiera? Naturalmente, dai redattori della « Gazette » che concentrano di solito le loro limitate facoltà mentali sullo sport locale, ci si può aspettare di tutto. Forse hanno un po' esagerato. Ah, no, naturalmente, è colpa della fotografia. Dove possono averla presa? Dal capo della polizia del Middleshire? E lui, a sua volta, dove l'ha presa? Le indagini procedono. Devono avere trovato qualcuno che possedeva una fotografia di Olwen. E perché spaventarsi? Sono stati costretti a farlo. Forse, il titolo: ASSISTENTE PETTINATRICE era troppo lungo e difficile per il proto della « Gazette ». Hanno dimenticato di specificare « dai capelli rossi », che poteva benissimo servire a un pensierino in più. Voglio riprodurre il loro stile prezioso: « La polizia del Middleshire sta investigando sulla morte di Olwen Hughes, una ventiseienne ex infermiera, il corpo della quale fu trovato martedì sera sulla riva del fiume nelle vicinanze di Almond Vale. Nelle prime ore della mattina [di ieri, perché oggi è giovedì] la polizia ha ripreso le indagini intorno al luogo del delitto, nonostante la pioggia insistente. L'ispettore Maddocks della polizia della contea del Middleshire, con sede ad Almond Vale, ha esaminato il posto ieri sera e stamattina accompagnato questa volta da altri ufficiali di polizia. Anche il capo della polizia del Middleshire e un medico sono giunti sul luogo. Le vesti della ragazza erano molto in disordine e fanno sospettare l'assalto di un bruto. Continuano le indagini su vasta scala ».

Occhioni-spauriti se ne sta andando. Ha riunito bambini, borsetta, borsa della spesa, amica, ha lasciato la mancia e ora discute educatamente con l'amica a chi tocchi pagare il conto. Lancia un'occhiata svelta dalla mia parte, ma arrossisce, con un'espressione altera, quando la ricambio con un sorriso impercettibile. Ha paura che l'amica possa vedere, credo. In piedi non è altrettanto bella. I parti le hanno allargato troppo i fianchi e le sue gambe non sono molto lunghe. È vicina a sfiorire. Torna a casa adesso, chiacchierando garbatamente con l'amica di cose futili, poi, preparerà con l'aiuto di una domestica il pranzo per il marito. Questi non può essere che un servitore dello Stato, ben pagato, educato, intelligente, magari intellettuale, probabilmente mezzo calvo, membro di un club o due, devoto al suo partito politico, noioso e conformista. Metteranno i bambini a letto e se ne andranno a un concerto. O correranno forse a teatro, col fiato in gola, per non perdere la scena dell'adulterio. Occhioni-spauriti (che non ha mai commesso adulteri) applaudirà cortesemente, alla fine, convinta della profondità psicologica della commedia dove alcune scene ben riuscite possono far dimenticare il resto, piuttosto brutto. Alle undici circa, Occhioni-spauriti e suo marito saranno pronti per andare a letto, parlandosi ancora educatamente, discutendo magari se fare l'amore. Forse, sarà lei a convincerlo, perché non ha sonno oggi. La luce sarà spenta, come sempre: in principio, a causa della sua timidezza; adesso, perché il marito non la veda così in calore. Potrebbe rimanerne sgradevolmente sorpreso. E quando gli si stringe addosso, così stretta da dargli fastidio (ha avuto una giornataccia in ufficio e ne avrà una simile l'indomani, perché non aspettare il sabato sera?) le accadrà di pensare a me...

« Le indagini continuano »... E sono certo che continueranno per un bel po'. Come si divertiranno, quelli della polizia. Li conosco. Il capo della polizia se la prenderà comoda e si preoccuperà soprattutto di trovare un posto per farsi una fumatina e bersi una tazza di tè in pace, purché, naturalmente, si possa guardar fuori della finestra, alzandosi dalla sedia. Gli altri poliziotti non avranno niente da obiettare. Quanto ai poliziotti privati, che hanno una libertà illimitata, giocano come ragazzini e prendono gusto al gioco. Lavorano quanto basta e si ubriacano con i loro « clienti ». Si pappano quindici sterline la settimana che spariscono nelle tasche degli informatori. In un modo o nell'altro, sanno far parlare anche le prostitute. Del resto hanno una competenza eccezionale in fatto di offese al pudore, nelle ritirate e nei parchi, e in fatto di scommesse e di prostitute. Naturalmente, la polizia non è sciocca del tutto e questo Maddocks farà senza dubbio ogni tentativo per scoprire l'assassino. Si basano di solito sulle abitudini, ma in questo caso faranno il contrario. Quale amico o conoscente della signorina Hughes ha fatto qualcosa d'insolito, quel giorno? Perché? E così via. Ma nessuno degli amici di Olwen ha visto me o la mia macchina. La povera sciocchina non aveva voluto farmi vedere la sua casa perché se ne vergognava. Che sollievo per me! La scienza potrà illuminare la polizia solo in parte: dovrà saltar fuori un nome, prima che possano mettere a profitto le deduzioni scientifiche. Nessuno mi ha visto. Non ho fatto niente di diverso dal solito: sono un viaggiatore e non devo fornire spiegazioni sui miei spostamenti a nessuno.

Finché la polizia sospetterà che Olwen sia stata assalita di sorpresa, limiterà le sue ricerche ai pazzi e ai vagabondi. L'impresa sarà quindi oltremodo difficile, perché un assalitore di tal genere è evidentemente sconosciuto alla vittima. Mi chiedo che cosa li abbia indotti a mettersi su questa pista. Il disordine, immagino. Le cose erano disseminate intorno come se ci fosse stata una lotta... Quando saranno stanchi di far ricerche sui pazzi, passeranno alle conoscenze maschili di Olwen. Non credo ce ne siano state molte prima di me; comunque nessuna nel tempo stesso in cui c'ero io. È un peccato, perché questo avrebbe complicato le cose ancor di più. Del resto, siccome avevo intenzione sin dal principio di godermela e poi piantarla in asso senza indirizzo, le indicazioni che le avevo date erano quasi tutte false. L'unico elemento pericoloso nelle sue mani era il nome della mia ditta. Parlò anzi con Bushell che è il mio superiore distrettuale e vecchio amico sin dai tempi della RAF. A causa della nostra amicizia di vecchia data, Bushell conosce un poco del mio passato; ma, grazie al cielo, i nostri rapporti non sono più stati tanto intimi in questi anni. Comunque, una sola parola di Olwen avrebbe potuto fargli nascere qualche sospetto, adesso.

Occorse molto tempo per piegare Olwen. Era decisa a sposarmi e anch'io, infine, dovetti fingermi consenziente. Mi tenne sul filo sei settimane fino ai primi di maggio. Forse, pratica come soltanto le donne sanno essere, aveva aspettato la bella stagione! Non avevamo alcun posto per incontrarci. Divideva una stanza con un'altra ragazza, di nome Hazel, credo. Hazel, guidatrice d'autobus, non mi vide mai, come del resto la loro padrona di casa. Ci vedevamo tutti i martedì pomeriggio, perché Olwen lavorava tutti gli altri giorni della settimana, compreso il sabato. C'incontrammo anche qualche pomeriggio di domenica, ma non molto spesso, perché dovevo far compagnia ad Evelyn. Dissi ad Olwen che la mia padrona di casa aveva l'abitudine di aprire le lettere scritte a mano. Perciò, feci in modo che mi scrivesse con buste già battute a macchina con l'indirizzo della mia società. C'era sempre il rischio che qualcuno, non facendo attenzione al numero del mio reparto sulla busta, le aprisse; ma era un rischio necessario. Mi scrisse tre lettere che ho strappato (non valeva la pena di conservarle, erano troppo sentimentali, meglio le sue fotografie). Io le scrissi invece una volta sola. Non ce ne sarebbe stato bisogno, ma desiderava avere da me una lettera, che servì del resto alla mia opera di persuasione. Ebbi il buon senso di omettere l'indirizzo e di firmarmi con la sola iniziale R. Non sarebbe certo valso a compromettermi; ma, conoscendo il tipo di persona che uccise Olwen (rappresentante) e il suo tipo di macchina (sport rossa) la polizia avrebbe potuto mettere un'inserzione sui giornali, con un campione della mia calligrafia. Se Olwen non avesse fatto tesoro della lettera, così da portarsela sempre dietro, avrei potuto correre un grave pericolo.

Ci piacevamo entrambi moltissimo (anche se per ragioni diverse) e questo porta a mettere in disparte il cosiddetto codice morale. Era infatuata di me e si era montata la testa con i locali di lusso, le anteprime a teatro, i balli, i regali e la mia esperta conversazione. Riteneva che i suoi baci fossero una ricompensa adeguata; e credeva anche che, in cambio, doveva soltanto parlarmi d'amore e ammonirmi, chiamando in causa il suo Dio, se il nostro gioco si faceva un po' troppo spinto. Era soddisfatta e pensava che anch'io lo fossi. Le esigenze del suo corpo pieno di salute le dichiarava la sua bocca con i suoi baci appassionati. La sua persona si tendeva dolorosamente quando l'avvinghiavo stretta. A volte, la supplicavo di lasciarmi sentire la dolcezza delle spalle, delle braccia e del seno: niente di più, la rassicuravo, perché dovevo essere leale con mia moglie, anche se era ormai un'estranea per me. Le dicevo che avremmo aspettato quei pochi mesi di vita che rimanevano ad Evelyn e un poco di più, per salvare le apparenze, e poi ci saremmo sposati. Credeva che le carezze fossero molto di più degli abbracci che ci eravamo già scambiati? Sfortunatamente, lo credeva. Aspettai sudando quel giorno in cui anche lei non sarebbe più riuta a controllarsi e l'avrebbe spiegato a quel Dio che si portava sempre dietro in macchina. Infine, dovetti alludere in maniera ancora più chiara al matrimonio. Quando fu ben sicura delle mie intenzioni, mise ogni altra cosa in disparte: genitori, lavoro, morale, Dio. Ogni cosa fu trascurata per la nostra passione. Improvvisamente, fu capace anche lei come tutti gli altri di mentire e fare l'ipocrita: una volta che si credette su un terreno sicuro, non pronunciò più, neanche per sbaglio, il nome di Evelyn. In breve, incominciò a godere.

Uno degli ultimi martedì d'aprile, poiché la mia macchina era in riparazione, ci spingemmo per la prima volta fino ad Almond Vale, in treno. Nello scompartimento, la gente di campagna ci guardava e sorrideva: ai loro occhi dovevamo sembrare una coppia perfetta d'innamorati. Olwen, timida, sedeva impettita senza prendermi la mano, indicandomi di volta in volta un albero, un prato, un sistema d'aratura diverso. Lo stesso accadde ad Almond Vale, mentre passeggiavamo sui marciapiedi, tranquilli. Continuava ad additarmi gli alberi in fiore. Aveva una natura gentile ed era impossibile non esserne avvinti: la sua faccia triste e da brava figliola e il corpo agile e fresco sembravano ogni momento contraddirsi.

Ricordo Almond Vale quel giorno: una simpatica cittadina, sfumata di rosa dai mandorli in boccio. Cestini di fiori pendevano dai lampioni, la borghesia locale portava a passeggio i cani ben pasciuti o faceva crocchio fuori dei librai. Una banda suonava in un parco, alternandosi allo zampillio continuo e sommesso di una fontana; lungo il fiume la gente riempiva pigramente i barconi e la sirena di un vaporetto fischiava stridula ogni mezz'ora. Non era ancora stagione di vacanze, c'era quiete intorno, abbastanza per farci notare; ma nessuno va a ripensare alle persone viste in aprile. Il cielo era sereno: ci si poteva fidare, così andammo al fiume.

Olwen si divertiva a fendere l'acqua con una mano e sorrideva dolcemente, mentre remavo. Quando ci fummo lasciati indietro l'altra gente, nascosti da cespugli e salici piangenti approdammo a un'isoletta.

Le sedetti accanto e aprimmo una scatola di cioccolatini. Poi, sotto il sole caldo, mezzo coperti dagli impermeabili, restammo abbracciati, senza parlare molto, così intorpiditi che avremmo potuto cadere addormentati. Le guardavo i capelli, la pelle liscia, perfetta, gli occhi chiusi e la gola bianchissima. La mia mano riposava sul suo stomaco: un bel po' sotto la gola, dentro la camicetta, potevo vedere l'attacco del seno che si sollevava appena ad ogni respiro. Pensai: non si può godere della svolta naturale di un amore imperniato sul sentimento a cagione di poche parole di un libro. Nessuno ha mai visto questo Dio: sono tutte parole messe in discussione dalla scienza e anche da altre religioni. Le rovesciai la testa e la baciai sulla bocca che si aprì in un moto di sorpresa. « Olwen » esclamai, « è insopportabile amarti tanto ».

« Ti proibisco forse d'amarmi? ».

« Sì » risposi semplicemente.

Capì che alludevo all'amore fisico e sorrise per il piacere di sentirsi desiderata.

Non capiva però per quali tormenti stessi passando.

« Dobbiamo aspettare » disse. « Non mi perderai ».

« Quando ci sposeremo » le chiesi « mi compenserai degli anni in cui non ci conoscevamo? ».

Mormorò: « Caro », mi abbracciò e, data l'ora, ritornammo alla barca.

Sul treno lo scompartimento era vuoto. Era uno scompartimento di prima classe, senza corridoi. Avevo portato una bottiglia di sherry non soltanto perché ci piaceva, ma perché la intorpidisse un poco. Bevemmo il vino e ci sedemmo, trovando i sedili piuttosto scomodi caso mai volessimo sdraiarci. Era un treno omnibus che si fermava ogni quarto d'ora. Olwen, allora, andava al finestrino per scrutare la piattaforma, desiderando quanto me che la nostra quiete non venisse disturbata. Si fece buio e, dopo la mia allusione al matrimonio, morì dalla voglia di parlarne, stretta a me. Quando ci riducemmo entrambi senza respiro, cercò di protestare debolmente. « Ho i capelli in un disordine spaventoso ». La rassicurai. « Non preoccuparti: è scuro, ormai. Mi ami davvero? ».

« Più di ogni cosa ».

« E mi amerai sempre? ».

« Perché ne dubiti? ».

Non le spiegai i miei dubbi, che erano fittizi e servivano soltanto a farle dichiarare il suo amore. Dissi invece: « Che cose meravigliose faremo ».

« Quando, caro, quando? ».

« Quando saremo sposati ».

« Oh Dio, Roy » mormorò, mostrando la sua tenerezza perfino nell'accostamento profano dei due nomi. « Allora anche tu lo vuoi. Oh, sì, sarà meraviglioso. Non ci sarà nessuno felice come noi ».

« Ne sono certo ».

« Non sapevo che ne saresti stato tanto sicuro, forse perché... ».

Stava per sprofondare in una delle solite analisi femminili, interminabili, ma le interruppi le parole con un bacio. Scostandomi, la mia mano s'impigliò nella sua camicetta, in un movimento apparentemente involontario, di cui nessuno dei due poteva essere incolpato. I cinque bottoni, di vetro o madreperla o il diavolo sa di cosa, si aprirono da soli. Era più bello, perché non sembrava fatto apposta. La baciai di nuovo e l'accarezzai. Una sua mano cercò d'opporsi, ma gliela afferrai e affondammo insieme nella voluttà. « Oh Dio » supplicò Olwen, « non posso avervi l'uno e l'altro insieme ». La sua sofferenza era evidente; tremava, a tratti rabbrividiva e il respiro si faceva sempre più affannoso. Fu il momento in cui passò dal suo mondo al mio. L'amore tattile ci dava un piacere insopportabile. Dimenticai tutto il resto: avevo vinto. Quando mi bisbigliò: « Non ora, Roy », capii che alludeva al luogo in cui eravamo. Il treno incominciò a rallentare e Olwen si riassettò in fretta. Alla stazione seguente, salì un importuno e, poiché era tardi e non sapevamo dove rifugiarci, all'arrivo, la vittoria fu rimandata di un'altra settimana.

Il martedì seguente, il tempo era di nuovo bello ed essendo la mia macchina efficiente uscimmo di città per una merenda in campagna. Presi con me un mucchio di roba: fragole, pasticcini, tè. Ho un certo talento per questo genere di cose.

Ero sicuro che sarebbe venuta. C'era uno sguardo d'agonia nei suoi occhi, quando acconsentì. Sapeva che non poteva sottrarsi ormai all'amore: potevamo soltanto andare avanti, sempre di più. Olwen tentò di resistere, naturalmente, e quando non ne fu più capace e si lasciò travolgere dall'istinto, gridò: « Oh, Roy, Roy, non può essere male se abbiamo intenzione di sposarci, no? ». La sua voce era disperata e, più tardi, quando io mi riposavo, in disparte, pensando che ci sarebbe voluto molto tempo perché mi sentissi sazio, la vidi così tranquilla ed immobile, che mi chiesi se stesse male. Lacrime le scorrevano lungo il volto e le bagnavano ormai un orecchio. Pieno di tenerezza e di riconoscenza – aveva superato un mucchio di cose per me – le accarezzai i capelli. « Cosa c'è? ».

« Niente, tesoro ».

« Sei triste? ».

« Non credo ».

« Ti ho fatto del male? ».

« No ».

« Perché allora piangi? ».

« Perché ti amo ».

Più tardi. Sarebbe noioso catalogare sia le donne che

ho incontrato e la tecnica che ho usato con loro, sia le loro mezze finzioni e proteste. Molte erano consenzienti e, quindi, vittime senza volere: non si trovano molte Olwen; eppure, esiste un curioso parellelo tra Olwen e un'altra donna che un tempo conobbi. Accadde molto tempo fa, ma non l'ho mai dimenticata. Come potrei? Era intelligente, complessa, religiosa e straordinariamente bella, era sposata e anch'essa, ora, è morta. Ogni sciocco sa provvedersi la merce a portata di mano: cameriere, conduttrici di autobus e ausiliarie, ma Myrel aveva fatto la modella e si potrebbero trovare le sue fotografie sfogliando i vecchi numeri delle riviste di moda.

Non l'avrei incontrata, se avessi fatto bene a scuola; e sarei stato uno scolaro migliore se non fosse stato per Ruby. A scuola (passai il brutto periodo della pubertà a Birlchester alta) ero una specie di bullo, lo ammetto. Ero un ragazzaccio grande e grosso, arrogante, e avevo una pessima reputazione. Prima di occuparmi delle ragazze, mi prendevo gioco dei miei coetanei col mio amico del cuore, un giovinastro di nome Moore. Ricordo bene i nostri metodi: facevamo a pugni con i ragazzini timidi in classe, li pungevamo con i compassi, li facevamo cadere dalle biciclette nel fango, li obbligavamo perfino a rubare nei negozi di giocattoli. Non fui mai ben visto, naturalmente, perché, anche allora, ero troppo individualista. Fui in auge soltanto durante un trimestre in cui mi finsi affetto da balbuzie durante le lezioni di religione. A queste lezioni, una ragazza ed un ragazzo leggevano dei passi sacri ad alta voce. Quando veniva il mio turno, balbettavo. Allora il vecchio maestro gridava: « Smettetela di ridere! Non è colpa sua se ha un difetto di pronunzia ». E tutti allora a sghignazzare.

Prima di vent'anni superai anche questo stadio e incominciai a pensare alle ragazze. La prima volta che ne portai una a passeggio, le chiesi di mostrarmi cosa indossava sotto il vestito e dovetti torcerle il braccio perché mi obbedisse. Alcune mie cugine, dopo che per anni non mi avevano parlato, trovavano i miei giochi sconvenienti. Rompevo i loro giocattoli o le prendevo in giro finché piangevano, ma non smettevano di resistermi. Incominciai a spiare le ragazze mentre facevano ginnastica in palestra, ma non riuscii mai a fare in modo che mi dessero retta. Erano troppo giovani e troppo attaccate al dovere per ascoltare gli istinti.

Ruby venne a servizio in casa nostra l'ultimo trimestre di scuola. Era una ragazzina di strada non del tutto brutta, e si accorse subito che osservavo le sue curve, sotto il grembiule, e le sue gambe coperte di calze nere, mentre saliva le scale. Era un esserino sporco che passava direttamente dall'aver fatto all'amore dietro i cespugli dei parchi, ai bar più vicini a rimpinzarsi di patatine fritte e di pesce. Con il suo cinismo, mi insegnò cose che ci sarebbero voluti anni per impararle nel mio severo ambiente piccolo-borghese. Passai con lei la sua serata di libertà settimanale, per tutta l'estate, a volte anche la domenica. Copiavo i compiti a scuola, in tutta fretta, la mattina dopo. I miei genitori non fecero mai attenzione al fatto che la stessa serata di libertà di Ruby, io dicevo: « Ho già finito i miei compiti. Posso uscire? ». Mia madre m'incitava: « Va pure. Un po' d'aria fresca ti farà bene. Non hanno la minima comprensione i vostri maestri: come potete stare in casa per tante ore nelle sere d'estate? ».

Quando giunse il tempo degli esami per ottenere il diploma, trovai ogni cosa così difficile che mi lasciai cogliere da una specie d'apatia. Mi fece bene, del resto, perché m'impedì di diventare nervoso. Altri ragazzi che si erano applicati moltissimo, furono colti dal panico e non resero come avrebbero potuto.

A casa preparai il terreno. « Gli esami sono stati severissimi quest'anno » dissi a mia madre. « Non so se riuscirà a passare un terzo della classe ». Non se ne dette per intesa, perché non aveva paura. « Passerai » disse. « Ti conosco. Non sei stupido come pretenderebbe tuo padre: sei soltanto diverso dai compagni ». « Sei una madre veramente speciale » la ringraziai. Il suo cuore, mentre l'abbracciavo, dava tonfi simili a quello di Ruby.

Quando la notizia della bocciatura arrivò, all'ora di colazione, chiusa in un busta, non seppi cosa dire. « Anche Moore non ce l'ha fatta » fu il mio commento. « Se non è passato lui, sono stati proprio gli esami più implacabili da parecchi anni a questa parte ». Mio padre stava leggendo il « Times » (Hitler aveva fatto un discorso, rovinandogli la digestione), lo abbassò e disse, nel consueto tono spento: « Siccome occorre un diploma per essere ammesso nel mio ufficio, farai meglio a cercarti un lavoro, Roy ».

Mia madre non mosse ciglio. Mi aveva sempre tanto difeso che accettò la sconfitta in silenzio, dando, per una volta, ragione al capo di casa.

Trovammo un impiego conveniente in un'agenzia di viaggi. A parte il panico momentaneo che provavo quando dovevo rivolgermi agli impiegati più anziani, trovai il lavoro di mio gusto: s'incontrava un pubblico interessante e non c'erano compiti da svolgere a casa.

Strinsi amicizia con un collega di gusti quasi simili ai miei, Blake, con qualche anno più di me, biondo, che correva in macchina all'impazzata. Andando in giro in sua compagnia, divenni sempre più esperto di donne. M'accorsi che il possedere una macchina è di grande aiuto in questo genere di conquiste. Anche ragazze di buona famiglia erano pronte a seguire l'esempio di Ruby, e così giunse il tempo di piantarla. Alcuni suggerimenti a mia madre e, in capo a una settimana, non avevamo più donna di servizio. Blake, sempre un po' incosciente, morì in un combattimento aereo, nel 1941. Andavamo insieme a nuotare, alle gare sportive, a ballare e da per tutto c'erano ragazze che acconsentivano a venir via con noi e a provare certe ebbrezze sulla via del ritorno. (Mi chiedo che cosa sia accaduto di loro. Si arruolarono, quando sopraggiunse la guerra? E adesso siedono presso il caminetto con i figlioletti accanto e guardano la televisione? Ricordo a stento i loro nomi e, durante i miei viaggi, non mi è mai capitato d'incontrarle). Le nostre serate finivano regolarmente col prelevamento di due ragazze, al ballo o in un bar, e con una corsa, nella macchina di Blake, fino alle campagne più vicine. Finivo sempre col tenermi la più carina e Blake era un poco geloso del mio fascino. Una sera, sul sedile posteriore, la ragazza di turno oppose una resistenza troppo vivace e io la gettai letteralmente fuori dalla macchina. Era troppo ubriaca per farsi male, ma a Blake l'episodio non piacque. Mi disse: « Uno di questi giorni, qualche ragazza ti metterà nei guai ». Non mi sembrava probabile e gli risposi: « A meno che non sia io, invece, a metterla nei guai ».

Quando mi capitò un fatto del genere, non venne a saperlo perché era già entrato nella RAF.

La signora Burgess, come la chiamai in principio, giunse all'agenzia come impiegata nell'ottobre del 1939. Il marito era stato richiamato nella milizia territoriale il mese precedente. Aveva fatto la modella e riuscii a scoprire alcune sue fotografie in vecchie riviste. Aveva trentatré anni, ma ne dimostrava dieci di meno. Il suo arrivo con creò molto scompiglio: nel giro di due settimane, tutti gli impiegati che non erano ancora stati richiamati si erano del tutto abituati alla sua presenza.

Io aspettavo la chiamata alle armi con indifferenza, certo senza entusiasmo. Alto un metro e ottantatré, ventenne (ma dimostravo qualche anno di più), pieno di sicurezza in me stesso, abile però nel celarla, non avevo ancora sedotto una donna sposata. Credevo che il matrimonio rendesse automaticamente brutta una donna; invece, guardando Myrel Burgess, capii che ero trattenuto soltanto dal timore delle conseguenze. La mia sicurezza svanì quando mi accorsi che non si curava di me; in verità, non si curava nemmeno degli altri. Era alta, snella, vestita con gusto, alla perfezione. A qualcuno, forse, avrebbe potuto sembrare troppo magra, e, dal canto suo, non faceva niente per mettere in risalto, con gli abiti, le curve nascoste. Eppure, sapevo dalle fotografie che aveva spalle perfette, seno piccolo e gambe lunghe e tornite sopra il ginocchio. Non avevo mai visto un viso tanto bello, con un'espressione così orgogliosa. La forma della testa era perfetta, i capelli neri: bastava la visione della nuca ad eccitarmi. Sembrava scolpita, indifferente e leggermente arrogante: non si riusciva a immaginarla sciocca, prosaica, volgare. La desideravo quasi con rabbia: era una sfida.

La signora Burgess leggeva moltissimo e, un giorno, parlando di un libro: « Le piacerebbe » mi disse. « È proprio adatto a un giovanotto ».

« Di cosa parla? ».

« Di guerra ».

« Oh » dissi, « di guerra ».

« Non sente la guerra, lei? ».

« Ho paura di no ».

« Mio marito è sotto le armi » continuò la signora

Burgess. « Così, devo per forza sentirla ».

« Suppongo che lei ritenga che anch'io dovrei essere in guerra ».

« No ».

« Ma se suo marito deve essere... ».

« Non ho detto che deve ».

« Ma lo ha fatto capire ».

« Non mi pare ».

« Mi spiace » dissi. « Mi accorgo di dire cose inopportune ».

« No, non direi ».

« Credo che non avrò più il coraggio di aprir bocca ».

« Capisco » disse. « Lo ha inteso come un modo per tener lontano da casa mio marito. Be', io non... ».

« Allora, ho proprio parlato sbadatamente ».

« Non del tutto. Sono sicura che non andrà a riferirlo ai quattro venti. Non siamo molto felici. È un caso molto comune, credo. Deve proprio leggere il romanzo, sa? » e considerò chiuso l'argomento.

Lessi il libro quel giorno stesso e avrei voluto dirle le mie impressioni il giorno dopo, ma in mattinata un ufficiale di marina chiese della signora Burgess. Dopo essersi consultata brevemente con il direttore, la signora lasciò l'ufficio insieme con l'ufficiale e non vi fece ritorno per tutto il giorno.

Il giorno dopo la invitai a colazione.

Non batté ciglio, non rifiutò e non accettò.

« Dove va? » chiese.

Glielo dissi. « Si mangia bene? » tornò a chiedere.

« Non c'è male ».

« Allora vengo » disse. « Ci incontriamo fuori? ».

« Potremmo fare una passeggiata in campagna, dopo » dissi.

« Non ne abbiamo il tempo. Perché vorrebbe andare in campagna? ».

Non potevo risponderle senza ammettere le mie intenzioni nascoste e doveva passare molto tempo prima che potessi riparlargliene.

A metà colazione sembrò che mi avesse capito. Infatti disse improvvisamente: « Che intenzioni ha? ».

Ne fui colpito. « Che cosa vuol dire? ».

« Voglio dire, che cosa si prefigge nella vita? ».

Avrei voluto darle una risposta che le piacesse, ma guardandola negli occhi sereni non capivo i suoi pensieri. « Vivo per amore della vita ». La mia risposta era sincera.

« È felice in questo modo? ».

« Sì, perché non dovrei esserlo? ».

« Io non sono mai stata felice da quando ero bambina ».

« Ma lei ha tutto ».

Sospirò. « Oh sì, tutto... ».

« Non deve essere modesta, so che non è una sciocca. È bella. Ha danaro. Non è ammalata, o...? ».

« Non so » disse scuotendo la testa. « Forse se avessi meno cose... Certo ci deve pur essere qualcosa ».

« Qualcosa? ».

« Qualche scopo in questa... vita ».

« Qualunque sia, non credo che sia già stato scoperto » e risi con tutto il fascino di cui ero capace. « C'è una guerra in corso. Bisogna spremere dalla vita tutto il piacere possibile, prima ch'essa ci sfugga dalle mani ».

« È quello che fa lei, Roy? ».

Ridivenni timido e infantile. « Ho paura di sì. In fondo ho vent'anni, lo sa? ».

« E io trentatré. Mi chiedo perché mai lo dico a lei ».

« Perché sa di piacermi » dissi candidamente.

La signora Burgess si morse le labbra. « Sono un tipo serio, Roy, non un flirt o qualcosa del genere ».

« Lo so » e sorrisi ancora. « Mi ha fatto spaventare con quell'ufficiale di marina ».

Scoppiò a ridere. « Oh, Alex... È mio fratello ».

Fuori, sul marciapiede, prima di separarci, mi sfiorò la mano. « Non si faccia richiamare troppo presto, Roy. Mi spiacerebbe ».

« Anche a me, signora Burgess. Qual è il suo nome? ».

« Myrel » e mi sfiorò ancora la mano, con cautela. « Ma non in ufficio ».

La invitai ancora il giorno seguente, ma si mantenne distante, freddamente educata. Finì col pagare la sua parte. Si comportò così per parecchi giorni, finché una volta le chiesi: « Myrel, che cos'ha? Vuole che la lasci sola? ».

« No » e sorrise tenera. « È soltanto la coscienza che si fa sentire e mi rovina la digestione ».

« Ama ancora suo marito? ».

« No, Basil mi piace, ma non lo amo ».

« Allora, dov'è il problema? ».

Rispose con difficoltà: « Be', credo ancora nel matrimonio ».

« E perché no » sorrisi. « È un'ammirevole istituzione, dopo tutto ».

« Ne è una parte » disse lentamente. Allora non capii cosa volesse dire; ma doveva riferirsi al suo sentimento religioso. « Roy, c'è un ballo fuori dell'ordinario all'Hotel Regal domani sera » continuò in fretta. « È un ballo di beneficenza. Vuole accompagnarmi? ».

Balbettai: « Mi piacerebbe, sì ».

« Bene, è deciso. Non c'è ragione perché due non debbano ballare insieme, no? ».

Naturalmente non c'era una ragione perché non ballassimo insieme. A un certo punto, prima del termine della serata, Myrel disse: « Oh, Dio, Roy, non mi sento bene. Mi accompagni a casa ».

« Chiamo un taxi ».

In taxi, le presi una mano e l'accarezzai: piangeva. Era commovente veder tremare una donna così bella e piena di controllo. Sentivo che la vittoria non era lontana: l'isterismo femminile preannuncia la resa o un litigio. Con tenerezza, m'informai della sua salute e di tutte le cause eventuali del suo malessere, finché fu evidente che la sua agitazione era dovuta soltanto all'amore, alla coscienza, o ad entrambi.

« Lei è la donna più bella che io abbia mai visto. Assomiglia ad una modella ».

Le lacrime ed il mio complimento l'avevano addolcita: dopo tutto, aveva trentatré anni. « Davvero? » mormorò. Era nervosa. « Dove ha conosciuto tutte queste belle donne? Wigan? Exeter? Montecarlo? Non sa che ho fatto la modella? ».

« E perché ha smesso? ». Sorrise al complimento involontario.

Abitava in un edificio enorme. « Fa freddo » disse, appena entrata. « Accenda la stufetta, Roy, mentre le preparo qualcosa da bere ».

Tornò dalla cucina con due bicchieri. « Indovini cos'è? » e aggiunse subito: « Cacao. Non ci si ubriaca in casa mia ». Tolse da un tubetto due pillole.

« Che cosa è? ».

« Sonnifero ».

Glielo tolsi di mano. « Non le prenda ancora ».

Mi guardò: era impossibile capire quali pensieri le

passassero per la mente. « Vuol dire che ha intenzione di fermarsi qui, questa notte? ».

Arrossii. « Non posso passare fuori tutta la notte. Ho solo vent'anni e i miei genitori... ».

« Non preoccuparti di loro. Dimmi piuttosto di te. Non riesco a capirti ».

Tentai di abbracciarla, ma resistette. « Ti amo » le dissi.

Mi fissò negli occhi, così che dovetti distogliere lo sguardo. « È possibile alla tua età amare seriamente qualcun altro all'infuori di se stessi? Ci vogliono anni di esperienza prima di dimenticare il proprio egoismo ». (Parlava sempre così. Leggeva troppi libri per essere una ex modella: era uno strano miscuglio di sex-appeal e di sofisticheria). « Hai troppa sicurezza in te stesso. Sembra che tu sia abituato ad entrare negli appartamenti delle donne sposate, mentre i mariti sono in guerra ». La sua amarezza era ingiustificata, perché l'invito era partito da lei.

« Non sono uno scolaretto che si consuma d'amore. Perché non dovrei entrare nel tuo appartamento? Sei stata tu a invitarmi, no? ».

La sua risata riuscì sgradevole, dato il mio stato d'animo. L'afferrai per le spalle e m'accorsi che tremava. « Perché non mi lasci stare? Non t'importa niente di me. Sei in ammirazione di te stesso ».

« Ti amo. Sono pazzo di te. Non è stato certo il cacao ad ubriacarmi... ».

« Non ti credo ».

« Myrel, è vero » la supplicai. « Cosa devo fare per farmi credere? ».

« Non so ». Parve improvvisamente rassegnata. « Non badare a me. Mio marito dice sempre che sono ammalata di nervi ».

« Allora non ti ama ».

« E, per questo, posso dimenticare i miei doveri? » chiese più a se stessa che a me.

« Di cosa parli? ».

« Sei uno sventato, senza un briciolo di saggezza. Imparerai anche tu, ma tardi... Sto parlando della mia coscienza e del matrimonio ».

Quando la trasportai docile in camera da letto, vi trovai una stufetta già accesa.

La lasciai due ore dopo e tornai a casa a piedi rimuginando dentro di me. Non avevo conosciuto nessuna donna come lei. Quello che era stato per me fino allora un gioco, un po' di divertimento strappato a furia di persuasioni a qualche sciocchina, nei sedili posteriori di una macchina, era stato vissuto da Myrel con tanta violenza ed intensità che ero sfinito. Imparai un nuovo modo d'amare. Eppure, bisogna rimanere leggermente distaccati, consapevoli delle incongruenze che subentrano prima e dopo la passione. Non bisogna consegnarsi interi, sentimentalmente, come Myrel; altrimenti, mentre ci abbandoniamo agli altri, perdiamo noi stessi. Il provocare questo abbandono integrale è stato sin da allora, per me, il piacere principale, e quando lo si provoca in un essere pieno di inibizioni e di credulità come Olwen, si va molto vicino all'estasi.

Myrel mi aveva dato una chiave: « Vieni quando vuoi ». Quando le feci presente come fosse difficile per me stare fuori di casa la notte, disse: « Allora, vieni la domenica mattina. Ormai, non andiamo più in chiesa, no? ».

Una splendida mattina di domenica, corsi su per le scale, con in mano una valigia, pronto a ripetere per la quarta volta una manovra che aveva sempre avuto successo. Dicevo ai miei che sarei andato a trovare Blake, nel Wiltshire; mi facevo dare i soldi per il treno, informavo Blake e poi facevo una passeggiata di tre chilometri e passavo la domenica con Myrel.

Nell'anticamera del suo appartamento, rimasi sbalordito alla vista di un pastrano cachi. Stavo ritornando sui miei passi, quando una voce maschile gridò: « Entri, amico caro. La stavo aspettando ».

Era, naturalmente, Basil. Fu la prima ed unica volta in cui m'imbattei in un marito. « Come sta? » dissi. « Sono passato di qui giusto per vedere se la signora volesse accompagnarmi ad un ballo ».

Basil era un ufficiale alto e sanguigno, sui trentacinque anni, e non sembrava il compagno adatto ad un tipo come Myrel.

« Venga, Roy » era la voce di Myrel. Poi, una volta dentro, continuò: « Temo di non poter venire a ballare, Roy. Basil ha un permesso di quarantott'ore soltanto ».

« Inaspettatamente » disse Basil. « Proprio quarantott'ore inaspettate ».

« Questo è Roy » mi presentò Myrel. « Lavoriamo insieme ».

« Bene, ho afferrato la situazione all'istante ».

« Dov'è dislocato? » gli chiesi.

Dovevo fare un tentativo di conversazione. Il marito non poteva sapere cosa fosse successo durante gli ultimi cinque mesi. I suoi sospetti potevano spingersi soltanto fino a qualche film visto insieme, a un bacio sotto il vischio alle festicciole dell'ufficio, ma a niente di più. Nessuno, ne ero sicuro, guardando la calma, controllata Myrel, poteva immaginare le frenesie di cui era capace; forse neppure suo marito.

« Non posso dirglielo » rispose Basil. « Lei potrebbe essere il nemico. In qualche posto dell'Inghilterra. Potrei però andare all'estero molto presto; a sciare, mi dicono ».

« Come sei fortunato » esclamò Myrel. « Sei sempre stato un campione sugli sci ».

« A sciare? » chiesi stupito. « Perché? ».

« Solo il cielo lo sa. Lei, invece, vorrebbe saperlo, eh? Non legge i giornali? ».

« Capisco, in Finlandia ».

« In Norvegia, direi. Come dev'essere innamorato... So quello che prova. È una gran bella donna, no? E così controllata in ogni occasione ».

« Non essere ridicolo » protestò Myrel.

« Credo che lei voglia essere informata ».

« Non capisco a cosa alluda ».

« Sono un ufficiale. Ho esperienza della vita. Lei ha intenzione di sposare Myrel, no? ».

« Basil, non essere noioso » intervenne Myrel.

« Se vuole sposarla, bene. Non sarò certo io a metterle i bastoni tra le ruote. Anzi, se aspetta un po', potrei venire ucciso. Così, sarebbe salva anche la rispettabilità ».

« Oh, Dio » esclamò Myrel. « Tutto questo dramma perché dovevamo far colazione insieme ».

« Non c'è molto tempo. Ho soltanto quarantott'ore » riprese Basil. « Lasciamo da parte le bugie e occupiamoci del bagaglio. Valigette, nel nostro caso. Sia così gentile da aprire la sua, le spiace? ».

« Perché poi? ».

« Se non contiene quello che immagino, allora tutto questo è ridicolo ».

« Contiene un pigiama » risposi. « Dopo il ballo, mi fermo in albergo ».

« Mi spiace » disse Basil. Si volse a Myrel. « Mi spiace davvero. Avrei preferito fare una figura ridicola. Ora, che cosa si fa? ».

« Non capisco ».

Smise la sua espressione cinica e apatica. « Che diavolo crede? Le rompo il muso ».

Saltava alle conclusioni senza prove, perciò tentai di prolungare l'inganno. Mi rivolsi a Myrel. « Gli dica che è in errore ».

« Dio! » esclamò Basil. « Codardo, per giunta. Myrel, sei spaventosamente sciocca ».

Lei stava piangendo: « Ho fatto ogni sforzo » disse tra i singhiozzi. « Non volevo. Non fargli del male, ti prego, Basil ».

Dissi: « Vedremo subito chi è il codardo ». Ero più alto, ma l'ufficiale era massiccio. Fu una breve lotta umiliante che si svolse nell'atrio, fuori della vista di Myrel. Ero soltanto un ragazzo e pensavo che gli ufficiali fossero corretti e leali, ma il primo colpo di Basil mi raggiunse sotto la cintura. Il dolore mi sgomentò. Basil poteva fare ormai quello che voleva. Dimenticai dov'ero. Mi rifugiai lentamente in un angolo e mi rifiutai di continuare a lottare: era l'unica cosa da fare. Egli si sentì un eroe, gridò: « Fuori! » e, tutto lividi e sangue, mi trovai in strada.

Qualche ora più tardi, dopo che mi ero ripulito alla stazione e avevo bevuto qualcosa di forte, Myrel venne a casa nostra. Per fortuna, andai io ad aprire alla porta. Stava ritta nell'atrio, pallida, bella: fu l'unica volta che la vidi in disordine. Restammo distanti come due estranei: Myrel disse: « Se ne è andato ».

« Che cosa ha intenzione di fare? ».

« Ha detto che da parte sua è tutto finito. Quando avrà un permesso un po' più lungo, si rivolgerà ad un avvocato ».

« Un divorzio! » esclamai stupito. « Cosa vuoi mai che faccia? ».

Con una voce stanca, Myrel mi domandò: « Cosa vuoi fare? ».

« Non lo so » risposi. (Non lo sapevo, non avevo avuto il tempo di riflettere sulle complicazioni del caso). « Non voglio turbare i miei genitori ».

Stavo per proporle di sposarmi (avevo vent'anni), ma Myrel mi prevenne: « Aveva ragione. Oh, Roy, come aveva ragione. Perché Basil non sbaglia mai? " Non crede in niente, non si preoccupa di niente " ».

« Io ti amo sempre » dissi.

« No. Non mi hai mai amata. Ne ho sempre dubitato. Il primo fastidio e te la squagli ».

Si diresse rapidamente verso la porta. « Addio, Roy ».

« Dove vai? ».

« In qualche posto dell'Inghilterra. Se mi perdonerà, gli sarò fedele per tutta la vita. In caso contrario, dirò una preghiera e mi ucciderò ».

Non c'era posto per me nella sua nevrosi. Le dissi: « Non sarò io a fermarti ». Se ne andò via subito. Non credevo che l'avrebbe fatto.

Due giorni dopo era morta. Più tardi seppi quello che era successo. Era corsa da Basil, l'ufficiale e il gentiluomo (quando gli faceva comodo) che non poteva perdonarle l'adulterio. Aveva pianto e lo aveva supplicato: la scena si era svolta alla presenza di altri ufficiali (una baracca è differente da un appartamento), ed egli non seppe perdonarle la sua mancanza di controllo in faccia a tutti. Myrel fu trovata di notte su un treno diretto a Birlchester. Aveva preso trenta pillole di sonnifero. L'ufficio inviò una corona di fiori a cui contribuii generosamente.

III

Ventinove luglio. C'è un poliziotto di Scotland Yard, adesso. È arrivato ad Almond Vale mercoledì mattina, ma la cara vecchia « Gazette » non ne ha fatto parola. L'immagine di Olwen è comparsa sui quotidiani di Londra, oggi: il mio momento d'importanza nel mondo è ancora un mio segreto. Questi signori della polizia hanno tutti un ventre rispettabile, l'immancabile bombetta e l'impermeabile: l'uomo di Scotland Yard sembrava un idraulico, un ottimo idraulico. Però, non devo sottovalutarlo: ha risolto un caso complicatissimo lo scorso anno. Scommetto che questo ispettore Maddocks ha avuto una ramanzina dal capo della polizia, perché ha chiamato un uomo di Scotland Yard, e si gratterà la testa tra pochi giorni quando le informazioni fornite risulteranno estranee al caso o false. Questo ispettore MacIndoe sedeva a lato del capo della polizia del Middleshire, all'inchiesta, quando il giudice penale confermò che Olwen era stata assassinata. Mi venne un brivido di terrore a leggere queste parole, ma passò.

Ho avuto una giornata intensa, oggi. Non ho visto Brenda, ieri sera, perché ero sfinito di stanchezza. Un po' d'esaurimento, suppongo. Le telefonai e le fissai un appuntamento per il pomeriggio di domani. Era seccata che la nostra partita di tennis fosse rimandata, ma evidentemente soddisfatta all'idea di trascorrere un pomeriggio con me. Dopo l'incontro di tennis, domani (è stato organizzato un torneo), siamo d'accordo di fare un giro in macchina e di andare a bere qualcosa.

Ho dormito come un ghiro stanotte. Tutti i venerdì devo portare il mio rapporto in direzione e ho visto Bushell. Temevo che potesse dirmi qualcosa sulla telefonata di Olwen, anche se era stata fatta a un « signor Harrison ». Se avesse dato il suo indirizzo e chiesto del viaggiatore, avrei dovuto render conto di me stesso. Con mio grande sollievo, Bushell non aveva niente da dirmi all'infuori delle sue solite osservazioni e spiritosaggini.

Ho deciso di eliminare una delle prime cose che l'ispettore MacIndoe cercherà di scoprire. Ho cambiato la mia vettura sport con una macchina coperta, di seconda mano. Ci ho rimesso nel cambio: la faccia del venditore celava a stento la sua soddisfazione. Non sa che sono un « viaggiatore ». Ma è possibile che gli amici di Olwen, pur non avendola mai vista, sappiano che ho una vettura rossa sport e che faccio il rappresentante.

Dopo aver scritto, passai la notte scorsa leggendo. Ero stanchissimo. Il libro mi ha intensamente divertito. Il protagonista mi assomigliava: le donne gli ronzavano intorno come vespe, ma le trattava come fossero spazzatura. Se insistevo, poteva darsi che si concedesse per un certo periodo; ma le condizioni, molto strane, le poneva lui. Mette incinta la nipote, una ragazza di buona famiglia, e la pianta. Alla fine, ritorna, insulta i genitori e le grida: « Ti decidi a venire sì o no? Ti do cinque minuti per fare le valigie ». È chiaro che non ha nessunissima intenzione di sposarla e che non gli piacciono i bambini. La ragazza pianta in asso tutti, anche il neonato fra le braccia dei nonni, e s'invola con lui. La storia finisce qui, senza annoiare con la descrizione del ritorno della ragazza, in lacrime, a casa, come normalmente succede. Nella realtà, sfortunatamente, le cose sono un po' meno facili. Lo Stato e le autorità militari hanno una concezione noiosa e romantica dei figli. Ma la vicenda ricorda molto da vicino quella mia e di Evelyn.

È strano come le cose siano concatenate tra di loro. Se non mi fossi preso un raffreddore al Cairo, non avrei sposato Evelyn, non avrei incontrato Bushell o amato Olwen. Olwen, come ho già scritto, può incolpare della sua morte alcuni barattoli di vernice e, in più, una ragazza olandese proveniente dal Sud Africa: Bertha. Mi stavo godendo l'ultima serata di un lungo permesso nel suo appartamento: non ero né il primo né l'ultimo a convivere con Bertha. Era venuta da Johannesburg, come molte altre, per raffinarsi nella vita di società e per divertirsi. La verità era che non aveva il cervello a posto. Era una massa di carne, voluttuosa, a volte, come un disegno di Degas, ma era così stupida che non faceva attenzione a non ingrassare. Mi chiedo come sia finita. Forse a far figli con un colono del posto. Le auguro buona fortuna. Ne ha bisogno!

Comunque, l'importante era che il suo appartamento possedeva un bagno. Sebbene fossi ufficiale, un bagno in quei luoghi era un lusso. Prima di lasciarla feci un bagno e, una volta rinfrescato, non riuscivo a staccarmi da lei. Come risultato, ancor prima di raggiungere la base, avevo un bel raffreddore e, dopo colazione, mi feci visitare dall'ufficiale medico.

Il mio equipaggio fu ucciso proprio quel giorno. Il raffreddore mi salvò la vita. Ero a letto, nell'ospedale del campo, e chiacchieravo con un'infermiera mentre i nostri bombardieri *Wellington* si alzavano in volo. Stavamo scherzando, quando il quarto apparecchio venne in picchiata sull'ospedale, con un rombo faticoso, irregolare. Dagli altri reparti giunsero grida soffocate, gli occhi dell'infermiera si spalancarono enormi: l'apparecchio sfiorò l'ospedale e ci fu un gran tonfo. Subentrò un silenzio di pochi secondi, durante i quali l'infermiera (come Olwen) mormorò: « Mio Dio, ti supplico... » e poi ci fu la ben nota spaventosa vampata della benzina che s'incendia. L'infermiera, con grida stridule, strane, scappò lasciandomi solo con l'oscuro presentimento che fosse stato il mio equipaggio a cadere. Risi, istericamente; avevo evitato la morte e a stento riuscii a fare una faccia di circostanza quando l'aiutante, pallido e tremante, pietoso e cortese, sebbene mi detestasse, venne a confermare il mio presentimento.

Scrissi lettere commoventi (un altro dei miei talenti) ai genitori e alle vedove e spedii in Inghilterra la roba degli scomparsi. Nel cassetto del pilota c'era un orologio da polso d'oro. Ero indebitato fino al collo, perché le donne del tipo di Bertha accendono il fuoco con le banconote, ed ebbi la tentazione d'impadronirmi dell'orologio. Se avessi potuto arraffarlo, avrei saldato i miei debiti. I ragazzi avrebbero capito; del resto, non potevano più protestare. Qualche giorno dopo mi mandò a chiamare il comandante. « Ti rispedisco in Inghilterra. Sembra che stiano per sferrare un attacco in Germania... Chissà cosa diavolo pensano che stiamo facendo qui... e hanno bisogno di piloti bombardieri ».

Fu un grande sollievo. Non avevo più bisogno di « far saltare » l'orologio. In realtà, feci altri debiti prima di partire (credo col nome di Harrison). Qualcuno aveva già spedito la roba degli scomparsi, così mi tenni l'orologio come ricordo. Va bene tuttora.

Di ritorno in Inghilterra, m'accorsi che si stava scatenando una vera offensiva contro la Germania. Non erano più le puntate solitarie, isolate, che facevamo un tempo sul Mediterraneo. I piloti cadevano a centinaia. Ero certo di morire anch'io, ma non avevo paura. Era bello essere di nuovo in Inghilterra e avere intorno ragazze a migliaia: gambe ben tornite, sciarpe in testa e un languore di stanchezza negli occhi. Sarei morto per loro volentieri, se non mi avessero mandato a Kiel, a quel suicidio.

Per questa ragione ero di stanza all'aeroporto di Little Over, nel Lincolnshire, in una campagna monotona e nebbiosa. C'erano, a controllare il campo, ufficiali freddi e posati, che sembravano essere sempre vissuti in guerra: io ero l'estraneo e il dilettante. Alcuni erano comprensivi, ma per la maggioranza era un merito essere feriti; anzi, non si era mai uccisi in numero sufficiente: in questa squadriglia soltanto l'audacia e la spericolatezza contavano. Non condividevo le loro idee, ma svolsi egualmente le solite luttuose operazioni notturne con efficacia e buona volontà. Nei cieli della Germania, nonostante volassimo a grandi altezze, ci raggiungevano le esplosioni: i riflettori ci davano la caccia, per centinaia di chilometri il cielo era chiaro come il giorno. Non era molto allegro, ma ciò nonostante, avrei continuato, se non fosse stato per l'operazione su Kiel.

Diciotto apparecchi partirono per quella missione, alla luce del giorno, sopra un vastissimo territorio ben difeso. Le mine dovevano essere sganciate a bassa quota, volando lentamente, proprio sopra l'acqua. Questa eroica manovra era destinata ad impedire che due navi da guerra si muovessero da Kiel, mentre un nostro importante convoglio lasciava Murmansk. In breve, vidi cinque dei diciotto apparecchi, colpiti, cadere in mare e due sollevarsi e scoppiare in aria, dopo aver urtato le mine. Altri cinque scomparvero, così che ne ritornarono alla base soltanto sei con morti e feriti. Improvvisamente, la guerra mi apparve per quel che era. Decisi di farla finita. Sulla via del ritorno, ebbi un capogiro. Se avessi urtato, atterrando, l'impressione di gloria e sacrificio sarebbe cresciuta. Mi si sarebbe poi offerta la scusa per presentare quei sintomi che mi avrebbero fatto allontanare da quei suicidi dei piloti bombardieri.

Il mio meccanico era stato ucciso, così quando alterai il funzionamento dei motori, il resto dell'equipaggio credette che fossero stati colpiti. Mi sforzai di raggiungere la base ed esposi con calma e coraggio la mia situazione agli osservatori della torre di comando. Diedero ordine di sgombrare tutto lo spazio possibile, ed io deliberatamente oltrepassai la pista ed atterrai in un bosco. Fu un brutto momento, anche se era rimasta troppo poca benzina perché potesse scatenarsi un fuoco violento. L'equipaggio non si lasciò cogliere dal panico ed io ne approfittai per mettere del tutto fuori servizio gli strumenti di bordo. Eravamo, in ogni caso, prigionieri in questo bosco e l'apparecchio doveva essere disfatto pezzo per pezzo perché potessimo uscire.

Tutti si congratularono con me e capii che avevano intenzione di darmi una patacca (o medaglia). Mi diedero una stanza insieme con un colonnello e nei giorni seguenti cominciai a lamentarmi. Mi svegliavo agitando le braccia e gridando. Quando il mio compagno di camera si fece ansioso e preoccupato, lo pregai di non parlare a nessuno degli scherzi che mi giocavano i nervi: si erano già fatti sentire in Oriente. Sapevo naturalmente che non avrebbe permesso che un tipo come me si trascinasse in simili condizioni, portando alla rovina se stesso ed il suo equipaggio. Pochi giorni dopo, l'ufficiale medico mi sedeva al fianco a colazione, apparentemente pur puro caso. Rovesciai distrattamente un bicchiere d'acqua per farlo contento, ma elusi le sue domande sui miei voli e la salute. Alla fine gli permisi di sottopormi ad un esame e ammisi di soffrire di incubi, di essere stanco, di avere poca memoria e così via. Circa un'ora dopo, mi lasciai convincere a farmi trasferire ad un altro campo in qualità di istruttore.

Andai in una scuola aviatori a centocinquanta chilometri da casa. Non mi offrii più come volontario per altri voli. L'intera squadriglia andò senza di me, mentre i suoi componenti venivano uccisi un poco alla volta. Il mio equipaggio ebbe un altro pilota e un altro meccanico; durò un anno e fu ucciso anche lui. Per tutto il resto della guerra non ebbi alcuna promozione; qualcuno doveva aver mangiato la foglia e di medaglie non se ne parlò più. Alla scuola fui un istruttore molto coscienzioso: pochissimi dei miei allievi si lasciarono uccidere. Passavo le giornate esplorando il paese vicino, e facendo qualche capatina nei due bar e in un caffè piuttosto elegante che erano tra i pochi edifici del paese. La birra e il cedro locali erano molto buoni: c'era una cittadina a una decina di chilometri di distanza e vi facevo frequenti scappate: vi si incontravano ragazze compiacenti. Imparai molto presto che la zona fuori-operazioni di guerra poteva dare molte soddisfazioni.

Fu là che conobbi Bushell. Era un uomo di taglia media, grasso, già di mezz'età nel 1943; di umore allegro, gran bevitore di birra, furbo e sagace nonostante il suo carattere rumoroso. Non era stato molto brillante un tempo come istruttore prebellico; evidentemente, avevano preteso troppo da lui all'inizio della guerra, ma egli desiderava soltanto fare l'istruttore. A Bushell piaceva chiacchierare. Considerava la guerra ormai vinta e faceva progetti per il futuro. Trovai che avrebbe potuto essermi utile e mi misi a far progetti con lui.

Una sera, mentre eravamo insieme in un bar del paese, entrò una giovane donna con due ufficiali. Era molto vivace e le sue risate all'altra estremità del banco mi distraevano: avrei voluto unirmi a loro, perché la loro presenza ci aveva un po' raggelati. « Chi è? » chiesi a Bushell.

« Non fa per te. È la figlia del vicario ».

Non mi sembrava possibile e ne risi: quando uscirono, notai che uno degli ufficiali era un cappellano militare e così ne ebbi la conferma. La ragazza era molto elegante. Era alta, forse un po' troppo sottile, ma la sua era una magrezza attraente, nervosa, vivace. Aveva una testa piccola e un viso forse troppo affilato; era troppo reale, troppo di questo mondo per appartenere alla vita pacifica di un vicariato di campagna, con quella sua bocca carnosa e imbronciata, con quegli occhi azzurri arroganti, con quel nasino all'insù, pretezioso. Non potei dedicarle tutta l'attenzione che avrei voluto perché Bushell era con me e parlava. Non sembrò avermi notato, ma il suo sguardo veloce, quando uscì, all'ufficiale pilota nell'angolo, mi convinse del contrario. Anche il mio sguardo di risposta, intenso e veloce, dovette avere lo stesso effetto stimolante del suo. Le sue parole, fuori, nel buio, sarebbero state per gli altri, ma i suoi pensieri erano per me: ne ero certo. L'inizio di ogni battaglia è sempre affascinante. Se l'avessi incontrata nel villaggio il giorno dopo, e le avessi rivolto un complimento impertinente, offensivo, non mi avrebbe lanciato uno sguardo di traverso senza fermarsi, ma si sarebbe fermata a chiacchierare come amici di vecchia data. Questa specie di complicità che non ha bisogno di nomi o particolari, non la possono fermare tutti i messali o i tribunali del mondo: va oltre il controllo della morale e della famiglia, appartiene soltanto agli esseri giovani e innamorati della vita. Gli annoiati, gli stanchi, gli uomini dalla mentalità ristretta, non possono capire e condannano.

Quella settimana, nel mio pomeriggio di libertà, noleggiai una bicicletta e pedalai in direzione del villaggio. La lasciai sotto il portico antistante la chiesa ed entrai.

Dentro, l'aria sapeva di stantìo e c'era una quiete insopportabile. Nessuno in chiesa. Camminai sulle pietre tombali deplorando il cattivo gusto dei quadri sacri e delle vetrate, eccessivamente colorate. Tutta quella roba non aveva alcun significato per me: appartengo al mondo del radar, dell'aerodinamica, della psichiatria e della matematica. Accesi una sigaretta. Le date sulla pietra incominciarono ad annoiarmi. 1647, 1731, 1849, 1913. I morti erano morti: un tempo erano stati come me e non avevano alcun diritto di erigersi a giudici, adesso. Era come se mi rimproverassero le mie intenzioni nei riguardi della ragazza, quando non sapevo neanch'io quali fossero. Il silenzio era assoluto, tremendo. Noi non siamo fatti per il silenzio: siamo animali che parlano e fanno rumore. Il fatto che le parole siano il nostro unico mezzo di espressione e di comunicazione è una prova per me che non esiste niente oltre questo mondo. Ero impaurito da quel silenzio che apparteneva alla morta desolazione del passato: chi si trova all'aperto, da solo, nel cuor della notte e non ne prova sgomento, non è un essere umano.

Dopo un'ora, non si trattava più di paura, ma di noia.

Stavo per tornarmene in città, per divertirmi con qualche essere umano, reale, rumoroso, quando entrò un prete. Aveva l'età giusta per essere il padre della ragazza. Il mio stratagemma era di nuovo riuscito.

« Buongiorno, che cosa guarda di bello? » disse.

« Sto ammirando le vetrate ».

« Sono discrete, no? ». Sorrise. « Ma niente di speciale. Si interessa di vetrate? ».

« Sì ». Non mentivo del tutto: mi ero interessato a loro per tre giorni, perché avrebbero potuto essere un modo come un altro per conoscere sua figlia. « È bello occuparsi di nuovo di queste cose » dissi gravemente.

« È stato all'estero? ».

« In Egitto ».

« L'unica cosa buona della guerra è che permette ai giovani di viaggiare. Parlo tutte le domeniche degli egizi, ma non li ho mai visti. Come sono? ».

« Non straordinariamente simpatici. La povertà li rende troppo attaccati al guadagno ». Dentro di me mi stavo divertendo: pensavo alla donna, nel bordello degli ufficiali, che non voleva accettare gli assegni. Esempio della mentalità commerciale degli egiziani.

Dopo che mi fui disimpegnato alla meno peggio in quell'argomento, il vicario m'invitò a prendere il tè. « Deve conoscere Brian. È appassionato di vetrate ». Brian, il cappellano militare, era appassionato anche della ragazza bruna: le sedeva vicino quando entrammo nella biblioteca del vicariato. Avevo già avuto il sospetto che fossero fidanzati, ma non me ne ero preoccupato eccessivamente. L'aviazione e il fascino di malcelati eroismi attirerebbero qualsiasi ragazza di provincia.

Il vicario fece le presentazioni. « Questa è mia figlia Evelyn ». Sorrise. « Una delle filistee, purtroppo ».

« Oh, papà » protestò. « Perché assisto una sola volta alla settimana alle funzioni... ».

Ridemmo tutti. Buon per te, pensai, e le strinsi la piccola mano fresca.

« E questo è Brian ».

Non mi diede altre spiegazioni su Brian, che era un simpatico giovanottone dall'espressione ingenua e che mi diede una stretta di mano poderosa.

« L'ufficiale si interessa di vetrate » dichiarò il vicario.

« Ah » esclamò Brian, con visibile piacere. « E cosa ne pensa di quelle di Santa Maria? ».

« Mi piacciono ».

« Pensa che possano stare alla pari di quelle svizzere? ».

« Non saprei proprio. Della Svizzera conosco soltanto il cioccolato ».

Risero tutti. Brian avrebbe continuato con quell'argomento pericoloso, ma la ragazza intervenne: « Viene dall'aeroporto? ».

Fu un sollievo. Ero sicuro che non saremmo più ritornati sulle vetrate. Fui presentato alla moglie del vicario, alta come la figlia, ma bigotta, noiosa, tutta presa dalle faccende di casa.

Durante il tè, cercai di rendermi simpatico. M'accorsi che avevo raggiunto il mio scopo per quel giorno. Evelyn mi accompagnò fino al portico. Mi porse la mano senza necessità. « Spero di rivederla » dissi.

« Credo di sì. Non è molto esperto di vetrate, a quanto pare, signor ufficiale ». Le ridevano gli occhi: era un'allusione imbarazzante, dopo una conoscenza di appena due ore, ma sapeva, come avevo supposto, che non ero capitato lì per puro caso.

« Non sono pratico di niente » risposi con cautela. Sapeva cosa volessi dire! « Ma non lo dica a nessuno ».

« No. Sono dalla sua parte ».

Non era del tutto vero, però. Ci vollero settimane perché si persuadesse a condividere la mia particolare visione del mondo.

La domenica non si volava, così mi recai alla funzione del mattino. Evelyn vi assisteva con sua madre e Brian e mi sorrise cautamente. Dopo la funzione, si avvicinò dicendomi: « Ho un po' di benzina e faremo un giro in macchina questo pomeriggio. Perché non viene anche lei? ».

Finsi d'ignorare il disappunto che si disegnava sul volto di Brian, era il suo ultimo giorno di permesso, e accettai di buon grado. Non fu certo eccitante: chiacchierammo soltanto, ma, prima che ci lasciassimo, Evelyn mi chiamava già Roy.

Incontrai Evelyn sempre più frequentemente. Quando la conobbi abbastanza per capire che non badava che a divertirsi (andava in chiesa per formalismo e non desiderava che lasciare il villaggio), incominciai a procurarle un po' di benzina dall'aeroporto. Allora, ci spingemmo oltre il villaggio.

Mi confidò il suo desiderio di andarsene dal villaggio una sera in cui ce ne eravamo allontanati in macchina. Tutti la conoscevano e si sentiva inibita spiritualmente e fisicamente nei movimenti. « Voglio andarmene. È impossibile trovare qualcosa d'interessante o divertente, qui. Un po' di confidenza e d'allegria con un giovanotto a un ricevimento, e tutto il paese fa pettegolezzi. Adesso, stanno senz'altro malignando su di noi, perché sono come fidanzata con Brian e appena lui volta le spalle... Sono in trappola qui. Le altre ragazze si divertono, vanno all'estero, hanno avventure, incontrano molta gente. Vorrei potermene andare, ma dal momento che è impossibile mi piacerebbe almeno starmene fuori la sera, andare a ballare, rendere gli uomini gelosi l'uno dell'altro, intrecciare qualche *flirt*. Posso indossare abiti attraenti, ma non mi servono a niente. Oh, i miei genitori sono molto cari, ma devo continuamente ricordarmi chi sono e dove siamo ».

« Perché non chiede di arruolarsi? ».

« Papà è pacifista. Brian è la mia unica speranza ».

« Ha intenzione di sposarlo? ».

« Mi ama e a me non spiace come uomo. Non ho altra scelta. Certo non avrò una vita movimentata: gli dà noia perfino che io beva del vino in pubblico, nei bar ».

« Forse, potrà sposare qualche altro ».

« Non cerchi d'ingannarmi, caro. So benissimo che lei non ha la minima intenzione di essere il fortunato. Lei vuole soltanto che la figlia del vicario faccia quello che non dovrebbe ». Ma gli occhi le brillavano e capii che le sarebbe piaciuto sentirmi parlare di matrimonio.

« Ha una opinione ben meschina di me ».

« Brian mi ha accennato a una camerierina in un caffè del paese ».

« L'ho piantata, quando ho visto lei. Non sono un santo, Evelyn, ma lei non si divertirebbe con un santo ». La baciai sulla bocca. « Torniamo in macchina » mi disse. « Non è divertente baciarsi appoggiati a un cancello ». Nell'auto, si abbandonò pesantemente nelle mie braccia. Sentivo il calore del suo corpo attraverso l'abito e il battito violento, impaurito, del suo cuore. Come Olwen, stava passando un brutto momento di lotta per lasciare il suo mondo per il mio. Si muoveva, per paura che la toccassi.

« Roy, non dovremmo... » mi sussurrò.

« Cara, non desideri provare qualche altra emozione? ».

« È veramente peccato il voler godere? ».

« Ma tu, in fondo, non credi in niente ».

« Lo faccio quando ho paura ».

« Allora perché non mi lasci? ».

Sembrava una ragazzina, nonostante gli abiti eleganti e l'espressione del volto. « Ho paura, adesso. Non credere che non sia già stata cattiva » continuò in fretta, per scusarsi (si scusano sempre per la perdita della loro innocenza). « Quando andavo ancora a scuola, uscivo spesso con una mia amica. Una sera andammo a ballare con i suoi fratelli e dopo uno di loro, Michael, con le mani... Io ero troppo giovane per capire veramente ».

« Ti porterò via da qui. Ti farò godere... ».

« Oh, caro » sussurrò Evelyn, vorrei lasciarti fare, ma dopo come potremmo affrontare i miei? Mia madre ha molta simpatia per te ».

« Potremmo dire che siamo fidanzati ».

« Ma non è vero ».

« Potremmo diventarlo ».

« Ma caro, non sei un santo e potresti stancarti e rompere ».

Era proprio quello che avevo intenzione di fare. Evelyn non era una sciocca. Me ne accorsi, ma in principio la sottovalutai. Quella sera, in macchina, mi si abbandonò, senza divertirsi troppo. I nostri incontri seguenti andarono meglio e ce la spassammo per l'intera estate.

Un pomeriggio d'autunno venne da me con gli occhi lucidi, prossima a scoppiare in pianto, con espressione spaventata. Prima ancora che potessi salutarla, si mise a gridare istericamente: « Ho paura, Roy. Aspetto un bambino ». La fissai, ugualmente spaventato. Si affrettò a dire: « Se vuoi piantarmi, Roy, dimmelo subito. Di' pure che ti sei divertito, ma che non hai intenzione di assumerti alcuna responsabilità. Non cercare di tranquillizzarmi con qualche bugia, per poi non farti più vedere. Sii onesto come me. Lasciami un buon ricordo ».

Le sue nobili parole smentirono la sua furberia. Aveva paura, perché sapeva di avermi preso in trappola. Se lei era disposta a dimenticare la sua gravidanza, non lo sarebbero stati gli altri. Suo padre avrebbe certamente parlato al mio comandante e quel gentiluomo che non mi poteva soffrire mi avrebbe imposto una scelta: o ritornare pilota bombardiere o dare le dimissioni da istruttore (cioè ridiventare soldato semplice). Ero veramente in trappola. Avremmo dovuto sposarci in fretta e furia. Evelyn avrebbe abbandonato il villaggio. Il godimento dell'estate era svanito per sempre: i frutti regolarmente comprati hanno un sapore diverso da quelli rubati e guardai Evelyn con una sorta di terrore. Te la farò pagare, pensavo. Nessuno si prende gioco di me impunemente. Evelyn mi avrebbe portato una dote, era elegante, sapeva cucinare, mi avrebbe fatto fare bella figura in società, ma tutto questo non valeva a compensarmi. Dovevo incassare e far buon viso a cattiva sorte. « Sei una sciocchina » le dissi. « Perché tutta questa disperazione? ».

« Vuoi dire che non mi lascerai? ».

« Siamo fidanzati, no? Ebbene, ci sposeremo ».

Piangeva. « Sono una stupida, una povera femminuccia. Credevo che mi avresti lasciata ».

« Non te di certo ».

« Sono così felice ». Tremava. « Avevo tanta paura ». Rise nervosamente. « Chissà i miei come la prenderanno. Nozze-lampo per la figlia del vicario ».

« Devono necessariamente venirlo a sapere? ».

« L'ho già detto a mia madre. Ero così disperata! ».

Il vicario montò su tutte le furie quando mi recai da lui. « Si crede molto intelligente, scommetto, perché è riuscito a insinuarsi nei nostri cuori con l'empietà e il peccato » disse. Non mi sgomentai: i preti, come le donne, raramente fan uso della violenza e questo, in più, era un vecchietto raggrinzito. Ribattei: « Conservi le sue prediche per il pulpito. Non credo nelle sue imposture, più di quanto non mi interessino le vetrate della sua chiesa ». Si calmò, pallidissimo, non so se per la rabbia o per l'emozione violenta. Si chiuse con Evelyn nel suo studio per catechizzarla ben bene: la restituì pallida e tremante. Non aveva pietà della sua vittima, così lo lasciai infierire da solo. Se non altro, ho avuto il buon risultato di non essere più annoiato, in futuro, dai suoceri.

Scrissi a mia madre dicendole che dovevo sposarmi e che i genitori di Evelyn erano gente difficile che non mi vedeva di buon occhio. La invitai a non venire per il matrimonio, perché in quei giorni gli attacchi aerei erano sempre più frequenti. Ero sicuro, con questa scusa, di tener lontani i miei: alcuni bombardamenti a Birlchester, l'anno precedente, li avevano oltremodo scossi. Mia madre mi rispose allegandomi ben sedici ragioni per cui nessuno avrebbe avuto il diritto di arricciare il naso di fronte a suo figlio e, cosa più importante, mi firmò un assegno per duecento sterline.

Con mio grande sollievo, la causa di tutte queste emozioni e risoluzioni incresciose venne alla luce morta alcuni mesi dopo. Evelyn ne fu sconvolta per qualche tempo e la considerò una punizione.

IV

Trenta luglio. Una calma mattinata di vigilia festiva. Ho fatto due visite ai clienti e poi ho avuto tutto il tempo per completare questi miei ricordi. Mi piace ripercorrere per iscritto le tappe della mia vita. Ieri non ho descritto il giorno più intenso di tutti: quello della morte di Olwen. Occorrerà molto tempo per una descrizione adeguata e non posso frattanto fare a meno di raccontare due fatterelli irrilevanti legati alla stessa persona. Questa mattina ho parlato del delitto con qualcuno; in tono umoristico, ho affermato di essere io l'assassino: non sono stato creduto!

È successo quando prendevo il mio solito caffè delle undici. Per caso, sono entrato nel medesimo caffè dell'altro giorno. Era zeppo: signore di mezz'età affannate dietro ai biscotti dei loro pechinesi. C'erano pochi posti liberi e, guardando intorno, vidi con stupore Occhionispauriti e i suoi bambini. Ero entrato in quel caffè infatti perché era lì che l'avevo vista la prima volta; ma non mi aspettavo una simile fortuna. Il ritrovarla lì, alla medesima ora, mi autorizzava quasi a sedermi di fronte alla sua sciocca faccia appuntita e arrogante. Ha il naso a becco e troppi denti in bocca, ma l'effetto generale è attraente. È vestita inoltre con molto buon gusto. Ho scoperto che il suo nome è signora Ransome e che non ho sbagliato intorno al marito: è veramente al servizio dello Stato. Ho avuto per un attimo la tentazione di chiederle se era mezzo calvo, serio e facilmente sconcertato dalle dimostrazioni d'affetto, ma anche lei è il tipo che non sopporta gli argomenti troppo personali e delicati.

Mi sono avvicinato alla sedia libera, di fronte alla sua, e le ho chiesto: « Scusi, è occupato questo posto? ».

Occhioni-spauriti mi guardò e divenne rossa scarlatta. Nessun dubbio che si ricordava di me. Mi rispose staccando le parole, come un'annunciatrice della radio. « Per il momento, no. Credo proprio di no ».

« Le spiace se mi siedo al suo tavolo? ».

« No. Sieda pure, se vuole ».

Sembrava confusa, così continuai con cautela. « C'è troppa gente, ma è un posto simpatico ».

Fu allora che Occhioni-spauriti fece un'allusione straordinaria. « È vero. Io ci vengo spessissimo ».

Sopraggiunse la cameriera. « Che cosa ordinano? Pasticcini per i bambini? ».

La bambina saltò su a dire: « Mammina ha detto che non possiamo mangiare le paste prima di stasera ».

« Be' » intervenni sorridendo, « forse possiamo far cambiare idea a mammina ».

Feci l'ordinazione e Occhioni-spauriti mi disse: « È molto gentile da parte sua, ma non dovrebbe... ».

Il suo vocabolario sembrava molto limitato. Aprii la mia cartella e risposi: « Non si preoccupi. Posso sempre metterlo in conto ».

« Lavora per lo Stato? ».

« No, qualcosa di più interessante ». Lo avevo detto apposta. Una pausa in cui finsi di restar sconcertato. « Chiedo scusa. Forse suo marito... ».

Sorrise. « Sì, proprio così ».

« Mi spiace. Non so nulla del lavoro statale, all'infuori dei moduli che mi mandano ».

« È molto interessante, sa? ». Sorrideva con ironia. « Però non hanno mai tempo per pasticcini e caffè il sabato mattina ».

« È un vero peccato. Io sono completamente per la libertà, e lei? ».

Non fece in tempo a rispondermi, perché era sopraggiunta la cameriera. Domandai al mostriciattolo che aveva incominciato a sporcarsi di cioccolato la faccia:

« Come ti chiami? ».

« Peter Ransome » mi rispose con riluttanza.

« E io Angela » disse la fanciullina.

« E io Roy Harrison » esclamai ridendo. « Adesso abbiamo fatto conoscenza. Vanno a scuola? » chiesi alla madre.

Occhioni-spauriti fece una smorfia di disappunto. « Torneranno a scuola, a settembre ». Mi fece capire che non era libera fino a quel periodo, insomma, e io calcolai mentalmente che a quel tempo l'avventura con Brenda sarebbe stata finita.

C'erano pause imbarazzanti nella nostra conversazione: evidentemente, la presenza dei bambini la imbarazzava. Per rendere meno pesante una di queste pause, abbassai gli occhi su un giornale aperto davanti a me. « Non hanno ancora trovato l'assassino di quella ragazza » dissi.

Occhioni-spauriti chiese: « Crede che lo troveranno? ».

« Non credo » risposi. « Ho seguito il caso da vicino e mi sembra che riuscirà a farla franca ».

« Mio marito sostiene che dev'essere un pazzo ».

« Schiocchezze! Io direi che è più che sano. Pare che non abbia lasciato tracce ».

« Povera ragazza ».

« Però, in un certo senso, ha voluto mettersi lei nei guai, non crede? ».

« Certo, era nei pasticci. Ma non si possono uccidere le ragazze perché... Lei certo non farebbe mai una cosa del genere ».

« Come lo sa? ».

Mosse intorno le mani, leggermente: « Voglio dire che, siccome è al servizio dello Stato... ».

« Ma non è vero. Faccio il rappresentante e stanno proprio ricercando un rappresentante ».

« Davvero ».

« L'ho letto sui giornali ».

« Mi è sfuggito ».

« Non so quale fosse il giornale. Lei, signora, crede di essere al sicuro, invece io sono un uomo che va intorno a sedurre le donne e poi le uccide ». Le guardai il volto e poi abbassai gli occhi sul suo seno, in modo che capisse che quello che dicevo era in parte vero. I bambini continuavano a rosicchiare i biscotti al cioccolato. Occhioni-spauriti arrossì e si mosse a disagio sulla sedia, poi disse: « Lei sta prendendomi in giro, perché sa che non me ne intendo di queste cose. Però ho ragione, no? ».

« Naturalmente. Sono un rappresentante del tutto normale. Vendo sapone. Un'occupazione noiosissima, anche se ben retribuita ». Le sorrisi molto dolcemente e a stento resistetti all'impulso di accarezzarle la mano. « Abbiamo entrambi una vita noiosa e rispettabile » dissi poi.

« Che cos'altro potremmo fare? ».

« Niente. Ma faccia per un istante l'ipotesi che ci capiti d'innamorarci o qualcosa del genere. Staremmo attaccati alla nostra uggiosa rispettabilità o ci butteremmo a vivere impetuosamente? ».

« Non saprei. Non mi è mai successo ».

« Forse succederà ».

Occhioni-spauriti si alzò. « Fino a quel giorno » disse con una smorfia di tristezza, « non mi muoverò dalla mia uggiosa rispettabilità. È stato molto gentile da parte sua volerci offrire tè e pasticcini, ma adesso è tardi e dobbiamo scappare ».

« È stato un piacere. Forse avrò la fortuna di incontrarla di nuovo ».

« Può darsi » e mi sorrise. Disse ai bambini di ringraziarmi e si diresse alla porta, timorosa che qualche sua amica potesse vederci insieme. Portava tacchi alti, oggi, che, rialzandola, rendevano i suoi fianchi più slanciati. Una donna dai fianchi larghi dovrebbe essere sempre alta. Se lo è, il suo fascino ha un'arma di più. Inoltre, i tacchi alti miglioravano la sua andatura. Giunta alla porta, si voltò e mi mandò un ultimo sorriso e un saluto con un cenno del capo.

Aveva ragione: ho letto tre giornali, ma in nessuno si diceva che fosse ricercato un rappresentante. Ma è improbabile che Occhioni-spauriti si dia la pena di controllare la notizia. La « Gazette », che dà sempre il resoconto più completo, dice che il poliziotto di Scotland Yard è stato in parecchi posti collegati con la morte di Olwen. Che cos'altro avrebbe potuto fare? Sta seguendo una pista falsa e ha visitato posti in cui non mi sono mai sognato d'andare. È un piacere veder fare simili sciocchezze, e non da lui solo, anche dagli uomini ai suoi ordini. Non ha abbandonato la caccia, ma si capisce che non ha idea di quello che è veramente successo. Senza perder tempo, lo racconterò io e, attraverso questa memoria, quando sarà scoperta, lui o i suoi successori...

Vidi Olwen per l'ultima volta martedì. L'aspettavo in

macchina, in Clifford Avenue, fermo cautamente sotto la folta ombra di alcuni platani. Mi stavo quasi per assopire sul caldo sedile di cuoio e guardavo, attraverso gli occhiali da sole, in direzione del negozio di Olwen; ma quel giorno non arrivò da quella parte.

« Roy! » sentii gridare dall'altro lato della macchina. Mi voltai in fretta, agitato, credendo per un istante che fosse un'altra donna. Ma gli occhiali scuri nascosero la mia agitazione ad Olwen. « Mia cara, da dove salti fuori? ».

Si appoggiò alla macchina, mettendo in risalto i fianchi perfetti. Aveva una espressione di malcontento sulle labbra e si capiva dai suoi occhi che era molto vicina alle lacrime. C'era una tristezza strana in lei, come se presentisse il futuro, ma disse, apparentemente sollevata: « Oh, Roy, come sono contenta di vederti ».

La fissai. « Suona bene ».

Olwen indossava un completo verde bottiglia con una camicetta di un verde più chiaro. L'abito attillato le accentuava il seno e i fianchi: era desiderabile quanto mai. I capelli le cadevano lisci, come se ci fosse umidità nell'aria. Con i loro riflessi ramati brillavano nel sole ad ogni movimento. Muovendosi adagio, entrò in macchina e sedette come se fosse molto stanca. Con le labbra atteggiate al broncio, disse: « Ho avuto una mattinata orrenda ».

Incominciai a guidare. « Ormai è finita. Cosa è successo? ».

« Più o meno sono stata licenziata ».

« Cosa? E perché? ».

« Si è accorta di qualcosa che non andava ».

« Non vedo proprio cosa ».

« Eppure è così ».

« Non so cosa ci possa essere che non vada in te » e scoppiai a ridere.

Mi guardò seria. « Non è divertente per me ».

Le misi una mano sulla spalla, per un momento. « Scusa, ma non immagino che tu possa fare qualcosa di sbagliato ».

S'inumidì leggermente le labbra. « Credi? ».

« Quello che abbiamo fatto non è sbagliato » risposi, sentendomi un poco imbarazzato sotto il suo sguardo intenso.

« No, perché ci dava piacere » replicò fredda. Guardò fuori dal finestrino e continuò acida: « È la cosa più importante, no? godere. Però Freud, che fu il primo a fornire questa specie di giustificazione, era un uomo amaro e infelice. E così pure sua moglie e la sua amante, mi pare. Ma senz'altro si può trovare una spiegazione anche a questo nelle sue opere ».

Rimasi sconcertato. Cosa le prendeva? Si era stancata prima di me? Mi ricordava Myrel. Preannunciava qualcosa: prima di fare le loro richieste, le donne ci affliggono con le loro infelicità. « Olwen, non essere arrabbiata con me » le dissi. « Hai appena detto che eri contenta di vedermi. Il mondo può giudicarci male, ma noi sappiamo di non avere sbagliato ».

« Non badare a me. Ho avuto un momento di depressione: ecco tutto. Qualche settimana fa ho litigato con un'amica a causa tua. Adesso ho perduto l'impiego. Mi sento in trappola ».

« Non sei sola. Ci sono io. Se la tua amica ti disprezza, puoi trovartene un'altra. È questione di tempo. Dimmi piuttosto cosa è successo stamattina ».

« Non ora. Più tardi » disse con esitazione. « Caro, devo dirti che adesso che sono disoccupata, avrei bisogno di un po' di danaro ».

« Era questa la causa della tua preoccupazione? Dimmi quanto ti occorre ».

« Più tardi. Prima, facciamo colazione. Potresti pensare che chiedo molto, e forse non ne valgo la pena, ma promettimi di non arrabbiarti. Freud dice se è concesso alla gente arrabbiarsi per questioni di danaro? Pensi che valgo qualcosa come prostituta? ». Scoppiò a piangere.

« Olwen » le dissi in tono supplichevole. « Perché fai così? ».

« È tutto quanto mi resta della mia onestà di un tempo » gridò, colta da un leggero attacco isterico. « Non sono molto allegra, vero? Ti spiacerebbe farmi l'imitazione di una persona allegra? ».

« Sembri così infelice » dissi, già più sollevato, perché mi sembrava trattarsi dei soliti rimorsi. « Non hai ragione di essere così abbattuta ».

« Chi te lo dice? Che cos'è l'amore, infine? È soltanto qualcosa di materiale? Come si comporta con Dio la gente, se esiste? Hai detto che non ho motivo di essere infelice? Allora, dobbiamo trovarlo il motivo a tutti i costi. Sarebbe tremendo che due persone fossero felici. Gli altri potrebbero accorgersene. Mi ami davvero, Roy? ».

Stavamo ormai entrando nel parcheggio del Dragon. C'era poca gente intorno: un uomo troppo lontano per osservarci e un autobus, in lontananza. Appoggiai Olwen indietro, sui sedili, e la baciai con ardore per farle passare l'amarezza. La mia mano incominciò ad accarezzarla, partendo dalla gola, sempre più giù. « Ti amo pazzamente » le dissi.

« Sì, ma quanto, quanto? Saresti capace di amarmi come quell'uomo... qual era il suo nome? come Abelardo?

Tanto da continuare a volermi bene anche se ti avessero reso impotente? ».

« Certo » risposi colpito da queste parole, insolite in un tipo come Olwen. « Ma perché poi? ».

« Non ne ho la più pallida idea. È stato un pensiero improvviso. Sono un po' isterica. Dopo colazione, ti darò una lezione non su Dio questa volta, ma sulle cause dell'isterismo nelle donne. Oh, Roy, sono molto stanca! A volte odio di essere donna. Beviamoci una dozzina di sherry, così che anch'io abbia un poco del tuo coraggio ».

Bevve tre sherry e sembrò calmarsi. « Dove andremo oggi? » mi chiese durante la colazione.

« Ad Almond Vale. Prenderemo il tè in qualche posto ».

« Passeggiamo lungo il fiume, finché ritroveremo quell'isoletta ».

« Quale? ».

« Non ti ricordi? » chiese di nuovo triste. « Non fai collezione di ricordi per quando i parti mi renderanno enorme, gonfia, o per quando sarò rinsecchiata e curva per l'età? O per quando ti accorgerai che ti avrò fatto la cresta sulla spesa? In che modo si amano le persone quando son vecchie? L'eternità dura a lungo; durerà così a lungo in te il ricordo del mio seno? Non credi che sarebbe tempo di raccogliere ricordi d'altro genere? Le mie sciocche parole, per esempio, o le mie risate o qualcosa che abbiamo passato insieme? Non ci sono garanzie nel mio corpo » disse con angoscia. « Potresti godertelo a lungo, ma non ci sono garanzie. Un incidente di strada, un proiettole, un parto potrebbero rovinarmi le gambe per sempre. Il mio seno, poi, non è assicurato contro il cancro. Potrebbero asportarmelo e la mia faccia, dalla sofferenza, potrebbe diventare orribile. Dovresti pensare a questa eventualità. Vorrei che ti sforzassi di credere in Dio, perché con Lui sapresti affrontare tutte le situazioni. Anche se non esiste davvero ».

« Ricordo adesso quell'isoletta » dissi con calma, senza avvisarla che alcune sue parole potevano riferirsi ad Evelyn. « Fu quel giorno in cui ti abbandonasti, in treno. Io avevo remato a lungo e approdammo a quell'isoletta: c'erano dei gradini sulla riva e due cigni. Mi spiace di non essermene ricordato subito, ma sono successe tante cose da quel giorno ».

« Troppe, davvero ».

« Che cosa vuoi dire? ».

Sorrise, stanca, e allungò un braccio, attraverso la tavola, per toccarmi. « Te lo dirò più tardi. Un'altra predica: le vicende della vita e dell'amore ».

Lasciammo il Dragon proprio prima che chiudesse e prima delle tre eravamo ad Almond Vale. A una media di ottanta che non era poco. Almond Vale è una cittadina in leggero pendio. I suoi dintorni le hanno dato una discreta fama: sono ricchi di alberi da frutta e, lungo il fiume, di fabbriche di marmellata. La città è quasi interamente costituita da un grande viale tranquillo, fiancheggiato da case. In cima al pendio, ci sono un crocicchio, un cinema, una chiesa e la sede della polizia da cui partono le ricerche di Maddocks e del sovraintendente MacIndoe. Per raggiungere il fiume, si volta a sinistra: si cammina lungo spaziosi marciapiedi, sotto un folto fogliame, si oltrepassano dei negozietti eleganti e si arriva a uno spiazzo erboso. È qui che si affittano le barche. Siccome c'è una chiusa in alto, le barche non vanno di solito controcorrente. È questo corso comune che seguimmo in barca l'altra volta, raggiungendo l'isoletta; ma questa volta convinsi Olwen a risalire il fiume. È stato questo a salvarmi la vita. Parcheggiai la macchina davanti a un cinema (altro mezzo per risparmiare soldi e mantenere l'incognito) e ci avviammo lungo il fiume. Un barcaiolo ci offerse una barca, ma non guardava che Olwen. Non si ricorderà di me e, comunque, non è il tipo da essere in buoni rapporti con la polizia. La giornata era caldissima: uno di quei giorni soffocanti anche se il sole si tiene nascosto. C'era poca gente in giro (era una giornata lavorativa) e passava troppo lontano per osservarci bene e ricordarsi di noi. Non c'era abbastanza quiete per stare veramente soli e dovemmo camminare per tre chilometri all'incirca, prima di rifugiarci in un boschetto.

Trovai una buca e mi misi ad esaminarla. Olwen era un poco discosta e disse inaspettatamente: « Adesso ti faccio una fotografia ».

Aveva con sé una scatoletta. « È tutto lì quello che contiene? » le chiesi ridendo. « Credevo fosse la merenda ».

« Non muoverti » gridò. « Voglio avere un ricordo ».

« E perché? Mediti di lasciarmi? ».

« Potrei esserne costretta ».

« Ma perché? ».

« Senza lavoro, devo ritornare a casa ».

« Troverai un altro posto. Ti aiuterò io nel frattempo ».

« Non fare la faccia così scura. Stai fermo e sorridi, altrimenti mi rovinerai la pellicola ».

Le obbedii, ghignando, con le mani nei taschini. « Adesso tocca a me fartene una ».

« Perché? ».

« Non devo incominciare a far collezione di ricordi...? Sei così graziosa, oggi ».

« Non lo credo davvero. Non mi trovo bella ».

« Metti giù la macchina ».

« Prima, fammi la fotografia ».

Gliela feci e deposi la macchina vicino alla sua borsetta sull'erba. Sorridendo, Olwen restava immobile. Si mostrò sorpresa quando l'abbracciai. Stando su un rialzo del terreno, perse l'equilibrio, si appoggiò a me ed entrambi rotolammo a terra. Mentre l'abbracciavo, Olwen sospirava e brontolava. « Che cos'hai oggi, Olwen? Pare che tu voglia a tutti i costi essere infelice ».

« Mi ami veramente? » mi chiese. Incominciai ad accarezzarla, ma subito protestò. « Non voglio dire se m'ami a questo modo. Mi ameresti se mi trovassi nei guai? Mi aiuteresti? ».

« Naturalmente. Perché ne dubiti? ». Spasimavo di poterla amare a modo mio. « Non torturarmi, Olwen ».

« Non toccarmi » mi pregò. « Adesso appartengo a qualcun altro, Roy. Aspetto un bambino ».

Ecco di cosa si trattava. La trappola. La più antica delle trappole femminili. Eravamo sdraiati al sole parlando di questo. « È mio? » le chiesi.

« Non amo nessun altro, Roy. Sai benissimo che non può essere d'altri ».

« La situazione è cambiata, adesso ».

« Certo che lo è! » esclamò. « Sapevo che sarebbe cambiata. Non vuoi sposarmi, eh? Fare all'amore è una cosa, ma l'arrivo di un figlio è come una brutta malattia della donna, eh? ».

« Non affrettare le conclusioni. Ci sposeremo ». La mia mente lavorava intensamente, cercando di captare da ogni parte qualche suggerimento adatto.

« Quando ci sposeremo? ».

« Appena potremo ».

« E quando sarà? ».

« In futuro ».

« Perché non adesso? ».

« Ti sei dimenticata di Evelyn? ».

« L'hai dimenticata tu, a quanto pare ».

« Cosa vuoi che faccia? Pretendi che diventi bigamo? Dobbiamo aspettare ».

« Tu non mi credi? Aspetti di vedermi gonfia per credermi. Sei spaventato? Avresti dovuto bere ancora sherry. Si spaventano tutti così gli eroi per un bambino? ».

« Non litighiamo, ti prego. Capisco cosa provi. È per questo che la signora Harper ti ha licenziata? ».

« Non è stata lei a licenziarmi: le ho detto io che volevo andarmene ».

« Allora mi hai mentito ».

« Ero confusa. Ho dovuto licenziarmi, Roy, a causa del bambino. Ormai tutti i giorni soffro di nausee ».

« Ti darò del danaro per pagare la pensione ».

« Quanto? ».

« Quanto ne hai bisogno ».

« Ormai sono passata attraverso tutta la vergogna e il dolore possibili. Puoi vantartene. È divertente per te, è una prova del tuo potere ».

« Vedrai, ci sposeremo ».

« Non voglio più sposarti. Mi sono accorta che non mi ami ».

« Cosa vuoi allora, Olwen? ».

« Non so. Ti ho voluto così bene ».

« Ti darò cinquanta sterline ».

« È tutto quello che vale la mia purezza? ».

« È tutto quello che posso darti ora. Mi sei costata molto ».

« Non ne è valsa la pena? ».

« Sto cercando di essere ragionevole, di assicurarti che ti sposerò appena mi sarà possibile, e di darti tutto il danaro che posso ».

« Perché non vai dal tuo signor Bushell e non chiedi un aumento di stipendio? ».

Aveva voglia di litigare. La scossi per le braccia: non era più graziosa. Dicono che le rosse abbiano un brutto carattere: è vero. Mi sembrava sul punto di impazzire. « Che cosa sai di Bushell? » le chiesi.

Olwen fece un ghigno. « Gli piacerebbe certo sapere come si comportano i suoi viaggiatori ».

« Ne è già stato informato? ».

« Non ancora, ma potrebbe esserlo ». Si alzò e raccolse la macchina fotografica. « Ho anche prove visive ».

« Non c'è bisogno che mi minacci. Non mi lascio minacciare dalle donne, io ».

« Suppongo che altre avranno già tentato di farlo. Ho telefonato al signor Bushell e mi ha detto che Harrison era a Sheffield. Mi hai proprio preso per una sciocca. Qual è il tuo vero cognome, Roy? Vorrei che mio figlio sapesse almeno chi avrebbe dovuto sposare sua madre ».

Glielo dissi. Divenne pallidissima. Caddero tutte le sue stupide illusioni. Si accorse di essersi consegnata a uno sconosciuto, di essere una delle tante sue vittime.

« Andrò a trovare il tuo signor Bushell. Saprà che cosa è successo. Forse le altre non hanno avuto un tale coraggio, ma io lo avrò ».

Sogghignai. Aveva coraggio, ma non cervello. Non ne hanno mai, di solito. « Non hai prove » replicai.

« Ho qui una lettera che parla di matrimonio » disse lei.

Sapevo ormai che cosa fare. Ne avevo abbastanza. Era il tipo di litigio che non può finire in una rappacificazione. Era insopportabile. Era tempo di togliere di mezzo le prove. « L'hai qui? » chiesi.

Olwen sapeva di aver fatto uno sbaglio. Le tremavano le ginocchia. « È a casa » disse.

« È qui, come la fotografia che hai appena scattato ».

« Non mi fai paura ».

Corse dove aveva lasciato la borsetta. La macchina fotografica era lì vicino. Non avevo altra alternativa che tradurre il pensiero in azione. Era sempre stata la vittima: era la sua parte nel gioco, e come tale doveva finire. Afferrò la borsetta e la macchina e avrebbe continuato a correre, per farsi vendetta, se un rialzo non l'avesse fatta cadere a testa in giù. In questa posizione, pensavo, non può graffiarmi, mentre ricercano di solito uomini con il volto graffiato.

Le fui addosso e, com'era inevitabile, si difese all'impazzata. Come tutte le altre, alla fine mi supplicò. Venti minuti prima, non pensavo a farle del male. Ora, era l'unica soluzione. I nostri incontri erano stati senza testimoni, non avevo mai visto la sua padrona, i suoi amici, i suoi parenti, avevo un nome falso. Unica prova contro di me era la lettera. Occorre del coraggio fisico per uccidere, ma io l'ho. Occorre anche una sorta di coraggio morale, perfino quando, come nel mio caso, si sono ripudiate le leggi, l'ordine e la religione. In un certo senso, tutto finiva in bellezza. Non sarebbe mai diventata vecchia o brutta. Non ci saremmo mai stancati l'uno dell'altra nella frustrazione del matrimonio. Non mi avrebbe mai visto invecchiare. I buoni muoiono giovani e sono, in un certo senso, fortunati.

Quando allentai la stretta, il suo corpo cadde abbandonato, improvvisamente troppo esanime: sapevo ch'era morta. Non c'era da sbagliarsi: avevo già visto in precedenza l'atteggiamento strano, tutto contorto dei cadaveri. M'accorsi del tremendo silenzio intorno. Avevamo gridato, ma la ragione mi diceva che le nostre grida non avevano oltrepassato i cespugli e la macchia da cui eravamo circondati. Non c'era nessuno in un cerchio di mezzo chilometro. Eppure, mi sembrava che tanti occhi mi guardassero da ogni cespuglio. Provai il bisogno impellente di correre. Ma c'erano prima da sbrigare alcune cose: se l'avessi fatto, sarei riuscito a farla franca. Questa era una battaglia reale, non quelle di Kiel o di Hannover; ma la realissima, personalissima Olwen, ormai la morta Olwen. Avevo vinto e dovevo sopravvivere.

Mi guardai intorno e fui sorpreso. Non c'era stata una lotta vera e propria, eppure sembrava un campo di battaglia. Le cose erano sparse qua e là per una ventina di metri. Cercai nella borsetta la mia lettera e me la cacciai in tasca. Vidi un'altra lettera ed una cartolina. Sembravano innocue. La lettera era dei suoi genitori: parevano in ansia. Avrebbe potuto indicare che non aveva scritto perché c'era qualcosa di cui si vergognava. In aggiunta al referto medico, avrebbe contribuito a far dubitare che fosse una sgualdrina. La polizia non si dà da fare eccessivamente per le sgualdrine. La lasciai nella borsetta. Alla fine, cercai di vincere il terrore che mi suscitava quel corpo morto. Lo guardai: era il suo corpo, morto. Riuscii ad osservarla, il corpo attorcigliato, i fianchi, le gambe che non avrebbero più ballato, coperte dalle calze che le avevo regalato io, per acutizzare il mio desiderio. Per un attimo, la rimpiansi. Il mio sbaglio era stato di essere andato avanti con lei per troppo tempo: i suoi capelli meravigliosi e il viso innocente, l'estasi di doverla sedurre, sempre riluttante, volta per volta, mi avevano fatto continuare per mesi, dopo il soddisfacimento iniziale. Allora avrei dovuto lasciarla; ma mi attirava l'idea di una battaglia da vincere sempre, come la prima volta. Tolsi il danaro dalla borsetta e la gettai vicino al cadavere. La polizia non deve attribuire importanza al delitto. Deve presumere che abbia acconsentito ad una passeggiata pseudo-romantica, e che, mentre opponeva resistenza, sia stata uccisa, oppure sia stata attaccata all'improvviso da un pazzo...

Il mio bisogno di fuggire era tremendo. M'impediva di pensare con calma. Decisi di salire su un albero per rendermi conto della situazione. Mi arrampicai su uno non molto alto, da cui potei vedere i tetti di Almond Vale. Sembravano molto vicini: sul sentiero lungo il fiume non c'era anima viva. Sull'altra sponda, a circa un chilometro e mezzo di distanza, si svolgeva un incontro di cricket fra ragazzi di scuola: ne udivo ogni tanto le grida attutite. Da questa parte del fiume, invece, non c'era nessuno; ma esitavo a ripercorrere lo stesso sentiero di prima. Trascurandolo, avrei potuto attraversare un campo e poi raggiungere la strada maestra. In questo modo, avrei evitato il barcaiolo, altra gente che poteva aver notato la capigliatura di Olwen, e i bambini. Specialmente questi ultimi, pensavo. Era una strada tre volte più lunga, ma molto più sicura. Non sarei più tornato in quella cittadina, né al Dragon e nemmeno nel rione dov'era il negozio di parrucchiere. Le vendite non sarebbero state danneggiate. Mi occorreva soltanto la mattinata del martedì per coprire l'intera zona (ecco come mi era capitato d'incontrarla): avrei potuto sbrigare parte del lavoro per posta o per telefono. Meglio evitare quei paraggi per un po' di tempo: un anno almeno.

Mi ero ormai allontanato di mezzo chilometro, quando, con un brivido di terrore che accelerò i battiti del cuore e mi strinse la testa come in una morsa, mi ricordai della macchina fotografica. Avevo dimenticato la prova più decisiva e fatale. Che pacchia per la polizia. Ero in un bagno di sudore; ma dovevo tornare indietro. Per il panico, non riuscii dapprima a ritrovare il posto. Poi, mi stupii ritrovando la scena esattamente uguale: i capelli d'un rosso castano e i graffi sulle gambe scoperte. Strappai la pellicola, la strofinai e la gettai al sole, perché la luce compisse l'opera di distruzione.

Avevo un tremendo mal di capo; ero stanchissimo e ansimavo allontanandomi in fretta. Mi tenni vicino agli alberi, pronto a nascondermi. Non m'imbattei in anima viva e raggiunsi la strada maestra a un chilometro e mezzo dalla città. Passarono alcune macchine; ma ero certo che non mi avrebbero notato.

Il mal di capo era aumentato e volevo porvi rimedio prima d'incominciare a guidare. Passai davanti ai primi villini della città e a un caffeuccio di terz'ordine che non avrei notato se non avessi intravisto un cartello: « ASPIRINE ». Spinsi la porta facendo suonare il campanello. Dentro, c'erano sedie e tavolini, teiere e vassoi di paste. C'era anche una lista di altri generi mangerecci: pasticci di carne, panini al prosciutto, tartine, al cui pensiero mi venne la nausea. Su una parete, una réclame di sigarette sembrava prendermi in giro: era una provocante rossa inguainata in un abito verde acceso. In qualsiasi altra occasione, mi avrebbe solleticato; adesso, sembrava soltanto mettermi in guardia contro un pericolo. Anche la cameriera del locale, in un altro posto e un'altra circostanza, avrebbe destato il mio interesse. Era piuttosto formosa e ancheggiava camminando.

« Una tazza di tè, per favore ».

« Bella giornata ».

« Deliziosa » risposi con amarezza.

« È in vacanza? ».

« No di passaggio ».

« Peccato » disse, sfrontata.

Non feci nessun commento, finché mi disse: « Uno scellino, per favore ».

« Ha delle aspirine? ».

« Quante ne vuole? ».

« Una bustina ».

« S'è buscato un mal di capo? ».

Sorrisi debolmente. « Credo di sì ».

« Immagino come si senta. Due scellini, per favore ».

Pagai e sedetti, voltando le spalle alla concupiscenza. La ragazza si dava da fare, come aspettasse di far quattro chiacchiere, ma avevo deciso di omettere, per questa volta, i miei soliti commenti spiritosi. Presi tre aspirine e in cinque minuti ero fuori, sul marciapiede.

Trovai la macchina al posto di prima, montai e mi misi a guidare lentamente in direzione opposta. Se qualcuno ricorda una vettura rossa sport, alle quattro del pomeriggio, e da che parte era diretta, la direzione almeno li trarrà in inganno. Percorsi un triangolo di quarantacinque chilometri e giunsi a casa alle cinque.

Ero così stanco che andai direttamente a coricarmi. Aspettai sdraiato che il mal di capo mi passasse. Rilessi la mia lettera, tremando al pensiero che avrebbe potuto cadere nelle mani della polizia, e la bruciai. Avevo paura ed ero sfinito. Non c'era molto da temere: all'indomani, avrei visto le cose con più chiarezza, una volta che i miei nervi si fossero distesi.

Questa è la mia avventura. L'ho descritta in ogni particolare, e quando qualcuno la leggerà, anche se ormai sarà una cosa sepolta nel tempo, comprenderà, credo, all'istante, la situazione creatasi il giorno in cui uccisi Olwen.

Olwen aveva telefonato a Bushell e la sua chiamata, per quanto vaga, avrebbe potuto insospettirlo: mi conosce da molto tempo... Però, aveva chiesto di un certo Harrison e Bushell le aveva detto che si trovava a Sheffield, quel giorno. Ad ogni modo, la mia ansia scomparve quando vidi Bushell il giorno dopo. Il barista del Dragon ci ha visti insieme parecchie volte; ma può soltanto fornire una descrizione fisica. Non conosce né nomi, né indirizzi e io mi guarderò bene dal farmi rivedere in quel posto. Se ha visto la macchina, può descriverla, ma non ne conosce la targa e, del resto, adesso ho una macchina coperta nera. Le conoscenze di Olwen: Hazel e Peggy, e la sua padrona di casa, sono a parte certo della mia esistenza, ma non sanno molto di più del barista. Conoscono soltanto il mio nome falso e non hanno mai visto la mia macchina. Anche i genitori di Olwen non sanno niente di me: lo conferma la lettera che ho trovato nella sua borsetta.

Ci sono altri particolari; ma saprei dare di tutti una spiegazione. Ho distrutto la lettera e la pellicola, ho adoperato un nome falso, non ci sono testimoni, non soltanto dell'assassinio, ma perfino dei nostri rapporti. Manca l'evidenza « esterna », come dice la polizia, e una qualsiasi conoscenza delle circostanze. Nessun poliziotto mi ha notato ad Almond Vale quel giorno e nessuno è in possesso di lettere, impronte, eccetera. La polizia del Middleshire non è stupida e, se lo è, non lo è però quella di Scotland Yard. Ma non hanno elementi su cui basarsi. Sono uno sconosciuto bruno, alto, ricercato per un delitto. Ma i romanzieri e i giornalisti non parlano mai dell'alta percentuale di delitti che rimane irrisolta, o della quasi impossibilità, a volte, di trovare l'assassino e di provare la sua colpa.

Parte terza

La polizia

I

L'uomo sul marciapiede numero due aspettava con impazienza l'arrivo. Sbadigliò e, per un momento, le sue guance abbronzate si rilassarono: diventò un uomo di mezz'età, alzatosi troppo presto dal letto l'ultimo giorno di vacanza. Aveva passato una decina di giorni piacevoli e adesso, sul marciapiede, si accorgeva che erano proprio finiti. Come altri uomini della sua età, lasciava la spiaggia con rimpianto. Sapeva che in ventiquattr'ore la sua riluttanza sarebbe scomparsa col lavoro, e la vacanza gli sarebbe sembrata irreale. Ma, al momento, si sentiva infelice. Se avesse potuto vivere per sempre in quella pacifica cittadina! Tutti desiderano la quiete: fanno piani, pregano, litigano per un po' di quiete e poi finiscono con l'aspettare e desiderare il rumore, la confusione, la violenza, la discordia. Non c'era molta gente intorno: i giorni di punta erano il sabato e la domenica, e quel giorno era martedì. Una brezza leggera veniva dal mare: c'era odore di salso, misto a quello del fumo delle macchine. Un campanello suonava da qualche parte. Una o due persone sostavano davanti all'edicola. Vi era dell'indecisione sui loro volti: se arrendersi alla pornografia, essendo ancora in vacanza, o acquistare l'inquietante letteratura della normalità: i problemi del giorno. Al profilarsi di una prima lontana nuvola, lo splendore di ogni cosa rimase come offuscato.

Ci doveva esser afa, a Londra, pensava; frattanto, l'altoparlante vomitò la destinazione dell'espresso che aveva un notevole ritardo: Paddington. L'uomo si decise improvvisamente a comprare un giornale.

Un ragazzino decenne gridò: « Papà, posso comprare i fumetti? » e una fanciullina della stessa età, facendogli eco: « Anch'io, papà ».

« Volete sbrigarvi? » protestò la madre. « Aspettiamo da venti minuti... ».

L'uomo fece una smorfia: « Non ti piacerebbe perdere il treno? ».

La donna rispose: « Sai bene che... ». Ma l'uomo era già lontano. I bambini, ancora in sandali, si trascinavano dietro secchielli e palette, impazienti di essere in treno. « Oh, papà, il treno sta arrivando ». L'espresso di Paddington, sbuffando, stava entrando in stazione: fischiava e i due bambini si fecero da parte. La tensione della donna si placò quando vide i vagoni semivuoti. La ventina di persone sul marciapiede volle godersi l'insolito piacere di entrare con calma in un treno: era l'ultima soddisfazione della vacanza.

Una folla di venditori si fece avanti da ogni parte: una ragazza spingeva un carrello, offrendo tè e gelati. Una vecchia signora, scortata da tre facchini e da un cagnolino, si muoveva ansiosa alla volta di uno scompartimento di prima classe. Un tipo dall'aria vagamente militare, sanguigno, si mise a gridare fuori del ristorante della stazione e i facchini si precipitarono da lui. Alcuni soldati carichi di bagagli, scesi dal treno, accennarono a mettersi in fila, ma, adocchiati il ristorante e l'edicola, deposero le loro sacche con negligenza. Un facchino si avvicinò all'uomo offrendogli i suoi servigi. « Facchino, signore? ».

L'uomo declinò l'offerta. Sollevò, apparentemente senza

sforzo, le due pesanti valigie, e salì in una vettura. La moglie si ritirò subito in un angolo dello scompartimento. Era già rientrata, con evidente piacere, nella normalità. Le novità la infastidivano. Non era un tipo molto socievole e mondano.

Nello scompartimento l'uomo sembrava più robusto. Ci si accorgeva che doveva essere più importante di quello che dava a vedere a prima vista, e ci si chiedeva con meraviglia chi potesse essere. Sul marciapiede sembrava un uomo d'affari: grosso, pesante. Nello scompartimento, invece, le sue spalle e il torace apparivano troppo robusti e sportivi per uno che lavorasse in un ufficio. Non poteva essere un militare a causa del suo pallore. Quella di allora era un'abbronzatura momentanea. Nonostante la corporatura, non si sarebbe proprio detto un poliziotto. I poliziotti s'immaginano più giovani.

Eppure, era proprio un poliziotto. Si chiamava Andrew MacIndoe ed era sovrintendente a Scotland Yard, alla sezione omicidi. Aveva quarantott'anni, stava diventando calvo, pesava novanta chili circa e, forse per questo, non sembrava molto alto. Naturalmente, non indossava più né l'uniforme né l'elmetto. I detective sono poliziotti i cui poteri non sono maggiori di quelli di una qualsiasi guardia di pubblica sicurezza: aveva prestato giuramento, aveva ricevuto la nomina, un mandato, un bastone, un fischietto, un taccuino con le istruzioni ed era subito partito per i suoi incarichi, come suo padre aveva già fatto.

Imparò quali fossero i suoi poteri di arresto e detenzione per un ragionevole sospetto, e qualcosa di più: cosa fare in un incidente stradale, come mantenersi asciutto in otto ore di pioggia a dirotto, come comportarsi con gli ubriachi, come stringere utili amicizie (lattai, postini, portinai, uomini dell'ascensore, ex poliziotti, investigatori), come mantenere l'ordine durante un incontro di calcio e contemporaneamente osservarlo, come fare in casi di pacchi sospetti e di morti naturali, come comporre litigi, trovare cani sperduti, controllare il traffico e, in tempo d'elezioni, mantenere l'ordine senza sbadigliare; come proteggere gli uomini politici e far capire ai ricchi automobilisti che la loro importanza sociale non li esenta dall'osservare le leggi del traffico; come arginare la folla nelle processioni e per gli incontri sportivi soprattutto; come mantenersi calmi mentre gli altri sono su tutte le furie. Tutte queste cose le imparò in uniforme, ma dopo tre anni era già aiuto del capo dipartimento della sua località. Era poi diventato ufficiale di polizia, sergente di seconda e poi di prima classe, ispettore e infine ispettore capo. Era giunto a quest'ultimo grado da due anni. Naturalmente, regolare il traffico e altre cosucce del genere non facevano più parte dei suoi incarichi. Ormai si era dato alle ricerche sui copertoni e sulle perdite di benzina, sui segni di scasso e di furto, sui ritagli di stoffa, sulle macchie di sangue, sulle impronte dei piedi; era diventato un esperto delle macchie di sangue sugli abiti e delle marchette delle lavanderie, degli avanzi che venivano a galla nei fiumi, dei registri degli alberghi, di lettere e diari: di tutte le pazienti e noiose ricerche, cioè, che costituiscono la cosiddetta « evidenza esterna ».

Il metodo di MacIndoe consisteva nel completare la catena dell'evidenza esterna (cioè i fatti) in modo che l'interrogatorio dell'indiziato non fosse più indispensabile. Quando invece si rendeva necessario, il suo metodo consisteva nel toccare le questioni più importanti e vitali, eliminando la parola « omicidio » o « furto » e mettendo sull'avviso il sospettato. « La cosa migliore è di dire la verità. Lei sa dove si trova e dunque... È pericoloso se la

Corte si accorge che lei mente. Lo spergiuro è passibile di punizione... ». Il suo modo di fare era pieno di comprensione e la sua compassione era sovente sincera. « Mi dica la verità [sembrava dire] e io le darò il consiglio migliore sul da farsi ». E quando il colpevole aveva confessato: « Che peccato. Non credo che potrò far molto per lei. Purtroppo, dovrà andare in prigione ». Potrebbe sembrare una tecnica sleale e ipocrita, nella sua apparente mitezza, eppure la gente con cui aveva a che fare doveva essere in certo modo ingannata con uno stratagemma. Si trattava di bugiardi, miserabili, dementi, ladri, pazzi, pervertiti, assassini: ognuno di loro desideroso di un qualsiasi sotterfugio, compassione, informazione che potesse essere usato a proprio vantaggio. MacIndoe non poteva permettersi di lasciarsi del tutto commuovere dal criminale o dalla vittima: il pregiudizio distrugge il vantaggio tecnico dell'imparzialità. Eppure, in generale, MacIndoe era un uomo mite e umano che alzava raramente la voce e ancor meno indulgeva alla violenza. Cervello e tenacia gli facevano inseguire senza tregua il colpevole; poi, la sua bontà gli faceva rimpiangere di averlo raggiunto. Ma agiva così per il benessere della società.

Un'alta percentuale di ufficiali di polizia sono scozzesi e prendono terribili sbornie sulla banchina del Tamigi l'ultimo dell'anno. Ma, come molti scozzesi, MacIndoe aveva un forte senso morale e religioso, attaccamento al lavoro e alla famiglia. Il suo lavoro era difficile, l'orario molto irregolare e, anche per questo, dava molto valore alle ore che poteva passare in famiglia. La sua gioia era guardare la moglie Janet e i suoi due bambini, Andrew e Mary, e ascoltare le loro sciocchezze, seduto in poltrona con la pipa fra i denti. Più giovane di lui, Janet era sempre timida, silenziosa, riservata come quando l'aveva conosciuta. Non aveva alcun fascino particolare, ma era attraente nella persona, piena di gentilezza e bontà, qualità più resistenti di ogni bellezza fisica. Non aveva l'acutezza del marito (a volte, lo tacciava di essere " astuto come una volpe ") e sarebbe stata contenta anche se fosse rimasto un semplice ufficiale di polizia. Non si occupava di delitti e conosceva poco il lato brutto della vita. MacIndoe le raccontava gli episodi salienti di ogni caso, ma tralasciava la volgarità, la perversione e la crudeltà che l'avevano causato. Janet non provava alcun godimento o curiosità a sentire brutture del genere. Del resto, era lo stesso marito a volere che restasse ingenua e innocente. Era la persona a cui bisognava ritornare dopo settimane passate a contatto con i mali della vita, per ritrovare in lei la sana e pulita normalità. Non era, in fondo, come pensava talvolta disgustato, un mondo in cui predominava il male; ma esistevano ancora altri esseri buoni e normali, a galla sul disordine creato dagli altri.

II

Ci fu un lampo, seguito istantaneamente dalla scarica del tuono. MacIndoe si rivoltò nel letto. Come aveva immaginato, il tempo era afoso a Londra. « Sono contento che siamo arrivati a casa prima che il tempo cambiasse » disse a Janet, pensandola sveglia.

Da un'altra stanza giunse la voce della bambina: « Mamma, ho paura ».

« Che ora è? » chiese Janet.

MacIndoe sporse il braccio dal letto e guardò il quadrante luminoso del suo orologio: « L'una e mezzo ». A distanza, rumoreggiava ancora il tuono. Sussultò leggermente quando squillò il telefono: « Prendi nota » disse, e fece un sorrisetto impaziente. La voce di Mary tornò a farsi sentire. « Ho paura, mamma » seguita dall'altra, di Andrew: « A me piace: sembrano tante bombe ».

MacIndoe fece una smorfia affermativa al telefono. « Dove? Viene anche Tony? Sì, sì, benissimo... Bel tempo davvero... Ho benzina abbastanza... No, non l'usiamo in vacanza. Janet è stanca di viaggiare... No, no, ero sveglio... e i bambini pure. Bene, bene... Arrivederci ».

Mary era entrata timidamente. MacIndoe la guardò con tenerezza. « Che cosa hai, pulcino? Ti fa paura il tuono? ».

« Voglio star vicina alla mamma ».

« Va bene. Papà deve uscire ».

Janet chiese: « Qualcosa di grave? ».

MacIndoe guardò Mary preoccupato e rispose: « Sì, hanno trovato una ragazza. Ho premura. È lontano e devo arrivarci presto, anche con questa pioggia ».

« Dove devi andare? ».

« In una cittadina: Almond Vale ».

« Il nome è grazioso. Dov'è? ».

« Nel Middleshire ».

Janet balzò dal letto: « Allora dovrai guidare tutta la notte e non potrai far colazione. So come sei fatto: ti preparerò dei panini ».

« Oh, non importa ».

« Perché non potrebbero telefonarti a un'ora decente? ». Sapeva già la risposta alla sua domanda.

« Ho finito la mia vacanza da mezzanotte. Mi hanno regalato un'ora e mezzo. Non brontolare ». Si sentiva già distante, preso tra particolari tecnici e lacrime altrui. Pensava vagamente al mare: immaginari gabbiani fluttuavano nella sua mente. « Non prendertela » e toccò la spalla della moglie. « È stata una bella vacanza ». Non era ancora stato afferrato dalla tensione: avrebbe potuto essere un caso facile. Era la possibilità di un caso insolubile che lo tormentava, come se questo potesse essere il fallimento del suo lavoro. C'erano stati trenta casi di delitto nella sua carriera: era stato a capo delle investigazioni di sette e li aveva tutti risolti.

« Ti hanno detto che tipo di ragazza fosse? ».

« Ne sanno molto poco ».

« Era una ragazza allegra? ».

« Non credo ».

MacIndoe si vestì in fretta e riempì una valigetta con pigiama, rasoio elettrico, sapone, spazzolino da denti e spazzola per i capelli (ne usava ancora una, sebbene stesse diventando calvo). Prima di scendere a pianterreno disse a Mary: « Dai un bacio a papà » e la testolina calda di sonno si accostò a lui dolcemente: « La mamma tornerà subito ». Andò a salutare il figlioletto e lo trovò alla finestra: osservava il temporale. La pioggia rigava i vetri. « A letto, presto ». Arruffò i capelli di Andrew e lo baciò sul collo. « Arrivederci, ragazzo ».

Da basso, indossò l'impermeabile e la bombetta. Mentre toglieva l'auto dalla rimessa, una macchina della polizia si fermò nel vicolo cieco in cui abitava. Un giovanotto in borghese saltò dalla macchina, ringraziò il conducente in uniforme e si diresse a gran passi alla volta di MacIndoe.

« Salve, Tony ».

« Ha fatto buona vacanza, signore? ».

« Mi sono rimesso in forze. Sei pronto? ».

« Sì. Devo guidare io? ».

« D'accordo. Tu guiderai fino ad Oxford, poi ti sostituirò io ».

Un fascio di luce usciva dalla porta di strada: Janet era sulla soglia. I due uomini le si avvicinarono e si fermarono nell'atrio, al coperto.

« Salve, sergente Baker ».

« Buongiorno, signora. Hanno scelto proprio una bella notte ».

Gli consegnò un pacchetto con i panini e un termos. « Faccia attenzione che li mangi, per piacere ».

MacIndoe osservò, con imbarazzo: « Sono già troppo grasso ». La baciò. « Arrivederci, cara. Non stare in pena ». Stava pensando, come lei, al penultimo caso, in cui qualcuno gli aveva scaricato addosso improvvisamente un revolver e l'aveva mancato per puro caso.

C'era poco traffico e i due uomini stavano in silenzio. Prima di oltrepassare Oxford, diretti sempre a nord-ovest, la pioggia e il temporale erano cessati e viaggiarono nella stessa soffocante atmosfera in cui era immersa anche Londra, poche ore prima.

Prima dell'alba raggiunsero Almond Vale. L'edificio della polizia era la sede centrale della polizia della contea, ma, nonostante questo, non era molto vasto. All'esterno, sotto la luce bluastra dei lampioni, spiccavano avvisi della Difesa civile, della Marina reale, un resoconto degli incidenti stradali dell'ultimo mese, l'invito a un ballo di beneficenza (quattro scellini e non era di rigore l'abito nero), e due fotografie di un uomo incredibilmente brutto, ricercato per rapina a mano armata. All'interno, la stanza degli interrogatori era di dimensioni regolamentari: un po' dell'intonaco verde si era scrostato dai muri. Al centro della stanza c'era un pezzo d'antiquariato: una solidissima scrivania ingombrata di fascicoli e di stampati. Addossato a una parete un tavolo con tre telefoni. Ai muri erano appesi dei fogli, oltre a una fotografia in cornice di alcune varietà di cani di razza purissima, un'istruzione relativa alle biciclette, una grande carta del Middleshire e una più piccola di Almond Vale, un avviso sui prigionieri e alcune disposizioni ingiallite d'ordine giudiziario. Su una parete pendevano da un'asse alcune chiavi. Accanto alla porta vi erano due estintori rossi. Nonostante l'aria soffocante, nella stufa era acceso il fuoco: gli dava le spalle un ufficiale. Di fronte a lui era seduto un vecchio inserviente: entrambi stavano bevendo una tazza di tè.

« Buongiorno. Sono l'ispettore capo MacIndoe e questo è il sergente Baker ».

L'inserviente, con incredibile tatto, disse: « Me ne vado ». L'ufficiale depose precipitosamente la tazza. « Benvenuto, ispettore. Il mio superiore la sta aspettando ».

Furono introdotti in un'altra stanza, un po' più personale, dove fecero la conoscenza del sostituto del capo della polizia del Middleshire, il quale non abitava ad Almond Vale. « Immagino che desideriate conoscere Maddocks » disse loro, dopo un po', e li condusse in un'altra stanza.

L'ispettore Maddocks era un uomo alto, muscoloso, sui quarant'anni, con una carnagione fresca e un volto sensibile e vivace. La sua pelle e i capelli scuri, nonché la sua magrezza, facevano contrasto con la mole cospicua del biondo Baker. Dopo alcune osservazioni introduttive, il sostituto lasciò i tre uomini soli.

Maddocks si offrì gentilmente: « Vorreste prendere una tazza di tè, per incominciare? ».

Alla loro affermazione, si mise al telefono. « Ho pensato di chiamarvi senza indugio, perché il caso è molto complicato ». Prese in mano alcune carte. « Starò in tribunale per la maggior parte della mattina. Il capo della polizia, visto che non avevo ancora trattato un caso d'assassinio... sono così onesti nei dintorni: al massimo cacciano di frodo... ha pensato... Comunque, sono veramente contento di vedervi ».

Entrò un ufficiale con un vassoio. « Si è mai accorto con quale sveltezza un ufficiale sa preparare il tè? » chiese MacIndoe.

Maddocks sorrise. « Immagino faccia parte della loro istruzione ».

L'ufficiale fece una smorfia. « Dobbiamo sempre aver pronto il tè in caso di emozioni violente ».

Risero tutti, ancora un po' impacciati, per la breve conoscenza, ma a MacIndoe l'ispettore era già riuscito simpatico. Maddocks chiese: « Vuole che chiami una macchina? Potremo essere sul luogo del delitto in pochi minuti ». L'ispettore capo annuì.

« Bene, beviamo questo tè e la metterò al corrente di quello che so. La vittima è una giovane donna. Giace con la faccia contro il terreno e non l'abbiamo ancora rimossa. Sembra che sia... sì, piuttosto bella. Ha i capelli di un rosso insolito. Non credo che sia del posto. Non che io conosca tutte le abitanti, ma penso che se fosse di qui mi sarei ricordato della sua capigliatura. Nessuno degli ufficiali l'ha mai vista prima. È, più o meno, vestita interamente, ma ha le vesti in disordine. Deve aver subìto in qualche modo un assalto, prima di essere uccisa ». Maddocks guardò la tazza e continuò: « Non posso capire la distruzione della bellezza. Ho sempre pensato che il delitto fosse lo sfogo di una tensione tremenda, nel qual caso sia l'uccisore sia l'ucciso erano degni di pietà, perché entrambi erano delle vittime... ».

MacIndoe osservò: « Normalmente è così. Stanno in piedi, confusi, e fanno pena. Non so proprio perché l'ho fatto, dicono ».

« Ha dei segni sulla gola. Suppongo sia stata strangolata. Non ci saranno graffi sulla faccia dell'assassino. È stata trovata ieri sera da una coppietta che si era spinta fuori città. Non la conoscono. C'è un mucchio di cose sparse all'intorno: una borsetta e una custodia di stoffa con una macchina fotografica che ha il retro asportato ».

« C'era luce sufficiente per fare delle fotografie? ».

« Sì, ne abbiamo fatte parecchie » disse Maddocks.

L'ufficiale rientrò. « La macchina è pronta, signore ».

Maddocks indossò un impermeabile. « Forse è meglio che ci muoviamo, prima che sopraggiunga la pioggia. Vuol dire al capo, quando verrà, che siamo andati ad esaminare il cadavere e il luogo del delitto, prima che piova? ».

Il cielo ad oriente stava schiarendosi. Maddocks indicò la collina. « Questa è High Street. Incomincia all'altro capo, in fondo al pendio. Vi ho prenotato la stanza al George. Non è lontano. È molto frequentato d'estate e siamo stati fortunati. Non credo che abbiate intenzione di fermarvi a Birlchester che dista circa diciotto chilometri da qui. Il cibo e la birra sono buoni, vedrete », concluse. « È lì che a Natale si svolge una bella festa ».

« Ha fatto benissimo, grazie. Forse potremo fare una bella riunione, anche prima di Natale ».

« Lo voglio sperare ».

La macchina della polizia si mosse. Le strade erano deserte. Perfino in quel distretto di agricoltori era troppo presto per ogni attività. Passarono un ponte, voltarono a sinistra e, dopo una corsa di un chilometro e mezzo, si arrestarono. MacIndoe balzò dalla macchina, guardò la cittadina in pendio e udì lo strepito di una cascata. Notò soddisfatto che era veramente una cittadina di cui avrebbe potuto esaminare ogni caffè, autorimessa, pensione, albergo: non ci sarebbero voluti nemmeno molti giorni; anzi, era questione di ore.

Oltrepassarono alcune capanne, ripostigli di barche, e si trovarono sulla riva del fiume. « È una cittadina graziosa » fu il commento di Baker. « C'è un'aria di vacanza, di fresco intorno. Forse la ragazza era in vacanza ».

« Lo suggerisce anche la macchina fotografica. La coppia che l'ha trovata è quasi certa di esser andata nello stesso posto anche il giorno prima; il che significa che era ancora viva ieri » disse Maddocks.

« Una macchina fotografica presuppone che la vittima non fosse sola. Ci sono anche indizi sessuali che paiono confermarlo. Facendo l'ipotesi che fosse in compagnia di qualcuno che conosceva, perché avrebbero scelto questa passeggiata? » chiese MacIndoe.

« Se non conoscevano Almond Vale, è molto naturale che abbiano percorso questa strada per uscire di città » rispose Maddocks. « Non conduce in nessun posto ».

« Non sbocca in nessun luogo caratteristico? ».

« No. Anzi, se il fiume non fosse stato così basso, non avebbero nemmeno potuto spingersi tanto lontano ».

Si era fatto molto chiaro e, a qualche centinaio di passi, si scorgevano due ufficiali di guardia vicino ai cespugli. Il sentiero era finito: dovettero camminare nel fango.

« Se fosse piovuto prima delle otto, ieri sera, chissà quando sarebbe stata ritrovata » disse Maddocks con una smorfia di disgusto.

MacIndoe si accigliò: « Non preoccupiamoci per quello che sarebbe potuto accadere. È già abbastanza complicato quello che abbiamo dinanzi ».

Erano ormai vicini ai poliziotti e Maddocks fece un cenno di saluto. Spiegò chi fossero MacIndoe e Baker e chiese se fosse arrivato il medico. Procedendo in mezzo ai cespugli, raggiunsero un altro ufficiale che stava parlando con un sergente. Ci furono altri saluti e presentazioni. Il sergente riferì che molta gente era venuta a curiosare, ma che, prima di notte, se n'era andata in gran fretta. Il sergente non era un tipo impressionabile e chiese con indifferenza: « Devo scoprire il cadavere, signore? ».

« Sì » gli rispose Maddocks.

Il sergente rimosse con delicatezza una coperta e, nella luce incerta del primo mattino, MacIndoe e Baker videro il cadavere di una giovane donna. Come aveva detto Maddocks i suoi capelli erano sottili, del colore dell'ambra. Le braccia erano ripiegate indietro, giaceva con la faccia contro il terreno, e aveva le gambe accavallate. La scarpa destra le era scivolata dal piede e si trovava a qualche metro, in linea con le gambe. La gonna verde scuro era rialzata fino ai fianchi. MacIndoe non poteva ancora dire se per effetto della caduta o già così in precedenza. La giacchetta, dello stesso verde della gonna, era accuratamente ripiegata, vicino alla borsetta. Le giarrettiere erano allentate, come se uno strappo violento le avesse rimosse dalle calze. Tutto suggeriva una lotta per liberarsi da una violenza, da qualcuno molto forte. Era impossibile non notare che la ragazza aveva gambe aggraziate. Portava una camicetta di un verde più pallido della gonna che, dietro, era intatta, ma, se davanti fosse slacciata o stracciata, MacIndoe non intendeva appurarlo prima del controllo del medico.

MacIndoe colse ogni particolare con una sola occhiata. Il primo pensiero, al di là delle indagini di ordine tecnico, la sua prima opinione sulla ragazza fu che non doveva essere una di quelle dedite al vino. Quando una persona vive in mezzo a continue violenze, senza moderazione, e conduce un'esistenza affannosa, ne porta i segni: è accigliata, tesa in volto e affilata nel corpo. Quella ragazza non aveva conosciuto l'alcool: l'innocenza le traspariva dal fisico. Non poteva vederle gli occhi, ma immaginava che il suo viso fosse morbido e rotondo come il corpo. Anche soltanto dall'aspetto fisico si poteva azzardare l'ipotesi che fosse una brava ragazza. MacIndoe risentiva di un pregiudizio tipicamente scozzese nei confronti delle donne cosiddette sofisticate. Non gli piacevano le donne ricercate e spiritose, non le capiva: la spregiudicatezza nei discorsi implicava ai suoi occhi una maturità della peggiore specie. Ma il corpo davanti a lui era quello di una ragazza senza pretese, ancora abbastanza ingenua: gli abiti erano privi d'eleganza, la faccia senza trucco, le unghie non laccate, la pettinatura semplice, le sopracciglia folte e naturali. MacIndoe fu preso da pietà. « Povera bambina » esclamò. Soltanto quand'era commosso faceva sentire il suo accento scozzese. « Devi averla vista brutta ieri... ».

Era evidente e turbava perfino un poliziotto che aveva ormai visto gli orrori di tutti i generi. Se i poliziotti partecipano a una lotta, quando si tratta di violenza, sentono qualcosa in sé che si ribella. Non possono infatti affrontare ciò che è passato, né diventano indifferenti uccidendo, come fanno i soldati. Possono soltanto raccogliere delle prove, perché qualcun altro faccia giustizia, uccidendo. E l'evidenza della morte spaventosa di quella ragazza non era piacevole a considerarsi. Qualcuno forse l'aveva fatta cadere, mentre stava fuggendo, e l'aveva tenuta a terra, con brutale freddezza, o magari colto dal panico. Forse qualcuno che le piaceva l'aveva condotta in quel luogo, aveva cercato di persuaderla ad abbandonarglisi e, capace soltanto di istinti bassi, materiali, incapace cioè di volere il bene dell'amata e la sua serenità, l'aveva uccisa, vedendosi respinto.

MacIndoe si chiese se il suo parere così favorevole alla vittima avrebbe resistito alla fine dell'inchiesta. Il guaio, nei riguardi degli esseri umani, è che ciascuno è un caso a parte... Poteva essersi sbagliato. Sarebbe stato difficile per lui appurare la verità. La ragazza non poteva parlare ed egli avrebbe dovuto basarsi unicamente sugli altri. Avrebbe sentito giudizi di cui la ragazza non avrebbe mai pensato capaci gli altri. Infatti, la gente ama, disprezza, rimane indifferente e l'unico mezzo per valutare le singole opinioni sarà pur sempre quello di riferirle alle persone che le formulano. La mia opinione su di te, pensava MacIndoe, si formerà sull'opinione che mi farò degli altri. Che peccato non averti conosciuta! Credo che mi saresti piaciuta.

« Stava correndo e sarebbe riuscita a fuggire se non avesse inciampato, o se qualcuno non l'avesse fatta inciampare, visto il modo in cui le è sfuggita la scarpa. E poi, balzato su di lei, ed è un uomo, senz'altro, l'ha uccisa. Mi auguro soltanto che non sia un pazzo » concluse MacIndoe.

Sospirò (era stanco anche del viaggio). Se fosse stata uccisa da un pazzo, un uomo dagli istinti pervertiti, le difficoltà sarebbero forse state insormontabili. Tutti i padri che hanno una figlia temono questo tipo di persone. Fortunatamente rappresentano soltanto una piccola percentuale della popolazione e pochi di loro commettono un delitto. Ma tendono ad avvicinarsi ai bambini che giocano e ad assalirli nei giardini o lungo i sentieri solitari. Non tutti questi assalti finiscono con la violenza carnale, ma le ferite e anche solo i tentativi di carattere sessuale sono terribili e brutali, avvicinandosi più al sadismo che al piacere fisico. Gli ufficiali di polizia conoscono la maggior parte di questi anormali, nel loro distretto, ma non possono far niente, finché non hanno commesso un reato, e anche allora non possono far molto. I pervertiti sono molto cauti e agiscono subdolamente; essendo quasi sempre sconosciuti agli amici della vittima prima dell'oltraggio, è molto difficile provare la loro colpa. È il ripetersi della violenza, l'abitudine ad essa, che li consegna nelle mani della giustizia. Ma anche così, un'inquietante alta percentuale di bruti rimane impunita e MacIndoe temeva questo tipo di delitto. Non si può nemmeno avere il piacere di arrabbiarsi e di infierire contro il colpevole, perché chi giudicherebbe da un punto di vista morale un pazzo? Sospirò e chiese a Maddocks: « Qualche assalto recente a ragazze o bambini nel distretto? ».

« No, niente negli ultimi tempi ».

« Quando è successo l'ultimo? ».

« Un anno fa. Andò in prigione ».

« Per quanto? ».

« Non so. Faremo indagini ».

« Chiederemo anche alla polizia di Birlchester. Ne conoscono certo a migliaia... » aggiunse MacIndoe.

« Dobbiamo esaminare il terreno? » chiese Baker.

« Abbiamo dato una breve occhiata prima che si facesse scuro, ma abbiamo vistto soltanto la macchina fotografica, la custodia della macchina e la borsetta » disse Maddocks.

Questi oggetti furono riposti con gran cura in scatole speciali. « Vedremo se ci sono le impronte. Non credo però che sia schedato. Se ci sono impronte, ci serviranno soltanto per un eventuale confronto con l'assassino » disse MacIndoe.

C'era qualcosa di vero in quella osservazione. Si hanno le impronte dei delinquenti conosciuti come tali, ma i delinquenti abituali non si spingono mai fino al delitto. Il delitto, di solito, è un crimine isolato, improvviso e senza precedenti. Le impronte di un assassino possono soltanto confermare le deduzioni dell'investigatore dopo che lo ha arrestato per mezzo di altre prove. Tutto quello che la polizia può fare, in caso di assassinio, è identificare la vittima e interrogare i suoi amici e le sue conoscenze, la gente soprattutto vista in sua compagnia poco prima del delitto. Si procede per eliminazione, anche se questo tipo di evidenza, basata sulle circostanze, ha bisogno di essere assistita dalle prove e dalla conferma della scienza.

I poliziotti esaminarono il terreno per una ventina di

minuti, ma trovarono soltanto vecchie scatole di sigarette e un termos rotto in mezzo ai cespugli. Avrebbero continuato, se non fosse stato per l'arrivo di alcune guardie con una lettiga, di un uomo alto e magro, in borghese, e del capo della polizia. L'uomo in borghese era il patologo della polizia, il dottor Baxter. Troppo alto, apparentemente, per essere anche robusto, nodoso, pallido, con acquosi occhi verdi nella testa incavata, da intellettuale, era la caricatura dello scienziato. Anche il capo della polizia, in certo modo, era la caricatura del tipo della sua professione, con la sua mole notevole, un aspetto integerrimo, una carnagione rossastra e occhi azzurri da militare di carriera.

Seguirono le presentazioni e MacIndoe chiese al patologo che già conosceva: « Che le è successo? Mi avevano detto che era partito prima di noi ».

« Mi si è bucata una gomma in piena campagna, mentre pioveva a rovesci. Per un pelo non sono stato colpito da un fulmine. Vorrei che lor signori trovassero i cadaveri a un'ora più decente ».

Il capo della polizia sorrise. « Faremo il possibile. Ma per queste cose non vorremmo disturbarla all'ora del pranzo, dottore ».

« I dottori e i poliziotti » continuò il dottor Baxter, « fanno una vita da cani, o, piuttosto, da gatti randagi. Ha mai sentito che una donna abbia avuto un bambino di giorno? Io mai. Bene, lasciatemi dare un'occhiata a questa povera diavola ».

Lo stesso sergente di prima rimosse la coperta. « Che cosa sapete di lei? » chiese il dottore chinandosi sul cadavere con un termometro clinico in una mano.

Maddocks rispose: « È stata trovata ieri sera alle otto e un quarto da una coppietta. Dicono di essere stati nello stesso punto la sera precedente. C'è una macchina fotografica che fa presupporre un giretto alla luce del giorno. Tutti questi indizi fanno credere che sia morta ieri ».

« Infatti. Tra le tre e le quattro del pomeriggio. Mi spiace di non poter esser più preciso » disse il dottore. « È stata strangolata, da mani molto forti. Non è vergine la vostra ragazza. Con questo, non voglio dire che sia stata violentata. Almeno, non ieri. Anche se è evidente che qualcosa ci deve essere stato, ieri ».

« Allora si tratta di qualcuno che lei conosceva. Lo troveremo » disse MacIndoe. Provava un'irragionevole delusione perché la ragazza non era più vergine. Sono uno sciocco sentimentale, pensava. In fondo, non sono il suo giudice o il suo vendicatore. Eppure, era rimasto deluso. La prima impressione suggerita dalla ragazza era stata quella di una completa innocenza: una qualità che egli ammirava.

In lontananza, passò rapido un lampo, seguito da un interminabile tuono. « Mi bagnerò di nuovo » si lamentò il patologo. Rivoltò il cadavere che apparve allora completamente rilassato nella morte. Il dottore aveva distrutto la precedente posizione di violenza. La ragazza aveva un bel viso. Nonostante le sue ultime conclusioni, MacIndoe ne fu colpito. Era la faccia triste e ingenua di una bambina; dava a vedere, ancor più della sola innocenza, una integrità morale, che implicava una lotta vittoriosa. Eppure, la camicetta era aperta, non strappata, e questo confermava il parere del dottore: non era stata assalita all'improvviso. In certo modo, doveva essersi arresa. Gli venne in mente la spiegazione più semplice: non era più vergine, perché era sposata. È curioso, eppure anche in questi tempi di corruzione, una donna può avere un'espressione ingenua anche da sposata; ma quando si abbandona a un uomo prima del matrimonio, la sua espressione cambia sottilmente, impercettibilmente, diventa colpevole e accigliata. Ma la sinistra della ragazza non aveva anello. È complicato: ci dev'essere sotto tutta una storia qui, pensava. Forse qualcuno l'ha tratta in inganno. Sapendo che sul volto si leggono le caratteristiche principali di una persona, MacIndoe non poteva fare a meno di tenersi alla prima impressione. Era una faccia troppo gentile per ingannare.

Anche il dottore doveva aver pensato qualcosa di simile, perché commentò: « Aveva una bella figuretta e una faccia onesta e graziosa. Non mi sembra una sgualdrinella, ma una creatura piena di salute, adatta a far la brava madre di famiglia ».

« E forse lo era » intervenne il capo della polizia. « Non sappiamo niente di lei. Potrebbe essere sposata ».

Incominciò a piovere. « Dottori e poliziotti » disse ancora il dottore, « devono essere in buone condizioni per fare un lavoro che ucciderebbe chiunque altro... Andiamo! Farò il resto in laboratorio. C'è altro? ».

Il capo della polizia guardò MacIndoe che si affrettò a dire: « No, per il momento ». Il cadavere fu messo sulla barella, ricoperto e trasportato su un'ambulanza. Avevano tutti fretta, per la pioggia che cadeva a scrosci. La ragazza venne trasportata a un laboratorio di Birlchester; i poliziotti invece fecero colazione con salsicce e pancetta.

III

Fu esaminato il contenuto della borsetta e stabilita l'identità della vittima. Trovarono una cipria compatta e un rossetto (sebbene la vittima non fosse truccata), un pettine, un pacchetto di sigarette mezzo vuoto, alcuni fermagli per i capelli, una scatola di fiammiferi, un paio di guanti di lana verdi, due fazzoletti (senza etichetta di lavanderia o iniziali), una fotografia di una coppia di mezz'età, con poche parole in calligrafia femminile. « Mamma e papà 1953», una cartolina di Weston-super-Mare e, infine, una lettera.

La lettera e la cartolina erano indirizzate alla medesima persona: signorina O. Hughes, presso una signora Wilson a un indirizzo nella zona sud-ovest di Birlchester. Sulla cartolina c'erano soltanto poche parole: « Il mio affetto. Mi spiace. Peggy ». Era stata impostata a Weston il diciotto luglio, più di una settimana prima. Non c'era indirizzo del mittente sulla lettera, ma soltanto il giorno: « Domenica ». Incominciava: « Carissima Olwen », e MacIndoe seppe così il nome della signorina O. Hughes. Era da parte della madre, affettuosa, ma piena d'ansia. Olwen non aveva scritto da una decina di giorni e sua madre si domandava se fosse ammalata. Qualcuno di nome Tom (il fratello, probabilmente), aveva incontrato una ragazza: se Olwen fosse andata a casa per le ferie, era pregata di non dir nulla in merito. Era stata impostata il venticinque luglio e proveniva dal Merionethshire. Se la signorina Olwen Hughes era la vittima, cosa del tutto probabile, era evidente che era ancora viva martedì mattina, giorno in cui aveva ricevuto la lettera.

MacIndoe e Baker stavano ora dirigendosi, sotto la pioggia, sulla scorta di una carta topografica fornita da Maddocks, a vedere la signora Wilson. Dopo un lungo silenzio, MacIndoe disse: « Sono contento di avere una scusa per evitare per un po' quel boschetto. Lasciamo che si bagnino i giornalisti, lo meritano più di noi. Rappresentano la morbosa curiosità della gente, mentre noi... Che cosa rappresentiamo noi, Tony? ».

« Non saprei. Forse la giustizia » osservò Baker. Si accorse che il ritrovamento della lettera aveva messo MacIndoe di buon umore. È irritante, infatti, dover far le ricerche per identificare la vittima, senza poter passare subito alle altre ricerche. « La giustizia o forse la vendetta ». Si era accorto che MacIndoe era in vena di parlare, cosa insolita durante le inchieste.

« Non cerchiamo di fare vendetta » disse MacIndoe. « Non io, almeno. La giustizia, poi, non credo appartenga a gente parziale come siamo noi. La giustizia è invisibile e spetta a Dio, ragazzo. No, Tony, penso che noi siamo soltanto i rappresentanti della legge civile; e la legge civile, non tollerando il delitto, pretende che chiunque se ne renda colpevole, debba essere impiccato, come esempio ed ammonizione per gli altri ». Una pausa. « Qual è la tua impressione sulla vittima? ».

Baker era confuso. « Be', penso che mi sarebbe piaciuta moltissimo ».

« Credi che i morti parlino? ».

Baker rise. « No, signore ».

« Nemmeno io. Eppure la penso come te, senza una ragione particolare. Guarda se c'è un cinema dalla tua parte. Dovremmo essere quasi arrivati ».

Qualche minuto dopo, Baker vide il cinema: « Eccolo, è il Rialto ».

« Adesso voltiamo a destra, poi la terza a sinistra, poi ancora a destra e fino al numero trentasette. Fra poco qualcuno cambierà tutte le nostre impressioni ».

« Forse » disse Baker, dando una voce ai suoi pensieri, « l'assassino ci aspetta dietro la porta ».

MacIndoe parve divertito. « Non m'è mai successo ».

Il tuono era cessato da un'ora, ma la pioggia era ancora insistente come nel bosco. I due uomini suonarono alla porta di una casa in stile edoardiano, una delle tante di una lunga fila, e attesero con impazienza. La luce mutò leggermente dietro i vetri della porta: qualcuno stava venendo, lentamente. Una donna disse: « Mezzo minuto, prego ».

Comparve una donna anziana, grossa, vestita accuratamente, eccetto che aveva le maniche rimboccate e le braccia coperte di schiuma di sapone. MacIndoe si formò la sua opinione su di lei istantaneamente: piccola borghesia, vedova, troppo pallida per godere di buona salute, gentile e perfino cerimoniosa. Non immagina che siamo ufficiali di polizia, le faremo dire la verità, se la conosce. La sua opinione sulla ragazza sarà favorevole, forse parziale.

La donna disse: « Salve. Bella giornata per l'incontro ».

« L'incontro? ».

« Sì, l'incontro di cricket ».

« Oh, certo, perfetta. Vorremmo parlare alla signora Wilson ».

« Sono io. Vogliono entrare? C'è da annegare nell'acqua, qui fuori ». I poliziotti entrarono nel vestibolo. « Vengano, vengano » e aprì la porta di una stanza che aveva l'aspetto di un salotto. Era troppo carico di fotografie e di statuine di porcellana: la mobilia e la tappezzeria erano scure. Sembrava una stanza poco abitata. « Siamo ufficiali di polizia ». La signora Wilson rimase visibilmente sconcertata. « Pensavo che foste venuti a vedere le stanze. Ma forse è vero ».

« Ho paura di no ». Fu MacIndoe a parlare. « Siamo venuti a chiedere se conosce una ragazza rosso-castana, probabilmente di nome Olwen ».

La signora Wilson si lasciò cadere su una sedia. « Certo che la conosco ».

« È sua amica? ».

« Non ha mai fatto niente di male, glielo assicuro ».

« Infatti, non ha fatto niente » disse MacIndoe, con delicatezza. « Purtroppo, ho delle brutte notizie per lei, signora ».

« Si è fatta male? ».

« Mi spiace dirle che è morta ».

La faccia pallida e molle perse la sua espressione d'apatia, la sofferenza la sconvolse. L'assassino aveva fatto un'altra vittima. Questa donna, che ancora non sapeva che si trattava di un delitto, non sarebbe più stata la stessa. Tremava tanto da respirare a stento. Era vecchia, non si sarebbe più ripresa, le sarebbe sempre rimasto una sorta di tic nervoso, il timore di andare ad aprire alla porta. Disse, in tono di protesta: « Ma è sempre stata così prudente ».

« Prudente? ».

« Per strada ».

« Aveva capelli rosso-castani, molto belli? ».

« Sì ».

« Allora non c'è dubbio ».

« È stata investita? ».

« Non si tratta di un incidente di strada, signora Wilson. È stata uccisa ».

« Uccisa? Ma come? ».

« Voglio dire che è stata assassinata ».

Ci fu una pausa, un silenzio tremendo; poi le lacrime incominciarono a scorrerle per le guance. « Mi scusino, non posso farne a meno ».

« Non ci badi » disse MacIndoe. « Vorrei soltanto che... ». L'emozione della donna l'aveva confuso e non sapeva più che cosa volesse. Rimase perciò in silenzio. Udiva l'ansimare della signora Wilson e la pioggia, fuori, violenta. La donna disse in tono smarrito, spento: « Ma per quale ragione l'hanno uccisa? Era una brava ragazza ».

Lo sapevo, pensò MacIndoe, con una sorta di sollievo.

« Non lo sappiamo ancora. Crede di poter identificare la signorina Hughes? Ci sarebbe di grande aiuto. Non posso incominciare le indagini, finché non è stato fatto. E potrebbe evitare ai suoi genitori una sofferenza insopportabile » disse MacIndoe. Saranno le vittime terza e quarta, pensava depresso. E il fratello, la quinta. E così via: ci sarebbe stata della sofferenza per tutti quelli che l'avevano conosciuta.

« Non è stata pugnalata o qualcosa di simile? ».

« No » disse MacIndoe e non aggiunse altro.

« È mio dovere venir subito. Dove andremo? ».

« È ad Almond Vale ». La signora Wilson parve sorpresa. « La ricondurremo a casa noi ».

In macchina, la signora Wilson si mantenne silenziosa. Era evidentemente spaventata e MacIndoe rimandò le informazioni che voleva chiederle a quando avesse riconosciuto il cadavere. Entrando nella sede della polizia, la signora Wilson esitò. « Non ho mai visto prima... un assassinato » disse.

« Olwen sembra che... non fa impressione » la confortò MacIndoe.

« Ma se mi sentissi male o... ».

« Andrà tutto bene, vedrà ».

Quando ebbe osservato la faccia della morta, non riuscì a parlare. Fece un cenno d'assenso col capo, in un fiume di lacrime. MacIndoe la condusse nell'ufficio di Maddocks e le offrì una tazza di tè. La tazza di tè per le emozioni violente.

Dieci minuti più tardi, si era riavuta. Diventò loquace. « Era una brava ragazza, ispettore. Non si faccia l'idea che... voglio dire che è evidente che ha opposto resistenza, no? Chi è stato, ispettore? Un pazzo? ».

« Non credo, signora. Deve essere stato qualcuno che la ragazza conosceva ».

« Allora è stato quell'uomo... quell'uomo sposato. Non ce l'aveva presentato perché se ne vergognava » disse con amarezza, « o meglio, si vergognava di noi ».

« Chi è quest'uomo? ».

« Non ne ha mai parlato molto. Non le piaceva essere stuzzicata in proposito. Non avrei nemmeno saputo della sua esistenza, se non me l'avesse detto Hazel ».

« È una parente Hazel? ».

« Hazel ed Olwen avevano una stanza in comune. Avevo una stanza libera e l'ho affittata, perché purtroppo non ho un uomo alle spalle. Mio marito è morto da dodici anni. In un bombardamento: non mi danno neanche un soldo di pensione. È meschino, no? Aveva lavorato nello stesso posto per ventiquattr'anni. È grossa, non le pare? ».

« Certo » mormorò MacIndoe. « Può dirmi il nome di quest'uomo? ».

« Oh, no. Non l'ho mai visto. Hazel vi dirà tutto su di lui ».

« Per quanto tempo è stata da lei la signorina Hughes? ».

« Almeno tre anni. Veniva da un sanatorio. Aveva fatto l'infermiera per parecchio tempo. È là che perse il suo amico... Ha tuttora un'amicizia, là ».

« Un uomo? ».

« No, un'infermiera, Peggy. Veniva sovente prima, ora è un pezzo che non la vediamo. L'ultima volta dev'essere stata sei settimane fa: mi parve che avessero litigato ».

« Non sa per cosa? ».

« Penso per quell'uomo. A Peggy non piaceva che Olwen andasse con un uomo sposato ».

« Non sa dirmi nient'altro della sua relazione con quell'uomo? Quando è incominciata? ».

« Non ne so molto. Ve lo dirà Hazel. Lo vedeva ogni martedì, nel suo pomeriggio di vacanza. Povera Olwen. Usciva vestita alla perfezione e, quando ritornava, gli occhi le brillavano. Tranne ultimamente. Era diventata un po' cinica. Alcune settimane fa mi chiese: " Crede che esista un amore che non sia egoista, eccetto quello materno? ". Non parlava così, di solito ».

« Che tipo di ragazza era, signora Wilson? Voglio dire vanitosa, gentile, generosa, insensibile... o cosa? Che genere di discorsi faceva, normalmente? ».

« Mi disse una volta, non lo dimenticherò mai: " Lei è il sale della terra, signora Wilson ", e arrossì perché non avrebbe voluto dirlo. Poi, di Alberto, mio marito, disse: " Sente tanto la sua mancanza che deve sempre rivivere ogni momento che ricorda, per non impazzire? ". Bene, ci fu un tempo... ».

« Aveva amici? ».

« No. Appena uno o due per tutto il tempo che è stata da me. E nessuno da dodici mesi a questa parte, tranne quell'uomo ».

« Non ha mai parlato di qualcuno che fosse innamorato di lei? Qualcuno che lei non poteva ricambiare? ».

« Non si preoccupava di avere amici o no. Era sempre vissuta in un mondo prevalentemente femminile: ospedale e negozio di parrucchiere per signora ».

« Lavorava come pettinatrice? ».

« Sì, da Olga Harper. Sulla strada principale ».

« Per quanto c'è stata? ».

« Da quando ha lasciato l'ospedale ».

« Ha avuto quindi due soli impieghi? ».

« Non ho idea di cosa facesse prima di partire dal Galles ».

« Può darmi l'indirizzo dei suoi genitori? ».

« Certo. Chissà che dolore ».

« Non se ne può fare a meno. Ha una fotografia di Olwen da imprestarmi? ».

« Ho alcune istantanee ».

« Ci serviranno. Gliele restituirò. Adesso, cerchi di rispondere ad alcune domande sul tempo. Quando ha visto Olwen per l'ultima volta? ».

« Martedì mattina. Mi dava sempre un salutino prima d'uscire ».

« Crede che sia andata al lavoro, come di solito? ».

« Sì, circa le otto e mezzo di ieri mattina. Ed era un po' preoccupata, come le ho già detto. Oh, so cosa sta per chiedermi... Che cosa ho pensato quando non l'ho vista rientrare ieri notte? Ho pensato che fosse andata con quell'uomo. Ci rimasi male, ma le avrei perdonato. Le volevo bene ».

« È stata molto gentile e coraggiosa » disse MacIndoe. « La ricondurrò a casa adesso e farò una scappata dalla padrona di Olwen. Ci piacerebbe parlare anche con quell'altra signorina... Hazel. Quando potremo trovarla? ».

« Se fa come ieri e lunedì, sarà a casa alle tre. Questa settimana ha il turno di mattina, capisce? ».

« Le vuol dire di non toccare niente nella stanza? Noi saremo a casa sua verso le tre ».

Ritornarono a Birlchester: pioveva ancora. La signora Wilson diede l'indirizzo della famiglia di Olwen e due fotografie della ragazza. Una di queste era molto chiara: il reparto fotografico avrebbe potuto ingrandirla notevolmente. Quella faccia onesta, aperta, con gli occhi fissi sulla macchina fotografica e la bocca ferma leggermente nervosa, sarebbe stata conosciuta presto da ogni poliziotto della contea; forse, dall'intera nazione.

L'ispettore capo si diresse a un chiosco per telefonare ad Almond Vale. Maddocks non era ancora tornato. Diede l'indirizzo della famiglia della vittima ad un altro ufficiale; tempo un'ora, ci sarebbe stata altra gente in pena. Era un dovere che non poteva evitare; sarebbe stato peggio per i genitori se fossero stati informati della tremenda notizia da qualche giornale. Cercò l'indirizzo di Olga Harper sulla guida telefonica. Era descritto come un salone di acconciature femminili. In due minuti, con Baker, era davanti al negozio.

Dentro, l'aria era calda e dolciastra. C'erano le solite pubblicità di acconciature a fogge diverse; vicino alla cassa, un ventilatore elettrico. Le cabine erano tre, chiuse da porte a vetri. Non si vedeva nessuno, ma si udivano delle voci. « Erano scottature di secondo grado. Povera stella! Avrebbero dovuto far qualcosa quando io lo dissi... ». La voce di una ragazza intervenne: « Mi scusi signora, vengo subito ».

Una ragazza bruna, grassoccia, con un viso pallido, largo, uscì da una cabina. « Buongiorno » disse MacIndoe. « Vorremmo vedere la signora Harper ».

« Aspetti un istante » disse la ragazza. Entrò in un'altra cabina da cui si udì tosto un borbottio. « Che diavolo vogliono? ». « Non so ». « Chiediglielo, sciocchina ». « Hanno chiesto di lei ». « Tutti cercano di me. Di' che ritornino fra un'ora ». La ragazza ritornò, leggermente rossa in faccia. « Potrebbero ripassare fra un'ora? La signora è occupata con una cliente ».

MacIndoe fece un sorrisetto seccato. « Le spieghi che siamo della polizia ». Nella cabina il borbottio ricominciò. « Mio Dio, cosa c'è adesso? Di cosa mi si accusa? Non ho fatto niente di sbagliato ». (Di illegale, pensava MacIndoe, perché qualcosa di sbagliato lo stai facendo, adesso). « Bene, va' avanti col tuo lavoro ». « Sì, signora Harper ».

Una donna piccola, di mezz'età, con una testa bionda eccessivamente curata, occhi duri e labbra invisibili, sbucò riluttante da una cabina e fissò seccata i due detective. « Avrebbero dovuto telefonarmi prima di venire. Tutti gli altri lo fanno... ».

« La signora Olga Harper? ».

« Naturalmente ».

« Siamo ufficiali di polizia: stiamo indagando su un delitto. Abbiamo saputo in questo momento il suo indirizzo, così non abbiamo potuto chiederle un appuntamento per telefono. Desideriamo avere qualche informazione su una ragazza: Olwen Hughes ».

La signora Harper aveva tolto da una tasca una lima

per le unghie e si mise a limare le unghie della mano sinistra. Non si concedeva soste nella sua lotta per la bellezza. Si portò le dita alla bocca e soffiò: era come se stesse lavorando ad uno splendido pezzo di mobilia.

Parve udire soltanto le ultime due parole di MacIndoe e la sua risposta fu piena di indignazione. « Non mi piace che abbia mandato due poliziotti da me. Se ha da lamentarsi, perché non è venuta di persona? Ha chiesto di andarsene ed io le ho dato la paga di una settimana. Certo, non ci siamo abbracciate commosse. Di cosa si lamenta? ».

MacIndoe replicò freddamente: « La signorina Hughes è stata uccisa ».

Per un momento, quel volto tirato, truccato, cedette: le sue innumerevoli rughe si ammorbidirono e mostrò una nuova espressione: generosità, dolore, sbalordimento. Ma cercò di resistere alla commozione. Abbandonarsi ad essa, avrebbe significato soffrire. Era meglio stare attaccati alla sicurezza, pensare al vapore e ai bigodini, al registratore di cassa ed ai numeri di « Vogue ». Non era forte abbastanza per arrendersi. « Cielo, come è successo? La signorina guai-a-chi-mi-tocca dev'essersi trovata in un brutto pasticcio. Ho sempre detto che era troppo quieta. Le acque chete rovinano i ponti. L'avevo detto ».

« Lei ha detto di averle dato la paga di una settimana, e che se n'è andata. Perché? ».

« Che ne so? Voleva tornarsene a casa. Sono tutte uguali. Fanno sempre i loro comodi. Arràngiati, io faccio quello che mi pare, è il loro motto ».

« Quando è successo questo? ».

« Ieri ».

« È stata uccisa ieri pomeriggio, in un boschetto. Ora, è importante stabilire cosa fece la signorina Hughes, i suoi movimenti e le sue parole ».

« Stavamo prendendo la nostra tazza di tè delle dieci. Mi disse che desiderava parlarmi in privato. Voleva tornarsene a casa ».

« Alluse proprio alla sua famiglia? ».

« Non glielo chiesi. Credono che i loro affarucci di nessun conto siano di un'importanza straordinaria. " Continuerò a lavorare fino alle ferie " disse. Non ne hai la minima voglia, pensai, e allora, eccoti la tua settimana ».

« A che ora se ne andò? Alle dieci? ».

« Dalle dieci e un quarto alle dieci e mezzo ».

« Perché non si fermò fino a sera? ».

« Era il suo pomeriggio di vacanza. Insistette per averlo. Disse di avere qualcosa di molto importante da fare. Buon Dio ».

« Sa che cosa avesse da fare? ».

« No ».

« Non glielo accennò per niente? ».

« No. Disse unicamente che era importante ».

« Qualcuna delle ragazze lo sa? ».

« Ne dubito. Non erano molto amiche ».

« Sa perché? ».

« Lavorava molto, mentre alle altre di solito piace chiacchierare ».

« Lavorava molto? ».

« Be', sì... ».

« Perché, allora, desiderava tanto che se ne andasse? ».

« Era lei a volersene andare. Non sono abituata a discutere con le ragazze e a pregarle ».

« Come si comportava? ».

« Come posso saperlo? ».

« Voglio dire qui ».

« Bene. Lavorava sodo. Perché no? Era una ragazza robusta ».

« E fuori del lavoro? ».

« Non l'ho mai frequentata. Sono molto occupata in casa ».

« Non parlava mai con lei? ».

« Non aveva molto da dirmi ».

« Per quanto tempo è stata da lei? ».

« Press'a poco tre anni ».

« Veniva a lavorare, e poi tornava a casa. Non parlava mai? ».

« Qualche volta ».

« E di cosa? ».

« A cosa può servirle? Se non sbaglio, è morta ».

« Non parlava mai delle sue questioni private? ».

« Non sarebbero più state private, le pare? ».

« Non aveva confidenza con lei? ».

« Parlava a volte dei fiori, del lavoro, della sua famiglia o di un film che aveva appena visto ».

« Aveva amicizie maschili? ».

« Non ne ha mai fatto parola ».

« Nessuno veniva mai a trovarla? ».

« Mai. Era simpatica ad alcuni rappresentanti, ma soltanto perché era intelligente ».

« Intelligente? ».

« Voglio dire che sapeva come trattarli ».

« Qualcuno di loro non la condusse mai fuori? ».

« No, buon Dio, sono tutti di mezz'età, con prole... ».

« Era un uomo sposato quello con cui usciva ogni martedì ».

« Non so se uscisse con qualcuno... di martedì o in un altro giorno ».

« Riceveva telefonate? ».

« Non permetto le chiamate private. Starebbero al telefono tutto il giorno ».

« Ha rivisto la signorina Hughes dopo che aveva lasciato il suo negozio? ».

« No ».

« Desidererei parlare con le altre ragazze. Potrebbero ricordarsi di qualcosa. Quante sono? ».

« Soltanto due. Non ho ancora rimpiazzato Olwen. È meglio che entrino nell'ufficio. Non sarà una cosa molto svelta... Io continuo il mio lavoro, intanto ».

« Si dà arie da duchessa » commentò Baker, quando la donna fu uscita.

MacIndoe annuì. « All'infuori delle sue opinioni, ci è stata utile ». Entrò nell'ufficio la ragazza pallida e grassoccia in compagnia di un'altra brunetta, alta e magra, con gli occhiali. Entrambe le ragazze sembravano emozionate: quella grassoccia appariva molto nervosa, ma la loro apprensione era dovuta all'interrogatorio imminente. MacIndoe non rifletté se una o l'altra delle due avesse idea del corpo inerte e contorto di Olwen.

« Sono l'ispettore capo MacIndoe. Suppongo sappiate che cosa è accaduto ».

« L'abbiamo sentito mentre parlava » disse la ragazza più alta.

« Desideriamo stabilire quali fossero gli amici e le conoscenze di Olwen » spiegò MacIndoe gentilmente. « Vorremmo perciò sapere quando la videro per l'ultima volta e con chi, e cose di questo genere. Come si chiamano? ».

« Barber » si presentò quella grassoccia.

« Sheila Simson ».

« Bene. Vediamo prima cosa accadde ieri mattina. Me lo dica lei, signorina Simson ».

« Ogni cosa era normale, come al solito » incominciò nervosamente, acquistando man mano sicurezza, « finché Olwen, cioè la signorina Hughes, mentre stavamo bevendo il tè, si rivolse alla signora Harper: “ Posso parlarle? ” o qualcosa di simile. Comunque, entrarono in questa stanza e le udimmo discutere a voce piuttosto alta ».

« Hanno sentito qualcosa? ».

« Be', prima che Olwen uscisse, sentii che la signora diceva: “ E non tornare ”, al che Olwen replicò: “ No, certo ”, e se ne andò subito ».

« Anche lei ha sentito, signorina Barber? ».

« Sì » rispose la ragazza grassoccia, « poi la signora Harper venne a dirci che l'aveva licenziata ».

« Disse perché l'aveva licenziata? ».

« No ».

« Non lo spiegò in seguito? ».

« No ».

« Non espresse il desiderio di tornarsene a casa? ».

Entrambe si mantennero in un silenzio negativo.

« Ha mai portato qui qualcuno dei suoi amici, la signorina Hughes? ».

« La ragazza con cui abita, la signorina Murphy, veniva di tanto in tanto » disse la signorina Simson.

« Nessun altro? ».

Ci pensarono un momento. « No ».

« Sanno dove fosse diretta la signorina Hughes quando se ne andò dal negozio? ».

« No ».

« Non disse niente? ».

« No. Credo che piangesse ».

« Non conoscono altre amicizie della signorina Olwen Hughes? ».

« Soltanto Hazel, cioè la signorina Murphy ».

« Qualcuna di loro frequentava la signorina Hughes fuori di qui? ».

La signorina Barber rispose: « Sono stata al cinema con lei qualche volta ».

« A cosa si interessava? Non chiacchieravano mai insieme? ».

La signorina Simson disse: « Non molto, non saprei quali fossero i suoi interessi ».

La signorina Barber intervenne. « Non era leggera o altro. Non posso credere che... ».

« Che tipo di ragazza era? ».

La signorina Simson disse: « È sempre stata molto gentile con me, ma non la conoscevo abbastanza per poterlo dire ».

Il muso di topo della signorina Barber, prossima al pianto, si allungò. « Non era vanitosa, nonostante fosse così bella. La signora Harper la trattava come una serva, ma Olwen non si arrabbiava mai. " Il suo lavoro è tutto quello che ha: cerchiamo di accontentarla " diceva, senza sarcasmo ».

« Qualcuna di loro ha mai incontrato i suoi innamorati? ».

« Non penso ne avesse » disse la signorina Simson.

« Certo che ne aveva, l'ho vista entrare in una macchina » intervenne la ragazza grassoccia.

« Davvero? Quando? ».

« Qualche mese fa. Era il suo pomeriggio di vacanza, un martedì dunque, e stavo andando all'ufficio postale per la signora Harper. Mi sembra di aver visto Olwen al crocicchio, vicino ai semafori, mentre saliva in una macchina ».

« Che tipo di macchina? ».

« Una rossa ».

« Quale rosso? ».

« Scarlatto ».

« Coperta? ».

« No. Una piccola due posti. Era scoperta. Al volante c'era un uomo. Ma forse non si trattava di lei ».

« Che ora era? ».

« L'una. Ero appena tornata dall'aver fatto colazione e Olwen era già uscita. Anche per questo pensai che... ».

« Ha visto il guidatore? ».

« Ero troppo lontana per vederlo bene. Penso fosse giovane. Scuro di capelli. Alto, comunque ».

« Come fa a dirlo? ».

« Olwen era alta, e quando sedette in macchina, se era lei, l'uomo la superava di tutta la testa ».

È dunque alto come me, pensava MacIndoe. « Ha detto alla signorina Hughes che l'aveva vista? ».

« No, me n'ero dimenticata fino a questo momento ».

« Conosce qualche altro particolare del guidatore o della macchina? ».

« No, signore, mi spiace ».

« Bene. Sa se qualcuno dei rappresentanti abbia una macchina rossa? ».

« No ».

« Non ne ho mai vista una rossa » confermò l'altra ragazza.

« Sanno come passasse i suoi pomeriggi di vacanza la signorina Hughes? ».

« No » risposero entrambe. « Sono parecchi mesi che non esco con lei » aggiunse la signorina Barber.

« Bene. Per ora può bastare. Se sarà necessario, tornerò ancora. Mi sono state entrambe di grande aiuto. Se viene loro in mente qualche stranezza nella condotta della signorina Hughes, non intendo con ciò particolari straordinari, ma soltanto diversi da quelli soliti di ogni giorno, me lo facciano sapere. Io sono di stanza alla polizia di

Almond Vale, ma possono recarsi, quando credono, a quella locale ».

Si congedarono dalle tre donne. « Che ora è? » chiese MacIndoe, una volta fuori sul marciapiede.

« L'una ».

« Tempo di fare colazione. Dove potremmo andare? ».

« Ho adocchiato un ristorante a qualche chilometro di distanza. Vogliamo provare là? Si chiama Dragon ».

IV

La bicicletta precipitò giù per l'erta discesa, nella foschia. Il sergente di polizia mise il cambio di velocità e pedalò in fretta, per quanto glielo permetteva la sua mole. In fondo al pendio, la strada si arrampicava di nuovo. Le ruote fischiavano leggermente: oltrepassò la massa grigia del vicariato, a sinistra. Rasentò due placide mucche, del signor Dowell, probabilmente. In fondo sentì il bisogno di scendere e di camminare. La terra presto si sarebbe bagnata. Guardò la nera nuvolaglia in moto: lucidi cespugli gialli d'erica avevano riempito lo spiazzo scuro in cui l'anno precedente era stato acceso un falò. Ragazzacci, li aveva puniti. In cima al colle, prese la strada che si snodava ai piedi della montagna e voltò a destra, montando di nuovo in bicicletta. Alcuni inglesi in vacanza stavano fuori di un bar, non sapendo come impiegare il tempo. Aspettavano una corriera che li portasse alla spiaggia (dove si sarebbero bagnati, pensò il sergente). Le due donne di mezza età avrebbero evidentemente preferito starsene al chiuso, vicino al fuoco, ma gli uomini, resi allegri dalla birra, eccitati come monelli, volevano divertirsi. (Non è un brutto posto questo. Devono essere passati dodici mesi dalla mia ultima bevuta qui). Le donne sorseggiavano i loro intrugli con visibile malcontento. Uno degli uomini gli gridò dietro: « Salve, guardia. Un delitto? ».

L'ufficiale sobbalzò, ma non rispose. Il tempo era veramente indisponente, l'umidità gli era penetrata fino alle ossa, ma il suo compito era ancor più spiacevole. Aveva ricevuto un'istruzione, per telefono, dalla stazione di polizia di Bar Quay. Era stata strangolata una ragazza ad Almond Vale, a innumerevoli chilometri di distanza, in Inghilterra, ed egli doveva pregare i genitori di lei di recarsi alla sede di polizia, per venirne informati. L'unico sollievo era che non doveva comunicare la notizia. Si chiedeva se sarebbe tuttavia riuscito ad assumere un'aria impassibile, come se non sapesse di cosa si trattasse. Avrebbe ancora tirato in causa i misteriosi " si dice ", che non dicevano mai nulla. Voltò a sinistra, smontò e spinse la bicicletta per un ripido sentiero. Al riparo di un albero accese una sigaretta, ma il tabacco era troppo umido per tirare. Non devo sembrare indeciso, pensava. Devo cercare di aiutare quei poveri diavoli. Era spaventato dalla sofferenza che stava per arrecare.

Abitavano in un villino, interamente circondato da alberi. Dietro, incominciava l'erta della montagna. Era già scuro, come fosse sera. Il sergente era giunto fin là altre innumerevoli volte, perché quei posti erano frequentati da ladruncoli e coppiette, ma non era mai entrato nel villino. Coraggio, si disse, e che il Cielo li aiuti.

Rispose al suo discreto bussare un giovanotto. « Salve, guardia. Cosa possiamo fare per lei? ».

« Ho un messaggio per il signor William Hughes ».

« È fortunato. Papà è in casa. Stiamo facendo colazione, ma entri. È tutto bagnato ».

Il sergente entrò, levandosi l'elmetto, e fu introdotto in una stanza.

« Forse è meglio che ci siate tutti ».

« Bene, vado a cercare papà e mamma ».

La stanza era piccola e l'occhio era subito attirato dai quadri. C'era un grande dipinto ad olio, così scuro che bisognava fissarlo per qualche tempo, prima d'accorgersi che rappresentava una persona, non un paesaggio. Si sentiva il ticchettio di un orologio, nel silenzio accresciuto dalla pioggia. Su una parete c'era il ritratto di una ragazza. No, pensò il sergente, non può essere lei. La sua mente si rifiutava di ammettere quella probabilità. Ci doveva essere un'altra figlia, oltre a quella: questa era bella come una modella pubblicitaria. Guardò il ritratto più da vicino e lesse la firma del fotografo: " Swift, Birlchester ". Rifletté con orrore che era peggio della guerra.

La famiglia entrò in silenzio, intimorita dall'uniforme. I genitori erano di mezz'età: l'uomo alto e magro, con un'aria giovanile; la donna, invece, sembrava più vecchia e logora, come se avesse già provato dei grossi dispiaceri. Il giovanotto li presentò: « Ecco mio padre e mia madre ».

« Mi spiace avervi interrotto la colazione, ma mi hanno mandato con un messaggio per il signor Hughes ».

Degli occhi scuri si levarono su di lui. Come quelli di " lei ", pensò il sergente, ma non del medesimo colore. « Sono io » disse il capofamiglia.

Stavano in piedi, anche se la donna aveva fatto un gesto, con le mani, come se li invitasse a sedere. « Di cosa si tratta? ».

« Viene da Bar Quay. Vorrebbero che lei andasse là ».

« Alla stazione? ».

« No, alla polizia ».

« Che cosa? Ma cosa ho fatto? ».

« Non riguarda lei. Vogliono soltanto parlarle ». Si

rigirò l'elmetto fra le mani. Le continue emozioni lo avrebbero reso calvo in poco tempo, pensava.

« Si tratta di sua figlia ». Se ce ne fossero state due, avrebbero subito chiesto: « Quale? ».

Non dissero una parola per un lungo momento. Dall'altra stanza si sentiva la radio.

Parlò per primo il padre. « Ha fatto qualcosa? ».

« No ». Sollevò gli occhi dall'elmetto. « Devono soltanto informarvi... Be', per quello che so io, credo che... si sia fatta male ».

Era fatta. Per il resto, tutte parole vaghe.

« Che cosa le è successo? » urlò la donna, respirando a fatica. « In quale ospedale è ricoverata? È... morta? ».

« Stai calma, mamma » intervenne il giovanotto.

« È stata una disgrazia? Può dirci qualcosa? ».

« Credo che sia meglio che vi rechiate alla polizia. Là hanno tutte le informazioni ».

« Va bene, ha ragione, faremo così ». Il padre era sconvolto, ma si sforzava di mantenersi calmo.

Il giovanotto gridò irritato: « Perché non dice qualcosa? È mia sorella! Lo sa, no? Perché non ce le dà lei le informazioni? ».

Il sergente non si scompose: aveva fatto il suo dovere. Non potevano offenderlo in nessun modo, tanta era la pietà che provava per quella gente. « Credetemi, è meglio che andiate alla polizia. Io non so nulla. Finite di far colazione e, una volta là, chiedete dell'ispettore Prosser ». Non mangerete più, per oggi, pensava.

La signora Hughes disse: « Andremo subito. Non posso più mangiare ». Desiderava soltanto esser vicina ad Olwen, condividere le sue sofferenze. « È sciocco incamminarci adesso » intervenne il padre. « Non ci sono corriere se non fra mezz'ora. Prendiamo invece una tazza di tè ».

« Non c'è fretta » disse il sergente. « L'ispettore sarà lì tutto il pomeriggio. È meglio che io ritorni in paese. Mi spiace di essere stato io... ».

« Non si preoccupi. Tom, accompagnalo sino alla porta ».

Giunti sulla soglia, Tom mormorò: « Ascolti. È una cosa molto seria? ».

« Temo di sì » sussurrò il sergente.

« Fino a che punto? ».

« Senza rimedio ».

« Oh... grazie » replicò il giovane, sbalordito.

I genitori stavano ripensando a ogni parola del sergente. Cercavano di passar sopra all'orribile presentimento che diceva loro che Olwen era morta. Vollero pensare, piuttosto, che avesse perso del danaro. C'era anche la lontanissima possibilità che avesse combinato qualche guaio; ma, in tal caso, involontariamente. Il peggio che la loro immaginazione riusciva a rappresentarsi, e perfino Tom che pensava ch'era morta, era che le fosse capitato un incidente per strada. Ma lei era rimasta incolume, pensavano, e Tom non aveva il coraggio di disilluderli. Perché, allora, tutto quel trambusto? Doveva trattarsi di formalità legali, dato che c'entrava la polizia. Per un oscuro rispetto verso l'autorità, la signora Hughes insistette per indossare il suo abito migliore. Bevvero il tè e si precipitarono a prendere quella corriera che talvolta lo stesso Hughes guidava.

Il conducente, dando loro i biglietti, disse: « Salve, andate al mercato? ». Hughes gli rispose con un breve saluto: la moglie e il figlio stettero in silenzio. Non c'erano altri passeggeri. La pioggia picchiava sui finestrini della corriera. Giunsero a Bar Quay. Hughes disse, allora: « Lasciaci alla stazione di polizia, per piacere ».

« Alla polizia? » fece eco l'uomo. « Qualcosa che non va? ».

« Non lo so ».

Il conducente rivolse uno sguardo che lasciava trasparire una morbosa curiosità ai tre che si avviarono lentamente, incuranti della pioggia, lungo il marciapiede. Si mischiarono alla folla proveniente da ogni parte per il mercato. Quando, per le luci del semaforo, dovette proseguire, diede un'ultima occhiata ai tre che stavano ora salendo i gradini della stazione di polizia.

Dentro, l'atmosfera era poco accogliente. Un agente stava scrivendo a macchina, un altro gridava al telefono, come se l'interlocutore, all'altro capo del filo, sentisse soltanto lo strepito dei tasti. Un turista di mezz'età, con un orario in mano e un cappello di paglia in testa, parlava con l'agente che stava scrivendo. « No, non è più lo stesso posto. Mi ricordo che, trent'anni fa, si poteva averli fatti a mano, di prima qualità, per soli cinque scellini. Cinque scellini: capisce? Non dico una bugia ». L'agente sbadigliava, ma la voce del turista continuava imperterrita. Nessuno badava a quei tre. Forse, avrebbero dovuto uscire ed entrare di nuovo per farsi notare. Erano troppo spaventati e sfiniti per protestare. I loro occhi si alzarono, senza vederli, agli avvisi attaccati alle pareti, si posarono sui libri e su un luccichio metallico sopra una scrivania: un revolver. Per favore, agente, mi sa dire se mia figlia è morta? Al tempo, buon uomo. Non è un ufficio postale. Ci occupiamo di delitti noi. Qualcuno sa qualcosa della figlia del signore? È giorno di mercato oggi e abbiamo già messo dentro alcuni ubriachi. Un tipo stava cantando un inno, quando si è messo a gemere, sentendosi male. Qualcuno, in gallese, glielo rinfacciò. Per favore, agente, vorrebbe dirmi se mia figlia è morta?

Su, non abbia fretta, buon uomo. Non si rovini la salute. Morta ha detto? Sembra sconvolto. La morte è così facile. Viene in tanti modi. Qualcuno sa com'è morta la figlia del signore? Com'è successo? Molto male? Oh, è stata uccisa dall'uomo che amava? Insolito, questo. Una morte più rapida di quella per una preoccupazione, per un esaurimento, per un cancro, per una tisi o per un parto. Più rapida ancora di quella causata da una bomba, dal cibo avvelenato, dalla mancanza di globuli rossi, dall'inedia o dalla vecchiaia. Dimenticavo gli incidenti stradali. Quando saprete com'è morta, accuserete Dio di non averla lasciata in vita per altri cinque, dieci, quarant'anni, perché morisse in altro modo. Qualcuno ha idea della ragione per cui quell'uomo ha ucciso la figlia di questa gente? No, spiacenti. Abbiamo paura di non saperlo. C'è un uomo, MacIndoe, che se ne sta occupando. Forse lo scoprirà lui. È un uomo in gamba, il migliore che abbiamo.

L'agente depose la cornetta del telefono ancora di vecchio tipo e venne verso di loro. « In cosa posso essere utile? ».

« Sono Hughes. Mi ha chiamato un sergente. Devo parlare con l'ispettore Prosser ».

La sua aria allegra cedette ad un'altra più cauta e cortese. La cortesia, anzi, era così accentuata che faceva presagire qualcosa di molto brutto. Pur nella loro inesperienza, se ne accorsero. Sotto quella gentilezza si celava la compassione. Erano stati appena fatti sedere, che l'agente avanzò, camminava con leggerezza, quasi sulla punta dei piedi, ad annunciare che l'ispettore li stava aspettando.

Entrarono in un ufficio dalle sedie molto comode: l'ispettore non c'era. Il silenzio era insopportabile. Sembrava di essere andati per un consulto da uno specialista di fama. Il responso sarebbe stato quello di un'operazione.

L'ispettore, in uniforme, era un uomo di piacevole aspetto, robusto, di carnagione scura. Osservò con circospezione i tre visitatori e chiese: « Il signore e la signora Hughes? ».

Sedettero con disagio sull'orlo delle sedie, con le mani sulle ginocchia, desiderosi di mostrarsi educati. « Infatti, e questo è nostro figlio Tom ».

L'ispettore incominciò con calma: pareva distaccato dalle cose di questo mondo. « È mio dovere darvi alcune brutte notizie. Vi chiedo come un favore di volermi aiutare. Voglio dire che potremmo aver bisogno del vostro aiuto, e ve ne saremmo riconoscenti. Non possiamo cambiare il passato... anche se lo vorremmo con tutto il cuore. Le notizie riguardano vostra figlia Olwen Hughes... ».

La madre stava già piangendo, quietamente, senza badare a frenarsi. Il padre chiese: « Cos'è successo ad Olwen? ».

« Vorrebbe dirmi per prima cosa dove viveva Olwen? ».

« A Birlchester ».

« Da una certa signora Wilson? ».

« Sì ».

« Le spiacerebbe descrivermi Olwen, brevemente? ».

« *Aveva* i capelli rossi » disse Tom. Si era accorto di aver sbagliato, ma non aveva saputo farne a meno.

L'ispettore fece una pausa, cercando disperatamente dentro di sé parole di conforto, senza trovarle. Aveva avuto un residuo di speranza che i capelli della signorina Hughes non fossero rossi e che sarebbe toccato così a un altro ispettore il compito d'informare altri genitori.

« Ho ricevuto oggi una comunicazione da Almond Vale, che è vicina a Birlchester » disse, sapendo di dover andar piano. Quei poveretti erano preparati a una disgrazia da quando il sergente era andato a chiamarli, ma non poteva tirar fuori tutto d'un colpo il delitto, lo strangolamento, il corpo in attitudine scomposta. Disse, come già MacIndoe alla signora Wilson, quattr'ore prima: « È stata uccisa ».

La madre continuò a piangere, agitando la testa da una parte e dall'altra. Hughes si lasciò sfuggire un: « Oh » di sorpresa e Tom, invece d'impallidire, diventò rosso. « Oh, Dio, Dio, perché non l'hai protetta? Ti voleva bene ».

« Mi spiace, credetemi. Ho pochi particolari del fatto e dovrei pregarvi di chiarirmi qualche cosa. È il mio lavoro ».

« Certo, certo » disse in fretta Hughes.

« Quanti anni aveva? ».

« Ventisei ».

« Aveva sempre abitato dalla signora Wilson? ».

« Sì, da quando lasciò il sanatorio ».

« È stata in sanatorio? ».

« Come infermiera. Lo lasciò qualche anno fa e trovò un impiego come pettinatrice ».

« Vorrei l'indirizzo del negozio in cui lavorava ».

Il signor Hughes glielo diede.

« È sempre rimasta nello stesso negozio da quando è andata ad abitare dalla signora Wilson? ».

« Sì ».

L'ispettore premette un bottone sulla scrivania. Apparve l'agente di prima. « Prepari del tè » disse. Fu portato immediatamente e riuscì di qualche conforto: l'ispettore non lo toccò, in segno di simpatia e compassione. Si avvicinava la fase finale, la più tremenda forse. Dovevano sapere in che modo era morta. Siccome nessuno di loro faceva domande, l'ispettore disse adagio: « Abbiamo motivo di credere che la signorina Hughes sia stata uccisa da un uomo... Probabilmente, un uomo molto giovane ».

« Uccisa da un uomo? » fece eco Tom. « Vuol dire da una macchina? ».

« Ho paura di no. Uccisa... deliberatamente ».

Silenzio. Le loro facce si mutarono in quelle, più pietose, delle vittime. Era un altro dolore, più forte che per una perdita dovuta a morte naturale. Hughes chiese: « Vuol dire che qualcuno l'ha uccisa? ».

« Sì, non è stato un incidente o qualcosa di simile ».

Hughes, pallidissimo, esclamò: « Oh no, non la mia piccola Olwen... ». Tom sussurrò: « Non è possibile che lei voglia dire assassinata... ». L'ispettore annuì. La signora Hughes ruppe il suo lungo silenzio e alzò un viso spaventoso. « Maledetta Peggy. Perché Olwen non è rimasta a casa? Doveva succedere a lei. Se lo sarebbe meritato. Non metterò più piede in chiesa. Olwen... » e non fu in grado di continuare.

L'ispettore disse: « Forse, preferite parlare con me più tardi. Ci sono alcune altre domande, poche altre. Dobbiamo fare indagini ».

« A che vi servono? Cosa volete sapere? » chiese Hughes.

« Aveva qualche amicizia maschile vostra figlia? ».

« No, nessuna » rispose Hughes.

« Me l'avrebbe detto: era mia figlia » disse la madre.

« Sì, ma intendevo dire qualcuno... ».

« C'è stato Stephen » intervenne Tom.

« Stephen? Chi era? » si stupì Hughes.

« Me ne aveva parlato » riprese Tom. « Era un ammalato del sanatorio » concluse con amarezza.

« Non ha mai nominato nessun altro? Anche alla lontana, per associazione d'idee? ».

« No, nessuno » disse la madre, « altrimenti lo saprei. Rileggerò tutte le sue lettere, comunque. Il suo ragazzo era Joe che fu ucciso in Normandia ».

« Penso che possa bastare » disse l'ispettore e premette un bottone. « Sono terribilmente spiacente per loro, signori Hughes ».

Hughes rispose: « Grazie, era inevitabile ».

« Una macchina vi riporterà a casa ». Diede l'ordine all'agente che aveva chiamato e aggiunse: « Passate da me, in caso di bisogno ». Si rivolse ad Hughes: « Verrò io da lei quando avrò altre notizie ».

Mentre uscivano, la signora Hughes fu colta da un pensiero improvviso. « E Olwen? Il funerale? ».

L'ispettore s'irrigidì, era stata una prova anche per lui, nonostante la sua calma apparente. « Può aver luogo normalmente », poi aggiunse rapidamente: « dopo l'autopsia e le indagini dell'ufficiale giudiziario ».

Le sue parole aumentarono il loro strazio. Essi, più di qualsiasi altro: dottori, giornalisti, testimoni, poliziotti, potevano immaginare la scena e l'agonia di Olwen. Sarebbe stata squartata dai dottori. Ma perché? Perché? Che cosa le era successo? Sarebbe stata considerata come un qualsiasi cadavere da studiare; qualcuno, forse, ne avrebbe riso. Alcuni studenti avrebbero potuto esclamare: « Guarda, è una ragazza. Mica male, no? ». Quindi, sarebbe stata ricucita alla bell'e meglio, pronta per la sepoltura. La cassa sarebbe arrivata su un treno. Accordi complicati sarebbero stati presi con gente sconosciuta, indifferente: « Che tariffa è disposta a pagare per il trasporto? ». « Per portare la salma fuori dell'Inghilterra occorre un visto speciale ». « Non possiamo farle pagare meno di cinquanta sterline, signore. Spiacenti ». Tom che aveva pensato romanticamente ad una vendetta, si accorse che non ne sarebbe stato capace; e poi la ragazza cui faceva la corte lo avrebbe piantato. Era ingenuo come la sorella; ma in un delitto c'è un marchio d'infamia che bolla anche gli innocenti, come se vi avessero partecipato.

In un cortile una macchina li stava aspettando. Sopra le loro teste, volteggiarono dei gabbiani, qualcuno fece capolino da una finestra: ora sarebbero stati al centro di una continua curiosità. Erano destinati a sperimentare la misera condizione di essere la famiglia di una peccatrice assassinata proprio per il suo peccato, il cinismo dei giornalisti, le offerte strepitose della « Gazette » per pubblicare una biografia in esclusiva, gli specialisti del delitto con le loro richieste di particolari per un nuovo libro su casi di delitti, forse, senza soluzione. Avrebbero sperimentato i sussurri, i silenzi improvvisi, le occhiate, la compassione piena di curiosità di amici, vicini di casa, fornitori. Avrebbero conosciuto gli interrogatori estenuanti, la tristezza delle analisi e dei rimproveri della loro coscienza, le lettere, le comunicazioni, la curiosità della folla, e tutto questo, forse, finché fossero vissuti.

V

Baker si trovava un poco sperso nell'enorme sala da pranzo del Dragon. Erano le due e mezzo, ma qualcuno stava ancora mangiando: si udiva un rumore di biscotti spezzettati e un fruscio di pagine di giornali voltate. La sala aveva la vastità di un aeroporto o della dogana di un porto di una certa importanza. Era un posto troppo spazioso per mangiarvi e bervi soltanto: come lo sfruttavano? Vide che MacIndoe stava entrando da una porta girevole, da un'altra parte dell'edificio. Non sembrava per niente un poliziotto, pensò Baker, non aveva il naso a becco, la faccia severa, il passo militaresco e la testa tenuta ben indietro di altri caporioni della polizia. Poteva sembrare al massimo un agente delle tasse o un ispettore di bordo. Ma anche per questo aveva un volto troppo gentile. Perché non si compra un altro impermeabile? Questo è veramente indecente. Mac, poi, cammina dondolandosi come un orso.

MacIndoe avanzò nella stanza. « Ho visto gli orari. C'è una corriera da Almond Vale alle due e quarantatré. È meglio che usciamo ad aspettarla ».

Grosse gocce di pioggia cadevano dagli alberi e dalle grondaie, ma in un'ora sarebbe cessata. Gli edifici sembravano ripuliti a nuovo; i canaletti di scolo trasportavano la sporcizia; la città si era lavata la faccia.

Si arrestarono alla fermata della corriera, dopo aver lasciato la macchina di MacIndoe al Dragon. Di tanto in tanto sbadigliavano: era stato un buon pranzo. Dopo qualche minuto, apparve una corriera rossa. « È quella » disse MacIndoe.

Passò oltre senza fermarsi, ma Maddocks saltò giù con leggerezza e andò incontro ai due poliziotti di Londra. « Ci dovrebbe essere un regolamento per questo » e sorrise.

Si diressero alla macchina di MacIndoe. « Come ha trascorso la mattinata? ».

« Infelicemente » rispose Maddocks con una smorfia.

« Non si sono convinti? ».

« Oh, per questo, sì. La corte era d'accordo; ma c'era puzza di polvere e di gentiluomini muffiti ».

« È così dappertutto ».

« E voi? Finito? ».

« No, anche se abbiamo avuto una mattinata soddisfacente ». MacIndoe narrò per filo e per segno gli ultimi eventi a Maddocks, che disse: « Quella Murphy potrebbe confermare quello che ha detto la Barber sulla macchina rossa. Inoltre, potrebbe perfino conoscere il nome di quell'uomo sposato. Poi, non c'è altro da fare che passare da lui e vedere un po' che cosa ha da dirci ».

« Certo. Potrebbe anche essere così semplice. E se le impronte sulla macchina fotografica sono le sue, il caso si può considerare chiuso ».

Tenendosi sempre sulla strada principale, raggiunsero il cinema e voltarono a zig-zag per quelle strade che conducevano alla casa della signora Wilson. Qualcuno si tolse in fretta dalla finestra a pianterreno, quando comparvero.

La signora Wilson aprì la porta e li condusse nel medesimo salotto della mattina. Aveva acceso il caminetto. In una poltrona di cuoio era seduta con evidente disagio una ragazza. Aveva i capelli scuri, era pallida, indossava l'uniforme nera delle conducenti d'autobus un po' stretta per il suo corpo grassoccio, le sue scarpe erano sporche, e le mani mal curate e poco femminili. Aveva uno sguardo risentito e serrava nervosamente una scatola, dei biglietti e una cartella. Era evidente che era appena arrivata, che le due donne avevano parlato della morte di Olwen e che la ragazza aveva pianto. Allegra, semplice, di cuore tenero, facile a lasciarsi andare, la giudicò MacIndoe; una ragazza pronta a ridere o a piangere per chiunque, deve piacerle bere (birra probabilmente: sta ingrassando), troppo generosa ed impulsiva e poco prudente per essere ancora vergine, intima sincera della vittima, certo non ostile. La sua ostilità doveva essere invece rivolta a tutto il sesso maschile del suo mondo: il direttore che la giudicava pigra, i passeggeri che si permettevano qualche impertinenza, il controllore che trovava la sua aritmetica insufficiente; ma, alla prima risata, era tipo da dimenticare presto tutti questi inconvenienti...

« Questa è Hazel. Stavamo proprio parlando di quello che è accaduto » disse la signora Wilson.

« Qual è il suo cognome? ».

« Murphy ».

« E abita qui? ».

« Sì ».

« Vorremmo farle alcune domande » disse MacIndoe. « Ormai la sorte di Olwen è segnata, ma col suo aiuto potremmo giovare a qualche altra ragazza ».

La giovane aprì la bocca, ma non disse nulla. La signora Wilson s'intromise: « Hanno deciso di trovarlo a tutti i costi ».

MacIndoe non badò alle sue parole e continuò: « Olwen era sua amica? ».

« Sì, lo era ».

« Da quanto tempo la conosceva? ».

Hazel si schiarì la gola. « Tre anni circa. Era già qui, quando vi arrivai io ».

« Abitavate nella stessa stanza? ».

« Sì, di sopra ».

« È la stanza più spaziosa della casa » fece notare la signora Wilson.

« Che tipo di ragazza era Olwen? ».

« Era una brava ragazza. Proprio perché lo era, non è possibile che... ma lei non mi crederà ».

« Certo che le crederò » disse MacIndoe con gentilezza. « Non sono venuto per criticare Olwen. Lo sa, no, signora Wilson? ».

« Naturalmente. È il suo lavoro, Hazel ».

« Bene, volevo dire che anche se faceva quello che tutti fanno, non era... ecco, non era come me ».

« Eravate amiche? ».

« Sì ».

« Uscivate qualche volta insieme nelle ore libere? ».

« Quando potevamo. Avevamo orari diversi. Certe volte, poi, eravamo stanche e restavamo in casa ad ascoltare la radio ».

« Dove andavate di solito? ».

« Quando finivamo presto il lavoro, andavamo a far qualche compera, al cinema, a merenda... Una volta mi condusse in chiesa ».

« Frequentava la chiesa? ».

« Sì ».

« Da sola? ».

« Sì, io vi andai una volta sola ».

« Andavate a ballare? ».

« Io, a volte ».

« Anche Olwen? ».

« Oh, no. Non sono mai riuscita a convincerla a venire ».

« Perché? Non sapeva ballare? O, forse, non le piaceva bere in pubblico. Era questa la ragione? ».

« Sì, non beveva in pubblico. A me piace ballare, incontrare qualche ragazzo e prendere una birra insieme, ma Olwen era molto riservata. Come le ho detto, era migliore di me ».

« Vuol dire che era timida? Che giudicava la maggior parte degli uomini piuttosto... volgari? ».

« Qualcosa del genere ».

« Non aveva un amico fisso? ».

« Non ne ha avuto uno per anni ».

« Fino a quando? ».

« Fino al diciassette marzo ».

« Come mai ricorda quella data? ».

« Sono irlandese e quello è il giorno di san Patrizio. Olwen era venuta a casa dicendo di aver conosciuto un uomo ».

« Chi era? ».

« Non so. Non me l'ha voluto dire ».

« Ma lei lo sa, no? ».

« No ».

« L'ha conosciuto in marzo e adesso siamo in luglio. Suvvia, signorina Murphy, lei ha abbastanza intuito per saperlo... ».

« So soltanto che si chiamava Roy ».

« Non le ha mai detto il cognome? ».

« Non mi ha detto nulla ».

« E allora come lo ha scoperto il nome? ».

« L'aveva scritto nel suo diario ».

« Che cosa aveva scritto nel diario? ».

« Che aveva incontrato R., come l'aveva conosciuto, e che era un rappresentante ».

« Un rappresentante? ».

« Sì ».

« Di cosa? ».

« Non saprei ».

« Lei ha letto il diario? ».

La ragazza arrossì. « Sì ».

MacIndoe le fece un sorriso. « Sono contento che l'abbia letto. Ci dica di questo R. ».

« Non so il suo cognome, ma non può essere stato lui... Olwen diceva che aveva intenzione di sposarla ».

« Ha trovato questo nel diario? ».

« Non ricordo ».

« Però, deve averle un po' parlato di lui. Ci dica cosa le ha detto ».

« Qualche settimana fa, mi ha detto che lui desiderava sposarla e che l'avrebbe fatto quando la moglie fosse morta ».

« Quando cosa? ».

Cadde un silenzio imbarazzante quando la ragazza si accorse di quello che le sue parole implicavano. « Oh, non aveva nessuna intenzione malvagia. Sua moglie era pazza, da oltre un anno, mi disse Olwen. Io le risposi che allora avrebbe dovuto chiedere il divorzio, ma Olwen replicò che era molto malata e che sarebbe morta... ».

« E morì, poi? ».

« Non so. Olwen non me l'ha mai detto ».

« Come si chiamava questa moglie? ».

« Non so ».

« E il suo indirizzo? ».

« Non so neanche questo ».
« In quale ospedale era ricoverata? ».
« Olwen non ne ha mai parlato ».
« Dove lavora questo Roy? ».
« Non saprei ».
« Non c'era nel diario? ».
« No, tranne che era un rappresentante ».
« È mai venuto qui? ».
« No ».
« Ha una macchina? ».
« Sì ».
« Di che colore? ».
« Rossa. Una vettura sport ».
« L'ha mai vista? ».
« No, me l'ha detto Olwen ».
« Che cosa sa d'altro? ».
« Andavano a fare delle gite in campagna, a volte, nel suo pomeriggio di vacanza ».
« Di martedì? ».
« Sì ».
« Si vedevano sempre di martedì? ».
« Quasi sempre. Qualche volta, però, anche di domenica. Ma quel giorno, di solito, lui doveva andare a trovare la moglie all'ospedale. Olwen, intanto, aveva smesso d'andare in chiesa ».
« Ne conosce la ragione? ».
« Posso indovinarla ».
« Gliel'ha mai detta? ».
« No ».
« Perché pensa che abbia smesso? ».
« Non tocca a me dirlo ».
« Quali erano i suoi rapporti con questo Roy? ».

« Non so » disse Hazel imbarazzata. « Non è leale dirlo. È morta. Lei non dovrebbe... ».

Maddocks chiese: « Era innamorata di lui? ».

« Credo di sì ».

« Avevano intenzione di sposarsi? ».

« Sì ».

« Sa dove? ».

« No, a Birlchester o in qualche altro posto ».

« Allora questo Roy è di Birlchester? ».

« Suppongo di sì ».

« Da cosa lo deduce? ».

« Se andava a trovare la moglie... ».

Maddocks chiese, con gentilezza: « Che cos'altro ha letto nel diario? Non si vergogni di dirlo. Abbiamo capito che la signorina Hughes è stata... ingannata ».

« Si dilungava su Dio e il suo perdono. Era molto religiosa, sa? Poi, parlava dell'amore temporale e dell'eternità. Non sono riuscita a capire, veramente... Vede, io non sono mai stata innamorata. E poi, c'erano dei versi... sul seno ».

« Che data avevano questi appunti? ».

« Oh, maggio e giugno. Poi, non ho più visto il diario. L'aveva chiuso a chiave in valigia. Inoltre, non avrei più osato leggerlo. Non era più... un semplice divertimento ».

Maddocks chiese: « Possiede un telefono questa casa? ».

La signora Wilson rispose: « No ».

« Riceveva delle lettere la signorina Hughes? ».

« Abbastanza frequentemente ».

« Da dove venivano? ».

« Dal Galles ».

« Tutte? ».

« Non so ».

La signora Wilson fece osservare: « Ne ricevette qualcuna anche da Birlchester ».

« Da Peggy » suggerì Hazel.

« Alcune erano scritte a macchina » osservò la signora Wilson.

Maddocks chiese: « Le buste erano intestate a qualche ditta o altro? ».

« Erano buste comuni. Soltanto, erano scritte a macchina » rispose la signora Wilson.

« Quante lettere di questo genere ha ricevuto? ».

« Ne ricordo una o due ».

« Ne conoscete il contenuto? Per piacere, siate sincere. Ci potrebbe essere di grande aiuto ».

« Io no » disse Hazel.

La signora Wilson disse: « Io ne ho letto una che si trovava sulla toilette. Siccome era scritta a macchina, pensavo che fosse indirizzata a me. Ma non c'era dentro niente ».

« La busta era vuota? ».

« No. Diceva soltanto: " Non posso venire martedì. Devo andare a Bristol ", ed era firmata " R. " ».

« Qual era l'indirizzo del mittente? ».

« Non c'era ».

« Nemmeno la città? ».

« No. Soltanto il giorno: venerdì. È successo circa dieci settimane fa... ».

MacIndoe disse: « Non ha mai fatto una descrizione di quest'uomo, la signorina Hughes? ».

Hazel lo fissò sorpresa. « Vuol dire che lei non sa niente di lui? ».

« No. Come potremmo? Chi ce lo può dire, se non lei? La signora Harper non lo conosce, le altre ragazze del negozio, nemmeno, la signora Wilson non l'ha mai visto... ».

« Be', io l'ho visto, invece ».

« Davvero? Glielo ha presentato? ».

« No, non proprio. Erano al cinema, e durante l'intervallo lo vidi in compagnia di Olwen ».

« È stata l'unica volta in cui lo vide? ». In poca luce, pensava MacIndoe, ma sempre meglio che niente.

« Sì. Stava parlando con Olwen. Non volli interromperli... sembravano così felici ».

« Che aspetto aveva? ».

« Ecco quello che dicevo. Non posso proprio crederci, perché aveva un aspetto simpatico... da gentiluomo. Anche il modo con cui sedeva era... molto distinto. E gli abiti pure ».

« Che cosa indossava? ».

« Aveva ancora il soprabito... Oh, era molto tempo fa. Era di un tweed scuro, pesante e molto caro ».

« Quanto era alto? ».

« Di una testa più di Olwen ».

« Era giovane come lei? ».

« No. Sopra la trentina, direi ».

« Che colore gli occhi? ».

« Scuri, e anche i capelli ».

« Bella la carnagione? ».

« Non capisco... ».

« Fresca? Di un colore sano? Liscia la pelle? O aveva qualche irritazione? Foruncoli? ».

« Aveva una carnagione scura... gialliccia, direi quasi ».

« E la corporatura? ».

« Non so. Indossava il soprabito, ma non credo fosse grasso. Ero dietro di loro qualche fila, ma, naturalmente, ero incuriosita, perché Olwen aveva detto che avrebbe potuto diventare una cosa seria. Non potevo biasimarla ». La voce di Hazel si alterò: « Se soltanto... ».

« E la sua espressione? ».

« La sua espressione? ».

« Aveva cicatrici, voglie, solchi accentuati, labbra grosse o altre deformità? ».

Hazel sorrise: « L'ho visto soltanto di profilo. Aveva una faccia piccola, con solchi profondi sulle guance. Non aveva nessun altro segno, credo ».

« E le orecchie? ».

« Non so. È importante? Credo fossero grandi ».

« Ogni particolare è importante, dato che non ne sappiamo il nome. Il naso? ».

« Un po' a becco. Aristocratico ».

« Aveva un'andatura o dei gesti caratteristici? ».

« Non l'ho visto camminare. Muoveva molto le mani, parlando, con calma ».

La signora Wilson intervenne: « Buon Dio, tutte queste domande dopo una giornata di lavoro. Date un po' di respiro alla poveretta... ».

MacIndoe sorrise. « È vero, mi spiace. Ci mostrerebbe la stanza in cui si trovano le cose di Olwen? ».

« Certo » disse nervosamente Hazel. Era evidente che non era ancora entrata nella stanza che divideva con la ragazza appena morta.

« Metterò a scaldare l'acqua » disse la signora Wilson. « Vieni a prendere una tazza di tè, mentre i signori danno un'occhiata alle cose di Olwen ».

Mentre i poliziotti salivano le scale dietro alla ragazza, MacIndoe disse: « Ci è stata di grande aiuto, signorina. È proprio sicura che la sua amica non avesse altre conoscenze maschili? ».

« Sì, non ne aveva altre ».

« Non le disse mai di essere stata seguita per strada da qualcuno? ».

« No ».

« Non ha mai ricevuto minacce? Non ha mai civettato con qualcuno, prendendolo in giro? ».

« No, sono certa di no. Onestamente, posso dire che trattava tutti allo stesso modo... con gentilezza ».

« Le credo ».

Avevano raggiunto il pianerottolo e la ragazza aprì con nervosismo la porta della stanza. Era molto vasta, come aveva detto la signora Wilson, squallida, ma pulita. C'era un grande tappeto steso sul pavimento, una toilette, un cassettone, una stufetta elettrica, un fornello a gas e un vecchio armadio accanto a due letti. Sul cassettone videro alcuni libri, fra cui faceva spicco il Nuovo Testamento. Dev'essere suo, pensò MacIndoe, di Olwen. I libri erano di vario genere: un dizionario per infermiere, *Orgoglio e pregiudizio*, *Via col vento*, le poesie di Shelley, quelle di san Giovanni della Croce, alcune novelle romantiche e gialli tascabili. Le finestre erano chiuse e la stanza sapeva di stantio. Vi erano alcuni tegami, l'uno dentro l'altro, presso il fornello e alcune posate sul cassettone.

« Dove teneva le sue cose Olwen? ».

« Aveva per sé il cassettone ».

« E lei la toilette? ».

« Sì ».

« E l'armadio? ».

« Metà per ciascuno ».

« Le spiacerebbe levare la roba di Olwen? ».

La ragazza aprì l'armadio e ne tolse tre vestitini, un soprabito primaverile, tre paia di scarpe, un po' di biancheria e dei fazzoletti sporchi. Gettò tutto quanto su un letto. « Il suo letto? » chiese MacIndoe. Hazel annuì. Tolse dalla sommità dell'armadio una valigetta gialla. « Anche questa era sua. È chiusa a chiave ».

« Un'altra cosa » disse MacIndoe. « Dia un'occhiata alla roba di Olwen, per vedere se, per caso, ha qualcosa di suo... Non so, lettere, conti, fotografie... Allora possiamo esser certi... ».

Mentre la ragazza lo faceva, MacIndoe l'osservava. Gli altri due uomini stavano in piedi, imbarazzati. Baker guardava fuori della finestra, Maddocks osservava il soffitto. « Non ha niente ». Una pausa in cui si soffiò il naso. « Devo aspettare? ».

« No, vada a bere il suo tè ». La ragazza tirò su col naso. « E non si lasci abbattere. Pensi che il disinganno di Olwen non durò a lungo: soltanto pochi minuti di infelicità che le sembrarono irreali, probabilmente ».

Appena la ragazza uscì dalla stanza, i tre poliziotti si diedero da fare. Guardarono nei cassetti, esaminarono le tasche dei vestiti, alzarono perfino il materasso di Olwen, caso mai vi avesse nascosto qualcosa. Nel cassettone c'era una scatola che doveva aver contenuto originariamente della carta da scrivere. MacIndoe vi trovò un pacchetto di lettere legate da un nastrino rosa. Vi erano anche altre lettere sparse, di diverse calligrafie. Oltre alle lettere, la scatola conteneva un distintivo militare, una spilla di poco prezzo a forma di faro, spighe di lavanda e alcune conchiglie. Nei libri, aveva scritto il suo nome: Olwen Hughes e l'anno in cui erano stati acquistati. *Orgoglio e pregiudizio* nel 1949, *Via col vento* nel 1953, e il Nuovo Testamento, nella stessa calligrafia femminile arrotondata, soltanto più giovane, portava la data del 1944. Le poesie di Shelley portavano la dedica: *Sa espri-*

mersi molto meglio di me, Stephen, e la data: 1950.

MacIndoe rimosse i vestiti e si sedette sul letto. « Non finisce mai questa giornata maledetta. Non dovete pensare che non me ne importi niente, ma sono terribilmente stanco ». Allungò le gambe sul letto e incominciò a leggere le lettere.

Baker gli disse: « La valigia è chiusa ».

« Hai il permesso di aprirla ».

MacIndoe slegò il nastrino e prese ad esaminare le lettere. Si accorse con disappunto che erano del 1944 ed erano state mandate a un indirizzo del Galles che egli ormai conosceva. La prima veniva da un campo militare di Bar Quay e diceva:

Cara Olwen,
mi spiace molto per sabato, ma nessuno dei soldati ha avuto il permesso d'uscire, così che non ho potuto avvertirti. È probabile che io parta presto per un'altra zona dell'Inghilterra. Non so dirti quando e dove, ma farò tutto il possibile per vederti, anche se mi toccherà fuggire dal campo.

Spero di non averti causato un grosso dispiacere. Sei una cara ragazza e so che potresti averne sofferto. Il mio affetto ai tuoi genitori e a Tom. A te ogni mio pensiero. Aspettami.

JOE

MacIndoe sospirò e prese un'altra lettera. Passò la prima a Maddocks. Baker stava ancora trafficando intorno alla valigia. La seconda lettera veniva da un campo militare del Wiltshire e portava la data *maggio 1944*.

Olwen mia,
eccomi in un altro campo, a centinaia di chilometri da te. Il sole picchia, sono abbronzato, e non faccio che pensare a te. Almeno, quando me lo permettono. Abbiamo tanto lavoro

qui, che non trovo il tempo di far nulla: figurati che sto scrivendoti nei gabinetti.

La sera sono stanco morto, ma prima di andare a letto ti penso. Pensavo proprio ieri sera al giorno in cui ci siamo lasciati. Sei tanto bella, Olwen, e io mi sento brutto e vergognoso accanto a te. Sono contento che tu, saggiamente, abbia arrestato le mie espansioni: probabilmente, avrebbero guastato le cose. Non sei come le altre ragazze. Voglio dire con questo che sei molto meglio.

Tutto il mio amore,

JOE

Le altre lettere di Joe erano tutte dello stesso tono: ma l'ultima, dalla Francia, nel 1944, era il chiaro specchio del suo carattere.

Carissima Olwen,
grazie per le tue lettere. Ne ho ricevute tre insieme: è stato un bel giorno, per me. Abbiamo delle giornatacce, ma non mi lascio spaventare troppo. Il rumore è infernale; ma ci siamo ormai abituati.

Ieri ho ucciso un tedesco. Non posso dirti di più, eccetto che non ho avuto paura. E nemmeno mi sento colpevole. Dimmi anche tu che ho ragione di non sentirmi tale. Tu mi vorrai sempre bene, nonostante questo, no? Continua a scrivere, te ne prego, perché l'Inghilterra mi sembra un paese enormemente lontano. Penso a te, appena riesco a concentrarmi su qualcosa, soprattutto a quel giorno... Dio sia con te. Harry ha avuto una promozione. Con amore,

JOE

MacIndoe confrontò il numero d'immatricolazione sulla lettera con quello del distintivo. Era lo stesso. Olwen ne usciva con una fisionomia più reale. Joe aveva paura, ma continuava a pensare a lei. Dio sia con te. E con te pure, Joe, pensava MacIndoe. Dio sia con entrambi e mi perdoni, perché violo la vostra intimità. Prese il pacchetto delle altre lettere. La prima aveva il timbro di Forest Gate E. 7, ma non riuscì a decifrare la data. Pareva del 1942. Era scritta con calligrafia giovane e rotonda.

Cara Olwen,
ho incominciato a frequentare la nuova scuola. Non mi posso lamentare, ma non ci ho fatto ancora l'abitudine. Imparo il francese, adesso, perché nessuno qui insegna il gallese. È tremendo, perché l'insegnante si rifiuta di parlare inglese. Ho cercato di spiegargli che ho appena incominciato lo studio del francese, ma non se ne dà per inteso. Forse, non sa l'inglese. Devo quindi copiare dagli altri i compiti di casa, e non oso più dire che non capisco il francese. C'è una grande confusione, insomma. La città è brutta, anzi, orribile. Rumore e fumo. Non si sa dove passeggiare e non ho nessuno che mi tenga compagnia. Sento la mancanza del tuo volto e dei tuoi occhi sinceri, dei tuoi discorsi seri, dei tuoi capelli così belli e della tua tenerezza. Vorrei poter ancora camminare con te sulla spiaggia deserta, in inverno. Non torneranno più quei giorni. Immagino che adesso il faro sia occupato dai soldati. Sembra che tutto appartenga a un tempo remoto, a un mondo migliore.

Scrivi ancora, te ne prego, e non dimenticarmi, oh, non dimenticarmi!

LESLIE

Se non se ne fosse andato, ma a cosa serve pensarci, non sarei qui, pensava MacIndoe. Che sfortuna che abbia poi conosciuto proprio un mascalzone del genere. Dove sono le sue lettere? Vide una lettera col timbro di Birlchester e la prese con interesse: era vecchia di anni. Non aveva indirizzo, ma il contenuto ne spiegava la mancanza.

Olwen
(il cielo m'impedisce di chiamarti infermiera. Questa è una mia lettera a te, che non hai niente a che fare con la dolce creatura che mi umilia portandomi colazioni e termometri, catini e olio di fegato di merluzzo. Amo anche lei, è vero, ma sono svantaggiato dalla sua presenza).

Sei appena andata da qualche ora al reparto femminile, ma già mi struggo miseramente. (Mi struggo anche per altre cose, ma all'inferno quelle...). Sento la tua mancanza, Olwen. Giaccio qui come in prigione e chiudo ogni tanto gli occhi per rivederti. È il mio unico vantaggio. Gli altri si alzano ed escono. Si ristorano al sole e sotto gli alberi, possono passeggiare e chiacchierare, si divertono alle spalle di quel tipo cavallino che si occupa della biblioteca e di quell'altro tipo ameno che ha il pallino della terapia del lavoro manuale. Io, invece, sono qui a letto a contemplare i muri color crema e a spiare le facce che passano al di là della finestra, sapendo che non può essere la tua per altri sei mesi, a meno che tu non la faccia in barba alla disciplina. È insopportabile. Mi assoggetterei però a fare il malato per tutta la vita, se sapessi di aver te come infermiera.

Ti ho vista tante volte appoggiata alla parete color crema, che so a memoria ogni tuo movimento, ogni particolare del tuo aspetto. So quando cambi uniforme e che tieni delle forbicine nel taschino superiore e le sigarette (bell'esempio per i malati!) in quello inferiore. So che le tue cuffie inamidate portano il numero squisito 248. So che il lunedì o il martedì ricevi una lettera da casa che va a finire nella tasca inferiore, quella delle sigarette. So che hai mani molto piccole, a differenza del resto del corpo. (Oh, sì, inorridisci: ho lanciato uno sguardo furtivo alle tue calze nere e alle tue caviglie!). Le tue mani sono calde, un poco ruvide per il lavoro, secche e simpatiche. Te le toccavo, appena riuscivo a trovare una minima scusa. Non fai uso di rossetto e le tue labbra hanno linee sottili, come le venature del legno, tranne a sinistra, dove ti sei morsa il labbro inferiore. (Perché?). Hai un viso da santa e insieme da modella, onesto e sensuale, bello e austero. Hai braccia lunghe, lisce, ben fatte; senza dubbio anche le tue spalle e le gambe hanno la stessa perfezione. Non ti guardi nello specchio? Nessuno te l'ha mai detto? Perché non sei vanitosa? Oh, Olwen, non *ti* desidero soltanto, ma sono un uomo e non posso fare a meno di torturarmi pensando che devo morire e che sarà un altro, che non ti amerà come me, a conoscere la tua faccia, gli occhi, le spalle, il seno, e i tuoi sorrisi di consenso. Cerchi di persuadermi che Dio è dovunque. Ma non sempre. Esistono sempre imperfezioni e tranelli, e bombe che aspettano di essere sganciate. Vieni a dirmi che sbaglio, amor mio. Vieni a convincermi con le tue bugie... Mi prenderei gioco di loro, se riuscissi a morire felice.

STEPHEN

Baker disse: « Ho aperto la valigia, signore ».

« Che cos'hai fatto? » disse MacIndoe, ancora turbato dalla lettera.

« Ho aperto la valigia ».

« E cosa contiene? ».

« Il diario di quest'anno ».

« Grazie al cielo. Ci saranno i nomi e gli indirizzi. C'è dell'altro? ».

« Un paio di calze ».

« Nessuna lettera? ».

« No. Perché me lo chiede? ».

« Dove sono le lettere dei suoi genitori? ».

« Non sono tra quelle? ».

« No, queste sono dei suoi amici ».

« Oh » disse deluso Baker. « Allora è il solito tipo... ».

« Conclusione prematura, ragazzo » rispose MacIndoe in tono stanco. « Ogni ragazza ha degli amici. Questa ne ha avuti, a quanto pare, meno di mezza dozzina. Dev'essere stata una brava figliola. Ho ancora due lettere da leggere. Da' un'occhiata al diario e cerca di scoprire chi è questo dannato Roy ».

La calligrafia di un'altra lettera, di data più recente, gli parve già nota. Guardò subito la firma e vide che era di Peggy.

Cara Olwen,
sì, posso venire, e muoio dalla voglia di sentire le tue novità. Mi sembri far sul serio con lui. Ti auguro tutta la felicità che meriti. Dopo essermela spassata per anni, ho deciso di metter giudizio anch'io. Il fidanzamento diverrà ufficiale fra un mese, quando l'avrò detto alla assistente generale. Sai come ci tiene che facciamo amicizia con i malati! Michael è ammalato, ma è in via di guarigione. (Non lo conosci, perché venne l'anno scorso). Comunque, è un angelo ed è ricco sfondato.

Porterò birra e olive.

PEGGY

Baker esclamò eccitato: « La ragazza aveva ragione! È successo il diciassette marzo. L'uomo è un rappresentante che passò un giorno che la " signora H. " era fuori. Più avanti, accenna alla macchina rossa e alla moglie pazza. Hanno fatto colazione proprio qui al Dragon ».

« Oh no, è inverosimile » protestò MacIndoe. « È proprio dove siamo andati noi. Ci dobbiamo tornare, senza dubbio. Lasciami leggere l'ultima lettera, Tony, e poi vedremo il diario ».

La lettera era stata scritta nel gennaio 1945 e sembrava più cortese e distaccata delle precedenti.

Cara signorina Olwen,
mi spiace di non averLe potuto scrivere prima, ma ho impiegato settimane per procurarmi il Suo indirizzo. Quelle

che devo darle sono brutte notizie che può darsi abbia già avute da altra parte.

È con grande dispiacere che Le comunico che Joe è morto. Ho corso anch'io quel pericolo, come può vedere dall'indirizzo [la lettera veniva da un campo di concentramento della Germania, credette di capire MacIndoe]. Eravamo di pattuglia, davanti agli altri, quando improvvisamente ci si parò dinanzi un carro armato. Joe rimase ucciso all'istante. Corsi via, ma alcuni motociclisti mi presero, insieme con due altri soldati. Siamo stati fortunati a cavarcela in questo modo.

Qui non mi trovo male. Spero che riesca a ricevere questa lettera, anche se censurata: è giusto che Lei sia informata di quello che è successo. Mi ricordo di quella sera, al ballo, di Lei e di Joe impauriti da morire... Le voleva molto bene, lo sa? Cosa che non è capitata a me e alla Sua amica (Le spiace salutarmela?). Si faccia coraggio, perché Joe non si è accorto di nulla e non ha nemmeno sofferto. Si è comportato bene per Lei. Non ha famiglia, infatti. Era un bravo ragazzo, ma si dice che i buoni se ne vanno presto. I vecchi hanno sempre buon senso.

Mi creda, sono il suo devoto

HARRY COXHAM

Il carro armato e i versi di Shelley sottolineati... « Mi disse una volta, non lo dimenticherò mai, lei è il sale della terra signora Wilson, e arrossì perché non avrebbe voluto dirlo ». Comprò il Nuovo Testamento nel 1944, quando morì Joe. Era uno degli scherzi della guerra distruggere quello che si credeva perfetto e, forse, immortale. « Hanno detto che tipo di ragazza fosse? ». No, non l'hanno spiegato. Non si erano accorti della sua eccezionalità, a parte il modo sensazionale in cui era morta. Dissero che erano spiacenti di farlo, ma il tuo nome correva ormai sulla bocca di tutti. Il caso era difficile, ma anche interessante... « Non ti guardi allo specchio? Nessuno te l'ha mai detto? Perché non sei vanitosa? »... Ma sì, perché non eri vanitosa? Saresti viva, se lo fossi stata. Ti saresti resa conto che una bella ragazza è sempre protagonista di una battaglia in cui corre il pericolo di essere distrutta. E avresti combattuto con il cervello, mentre il cuore era tentato di arrendersi... « I buoni se ne vanno presto. I vecchi hanno sempre buon senso ». Buon senso significa astuzia, naturalmente. L'astuzia non è bella, non conosce la tenerezza, la passione, l'umiltà e l'ira, ma si accerta delle circostanze, è prudente, e vuol sapere particolari d'indirizzi, stipendi, mogli che sono ricoverate all'ospedale... Devo trovare quest'uomo, pensava MacIndoe. Sarebbe un affronto a tutte quelle cose in cui credo permettere che un'altra ragazza innocente corra il pericolo di incontrarlo e di rovinarsi in un modo identico a questo.

Il diario era più grosso di quello che MacIndoe avesse immaginato. Era troppo grande per stare in una borsetta: ecco perché non era passato nelle mani dell'assassino e non era stato trovato nel boschetto. Era un omaggio di una ditta di prodotti chimici (probabilmente fornitrice della signora Harper): ecco perché gli altri anni Olwen non aveva tenuto un diario. Poteva anche essere un regalo dell'assassino, che però sembrava non amare molto penna e inchiostro, rappresentante forse di quella ditta; ma MacIndoe scartò quell'idea, perché le annotazioni incominciavano il primo dell'anno, non il diciassette marzo. I primi appunti erano concisi e banali: lettere da casa, film visti, incontri con Peggy, passeggiate con Hazel. Dal giorno in cui aveva conosciuto quel rappresentante, gli appunti erano più fitti e lunghi: quelli del martedì, poi, tendevano a passare nello spazio riservato al mercoledì, tanto erano lunghi. MacIndoe esaminò le annotazioni con cura. Tutti quelli che la ragazza conosceva sarebbero stati interrogati e, anche se non c'erano elementi che designassero quel Roy come l'assassino, MacIndoe aveva una gran voglia di trovarlo.

Il vantaggio del diario era che raccontava i fatti senza alterarli. La ragazza non aveva cambiato nulla della semplice e spoglia realtà. Anche se il novanta per cento di quello che le aveva raccontato quell'uomo era falso, la ragazza non aveva mentito: aveva scritto ogni cosa con amore e in buona fede, così che era penoso leggerla, sapendo a cosa la sua vicenda l'avrebbe condotta. In aggiunta, non si era dimenticata dei più piccoli particolari di cui i poliziotti avrebbero saputo servirsi. MacIndoe prese nota di tutti quelli che avrebbero potuto essergli utili. Quell'uomo le aveva mentito sin dal primo momento: la storia era troppo comune per dubitarne. Le aveva raccontato frottole al Dragon, al Priory, in una « piccola taverna di Brownhill », al Queen, in centro, dove erano andati a ballare... e tutti questi posti bisognava passarli in rassegna. Bastava soltanto che una persona che lo conosceva l'avesse visto in compagnia di una ragazza dai capelli rossi mentre andavano in macchina, mangiavano, ballavano o passeggiavano. L'uomo non era sciocco. Fin dall'inizio aveva avvertito la necessità di mantenere l'anonimato. La signora Wilson non l'aveva mai visto... « Si vergognava di lui, o magari di noi ». Comunque stesse la cosa, è certo che deve esser stato soddisfatto delle manovre di Olwen per non portarlo a casa. Oltre ai posti che aveva nominato, l'uomo doveva averle fornito delle indicazioni anche su se stesso. Senza dubbio, la ragazza, nel suo amore, desiderava particolari. Aveva una moglie di nome Evelyn, malata di mente, dopo un incidente. Doveva esserci qualcosa di vero in questo, altrimenti, perché avrebbe ammesso di essere sposato? Disse di aver fatto il pilota e di aver partecipato all'incursione sul canale di Kiel. Aveva ottenuto un'ordinazione di parecchie dozzine (di cosa? sapone?) da Birrell. Non era un indizio da poco. « R. è dovuto andare a Bristol oggi ». Questo, un giorno, potrebbe servirmi. Olwen accennava ai dodici mesi che avrebbero dovuto aspettare. Quali dodici mesi? Davvero la moglie sarebbe vissuta appena fino al marzo successivo? Dopo la sua ultima visita a casa, nel Galles, la ragazza aveva scritto: « Devo stare in guardia contro quelli che mi amano tanto da voler sapere ogni fatterello della mia vita ». Dunque, i suoi non hanno mai sentito parlare di Roy. Che brutto colpo per loro. La polizia del Galles non ha avuto nessuna informazione da darmi. « Roy è buffo, vuole che scriva a macchina il suo indirizzo sulle buste ». Perché poi? Me lo chiedo anch'io. Come ha osservato Olwen, con chi avrebbe fatto pettegolezzi la padrona di casa, dal momento che la moglie era malata? Ho idea che la moglie non sia mai esistita; deve essere stata inventata per avere una scusa pronta al momento di abbandonarla. Forse, Olwen aveva incominciato a pregarlo di sposarla e così le aveva spiegato (molto astutamente, senz'altro, ma doveva essere abituato a questo genere di spiegazioni) che non potevano sposarsi subito, perché la moglie (inesistente) dava segni di guarigione o, se non altro, di poter vivere ancora. Quindi, arriva il giorno in cui Olwen, aspettando un bambino, dice che si deve prendere una decisione. Gli spiega il perché e gli ripete quello che ha scritto nel diario, cioè che non ha intenzione di sopprimere il bambino. E così, Roy sopprime entrambi.

« Come le ho detto, era una brava ragazza, migliore di me ». Hazel aveva capito che il tuo amore era diverso dalle sue relazioni con gli uomini. Joe aveva provato una simile sorta di rispetto. « Mi sento brutto e vergognoso accanto a te ». E tu avevi soltanto sedici anni, allora, Olwen. Doveva averti guardato la faccia, seria ed onesta, ed aver capito che non era la stessa cosa che con le altre che aveva conosciuto o desiderava conoscere. « Sono contento che tu abbia arrestato le mie espansioni », ma questo non aveva fatto cessare il suo amore per te, anzi l'aveva aumentato. Quando eri una ragazzina, Leslie ti scrisse: « Quei giorni non torneranno più ». Sbagliava, perché tu conservasti la sua spilla per dodici anni. Eri piena di generosità e tutti ammiravano questa tua qualità, eccetto Roy. Devi essere stata un'infermiera eccellente con la tua indole compassionevole; il tipo che si mantiene gentile anche quando è finito il suo turno. Sei stata buona con Stephen. Non lo amavi veramente, no? Hai voluto mostrargli della pietà, quella compassione che conduce alla rovina una bella ragazza, se qualcuno ne abusa. Sante ed infermiere non dovrebbero essere belle. Stephen non ha saputo fare a meno di ammirarti. « Non fai uso di rossetto e le tue labbra hanno linee sottili, come le venature del legno... Senza dubbio, anche le tue spalle e le gambe hanno la stessa perfezione ». Perfino io non ho potuto fare a meno di notare che eri una bella ragazza.

Mi sei molto simpatica, Olwen. Sono contento di non essermi ingannato su di te, sin dal primo sguardo, e di non essermi formato un'opinione su di te in base al giudizio altrui. Anche Tony dice che gli saresti piaciuta. Vorrei che tu l'avessi conosciuto. È un bel ragazzo. Robusto, biondo, con un viso onesto, press'a poco della tua età, e non ha mangiato molto a colazione dopo aver visto il tuo corpo sottile inanimato. È ancora abbastanza giovane per credere che le persone belle non possono essere uccise. Come te, Olwen, anche se avevi compassione anche dei brutti. Quando Tony legge il tuo diario, deve fare sforzi per non arrabbiarsi. Non è bello che un poliziotto si arrabbi: perde la sua imparzialità, eppure, non so dargli torto. Eri una bella ragazza, Olwen, ma eri un po' imprudente. Non avresti dovuto leggere *Via col vento*. Presenta come romantico quello che nella realtà non potrebbe mai esserlo. Avresti dovuto rileggere il tuo diario, prima di uscire di casa quel giorno. Non vedi che reca scritta la storia della tua rovina? Osserva come sei partita a cuor leggero, con tenerezza, e come sei finita disperata. Da quello che hai scritto, ci si accorge subito che era tutto un tranello: le intenzioni di quell'uomo sono chiare come il sole. « Vado in giro sospirando e sorridendo da sola: devo abbassare gli occhi in autobus e fingere d'interessarmi alle acconciature delle signore. Tutto il tempo penso a lui ». So quello che pensavi, tenera e gentile com'eri. Ho una moglie che è proprio come te. Ha quarantasei anni ed è ancora timida. Le saresti piaciuta. « Ho dovuto schiaffeggiare Roy! ». Pensavi, nella tua generosità, che stava un po' troppo scaldandosi. « Parlò di come la guerra e la disgrazia di Evelyn gli avessero tolto ogni sentimento religioso ». Avresti dovuto sapere che la religione non può essere distrutta dalle avversità; al contrario, ci si aggrappa a lei con tutte le forze rimaste. Non andava mai in chiesa a pregare per questa sua moglie? Sul treno, alcune settimane dopo, non hai avuto più la forza di difenderti. Insiste, e tu non sei più capace di fermarlo. « È strano che io non abbia avuto paura; inoltre, nonostante la sua avidità, ho fiducia in lui ». Oh, sciocchina, non hai pensato a cosa fossero destinati lo sherry e lo scompartimento di prima classe? Ma suppongo che tutti quelli che si amano, innocenti o colpevoli, desiderano star soli. « Desidera ardentemente possedermi e incomincia a dar segni di impazienza ai miei argomenti ». Quali argomenti? Andavi ancora in chiesa a quel tempo? « Ebbi il presentimento che avrei dovuto litigare per fermarlo ». Era molto impaziente, non è vero? Ma soltanto di goderti, non di volerti bene. Ormai, era sicuro del tuo amore. E così, a poco a poco, ti arrendevi e il diario incominciava a parlare della tua infelicità; « A volte piango, ma soltanto il cielo sa il perché ». Però, Roy non era infelice, no? Dopo di te, aveva qualcos'altro a cui pensare. Temo che la tua amica Peggy avesse ragione. Se non era una cosa che potevi raccontare a tua madre, dovevi accorgerti ch'era cattiva e sbagliata. Non ti sei accorta, dimmi, che se una metà è brutta, l'intera cosa non può essere bella?

Scusami se ho messo il naso nelle tue lettere e nel tuo diario. Non devi vergognarti. Non mi vedrai mai, tanto... i poliziotti non vanno in cielo. Non ne hanno bisogno là, a quanto pare. Mi sei stata di grande aiuto. Infatti, la descrizione che hai fatto dell'uomo di cui eri innamorata, mi ha informato sul tipo di uomo che dev'essere. Faccio suonare il disco al contrario e la musica non è più dolce, ma irritante e discordante. Sai adesso che è esattamente il contrario di quello che ti ha fatto credere. Hai visto? Hai capito il tranello? Il suo grande vantaggio era di non avere un aspetto malvagio. La tua amica Hazel lo conferma. Era un tipo distinto, mentre di solito i mascalzoni non lo sono. Diventano brutti in faccia soltanto quando hanno in mano il successo, quando il loro tranello è riuscito. Sei stata sfortunata. Ma perché non hai scritto il nome della sua ditta, il suo cognome, la targa della sua macchina?

Non potevi amare un'iniziale soltanto. Vedi, potrebbe perfino svignarsela in questo modo. Hazel ci ha fornito una buona descrizione del suo aspetto: deve soltanto muoversi un poco e con lui la sua macchina rossa. Lo cercheremo. Ma è possibile che ci sfugga. Io sono un poliziotto discreto, ma forse solo perché l'uomo comune, medio, non commette un delitto. Lo commette magari in un impeto di collera, spinto da un grande dolore, senza premeditazione, e anche se i suoi nervi resistono, lascia quasi sempre delle tracce dietro di sé. Ma quest'uomo, fin dal primo momento che ti ha conosciuta, ha incominciato ad ingannarti, e attraverso te, anche me, insieme. Non mi piacciono, Olwen, questa freddezza e questa premeditazione evidenti. Però, potrei anche sbagliarmi. Lo sapremo presto. Forse sta soffrendo adesso, forse si è già arreso, affidandosi alla nostra compassione. In ogni caso, intuisco che tu devi avergli già perdonato. Ma io non posso fare altrettanto, Olwen. Non devo avere opinioni, ma devo soltanto cercarlo. E sono deciso a farlo.

VI

Al negozio della signora Harper. Donne oziose, bocche aperte, una di loro piange. Sguardi pieni di risentimento, come fosse la polizia responsabile del delitto. Le due assistenti paiono sfinite. La signora Harper fuma una sigaretta dopo l'altra; l'atmosfera è densa e dolciastra. « Oh Dio, ancora voi » protesta, vedendoli. Non dà segno di compassione, quanto piuttosto di risentimento. (Oh Dio, nel quale, sfortunatamente, non riesco a credere, perché hai permesso che la ragazza fosse uccisa e mi causasse tanto disturbo?).

MacIndoe incominciò: « Abbiamo ragione di credere che la signorina Hughes conoscesse uno dei suoi rappresentanti ». Agitò la mano per arrestare la protesta che la signora Harper stava già formulando. « Deve essere passato di qui il diciassette marzo, martedì. In altre parole, è passato in una giornata lavorativa. Inoltre, sappiamo che è sulla trentina, o qualcosa di più, ha una macchina rossa sport, è alto e bruno, dà l'impressione di appartenere alla media borghesia e si chiama Roy ».

La signora Harper inghiottì due aspirine. « Ho un terribile mal di capo. Non riesco a pensare a niente. Lo faccia lei per me. Sono stanchissima. Ma chi le ha detto tutto questo? ».

« L'importante è che lei ci dica se lo conosce ».

« No. Ci ho pensato prima. I rappresentanti sono tutti sopra la quarantina e non posseggono vetture tipo sport ».

« Lei si riferisce ai rappresentanti abituali. E quelli che hanno offerto i loro prodotti e che lei ha respinti? Quest'uomo sembra esser passato di qui una volta soltanto ».

« È possibile. Ma il solo giovanotto che riesco a ricordare, a distanza di mesi, è un tipo biondo sui venticinque, sfacciato, che arrivò su una Ford nera. Lo misi subito alla porta ».

« Chi altro si occupava dei rappresentanti? Olwen? ».

« Chiunque fosse, li conduceva subito da me. Nessuno del mio personale può congedare un rappresentante senza chiedere il mio parere ».

MacIndoe si rimise la bombetta in testa e cercò di fendere la piccola ressa. « Va bene, ci mediti sopra, arrivederci ».

« Non credo di poterle essere ancora utile, eh? Peccato, gioverebbe ai miei affari! Tutti verrebbero qui. Dio mio, e pensare che tutto questo trambusto è stato sollevato da quella ragazza... ».

Il negozio di Birrell. Odore di prosciutto e formaggio. Una macchina sta affettando il prosciutto. Un bambino rosicchia un biscotto. Quattro o cinque donne, le spalle incurvate, stanno aspettando. Una ragazza, incinta, ha un aspetto grazioso, perbene. Un uomo, con l'intonazione monotona di una preghiera, chiede: « Che cosa ne dice di qualche salsiccia? Abbiamo salsa di pomodoro e maionese fresca... ».

Un uomo occhialuto, con la faccia smorta solcata di rughe, stanco di vendere per anni le stesse cose. Il padrone. « Buongiorno ».

« Buongiorno. Siamo ufficiali di polizia. Facciamo indagini su un delitto ». Il solito insopportabile silenzio. Teste che si voltano. Soltanto il bambino, ignaro ancora del valore delle parole, continua a mangiucchiare il suo biscotto. « Oh » esclamò il padrone, mentre, dietro di lui, tutto il personale guardava ed ascoltava, senza dimostrarlo. Per i clienti, ormai, non era più una noia l'attesa. La ragazza incinta spalancò gli occhi per l'orrore. Come quelli di Olwen, pensò MacIndoe. « Ricerchiamo un uomo che fa il rappresentante. Sappiamo che è passato di qui un martedì, esattamente il ventidue marzo, e ha avuto una grossa ordinazione. Non so però di cosa ».

« Capisco » disse lentamente il padrone, e, alzando la voce: « Datemi i libri di marzo e smettetela di stare a bocca aperta ».

L'uomo che stava affettando il prosciutto, s'avvicinò con due grossi libri mastri. « Prendiamo nota di ogni cosa » riprese il padrone. « Maledette tasse e ministri... si deve sempre render conto di tutto. Ha detto il ventidue marzo, no? ».

« Sì, il ventidue marzo ».

« Mi spiace, non abbiamo fatto alcuna ordinazione quel giorno ».

« Per niente? ».

« Assolutamente. È sicuro della data? ».

« Certo. (Mi posso fidare di Olwen). Era un martedì ».

Il padrone osservò un calendario.

« È vero. Martedì ».

« Ha altri negozi? ».

« No ».

Era strano. Olwen l'aveva scritto e, meno di un'ora prima, Hazel gli aveva detto che era la drogheria in cui si servivano. Era impossibile che Olwen si fosse confusa. MacIndoe si morse l'unghia del pollice. I clienti e il personale erano in attesa di sentire che cosa avrebbe detto.

« È possibile » disse, « che quel rappresentante non abbia avuto l'ordinazione e che l'informazione sia inesatta. L'uomo che ci interessa ha una vettura rossa sport. È alto, bruno, ben vestito, sui trentacinque, di bell'aspetto ».

« Non lo conosco. Anzi, non ho mai sentito che si usino per lavoro vetture sport ».

S'avvicinò una ragazza. Poteva avere vent'anni, era alta, in carne, si muoveva adagio, aveva un busto prepotente. In faccia era pallida, ma non priva di sensualità. « Mi scusi, signor Belcher ».

« Che cosa c'è, signorina Young? ».

« È passato di qui un uomo in una vettura rossa sport, mi ricordo. È stato parecchi mesi fa ».

Evidentemente era a disagio. MacIndoe se ne chiedeva la ragione. Forse, le dispiaceva ammettere di ricordarsi di un tal uomo: poteva far pensare che avesse conservato il suo ricordo a distanza di mesi. Poteva anche essere una slealtà verso qualcuno. MacIndoe osservò la ragazza. Era facile immaginare che R. si fosse fermato a guardarla, dimenticandosi per un momento di Olwen che lo stava aspettando in macchina. Forse, R. non sapeva fare a meno di esercitare il suo fascino su ogni donna d'aspetto attraente. Avrebbe indagato anche su questo.

« In marzo? ».

« Può darsi ».

« Ha visto la macchina? ».

« Sì, dalla finestra, come vedo adesso la sua ».

« Di che colore era? ».

« Scarlatta ».

« C'era una ragazza dentro? ».

« Non ho visto. Credo che piovesse quel giorno e i finestrini erano giallastri... di celluloide, come la capote ».

« Ha notato la targa? ».

« Oh, non vi bado mai ».

« Come mai si ricorda di lui, allora? ».

Arrossì.

« Era un bell'uomo? ».

« Sì » sussurrò.

« Le ha rivolto la parola? ».

« Soltanto per un minuto ».

« Che cosa le ha detto? ».

« Qualcosa di sfacciato, credo ».

« Non se ne ricorda? ».

« " Salve bellezza " o qualcosa di simile. Poi, fece una allusione alle pesche ».

« Vendeva frutta sciroppata? ».

« No, non disse che cosa vendeva. Stavo ammucchiando dei barattoli di pesche e mi fece notare che una pesca tira l'altra ».

« Vero. (E si è ricordata di questo complimento per quattro mesi e cinque giorni?). Poi, che cosa accadde? ».

« Parlò con il signor Riley ».

« È qui il signor Riley? ».

« No, è morto ».

« Si è ritirato » intervenne il padrone, « ed è morto poco dopo ».

« Non ha fatto nessuna allusione a che genere di roba vendesse? ».

« Non a me ».

« È ritornato ancora? ».

« No ».

« L'ha mai rivisto? ».

Un sospiro. « No ».

Alla sala da tè del Priory. Pur essendo stata costruita nel 1928, dava l'impressione di appartenere a tre secoli prima. Fuori era bianca e nera, dentro aveva il soffitto a travi. Era un pietoso falso: sopra il caminetto facevano spicco finimenti di cavalli, sulle altre pareti spade incrociate, uno scudo e un ritratto ad olio di Shakespeare del secolo XIX. C'erano intorno conchiglie e lampade ad olio, con un'incredibile confusione di stili. (Stratford-on-Avon era in una contea vicina. Il fatto era celebrato da un'infinità di ceramiche. C'era sempre la speranza, infatti, che gli americani, in cerca di pittoresco, notassero quel caffè bianco e nero). Al momento, era affollato di signore anziane della media borghesia. Erano le cinque: certo, non avrebbero trovato qualcosa di solido da mettere sotto i denti, nondimeno i tre poliziotti decisero di fermarsi. Era un sollievo potersi sedere. La gente ha l'abitudine di tenere in piedi i poliziotti e, siccome le loro indagini durano tutto il giorno, a sera sono stanchi morti e indolenziti. C'era una sola cameriera, di mezza età, che MacIndoe gettò nell'imbarazzo, chiedendole, dopo il tè: « Potremmo parlare alla padrona? ».

Arrossì, risentita. La gente intorno s'incuriosì. Perfino Shakespeare parve stupito. « Non sono stati contenti del servizio? ».

« Certo. Ma siamo della polizia ».

« Oh, cielo, cielo » esclamò tutta tremante. Corse via e la si udì chiamare: « Gertrude, sei lì? ». Ritornò poi al tavolo e scrutò i tre con orrore: « Mia sorella vi attende. Volete venire? ».

Le stanze rimanenti non avanzavano più alcuna pretesa d'antichità. Erano in pretto stile Novecento: stufette elettriche, macchina da scrivere, telefono, sedie ammucchiate le une sulle altre, una macchina affettapatate, gas, elettricità e sudiciume. La sorella della cameriera, Gertrude, sedeva dietro una scrivania. Alta, angolosa, ossuta, aveva un'espressione intelligente, da studiosa. « Desiderano? ».

« Vorrei parlare con lei e con sua sorella » disse MacIndoe.

La cameriera si avvicinò con riluttanza. MacIndoe levò di tasca le fotografie di Olwen Hughes e le passò alla sorella ossuta. « Non ha mai visto questa ragazza? ».

L'interrogata inforcò allora un paio d'occhiali. « Credo di sì ».

« Dove? ».

Si concentrò per un momento. « Adesso ricordo. È una lavorante di un negozio di parrucchiera lungo la strada principale. Mi ha pettinata una volta. È una ragazza simpatica ».

« Non l'ha mai vista qui? ».

« Oh no, non sono io a servire i clienti. Mi occupo dell'organizzazione e della cucina ».

« E sua sorella? ».

La cameriera esaminò a sua volta le fotografie. « Aveva i capelli di un rosso castano » disse MacIndoe.

Ma la cameriera non voleva evidentemente immischiarsi in quella faccenda. « No, è un locale rispettabile, sa? Non abbiamo mai avuto a che fare con... Inoltre, perché non si rivolge alla ragazza direttamente? ».

« È morta ».

Entrambe esclamarono: « Morta! ».

« È stata assassinata. Siete sicure... ».

La cameriera tornò ad osservare le fotografie. « Non ne sono sicura. Deve essere stato molto tempo fa. Ha detto che i suoi capelli erano rosso-castani? ».

« Sì, di un bellissimo rosso ».

« Credo che sia venuta a prendere il tè una volta. Ma si tratta di molto tempo fa ».

« Chi era con lei? ».

« Un uomo con una cartella. È stato buffo: me lo ricordo bene, adesso. Inciampai in quella cartella che era di cuoio, con una chiusura dorata ».

« Aveva qualche iniziale? ».

« Non so ».

« Ne ha visto il contenuto? ».

« Carte. Ne era piena ».

« Che genere di fogli? ».

« Non saprei. Erano come in fila. Ricordo che c'erano degli scompartimenti divisi per ordine alfabetico ».

« È stata bravissima. Nient'altro? ».

« No, mi spiace. Era una bella cartella, molto costosa, direi ».

« Sa chi fosse quell'uomo? ».

« No ».

« L'aveva mai visto altre volte, prima o dopo? ».

« No ».

« Può descrivermelo? ».

« Non molto bene. Era giovane e ben vestito. Alto, mi pare. Ciarliero, sì, voglio dire vivace ».

« Era venuto in macchina? ».

« Non vediamo la strada dall'interno ».

« Possono vedere la strada principale ».

« È vero, ma lì c'è divieto di parcheggio. Si deve arrivare a Clifford Avenue... ».

« Noi abbiamo parcheggiato lì ».

« Sarebbe proibito, ma la polizia... ».

« Bene, è meglio che ce ne andiamo ora. Grazie per l'aiuto. Potremmo pregarla in seguito di un eventuale confronto con quell'uomo » disse MacIndoe. Alcune voci femminili protestavano: « Cameriera, insomma... ». MacIndoe si scusò di aver disturbato il loro lavoro. Stava già andandosene con Baker e Maddocks, quando la donna li rincorse, rossa in faccia dalla vergogna. « Il conto! ».

All'ospedale malattie mentali di Birlchester. Distava circa diciotto chilometri dal Priory. Era stato, più o meno, fino allora, alla periferia, quasi in campagna. Ma ora era in piena zona industriale. Vi era una lunga sfilata di case sull'altro lato della strada, probabilmente per il personale addetto all'ospedale. In distanza, si muoveva una gru. Lungo il sentiero, era ancora un sentiero, correvano i condotti dell'acqua e le fognature. In un angolo, un uomo stava accendendo un fuoco. Sbadigliava. MacIndoe pensava che c'era qualcun altro stanco, oltre a lui. Le nubi si muovevano maestosamente in un cielo blu zaffiro. I muri dell'ospedale, di un brutto rosso, avevano i colori smorzati dallo sporco e dal tempo. Intorno, alti alberi davano una folta ombra. Nell'insieme, era un posto simpatico. Ai cancelli incontrarono le solite formalità. Un uomo in uniforme si avvicinò alla macchina: « Desiderano? ». « Siamo della polizia ». « Vogliono vedere il direttore? ». « Sì ». « Vogliono lasciar qui la macchina? ».

Un altro inserviente in uniforme li condusse attraverso porte e cancelli, sempre da aprire e chiudere a chiave, ogni volta. Oltrepassarono bidoni d'immondizie, biciclette, due macchine, finché giunsero in un cortile. Non c'era nessuno intorno. « C'è molta quiete » osservò Baker. L'uomo scosse le spalle, con un gesto d'impazienza. (Che cosa vorreste che facessero? Danze pastorali?). Rispose: « È l'ora di ricreazione. Leggono le riviste e giocano a dama, come in tutti gli altri ospedali ».

Nell'ufficio del direttore non v'era oggetto che non fosse solido: la scrivania, le sedie, le intelaiature delle finestre, perfino lo stesso direttore, un uomo enorme. L'inserviente che li aveva accompagnati chiese: « Devo aspettare, signore? ». Un pallido sorriso sulla faccia del direttore. « No, grazie, Evans. Chiamerò io ».

Seguirono le presentazioni fatte da MacIndoe. « Tre addirittura » constatò quell'uomo mastodontico. « Dev'essere una cosa molto grave ».

« Infatti. È un caso di assassinio » disse MacIndoe.

Il direttore tolse una pipa da una tasca e si mise a mordicchiarla.

« Allora, non credo che ci riguardi. Naturalmente, molti pazienti in libertà non sono perfettamente normali, ma non abbiamo rilasciato nessun elemento pericoloso e non è scappato nessuno ».

« Non si tratta di questo » intervenne MacIndoe. « Abbiamo bisogno di scoprire un uomo, ma non ne conosciamo il nome. Sappiamo soltanto che ha una moglie di nome Evelyn che, in seguito a un incidente, si è ammalata di mente circa due anni fa. Potrebbe anche avere un'altra malattia, però ».

« Allora, non si troverebbe qui. Comunque, ho capito. Vuole che siano controllate tutte le nostre Evelyn ».

Venti minuti più tardi erano state passate in rassegna tutte le pazienti. « Mi spiace, avrei voluto esservi di aiuto » disse il direttore.

MacIndoe sorrise con disappunto. « Apprezzo i suoi sforzi. In certo senso, mi ha aiutato... per via d'eliminazione ».

« Potreste dare un'occhiata agli altri ospedali » suggerì quell'uomo mastodontico e premuroso. « A parte le cliniche private, potrebbe essere ricoverata al Santa Caterina o in un reparto della clinica neurologica. Sapete dove sono? ».

« Naturalmente » rispose Maddocks.

Il direttore suonò un campanello e ricomparve l'inserviente di prima. « Spero che troviate lei e lui. Il delitto è una cosa tremenda. Non sarò tranquillo finché il caso non sarà risolto ».

Un sorrisetto impaziente. « Anche noi » fu il commento di MacIndoe.

Al Santa Caterina. Un'altra corsa di una decina di chilometri per arrivarvi. Era un enorme edificio, costruito di recente, color rosa, assomigliava vagamente a un grattacielo. Il viale, oltre i cancelli, era lungo mezzo chilometro circa, con alcune panchine sistemate qua e là. Praticelli ed aiuole leggiadre non potevano nascondere il fatto che si trattava di un ospedale e di uno dei più frequentati. Accanto all'entrata, lunghe file di autoambulanze attendevano: alcuni infermieri fumavano chiacchierando. Un gruppo d'infermiere si riversò fuori vociando: avevano finito il loro turno. Le uniformi bianche, con una croce rossa sul petto, risaltavano nel sole. Con le loro risate dimostravano tutta la vitalità della giovinezza. Parevano oneste, con facce candide e franche come la « sua », pensava MacIndoe, anche se non altrettanto belle. Mi piacciono le infermiere, rifletté. Lavorano sodo e hanno un forte senso del dovere. Mi piace tutta la gente che si adopera per cose per cui ne valga la pena, decise.

Tutte le entrate erano ampie, vi sarebbe passato un treno, eccetto quella che i tre poliziotti cercavano. Questa porta, con la scritta « Informazioni », era ridicolmente piccola e insignificante.

MacIndoe immaginò le domande dolorose di chi stava

per esser privato di un proprio caro e il panico e l'abbattimento sempre più crescenti, perché aveva sbagliato porta. È un'entrata inadeguata per i visitatori, pensava. Potrebbe servire a mettervi fuori il gatto, di notte.

Un portiere lo ascoltò e lo precedette lungo un corridoio di cui non si vedeva la fine. Luci colorate illuminavano i riflessi delle loro figure sopra un pavimento terso e brillante: sembrava di essere in un aeroporto o in una scuola di ottica solare. Scalinate si dipartivano da ogni lato, dirette ai vari reparti: raggi x, sale operatorie. A metà dell'interminabile corridoio, uomini in pigiama sedevano a un banco, bevendo tè e chiacchierando, con l'agitazione tipica dei malati di nervi.

L'ufficio dell'economo era piccolo e pieno di comodità. Era fuori stanza e i tre poliziotti sedettero ad aspettarlo, mentre il suo segretario avrebbe cercato di rintracciarlo. Fu trovato in un reparto chirurgico e presto fu di ritorno nel suo ufficio, con quaderni e libri fra le braccia. L'economo era una donna sulla trentina, dall'aria intelligente e cortese, accorta, ma con un viso che ricordava l'espressione innocente delle Madonne di Giotto. Prestò ascolto alle richieste di MacIndoe e si mostrò disposta a far tutto il possibile per aiutarlo. Era una cosa tutt'altro che facile e niente affatto sbrigativa.

« Le malattie non sono catalogate secondo il loro genere? ».

« Ho paura di no. Abbiamo catalogato gli ammalati in ordine alfabetico e soltanto con i loro cognomi. Potremmo dare un'occhiata al reparto neurotico, ma è molto probabile che non si ricorderanno dei nomi di battesimo ».

« Bene, mi farà sapere qualcosa domani? ».

« Perché non aspetta? Se può fermarsi un po', cercheremo di trovare il nome che le interessa ».

Aspettarono un'ora. Alla fine, la signora annunciò: « Ne ho trovata una soltanto. Le altre due Evelyn erano al reparto maternità. Quella al reparto neurotici si chiamava Evelyn Chloe St. Erskine ».

« Non c'è più? ».

« Passò in una clinica privata, nel Worchestershire. Ci lasciò nell'agosto dell'anno scorso ».

« Chi sono i suoi parenti prossimi? ».

« I suoi genitori ».

« Non è sposata? ».

« No ».

« Grazie per averci concesso tanto tempo. Però, sono d'aiuto anche le eliminazioni. Daremo un'occhiata adesso alla clinica neurologica ».

« Potrebbero saperlo. Chieda della signorina Burrows. Anzi » esclamò concitata, « le telefonerò io stessa e le chiederò di guardare gli elenchi. Sarà un risparmio di tempo, non crede? Mi sembra che siate tutti piuttosto stanchi » concluse vibrante di simpatia.

« Sono stanco, certo » disse MacIndoe. « Mi sento come uno psichiatra che va avanti soltanto con l'inconscio ».

Ma alla clinica neurologica, un edificio più piccolo, incrostato di sporcizia, circondato da macerie di guerra, i poliziotti, ancora in cerca della « pazza Evelyn » del diario di Olwen, non ottennero informazioni di qualche utilità. « Sapete che penso? » disse MacIndoe. « Che o Evelyn o la sua malattia, o entrambe sono parti della fantasia di Roy. È un pensiero scoraggiante. Forse è meglio che facciamo una capatina al Dragon per bere qualcosa ».

Al Dragon. C'era più folla che all'ora di colazione. Dietro l'edificio, c'erano una specie di giardino rustico e un parcheggio. Le bevande venivano servite attraverso una finestra. Un gruppo di persone faceva la coda. Tutti i tavolini erano occupati. I bambini correvano intorno o mangiavano patatine fritte, impazienti di ritornare ai loro giochi. Un cane da pastore balzava incontro ad ogni nuovo venuto, abbaiando furiosamente. Alcuni giovanotti parlavano ad alta voce, dandosi grandi manate sulle spalle. Le loro ragazze li aspettavano, pazientemente sedute. C'erano le solite anime solitarie, che sorseggiavano la loro bibita guardando nel vuoto. Guarda e prega, guarda e prega. Tutti gli occhi si volsero ad osservare una giovane coppia che stava smontando da un tandem. Non si appartengono ancora e lo sanno. La bocca della ragazza si fa imbronciata, perché gli sguardi maschili si fermano sulle sue gambe. I giovanotti parlano ancora più forte. Le loro ragazze che li aspettano sedute non possono trattenere un risolino d'invidia al passaggio dei due innamorati. Avvertono qualcosa che non conosceranno mai: l'amore buono, fatto di parole, vittorioso sui sensi, l'amore senza turbamento, serio. Il giovanotto ordina del sidro. Nessuno fa attenzione all'uomo massiccio, chiuso in un logoro impermeabile, che sbadiglia scendendo dalla macchina e subito scompare all'interno del Dragon.

Dentro, il bar offre maggiore interesse che all'ora di colazione.

Un uomo robusto, sui quaranta, chiacchiera fitto fitto con una bionda sulla trentina, vestita con troppo sfarzo. Entrambi parlano nel tono pedante ed enfatico che dà una leggera ubriacatura. Alcuni sportivi in abiti bianchi di flanella discutono di cricket. Due uomini guardano incantati una bellissima donna, seduta con le gambe accavallate, che sta dicendo: « Mia cara, sono semplicemente troppo stanca ». Un'altra donna, del tutto insignificante, le siede vicino, di malumore perché ignorata da tutti. Un tipo di mezza età, troppo corpulento e danaroso, sta spiegando al barista che cosa non va nel mondo. (C'è troppa pietà, ecco. Conosco un uomo che... Negli affari non succederebbe. Se fossero tutti come me, non ci sarebbe niente di storto nel mondo). Il barista non gli presta molta attenzione: sta pulendo dei bicchieri, conosce il tipo.

Era lo stesso cameriere che aveva servito MacIndoe e Baker a colazione. Si mosse dal banco con evidente sollievo.

MacIndoe ordinò tre birre. Il rumore della conversazione era abbastanza forte per coprire le sue parole. Gli disse, prendendo il resto: « Come si chiama? ».

« Robert, signore ».

« Siamo ufficiali di polizia, Robert, e stiamo indagando su un delitto. Riconosce questa ragazza? ».

Il barista diede un'occhiata al banco e poi prese in mano la fotografia di Olwen. « Che bei capelli, eh? ».

« Dunque? ».

« Uhm. Devo averla già vista ».

« Ci pensi bene, Robert. È molto importante ».

Il barista rispose: « È stata qui ieri, mi ricordo. Era in compagnia di un uomo ».

« A che ora? ».

« All'una direi. Erano già venuti altre volte ».

« Spesso? ».

« Circa una volta alla settimana. La ricordo bene, a causa dei suoi capelli. Sembra una brava ragazza, non abituata ai liquori. L'uomo tentava di renderla allegra facendole bere sherry. Me ne sono accorto: è buffo. Di solito, per quello scopo, bevono gin... Li ho visti soltanto a colazione, mai di sera ».

« Com'era il suo accompagnatore? ».

« Un tipo robusto che parla con enfasi ». Fece un risolino e poi in tono di voce esageratamente alto cercò d'imitarlo. « " Mio Dio, non può essere come dici ". Parla così, allargando le vocali. Direi che è un ufficiale ».

« Lo conosce? ».

« No ».

« Non sa dove viva e dove lavori? ».

« No, non direi che lavora. Venivano sempre a colazione in un giorno lavorativo, il martedì, di solito, adesso me ne ricordo. Si fermavano per un'oretta e mezzo, e lo sentii dire, una volta, mentre uscivano: " E adesso dove, mia cara? " ».

« Ha mai visto la sua macchina? ».

« No, quando sono di turno non esco ».

« Era stato qui altre volte in compagnia di qualcun'altra? ».

« Non direi ».

« Non c'è nessuno qui che lo conosca? Non ha mai parlato con qualcuno degli altri clienti, per esempio? ».

« No. Si faceva sempre dare un tavolo d'angolo e cercava di non attaccar discorso con nessuno ».

« Se mando qui uno dei miei uomini domani all'una, vuole interrogare i clienti abituali, per favore? Qualcuno potrebbe conoscerlo ».

« Sì, signore, naturalmente. Vuole parlarne al direttore, per favore? ».

« Certo, e poi vorrei vedere anche il resto del personale. Com'era vestito, ieri, quell'uomo? ».

« Calzoni di flanella e giacca sportiva. Ieri era una giornata calda ».

« Di che colore erano i calzoni e la giacca? ».

« I calzoni erano chiari, beige. La giacca era di tweed.

L'aveva indossata anche altre volte. Il tessuto era un misto di parecchie tinte: da lontano, sembrava scuro, ma da vicino si vedeva del grigio, del rosso e del blu ».

Maddocks gli chiese: « Che cravatta portava? Quella del collegio di Birlchester o di qualche università? ».

« A volte portava una cravatta di una scuola; ma non saprei quale. Non quella del collegio di Birlchester, non quella del St. Alban, e nemmeno quella del Rovers. Non era nemmeno di una società sportiva. Quelle le conosco tutte ».

« Potrebbe dirci i colori? ».

« Rosso, bianco e blu, credo. Forse rosso e blu soltanto ».

« Forse era una cravatta coi colori di un reggimento. Dia un'occhiata a un cravattaio quando va in città. Potrebbe servirci molto questa indicazione. Può fornirci adesso una descrizione fisica dell'individuo? ».

« Una descrizione fisica? ».

« Il suo aspetto, voglio dire ».

« Uhm. Alto, capelli scuri, sulla trentina. Ben educato, direi. Testa piccola, con un mento accentuato. Naso a becco ».

« E la carnagione? ».

« Giallastra. Come se fosse stato nel Pacifico e vi avesse preso la malaria. Be', forse esagero. Comunque, come se fosse appena tornato dall'aver trascorso le vacanze ».

« Aveva dei gesti o un'andatura caratteristica? ».

« Faceva ampi gesti con le mani. Non so se ha avuto occasione di vedere i prigionieri polacchi ».

« Non l'ha mai visto qui con altre donne? ».

« No, l'ho visto in compagnia di quella soltanto. Scommetto ch'era la sua amichetta. Pendeva dalle sue labbra, poveretta. Una vergogna, perché si capiva che lui non era nuovo al gioco, ma lei... lei aveva uno sguardo d'angelo, timido. Eppure, non si può dargli torto, era un bel pezzo di ragazza. Be', come mi devo comportare con la ragazza se la vedo di nuovo? ».

« Non la vedrà, Robert. È stata uccisa ».

Il barista trasalì, bevve un lunga sorsata di cognac e disse: « Gesù, che orrore. Era tanto simpatica ».

MacIndoe riprese. « Ascolti, Robert. Lei li ha serviti parecchie volte. Non ha mai sentito i loro discorsi? Non hanno mai fatto nomi di località? ».

« È stata uccisa » ripeté tra sé il barista. « Non posso crederci. Se quel tipo viene qui ancora... Aspetti, ho sentito qualcosa ieri. Può darsi che lei sappia dare un significato ».

« Parole di lui? ».

« No, di lei. Erano arrabbiati ieri, mi pareva. Li servo e, invece di fermarsi, lei continua a parlare. Sembrava infelice ». Abbassò gli occhi su una bottiglia di birra. « Non capivo cosa volesse dire, eppure, mi sentivo a disagio. Disse: " Non ti ricordi proprio? Perché non incominci a far collezione di ricordi per il giorno in cui diventerò deforme, per un parto, o vecchia o magra? (o qualcosa del genere). Non ci sono garanzie nel mio corpo (penso che abbia detto così, anche se non c'è senso). Potresti godertelo a lungo, ma non ci sono garanzie ". Poi, me ne andai via. C'era della poesia, no? ».

« Sì, credo di sì » disse MacIndoe. (Che giornata infernale abbiamo avuto. Non immaginavo che potesse essere così brutto). « Non ha sentito nient'altro? ».

« No ».

« E i suoi colleghi? Sentiamo un po' anche loro ».

Parlarono con gli altri due camerieri e con il padrone. Ma soltanto un nuovo particolare saltò fuori: « R » portava un anello d'oro massiccio su un dito della sinistra. Non era molto.

Di ritorno ad Almond Vale, Baker guidava e MacIndoe sedeva nella parte posteriore della macchina. Era troppo stanco per parlare. Aveva ancora molte faccende da sbrigare alla polizia: vedere il capo e mettere in moto altre indagini. Erano le otto di sera, ma era ancora chiaro: non si fermavano da diciannove ore. Una quantità di macchine e di autobus si muovevano lungo la strada. Passava anche qualche coppietta, strettamente abbracciata, con passo indolente.

Gente. Quanta, rifletteva MacIndoe, ne ho incontrata quest'oggi? Ho passato in rivista tre ospedali. Come passerà la serata tutta questa gente? Cosa staranno facendo la signora Wilson e la signorina Murphy? Come si passa il tempo quando uno dei propri amici è stato ucciso? Non lo saprò mai. Presto o tardi, con un senso di colpa, si metteranno a tavola. È stato un giorno tanto intenso che lo ricordo a stento. È « lei » la più reale di tutti. Viva, non l'avrei mai conosciuta. Avrei detto, al massimo, se l'avessi incontrata: « Ha una bella faccia onesta ». Morta, la conosco bene come i suoi genitori. Forse meglio. Ogni essere umano è troppo complicato per essere interamente conosciuto dagli altri. E, se nessuno può essere capito da se stesso o dagli altri, non è presunzione trarre delle conclusioni sulle persone? Lasciamolo fare a Dio. Cosa stai tentando di dire, MacIndoe? Niente. Sono stanco. Non posso fare a meno di trarre delle conclusioni e la ragazza mi piace in senso buono. Voglio dire che l'azione di quell'uomo è fatta di disperazione, ira, paura, cinismo. Non è soltanto un delitto quello che quell'uomo ha commesso: ha fatto del male un po' a tutti: alla famiglia, agli amici, ai conoscenti. Non lo sapeva? Probabilmente si è preoccupato unicamente di se stesso: questa ragazza è un tipo comune, non le è mai successo niente, ma ha un bel paio di gambe e dei magnifici capelli. Devo averla. Non cambierà nulla se la seduco. Ella stessa me ne sarà grata e crederà che io, R., l'uomo bruno, alto, che ha fatto il pilota, sia migliore di lei. Devo muovermi nel mondo in tutta libertà d'azione. Non devo sentirmi inibito. È scritto da qualche parte... Tu... tu sei soltanto una lavorante in un negozio. Sei una sciocca qualsiasi con un corpo che io desidero. (Ci sono donne a milioni nel mondo, sciocche tutte quante: l'ho sperimentato). Non sai niente dell'emancipazione dalla morale, delle prove della scienza, della letteratura moderna, delle beghe politiche. Non sai che il mondo dell'intelletto ha dimostrato che esisti soltanto per me? E siccome, per qualche ragione, io sono un uomo indifferente e tu sei incinta, ti devo uccidere. Non mi resta nient'altro da dire. Non leggi libri e giornali? Certamente non puoi capire che è tutta una questione di ghiandole. Niente deriva dallo spirito: è soltanto la carne a muoversi e a mutare. La tua fede in Dio è soltanto un movimento ascensionale d'idraulica un po' insolito. (Naturalmente, potresti fare la pedante e insistere che è il tuo Dio a creare il corpo, eccetera, ma questo ti rende garante della continuazione della vita, al di là della tomba?). I vecchi peccati hanno nuove etichette, mia cara. Sei tu che sei sentimentale, non il Dio in cui credi. Il gioco, una volta che ne hai scoperto il meccanismo, è a tuo vantaggio.

Maddocks che sedeva accanto a Baker disse improvvisamente, in tono stupito: « Diavolo, che sta succedendo laggiù? ».

Erano ormai in High Street e, fuori della sede della

polizia, stazionavano una dozzina di uomini e due donne. MacIndoe pensò amaramente: eccoli, è arrivato il mondo ed è finita l'integrità di Olwen. « Al diavolo » disse ad alta voce. « M'ero scordato dei signori della stampa ».

Quando uscì dalla macchina, gli si assieparono intorno. Qualcuno disse: « È MacIndoe di Scotland Yard ». Incominciò un fuoco di fila di domande.

« Ha preso qualcuno? ».

« È stato un atto di violenza? ».

« Faceva l'attrice? ».

« Possiamo prendere qualche fotografia? ».

« Non a me » disse MacIndoe; ma c'era chi ne aveva già scattata più d'una.

« E della ragazza? ».

« È probabile. Lo chiederò al capo ».

« Gran Dio! Si è mosso un capo della polizia con questa pioggia? ».

« Arresterà presto qualcuno? ».

« Si tratta di un pazzo? ».

« E questo, è un ex galeotto? ».

« Non fate gli stupidi, amici. Questo è l'ispettore Maddocks ».

« Dove viveva la ragazza? ».

« Chi sono i suoi genitori? ».

« Dove lavorava? ».

« Vi darò tutte le informazioni possibili ed immaginabili, ma lasciatemi in pace per dieci minuti. D'accordo? Sono stanco e vorrei... » disse MacIndoe.

« E noi siamo forse più freschi? Io sono venuto, con la " grande pioggia ", in treno. Ci sono voluti secoli per arrivare ».

Qualcuno fece qualche apprezzamento volgare sulla morte e una giornalista disse: « Non capisco che cosa vogliate dire ».

« Datemi dieci minuti per vedere il capo » disse MacIndoe.

« Tanto avete alcune ore da aspettare, prima di andare in macchina » aggiunse con una punta di soddisfazione.

« Ne avremo per tutta la notte » commentò un cronista. « Volesse il cielo che lavorassi per il " Times "! Andiamo a berci sopra ».

Quaranta minuti più tardi, MacIndoe era a cena con Baker e Maddocks al George Hotel. Erano gli ultimi arrivati, ma i camerieri si fecero in quattro per servirli. Avevano riconosciuto MacIndoe e non risparmiavano neanche loro le domande. Alle dieci circa, MacIndoe poté ritirarsi nella sua stanza. Faceva ancora chiaro, ma non riusciva a star sveglio. Scrisse a Janet, che odiava le telefonate, perché la spaventavano; inoltre, una lettera restava per sempre. A letto, MacIndoe si accorse che si era dimenticato di pregare. Era troppo stanco per scendere e inginocchiarsi. « Oh, Dio » disse soltanto, « proteggila Tu ». Ma non specificò a chi alludesse. Era sottinteso che fosse Janet, ma, mentre cadeva addormentato, si accorse che la preghiera rimasta a metà comprendeva anche Olwen.

VII

Incominciò il secondo giorno nell'ufficio di Maddocks. Sedevano sulle scomode sedie leggendo lettere, prendendo decisioni, aspettando l'inchiesta del giudice istruttore. Incominciava a venir gente con informazioni: altri telefonavano. La fotografia di Olwen Hughes era apparsa sui quotidiani locali della mattina e su altri nazionali. Un investigatore si sarebbe presto recato al Dragon. Altri ufficiali di polizia e investigatori in borghese stavano già interrogando droghieri, autisti e proprietari di autorimesse, baristi, e sarebbero più tardi passati ad altri locali pubblici di Almond Vale, con fotografie di Olwen, per vedere se l'avevano vista sola o in compagnia di quest'uomo, se avevano notato la macchina rossa di quest'uomo, in quale direzione si erano mossi (a piedi o in macchina), quando li avevano visti e così via. Una tale Penelope Johnson, cameriera in un caffè di Birlchester, lo Choc-Box, al 1658 del viale Almond Vale, aveva telefonato dicendo che aveva visto Olwen nel suo caffè, martedì mattina. Potevano essere le dieci e mezzo o quaranta. No, la ragazza non aveva detto niente. Al contrario, sembrava molto calma. Stravolta? No, non poteva dirlo. Piuttosto, triste.

Allo stesso modo, aveva telefonato un ottico, un tale William Benson, che aveva il negozio sul viale di Almond Vale. Olwen aveva comprato da lui una macchina fotografica (*Veronica Marca I*), martedì mattina. Aveva inoltre acquistato una pellicola che lui stesso aveva inserito nella macchina. Le aveva regalato una custodia, perché la ragazza gli aveva ispirato simpatia. Erano le dodici e un quarto e non l'aveva mai vista prima di allora.

Tutto questo confermava quello che aveva detto il dottore: che la ragazza era morta nel pomeriggio.

La pellicola era stata sviluppata. In gran parte era stata rovinata dall'esposizione al sole, ma qualcosa di interessante era pur rimasto. La ragazza aveva evidentemente fatto lei la prima fotografia, che era quella del compagno. Soltanto una metà dell'immagine era visibile ed era la parte inferiore: un lembo di una giacca di tweed, un paio di calzoni di flanella e un paio di scarpe allacciate da fibbie. Non erano nere e, siccome « R » era un tipo elegante, era difficile che fossero gialle. MacIndoe si riteneva quasi sicuro che fossero color marrone. Si vedeva anche la borsetta della ragazza, elemento che avrebbe potuto tornare utile. Il boschetto, invece, non era riconoscibile.

Uno dei due apparecchi sulla scrivania di Maddocks squillò improvvisamente. L'ispettore alzò la cornetta, letteralmente gridando il suo nome.

In un angolo della stanza sedeva il dottor Baxter maneggiando uno stuzzicadenti. Aveva informato MacIndoe dei risultati dell'autopsia e adesso stava ascoltandolo, a sua volta. MacIndoe gli stava dicendo: « Ci sono volute sei settimane per sedurla. Le prospettò il matrimonio, quando la moglie malata fosse morta. Erano soltanto chiacchiere, naturalmente. Non esiste la moglie. Che io possa essere dannato se capisco questo lato della storia. La ragazza fu pregata di tener segreta la loro relazione e di scrivergli soltanto in buste fornite da lui. Quindi, si accorse di aspettare un bambino. Ci volle del tempo prima che trovasse il coraggio di dirglielo, ed è naturale, questo riserbo, direi. Ciò che mi preoccupa è che lui può anche aver pensato di disfarsi della ragazza sin dal primo momento. Perché sin dal principio le ha raccontato tante frottole? ».

« Le ha mentito perché desiderava possederla » disse il dottor Baxter. « Non c'è niente da dire sulla ragazza, in termini scientifici, oltre al fatto che era incinta e che è morta strangolata. Però, ho la prova che le intenzioni dell'uomo erano di carattere erotico. Non è un pazzo, un bruto, ma un uomo passionale. Sul collo della ragazza, oltre ai segni causati dalle mani, ce ne sono altri provocati dai denti. Sono così profondi che abbiamo potuto prenderne il calco. Trovi quell'uomo, MacIndoe, e gli chieda chi è il suo dentista ».

« Perfetto. È il genere di prova che posso produrre in tribunale ».

Maddocks sbottò a dire eccitato: « Qualcuno vuole vederci. Vuole confessare ».

Gli altri lo fissarono attoniti. « Vediamolo » disse con calma MacIndoe.

« Io me ne vado » annunciò il dottore.

Entrarono due poliziotti. In mezzo a loro c'era un uomo sulla trentina, dalla barba lunga, alto, di una magrezza nervosa: tremava in preda a una grande agitazione: « È lei il capo della polizia? ».

« No, sono l'ispettore capo MacIndoe ».

« Vorrei parlare al capo ».

« Perché? ».

« Per l'assassinio di quella ragazza ».

« Che cosa deve dire? ».

« Sono stato io ».

« Farebbe meglio a parlarne con me. Sono io l'ufficiale incaricato delle indagini ».

« Non si tratta di un delitto ».

« Bene, diciamo allora che tecnicamente è un delitto. Come si chiama? ».

L'uomo diede le sue generalità.

« E il suo indirizzo? ».

Era uno del luogo.

« Quando ha ucciso la ragazza? ».

« Martedì pomeriggio ».

« Perché l'ha uccisa? ».

« Mi ha tentato ».

« Tentato cosa? Di ucciderla? ».

« No, no, niente di simile » disse agitando le mani. « Mi ha tentato con il suo fascino ».

« Con il suo fascino? Come? ».

« Con occhiate, sorrisi, la sua nudità. Era giusto ucciderla. Se il tuo corpo ti tenta, distruggilo. Sa cosa significa? ».

« Dove l'ha uccisa? ».

« Dove è stata trovata ».

« E dov'è questo posto? ».

« Come, non lo sa? ».

« Io lo so. Ma voglio sentire la sua descrizione ».

« In un boschetto lungo il fiume, sulla riva sinistra ».

« Ci racconti che cosa è successo ».

« Devo raccontare tutto? ».

« Certo, un ufficiale ne sta prendendo nota ». L'uomo si voltò e fece un cenno di approvazione. « Scriveremo e poi lei metterà la sua firma ».

« Camminavo per High Street, dopo colazione, quando una ragazza balzò da un autobus e mi urtò. " Mi sono fatta male a una caviglia " disse e si fermò nell'atrio di un portone, tentandomi con la sua bellezza. " Non può camminare? " le chiesi. " No, se non so dove andare ". Era evidente che era una di quelle. Le dissi: " Vuole fare una passeggiata con me? ". (In modo che potessi ucciderla). Allora, fu in grado di camminare ».

« Dove vi dirigeste? ».

« Lungo il fiume ».

« Vi ha visto qualcuno? ».

« Non credo. Era l'ora di colazione ».

« Che cosa è successo poi? ».

« Ci spingemmo fino al luogo in cui fu trovata. Mi disse che si chiamava Tentazione e mi domandò se mi piacevano i suoi capelli. Le chiesi: " Tu tenti gli uomini? " e lei aprì la camicetta per provarmelo e per rovinarmi tentandomi. Così, la uccisi ».

« Ha resistito all'altra tentazione? ».

« Quale altra tentazione? ».

« Quella della sua bellezza ».

« Naturalmente che le ho resistito! Non è un mezzo di dannazione la bellezza femminile? ».

« Che cosa ha fatto in seguito? ».

« Non so. Ho preso un gelato al caffè di Joe e ne ho portato un altro a casa, a mia madre ».

« Che ore erano? ».

« Circa le quattro ».

« Che cosa ha fatto poi? Ha letto il giornale? ».

« Sono andato al cinema ».

« Aveva già incontrato altre volte quella ragazza? ».

« No. Era scesa dalla corriera di Birlchester ».

MacIndoe chiese con tediata compassione: « Che cosa ha fatto della corda e del coltello? Non riusciamo a trovarli ».

L'uomo sorrise. « Li ho gettati nel fiume ».

« Qual è il titolo del film che ha visto? ».

« *La congiura del diavolo*. Un bel lavoro davvero ».

« Bene » gli disse MacIndoe con gentilezza. « Adesso può andare. Oh, aspetti un istante. Qual è il nome del suo dottore? ».

L'uomo si spaventò immediatamente. « Perché vuole saperlo? ».

« Ha già fatto questi scherzi altre volte, eh? ».

« No, no, l'assicuro! ».

« Vuole ritornare in casa di salute? ».

« Non ci tornerò. Sto bene ».

« Certo, ma non deve venir qui a raccontarci sciocchezze. Non son stati adoperati né corda né coltello. La ragazza era onesta, in certo senso. Non le ha mai parlato ».

« I giornali dicono che... ».

« Lo so, ma travisano le cose. La polizia ha un compito molto difficile da portare a termine, e lei ci ha fatto perdere un mucchio di tempo ».

L'uomo si accasciò, divenne improvvisamente umile.

« Certo, signore. Mi spiace. Volevo soltanto esserle di aiuto ».

Fu spinto da un agente che gli disse in tono suadente: « Vieni, Charlie, vieni a casa da mammina. E non farlo più, bada ».

Maddocks osservò: « Suppongo che succeda spesso ».

MacIndoe gli rispose: « Purtroppo, quasi ogni volta. Ne sarà sconvolto per settimane, credo ». Concluse amaramente: « Un'altra delle vittime di R. ».

Nell'aula del tribunale la mobilia è di colore scuro, massiccia: dà un'impressione di stabilità. (Possiamo essere assassinati, mutilati da un veicolo, annegati, sventrati da un toro, possiamo ucciderci, perché stanchi della vita, ma, nemmeno morti, ci lasciano stare. Soltanto l'autorità ha l'ultima parola). I vetri delle finestre sono colorati e vi è intorno un odore di rinchiuso, quasi d'incenso, che fa pensare a una chiesa. Solo che la sala è piena di gente. Che genere di persone s'interessa alla morte di una ragazza? Impossibile a dirsi. La volontà di recarsi in tribunale sembrava essere, in apparenza, l'unica cosa in comune. Ci sono uomini tarchiati che devono essere fattori di campagna, donne di mezz'età che paiono in costante attesa di un treno, facce smorte di giornalisti, giovanotti nervosi e probabilmente impiegati di banca, e due graziose ragazze che sembrano esser venute per divertirsi, ma che sono impaurite e imbarazzate adesso per il silenzio e la tensione generali. Sulla parete dirimpetto al pubblico c'è un grosso orologio con un calendario accanto. Il tempo è l'autorità suprema qui. Sono le undici di mattina del ventotto luglio dell'anno del Signore millenovecentocinquanta e rotti. Olwen Hughes sta per essere assassinata ufficialmente.

Ed avviene con relativa dignità.

Il giudice istruttore fu puntuale. Era un uomo di media altezza, massiccio. Dietro suo ordine, furono aperte le finestre e incominciò il processo.

Il signor Reginald Meredith, ventidue anni, chilogrammi ottantatré di peso, agricoltore, alto e con mani rosse, nervose, spiegò che, con la sua ragazza, si era incamminato lungo la riva del fiume, martedì sera, e, inoltrandosi nella macchia, incontrarono quella che, a prima vista, ritennero fosse un'altra coppia. Richiesto dal giudice se era presente un'altra coppia, rispose: « No » e quindi, essendogli stato domandato che cosa glielo avesse fatto pensare, in un primo tempo, si confuse, divenne rosso, e addusse poi come spiegazione d'aver visto un paio di gambe femminili. Il signor Meredith ebbe come unica consolazione il fatto che la sua ragazza non fosse presente in aula. Con gli occhi di tutti sopra di lui, mentre anche la mente più sempliciotta ed ignara capiva cosa intendesse dire, il signor Meredith fu contento che non fosse in discussione, almeno, la sua onorabilità.

Se la naturale dignità della corte fu leggermente scossa dalle dichiarazioni del signor Meredith e dai risolini nervosi delle due ragazze, fu ripristinata, in seguito, dalla signora Harriet Wilson. Vedova, sessantunenne, era vestita completamente di nero, così che molte persone presenti credettero che fosse parente della ragazza che aveva lei stessa identificata. Sottovoce spiegò di aver conosciuto la ragazza per anni, di averla considerata sempre una brava, bella ragazza e di aver visto il suo corpo (o, piuttosto, la sua faccia) morto nella sede della polizia di Almond Vale, mercoledì. La ferì di nuovo il ricordo di quel terribile momento e si mise a piangere. Ci fu un silenzio intenso, pieno di simpatia, quando la signora Wilson fu ricondotta a sedere.

Il giudice passò poi a considerare i risultati del referto medico. Il dottor Baxter spiegò in termini scientifici che la ragazza era stata strangolata. Le vertebre cervicali si erano spezzate alla quinta giuntura, l'osso ioide era rotto, il cervello era rigonfio per accumulamento di sangue, c'erano segni d'asfissia negli occhi, naso, orecchie, labbra e polpastrelli delle dita. Tutti questi erano sintomi di morte per asfissia, provocata da strangolamento, con tutta probabilità per mezzo delle mani.

In aula, tutti trattennero il respiro quando il patologo continuò a spiegare che la ragazza era incinta di quasi tre mesi. Fornì poi l'informazione, ugualmente interessante e affascinante per povere menti incompetenti, che nello stomaco v'era del cibo non ancora digerito, carne di agnello, probabilmente, e dell'alcool, sherry, quasi certamente. C'era inoltre un segno sulla gola che, se non indicava un pazzo, certo designava una persona dagli istinti bestiali, malamente trattenuti.

MacIndoe sedeva accanto al capo della polizia e aspettava con impazienza e con lieve irritazione di poter tornare al suo lavoro. La cosa straordinaria è questo interesse morboso, pensava. L'emozione data dalle parole « incinta di tre mesi » è ancora fisicamente avvertibile nell'aria. Perché? Perché le allusioni al sesso colpiscono tanto questa gente? Certo, in principio, ne era così satura, che niente altro avrebbe potuto colpirla o interessarla. Tutti erano infatti venuti in tribunale per ridere e rabbrividire, per quello che chiamano del « buon teatro ». Eccola questa brava gente, inclusi i cinici di professione, i giornalisti, protesa in favore della morta Olwen. Non la disprezzano più. Qui, in tribunale, le loro emozioni sono state ricondotte a una naturale umanità e si sentono offesi insieme con lei. Senza dubbio, l'atmosfera del tribunale ha contribuito a questa nuova dignità, senza dubbio le lacrime della signora Wilson hanno fatto risentire la tragedia nella sua realtà, ed è certo che, ritornati a casa, più tardi, e con i nervi ormai rilassati, si prenderanno gioco di Olwen o stamperanno bacioni sulla sua immagine, ma qui, ora, è balenata per un momento la verità, pensava MacIndoe. Finché la gente s'interessa, c'è sempre speranza: è ancora una specie di prova.

Fu poi chiamato l'ispettore Maddocks che dichiarò di esser stato informato del fatto per telefono, alle otto e ventisei, e di essersi subito recato sul posto in macchina, in compagnia di altri ufficiali. Il signor Meredith e la signorina Best, sconvolti, li stavano aspettando nei pressi della cabina da cui avevano telefonato. Gli ufficiali furono condotti alla buca in cui giaceva il corpo inanimato della ragazza (Maddocks, avendola vista, la descriveva sempre come una ragazza), con la testa contro il terreno, le vesti scomposte e dei segni sulla gola che facevano pensare che fosse morta per un atto di violenza.

Il giudice: « Sono state fatte le indagini del caso? ».

Ispettore Maddocks: « Certo. La polizia locale è aiutata da due ufficiali di Scotland Yard ».

Il giudice: « Quali sono i risultati delle indagini? ».

Ispettore Maddocks: « Non è interesse della giustizia che vengano rivelati al momento ».

Il giudice, allora, rimandò l'inchiesta al diciotto agosto, tre settimane dopo. Parlò della brutalità del delitto, si augurò che non ci fossero ripetizioni, e pregò il pubblico di aiutare la polizia nel suo difficile compito.

Uscendo dalla muffita oscurità del tribunale nella luce calda che inondava High Street, MacIndoe sospirò, sbadigliò e si accorse di essere affamato. Anch'io sono coriaceo, dunque, mio Dio, pensava. Ho prestato ascolto ad ogni cosa senza commuovermi, indurito da anni d'esperienza, impaziente se la gente non parla con proprietà o non capisce alla svelta e, poi, sono pronto a divorare ingordamente il miglior pasto che il George è capace di prepararmi. Mi spiace, Olwen, mia cara bambina, ma la verità è che devo essere in forze per rintracciare il nostro nemico. In breve, devo andare a far colazione.

Al sanatorio. Le nuvole si muovono a frotte, lentamente, sul lontano orizzonte. Fa caldo, il sole dardeggia, e scende su tutte le cose la gradevole, riposante sensazione del primo pomeriggio. Un autobus si spingeva fin là. (Non è ancora campagna, infatti: cinquantamila persone vivono nei sobborghi). Dal piano superiore degli autobus si può osservare il tormento e la umiliazione di ogni ricoverato. L'aria era ancora di città, ma le file di capanne o di padiglioni, come li chiamano, erano circondate da praticelli rasati e da gruppi di rocce. Il blocco vero e proprio dell'ospedale e la parte abitata dal personale erano costruiti in mattoni, materiale certo più resistente di quello dei padiglioni; ma, dopo tutto, erano i pazienti le cose momentanee e transitorie. Sentieri lastricati conducevano alle stanze dei malati. Alcuni letti erano stati trasportati all'aperto. Teste pallide emergevano dai lenzuoli, più pallidi ancora, sotto coperte d'un rosso scarlatto. Gli occhi si sollevavano dalle riviste, mentre i poliziotti passavano: in qualcuno si leggeva il timore di visite di nuovi dottori. Un uomo in vestaglia, sulla trentina, incredibilmente magro, cadaverico, sedeva su una sedia di vimini. Aveva spalle ricurve, braccia scheletriche e polsi esangui che si muovevano con incredibile lentezza, lucidando una scarpa. Una faccia magra, scavata, d'intellettuale sorrise ai poliziotti: occhi bruni supplichevoli come quelli di uno spaniel. Per favore, io sono normale. È vero che posso morire da un momento all'altro, ma, per ora, sono normale e desidero essere trattato come tale. « Buongiorno. (Una voce profonda, nonostante quella faccia e quel corpo). State cercando un ammalato? ».

« No, siamo della polizia. (Diamogli questo bocconcino). Stiamo cercando l'ufficio della assistente generale ».

« Qui avanti ». Il braccio scheletrico si alzò ad indicare la direzione, la manica della vestaglia scivolò scoprendolo. « Ha assaltato una banca quel demonio? ».

« Molto probabilmente. Grazie ».

Voltato l'angolo, parve loro di essere entrati nella sezione femminile. Sopraggiunse un'autoambulanza. Il guidatore ed un infermiere scesero dai due sedili davanti per aprire la porta posteriore. Alcune ragazze sbucarono fuori con cautela. Erano graziose. Una soprattutto: rotondetta, dall'espressione simpatica, con capelli biondo-cenere, un viso rosato e occhi azzurri. La faccia le si colorì un po' alla volta, mentre chiacchierava tutta eccitata. Per quanto? si chiese MacIndoe. Non la smetteva più! Una ragazza si sentì male per qualche minuto, poi si riprese e disse al guidatore: « Andava troppo in fretta ».

L'infermiera la condusse via: le altre le seguirono. Qualcuno la prese in giro scherzosamente.

L'assistente generale era una piccola donna dall'aspetto innocente. Apparentemente senza età e molto fragile come un coniglietto, ascoltò la parola « delitto » senza batter ciglio. Era come se tutto quello che succedeva fuori del sanatorio, il suo mondo, diventasse automaticamente irreale e potesse essere discusso soltanto teoricamente, senza alcuna emozione. MacIndoe e Baker la trovarono nel suo ufficio, una stanza confortevole come un salotto. Maddocks era rimasto ad Almond Vale per dirigere le indagini della polizia nelle autorimesse, caffè, negozi o alla stazione, e per rispondere agli eventuali visitatori.

« Vengono da Almond Vale? » chiese l'assistente generale.

« Da Scotland Yard, veramente, ma, attualmente, siamo dislocati ad Almond Vale ».

« Abbiamo ospitato uno dei vostri ufficiali » disse l'assistente generale, senza fretta. « Qual era il suo nome? Vediamo... Robert, mi pare ».

« È ancora qui? ».

« Oh, no. È morto ».

MacIndoe continuò le sue spiegazioni e l'assistente generale, picchiettandosi il naso con gli occhiali, disse: « Probabilmente cercate la Davis, che viene dal Galles ».

« Si chiama Peggy? ».

« Non so ». L'assistente generale sorrise all'idea. « Glielo chiederemo ».

Evidentemente era l'unica, là dentro, fra le donne, a ignorare la morte di Olwen. Entrando nella stanza, Peggy Davis disse eccitata: « So che siete ufficiali di polizia. Sarei venuta io stessa da voi stasera ».

« Cielo! » esclamò l'assistente generale, lievemente turbata. « E perché mai? ».

« Ho visto Olwen poche settimane fa ».

« È meglio che sediate tutti » disse l'assistente generale additando le sedie. « Mi sa che si andrà avanti per un bel pezzo ».

Sembrò a MacIndoe che, nonostante le apparenze, fosse finalmente incuriosita. Ma non le badò molto e si rivolse alla ragazza. « Era amica di Olwen? ».

« Sì ».

« Ha lavorato qui? ».

« Sì, ma la conoscevo anche prima. Venivamo dallo stesso paese. Conosco bene la sua famiglia ».

« Siamo venuti in possesso del diario di Olwen, signorina Davis, in cui si accenna all'ultima visita che lei le ha fatto. Hanno anche avuto una discussione, a quanto pare? ».

« Sì, è vero ».

« È per quello che le ha mandato una cartolina da Weston-super-Mare che diceva: " Carissima, mi spiace " o qualcosa del genere? ».

« Sono contenta di avergliela mandata. Sarebbe orribile che fosse morta pensando che... Però avevo ragione, purtroppo ».

« Per cosa? ».

« Di rimproverarla. Olwen mi era sempre piaciuta moltissimo, le volevo bene perché... Forse le parrà sciocco... perché era una creatura candida ».

MacIndoe scrutò Peggy Davis. Era una ragazza robusta che scoppiava di salute. C'era sul suo volto una espressione volitiva che faceva intuire che amava il lavoro ma anche divertirsi con la stessa intensità. Era troppo « in carne » per essere casta e pura: un tipo di ragazza con cui c'era da divertirsi: dopo ore ed ore di duro lavoro, doveva probabilmente andare a ballare, accettare più di un gin e, forse, finire sdraiata nella macchina di qualcuno. La mattina dopo si sarebbe accorta che non era poi stato molto bello, ma lo stesso, non sarebbe stata capace di rifiutare l'invito seguente. (« Non c'è nient'altro da fare »). Olwen rappresentava per lei qualcosa di superiore: una ragazza che non aveva mai accettato inviti equivoci, che andava in chiesa e che era, nonostante la sua bellezza, sorprendentemente seria. Naturalmente, Peggy non avrebbe voluto che Olwen rimanesse umiliata da un tipo indegno.

MacIndoe le chiese: « Per cosa discuteste? ».

« Per quell'uomo ».

« A lei non piaceva? ».

« No ».

« Allora, l'ha visto? ».

« No ».

« Perché dunque era così prevenuta contro di lui? ».

« Capivo che la stava prendendo in giro. Era sempre stata una brava ragazza, eppure lui l'aveva persuasa... be', capisce... ad amarlo ».

« La rimproverò per questo? ».

« Sì ».

« E cosa le rispose Olwen? ».

« Non c'era niente da fare. Era innamorata di lui. Aveva una fiducia cieca in quell'uomo ».

« Le ha parlato di lui? ».

« Non capisco... ».

« Dal suo punto di vista, intendo. Come si chiama quest'uomo? ».

« Harrison... Roy Harrison ».

« Sa dove abiti? ».

« No, ma è del posto ».

« Dove lavora? ».

« È un rappresentante ».

« Di quale ditta? ».

« Non so, ma passò dal negozio in cui Olwen lavorava. Là dovrebbero saperlo ».

« Purtroppo no » disse MacIndoe con amarezza.

« Come è possibile? Certo che devono saperlo. Oh, forse è stata lei soltanto a parlare con lui... ».

« Secondo la padrona, la signora Harper, Olwen avrebbe dovuto riferirglielo ».

« Ma, quella volta, non l'ha fatto. Egli incominciò a mentirle da quella prima volta... Almeno, ora sapete il suo nome ».

« Le ha raccontato tante frottole, signorina Davis, che temo abbia dato anche un nome falso ».

« Oh Dio, sì ». (Danno sempre un nome falso, se pure ne danno uno. Hanno orrore delle ingiunzioni di un riconoscimento di paternità).

« Aveva qualche altro amico o conoscente, la signorina Hughes? ».

« Non credo ».

« Ha mai nominato qualcos'altro che riguardi questo Harrison? Il suo indirizzo, la sua macchina, il suo principale, la moglie... ».

« Olwen mi disse che sua moglie era in una casa di cura ».

« Era un trucco per ottenere quello che desiderava » spiegò MacIndoe. « Non credo che fosse sposato ».

« Allora perché ha detto che era sposato? ».

« Per dilazionare il loro matrimonio. Secondo il diario, il matrimonio avrebbe dovuto aver luogo dopo almeno dodici mesi, quando, cioè, la moglie fosse morta ».

« È orribile. Non posso pensare che una cosa del genere sia successa proprio ad Olwen. Tutte quelle menzogne per ottenere... e lei, un essere così candido e buono. Cercherò di ricordarmi ogni singola cosa che mi disse quel giorno. La metterò per iscritto... ma, comunque, erano tutte menzogne ».

« La gente non riesce mai a mentire del tutto. Potrebbe, per esempio, avere alluso a cose, a posti a lui familiari. Potremmo, allora, andare a visitarli » concluse MacIndoe.

Al Queen's Hotel di Birlchester. Annerito dal fumo, vecchio anzi tempo, aveva una facciata di pietra e vetrate scintillanti, sul davanti. Dietro, era costruito con mattoni di poco prezzo e c'era la noia del continuo passaggio dei treni della stazione vicina. Era un brutto casamento, soffocato all'interno da tappezzerie e tappeti. Nel piccolo atrio sorretto da pilastri, un vecchio portiere assomigliava vagamente a una scimmia, a causa di una bocca priva completamente di denti. Sulla uniforme erano appese delle medaglie. Dall'interno venne loro incontro un altro tipo militaresco, massiccio, piuttosto arrogante. Evidentemente, l'impermeabile sporco di MacIndoe non gli sembrava adatto al suo ambiente. Era una parte del mondo, quella, che credeva ancora nella personalità dell'individuo.

« Siamo ufficiali di polizia. Vuole dire al direttore che desidereremmo vederlo? ».

« Il direttore è occupato ». Si volse con aria soddisfatta e arrogante, come se avesse un odio personale per la polizia, e disse ad una donna: « Signorina Bartlett, ha telefonato Lord Norman... ».

La donna chiese: « In quanti saranno? ».

« Una dozzina circa ».

MacIndoe gli batté leggermente sulla spalla. « Fa sempre ostruzione alla polizia? ».

« Il mio incarico è di badare all'albergo. Non posso permettere che la gente secchi il direttore, quando è occupato ».

« Sì, mi ostacoli ancora » gli disse MacIndoe con un sorriso tirato, « e io la metterò dentro. Adesso la smetta di fare cerimonie e di darsi tante arie. Dica al direttore che siamo di Scotland Yard e stiamo indagando su un delitto... ».

« Capisco » disse l'uomo, sgonfiandosi all'istante. « Credevo che faceste le solite storie sulle macchine che sono fuori. Vengono qui per questo ogni giorno ».

Il direttore si precipitò fuori; era una figuretta in bianco e nero, il ritratto del nervosismo. « Che cosa succede? Un delitto? È impossibile che noi c'entriamo in qualche modo... ».

Non vedo perché non potreste, pensava MacIndoe. Se possono avvenire qui adulteri e furti, perché non potrebbe aver luogo anche un assassinio? Ma facciamo gli ipocriti: si otterrà più in fretta il risultato che vogliamo.

« Oh, certamente. Il problema è un altro. È venuto qui a cena un uomo con una ragazza, il ventinove marzo. Possono esserci anche ritornati... questo non lo sappiamo. La ragazza è morta. Chi era l'uomo? ».

« Si tratta di molto tempo fa ».

« Ecco una fotografia della ragazza ».

« Ah, c'era sul giornale di stamattina » esclamò il direttore.

« Si ricorda di lei? ».

« No, ma non sempre mi fermo in sala da pranzo. Charlie è un buon fisionomista... fa parte del suo lavoro ».

Chiamò il portiere dall'aria arrogante e gli mostrò la fotografia: « Ti dice niente? ».

L'uomo rispose all'istante: « Certo. Una rossa. Nervosa, perché non abituata ai locali di lusso. È lei... ».

« Sì, è morta. Chi era in sua compagnia? ».

« Un uomo alto, snello, bruno. Direi un ex ufficiale. Probabilmente dell'aviazione, perché indossava quel tipo di camicia azzurro pallido... ». Sorrise. « Naturalmente, avrebbe potuto essere anche un poliziotto... L'avevo già visto altre volte ».

« Con quella ragazza? ».

« No, in compagnia di altre donne ».

« Che tipo di donne? ».

Il direttore si affrettò a dire: « L'assicuro, non sapevo. Facciamo il possibile per tenere alto il decoro del locale... ».

« Be', non è difficile immaginare che tipo. Belle, educate, leggermente sdegnose, che non hanno la più pallida idea di che cosa voglia dire lavorare, che marciano soltanto in taxi. Oh, doveva essergli molto facile fare breccia... ».

« Ha visto qualcuna di queste donne, ultimamente? Anche sola? ».

« Nossignore ».

« Conosce il nome di quell'uomo? ».

« No ».

« Dove lavora? ».

« Mi spiace, no ».

« Non sa il nome di qualcuna di quelle donne? ».

« Dovrei pensarci, signore, ma ho i miei dubbi... ».

« Tenga gli occhi aperti su di lui. Desidererei scambiare quattro chiacchiere con questo nuovo Romeo ». Si volse al direttore. « Vorrei vedere chiunque altro lo possa avere incontrato qui quella sera. So che è una noia... ».

Era più che una noia, infatti. Ci volle più di un'ora, e fu inutile spreco di tempo.

Avevano appena finito il loro tè, che MacIndoe disse: « Mi piacerebbe dare ancora un'occhiata al boschetto. Vorrei capire come può aver fatto... In fondo, è una passeggiata. Volete venire anche voi? ».

« Certo » esclamarono Baker e Maddocks. Era piacevole sentirsi richiesti così gentilmente, non sembravano più ordini, ma preghiere che potevano anche essere respinte. Pochi minuti più tardi, si trovarono fuori della sede di polizia di Almond Vale.

MacIndoe additò il colle. « Facciamo l'ipotesi che sia venuto in macchina. Venendo da Birlchester, deve entrare in città qui sopra, in cima alla collina. Non lascia la macchina in uno dei soliti posteggi, nessuno ricorda infatti d'aver visto né la macchina, né la ragazza, e nemmeno la lascia in High Street, perché gli sarebbe stata fatta una contravvenzione. Giusto? ».

« Sì » disse Maddocks.

« Quindi deve aver parcheggiato in una delle strade laterali. Poi, attraversata la città, si diresse con Olwen lungo il fiume, fino al boschetto in cui fu ritrovata. Ora, guardando la sua carta, Maddocks, sembrerebbe che sia sbucato per forza in questo spiazzo, sia che abbia risalito High Street, sia invece che sia andato a sinistra e poi a destra, in strade secondarie. Vedo che la sua carta è del 1936. Sa di qualche cambiamento, fatto in seguito, per cui avrebbe potuto evitare quello spiazzo? ».

« No. È stato senz'altro costretto a sbucare là, in prossimità delle capanne dove si noleggiano le barche ».

« E di lì è avanzato lungo la riva del fiume. Faremo anche noi lo stesso percorso ».

I tre uomini della polizia risalirono High Street e voltarono a sinistra, dirigendosi allo spiazzo. I negozi, in maggior parte, erano chiusi: alcuni agenti stavano ancora interrogando la gente su un rappresentante con una macchina rossa. L'aria, di nuovo calda e secca, aveva prosciugato i marciapiedi. La gente si muoveva lentamente nella calma del tardo pomeriggio, provvista prudentemente di impermeabili. Giù, al fiume, i vecchi sedevano in silenzio, alcuni ragazzi stavano contrattando il nolo delle barche e un bambino rincorreva due cigni per nutrirli di pane, mentre la madre sedeva stanca sul bracciolo di una sedia. Era il tipico pomeriggio che teneva dietro alla pioggia, pieno di pace, dopo il temporale della mattina: l'aria era chiarissima.

Si avvicinarono a un mucchio di sedie a sdraio una sull'altra e a una fila di barche. MacIndoe accennò alle capanne dove si affittavano le barche. « Sono state fatte indagini, qui? » chiese.

« Non so » rispose Maddocks. « Facciamole noi, comunque ».

Nell'interno di una capanna, un uomo sulla trentina, vestito vagamente da marinaio, sedeva sopra una latta d'olio, immerso nella lettura d'una rivista pornografica.

Deve averla notata senz'altro, pensò MacIndoe ricordandosi delle belle gambe affusolate di Olwen.

« Oh, tu sei Carter » esclamò Maddocks.

« E con questo? Non capisco perché vi siate scomodati per me ».

« Abbiamo bisogno del tuo aiuto ».

« Ah, dopo avermi messo dentro! ».

« È stata assassinata una ragazza ».

« Così si dice. Volete gettare su di me la colpa? ».

« Non ti abbiamo mai incolpato ingiustamente. Se ti ostini a rubare, dobbiamo per forza mandarti in prigione ».

« Poliziotti! Non mi dica che sono tutti santi! ».

« Se rubano, vanno in prigione anche loro. È già successo ».

« Mi fa piacere sentirlo ».

« E di quella ragazza, Carter, che ci sai dire? Non aveva rubato niente. È stata ingannata ».

« Incinta di tre mesi! Pensa che quello che ha fatto sia stato meglio che rubare? ».

« È stata tratta in inganno, ti ripeto ».

« Ma cosa vuol farmi credere? Una donna non deve alzarsi la gonna. Se lo fanno, è perché lo trovano bello ».

« Era ingenua, Carter ».

« Così dice lei. Immagino che andasse in chiesa e credesse nelle fate ».

Ecco il mondo, pensò MacIndoe. Qualunque cosa facciate, la gente attribuisce i vostri motivi a qualcosa di sporco, d'astuto, agli istinti più bassi. La gente si può paragonare a un vecchio cinico, sazio e soddisfatto, che aspetta soltanto di cogliere le colpe altrui, sicuro che siano state provocate dagli stessi sporchi motivi che avevano una volta mosso anche lui. Come un vecchio dalle arterie indurite, che non perdona, che non vuole avere una ragione per perdonare, che non desidera per gli altri la redenzione, perché lui stesso ne è al di là. Anch'io sono cinico a volte, rifletté MacIndoe. Ma, il cielo ti benedica Olwen, so che non hai veramente peccato.

Maddocks chiese a Carter: « L'hai vista martedì pomeriggio? ».

« Come faccio a saperlo? Ne vedo a dozzina di ragazze che passeggiano ».

« Aveva i capelli rosso-castano ».

« L'ho sentito dire al bar ».

« Dunque, Carter? ».

« Se aveva i capelli rossi, allora l'ho vista. I poliziotti, prima di voi, non si erano spiegati bene ».

« Non avevi visto la sua fotografia sui giornali? ».

« Compro soltanto la gazzetta sportiva ».

Maddocks gli mostrò una fotografia. « È questa? ».

L'uomo smise il suo atteggiamento ostile. « Li ho visti insieme, certo. Vuol dire che lui l'ha uccisa fra i cespugli? ».

« Sì, Carter ».

« Ma io avrei sentito le grida ».

« È stata strangolata, Carter, non poteva gridare ».

« Perché l'ha uccisa? ».

« Perché voleva lasciarla. Chi è, Carter? Lo sai? ».

« Oh, conoscerlo! Ma chi è? Non lo so, purtroppo ».

« Non l'hai mai visto, prima? ».

« No, non è di Almond Vale ».

« Com'era vestito? ».

« Calzoni chiari di flanella e una giacchetta scura. Gli chiesi se voleva una barca. Si voltò alla ragazza e disse: " Vuoi? ". E lei rispose: "No ". Pensai: dannata strega, hai fretta di baciarlo ».

« Che ore erano? ».

« Appena passate le tre ».

« Tornò indietro da solo? ».

« Non è tornato indietro ».

« Prenderemo quest'uomo, Carter, e ti chiederemo di venire a identificarlo... ».

« Dovevate dirmelo prima ».

« E vorremmo anche una tua dichiarazione firmata ».

« Non so scrivere ».

« Scriveremo noi per te ».

« Non c'è nessun modo di evitarlo, allora? ».

« Non vuoi farlo? ».

« È stata lei a volerlo, no? ».

I tre uomini proseguirono. Non c'era molta gente intorno: un vecchietto portava a spasso un cane, alcune vecchie signore li guardavano con curiosità dai loro sedili, una mezza dozzina di ragazzini stavano pescando, una giovane coppia camminava in nervoso silenzio, e una barca solitaria era spinta da un marinaio, con movimenti vigorosi e precisi. Non c'era nessuno vicino al luogo del delitto: la curiosità del momento era finita. Il terreno stava ormai asciugandosi, ma non si era ancora indurito del tutto: gli ufficiali procedettero con prudenza, cercando di evitare il fango. Nel boschetto non giungevano suoni dall'esterno: c'era soltanto un ronzio vicino d'insetti.

MacIndoe capì d'un tratto quanto avesse dovuto sentirsi sola Olwen Hughes nei suoi ultimi momenti.

Esaminò i cespugli e gli alberi vicini: « Sia che sia venuto in treno oppure con la macchina, ha dovuto per forza ritornare ad Almond Vale: la stazione e i parcheggi sono là. Eppure, non ha percorso lo stesso sentiero, al ritorno. Come poteva sapere quale strada prendere? Ah, si è arrampicato su un albero! ». MacIndoe scelse un albero e incominciò a salirvi. « Non dite a nessuno che avete visto fare questo a un dignitoso ispettore di

Scotland Yard » disse. « Ne andrebbe della sua reputazione ». Smise di parlare, mentre il respiro gli si era fatto affannoso. « Ah, sì, è potuto ritornare sulla strada principale prendendo " quella " direzione ».

Baker si era arrampicato su un altro albero più alto: Maddocks era salito dietro MacIndoe. « È molto probabile » disse quest'ultimo. « Ma cosa prova? ».

« Niente, ma ripercorreremo anche noi il suo stesso cammino e vedremo se ci fornisce qualche elemento interessante ».

Raggiunsero infatti la strada principale, senza però trovare niente di notevole sui loro passi. Camminando in direzione della città, videro presto un piccolo caffè e alcuni villini. MacIndoe chiese: « Si sono spinte fin qui le indagini» ?

« Certo » rispose Maddocks.

« Anche ai villini? ».

« No. Ci siamo soltanto occupati di caffè e autorimesse ».

I villini erano tre: al terzo, una bambina si ricordava di aver visto un uomo lungo il ciglio della strada, il pomeriggio di martedì, un'ora circa prima della merenda. La descrizione della bambina si attagliava perfettamente all'uomo ricercato: in aggiunta, l'aveva visto entrare nel caffè accanto.

All'interno del caffè, videro il solito elenco dei vari tipi di panini imbottiti, scritto su una lavagnetta, e poi un assortimento di teiere e bottigliette di limonata, qualche tavolino ricoperto, sgabelli di legno e un cartellone piccante di una marca di sigarette. Mostrava una ragazza rosso-castana, molto vistosa, stretta in un abito attillatissimo verde bandiera. Così, pensò MacIndoe, R. deve essersi rappresentata Olwen. Una ragazza robusta, di bell'aspetto, sui ventisei anni andò loro incontro. « Siamo della polizia » disse subito MacIndoe.

« Come, ancora? Ho già detto e ripetuto che non ho visto un uomo alto, bruno, in compagnia di una rossa ».

MacIndoe le domandò allora: « Non lo ha visto, per caso, da solo? ».

La cameriera si accigliò: « State scherzando? ».

« No. Credo proprio che l'uomo che cerchiamo sia entrato qui, martedì, dopo aver lasciato la rossa ».

« Non me l'avevano chiesto ».

« Glielo chiedo io, adesso ».

« Martedì pomeriggio? ».

« Sì ».

« Prima che scoppiasse il temporale? ».

« Sì, il giorno prima ».

« Un uomo alto, bruno, sulla trentina, entrò verso le quattro... no, un po' prima. Chiese una tazza di tè e una bustina di compresse d'aspirina. Si sedette e le prese una dietro l'altra. Disse di avere un tremendo mal di capo ».

« Lo conosce? ».

« Sarei in grado di riconoscerlo ».

« Sembrava agitato? ».

« No. Era silenzioso. Non gli andava, evidentemente, di far discorsi ».

« E perché avrebbe dovuto farli? ».

« Be', era il tipo di uomo che li fa, di solito ».

« Vuol dire che era il tipo di uomo che si mostra ga lante con le signore? ».

« Direi di sì. Gli chiesi se era in vacanza, mi rispose che era di passaggio ».

« Disse qualcos'altro? ».

« Soltanto che aveva un mal di capo molto forte ».

« Com'era vestito? ».

La descrizione della donna era uguale a quella del barista del Dragon: calzoni di flanella e giacca di tweed.

Aggiunse, però: « Le scarpe erano color marrone, di una pelle molto morbida, ed avevano un'allacciatura da donna ».

MacIndoe si ricordò della fotografia fatta da Olwen. « Con una fibbia? ».

« Sì, non mi veniva in mente la parola ».

Maddocks le chiese: « Che tipo di cravatta indossava? Del collegio di Birlchester? ».

« No ». La ragazza osservò le cravatte dei tre uomini e poi additò quella di Baker. « Era uguale, direi, a quella del signore ».

« RAF » esclamò, eccitato, Baker.

« Ne è sicura? ».

« Be', non era proprio identica. Aveva dei piccoli segni ».

« A forma di V? » chiese Baker.

« Sì, proprio così ».

« Allora, è della RAFVR » concluse Baker, trionfante. MacIndoe si accigliò. « Perché il barista del Dragon non l'ha riconosciuta? Glielo avevamo chiesto con insistenza ».

« Ma io non la portavo, ieri! ».

MacIndoe scoppiò a ridere. « Vanità giovanile! Viene qui soltanto per pochi giorni e si porta dietro tutto un assortimento di cravatte! ».

Baker imbarazzato: « Ma io non sono sposato come voi due ».

MacIndoe si rivolse alla ragazza: « Che via prese, dopo essere uscito di qui? ».

« Si recò dietro il cinema ».

« Come lo sa? ».

La ragazza arrossì. « Andai nel retro del negozio e

vidi che voltava l'angolo ». Esitò e poi ammise: « Be', era un bell'uomo. Andò a riprendere la sua vettura sport nel parcheggio del cinema ».

MacIndoe lanciò un'occhiata d'intesa a Maddocks. « Ah, ecco come faceva. Che furbo! Non ci avevamo pensato. Prese la direzione di Birlchester? ».

« No. Risalì la collina, attraversando la città ».

« Potrebbe identificare quell'uomo? ».

« Ha fatto qualcosa di male? ».

« Credo di sì ».

« Che peccato! Un bell'uomo così... » disse la ragazza.

« Quando ha terminato il suo lavoro, vuole venire alla sede della polizia e firmare una dichiarazione? Di quello che mi ha detto? ».

« Non lo metteranno al fresco, se lo faccio? ».

« Non per molto tempo » rispose evasivamente MacIndoe.

Mentre risalivano High Street, MacIndoe disse: « Che cosa implica la cravatta, Tony? ».

« Potrebbe essere stato nella RAFVR ».

« Se fosse stato nella RAF in tempo di guerra, manterrebbe ancora il suo posto? ».

« Quasi certamente ».

« C'è una squadriglia locale? » MacIndoe chiese a Maddocks.

« Certo, del Middleshire. Sta compiendo le esercitazioni, adesso ».

« In Inghilterra? ».

« Sì, a Greenridge. C'è un barlume di speranza, eh? ». Ma subito Maddocks fece una smorfia di contrarietà. « Però, adesso che ci penso, sono partiti da qui sabato scorso ».

« Forse non sono partiti tutti insieme » ribatté Mac-

Indoe. « Forse, un ufficiale è rimasto fino a mercoledì. Tony, tu sai tutto sugli aeroplani e voglio che ti occupi di questa faccenda. Ah, un altro elemento: il barista del Dragon l'ha descritto come un " ufficiale ". Il portiere del Queen's ha detto che indossava una camicia di un azzurro pallido, del tipo di quelle che portano gli ufficiali della RAF. Olwen stessa ha scritto che era pilota a Little Over durante la guerra e che partecipò all'incursione sul canale di Kiel. Cerca di ottenere tutte le informazioni possibili su quell'incursione e sulla squadriglia. Ho già scritto al Ministero dell'Aviazione, ma preferisco le informazioni prese di persona ».

Baker disse: « Io ero sui caccia; ma un mio amico sa tutto dei bombardieri. Andrò a trovarlo ».

« Sì, fa' così. Annoialo con espressi, telegrammi, piccioni viaggiatori, se vuoi... Ho il presentimento che al signor Harrison piacciano le vanterie ».

Quando tornarono alla sede della polizia, si accorsero che non esisteva un signor Harrison o, almeno, nessuno di tale nome che corrispondesse alla descrizione fatta da Hazel. Arrivò un messaggio dalla polizia di Birlchester: c'erano tre uomini, in città, di tal nome. Avevano, rispettivamente, ventuno, quarantanove e sessantasette anni: avevano tutti un alibi per il pomeriggio di martedì. Il più anziano aveva una macchina, coperta, però. Nessuno di loro era un rappresentante (due, in realtà, erano in ufficio il pomeriggio di martedì). Eccetto il più giovane, gli altri avevano due mogli vive, vegete e sane che non rispondevano al nome di Evelyn. Nessuno di loro, inoltre, aveva mai prestato servizio nella RAF.

« Tony » disse MacIndoe, depresso, « stiamo avvicinandoci al momento in cui sarò obbligato a basarmi unicamente sul mio intuito ».

Alla base della RAFVR di Greenridge, un'ora dopo. Dietro il paese, una strada privata conduceva all'aeroporto. Un'enorme estensione d'erba con una larga striscia in cemento che l'attraversava da sud-ovest a nord-est. In lontananza, due camion sollevavano nugoli di polvere. Alcuni avieri stavano entrando nei capannoni con in mano boccali di birra. Si udiva, in sordina, il suono di un pianoforte. Agli orli della pista erano allineati alcuni caccia. Edifici erano posti ai lati della pista stessa; altri, invece, erano fuori, in prossimità del paese. Il ronzio solitario di un apparecchio. Uno dei nostri.

Al cancello, una staccionata avvolta di filo spinato, la sentinella si confuse. Non sapeva come comportarsi con degli uomini della polizia, ma un sergente della polizia della RAF venne in loro aiuto, recandosi dall'ufficiale di servizio. L'ufficiale telefonò al comandante, un uomo ancora giovane che aveva appena dato fondo a un rispettabile pranzo e a una mezza pinta di birra. Costui, poco desideroso di alzarsi dalla poltrona, ordinò di condurre i poliziotti alla mensa degli ufficiali.

Lì, MacIndoe e Baker ricevettero un'accoglienza festosa. Un capo-squadriglia alto e sottile, con baffetti biondi, disse: « Io sono il comandante, ma voi siete investigatori nell'esercizio delle vostre funzioni o in vacanza? ».

Baker rispose: « Credo che non si possa dire che siamo in vacanza ».

« Bevete qualcosa? ».

« No » intervenne un pilota. « È tutto avvelenato ». Tutti i presenti trovarono la spiritosaggine molto esilarante.

« Che tipo di apparecchi avete » chiese Baker.

« Apparecchi? » protestò il capo-squadriglia. « Chiedici

piuttosto che aerostati ci hanno affibbiato. Voliamo su razzi, vecchio mio. Saette ».

« Durante la guerra io ero sugli *Spitfires* » disse Baker.

« Dio ti benedica! Devi essere un po' stagionato » riprese il capo-squadriglia. « Queste saette fanno i settecento orari. Un'altra birra? ».

« Non ho ancora bevuto, veramente ».

« Cielo, come sei lento ». Furono portati dei boccali di birra. « Anche il tuo paparino beve? ».

Baker disse, in tono di protesta: « Ma è l'ispettore capo MacIndoe ».

« Mi pareva » commentò un altro ufficiale, « che avessero l'aria di venire da Scotland Yard ».

Le risate aumentarono. « Esattamente » replicò Baker. Si levarono grida di scherno.

« State ricercando un cadavere? ».

Baker disse: « Il corpo l'abbiamo trovato ».

Le risate cessarono. Tutti osservarono, piuttosto colpiti, Baker. Il capo-squadriglia chiese: « Siete venuti per Harris? È stata una disgrazia ».

« Che cosa è successo ad Harris? ».

« È rimasto ucciso ieri. A sessanta chilometri da qui. È andato a sbattere contro il parapetto del ponte. Il funerale avrà luogo domani ».

« Mi spiace » disse Baker. « Le nostre indagini riguardano qualcosa di altrettanto spiacevole, temo ».

« Forse » osservò il capo-squadriglia, « faremmo meglio a bere un altro bicchierino ».

« Saremo forse costretti ad abusare della vostra ospitalità ».

« Scommetto che sospettano di qualcuno di noi » intervenne un altro ufficiale.

Si rinnovarono le risate.

« È vero? » chiese il capo-squadriglia.

« No, almeno... » disse Baker.

« Su, siate chiari. Di chi si tratta? ».

« Nessuno qui si chiama Harrison? ».

« No. C'era prima un Harris... ».

« Qualcuno che si chiami Roy? ».

« No, si chiamava John. Ti ho già detto, dannazione, che è morto! ».

MacIndoe parlò per la prima volta. « Anche una ragazza è morta. Strangolata ».

Si voltarono tutti a guardarlo, con i giovani volti pieni d'orrore. MacIndoe continuò: « Mi spiace per quello che è accaduto al signor Harris. Sono sicuro che non c'entrava per niente in quella faccenda ».

« Insomma » osservò il capo-squadriglia, « tutto questo è un po' vago, mi sembra. Pensavo che voi di Scotland Yard ricercaste uomini dai denti d'oro, dall'alito cattivo, privi di un dito... ».

« In realtà, abbiamo alcuni particolari » riprese MacIndoe. « Un nome: Roy Harrison, che è probabilmente falso. È stato bombardiere pilota a Little Over durante la guerra, ma anche questo potrebbe essere falso. Martedì pomeriggio, però, indossava una cravatta della RAFVR. Ha una vettura rossa sport e fa il rappresentante ».

« Martedì, ha detto? » saltò su a dire il capo-squadriglia. « Ma noi siamo tutti qui, a Greenridge, da sabato. Inoltre, il pomeriggio di martedì, stavamo volando. Questo aggiusta tutto, no? ».

Qualcuno chiese: « George non era a Little Over durante la guerra? ».

« Davvero? ».

« Dov'è George? ».

«Ah, non nasconderti, pezzo di criminale! ».

Venne avanti immediatamente l'ufficiale di servizio. « Non eri a Little Over durante la guerra? ».

George annuì.

« Non hai conosciuto un tale Roy Harrison? ».

« Non mi sembra di averlo mai incontrato » rispose l'ufficiale di servizio. « Ho conosciuto un Eric Harrison, ma è rimasto ucciso quasi subito ».

« Non ricorda qualcuno di Birlchester o dintorni che facesse il pilota? » chiese MacIndoe.

« C'era Allday, ma anche lui è morto ».

« Un porco che correva dietro alle gonnelle » spiegò agli altri il capo-squadriglia. « Ha ucciso una ragazza ».

« La rossa di cui parlano i giornali? ».

MacIndoe annuì.

« Mi spiace » continuò l'ufficiale di servizio. « Sono sicuro che ci fosse soltanto Allday di Birlchester. Non potrebbe essere stato, per caso, un sergente pilota? ».

« È possibile ».

Baker gli chiese: « Hai partecipato anche tu all'incursione sul canale di Kiel? Allo sganciamento di mine? ».

« No. È accaduto prima che vi andassi ».

« Quando? ».

« Questo non posso dirtelo. È successo nel marzo del '43. Ci abbiamo lasciato circa otto uomini ».

« Vi converrebbe rivolgervi al Ministero » suggerì il capo-squadriglia. « Anche se George si ricordasse di qualcuno, dovreste poi sempre ricorrere a loro per gli indirizzi ».

« Ho già scritto, infatti, al Ministero dell'Aviazione » disse MacIndoe. « Sto aspettando una risposta ».

Scoppiò ancora una risata generale. « Oh, avrete da aspettare degli anni » osservò il capo-squadriglia. « Non rispondono mai a nessuna richiesta prima di tre mesi ».

VIII

Il capo-squadriglia si era sbagliato. Arrivò infatti una lettera del Ministero dell'Aviazione il pomeriggio successivo, insieme con altre venti lettere. La posta della mattina ne aveva già recapitato più di un centinaio. La polizia di Almond Vale, aiutata da investigatori di altri posti, aveva già portato a termine trecento indagini nella cittadina: il che non era poco, data la scarsità degli uomini a disposizione. Le lettere e le telefonate non facevano altro che confermare che la ragazza dai capelli rossi era stata vista in giro per la cittadina in compagnia di un uomo alto. Le informazioni indicavano la direzione che i due avevano preso e confermavano che la ragazza era ancora viva alle tre, tre e mezzo. Il patologo aveva detto che la morte doveva essere avvenuta tra le tre e le quattro: qualcuno avrebbe dovuto render conto di se stesso per ogni minuto di quell'ora.

La noiosa collezione di testimonianze era forte, e implacabile era l'evidenza delle circostanze.

La lettera del Ministero, in confronto, non aggiungeva informazioni di un qualche rilievo e non faceva parola di un uomo che si chiamasse Harrison.

Signori,

i seguenti furono ufficiali (piloti, osservatori, armieri) provenienti dalla città di Birlchester e dintorni, che prestavano servizio nella RAF, a Little Over, Lincolnshire, durante il periodo di guerra 1939-1945.

Allday, William Laurence, nato 1917. RAF 1938. Nominato, 1939. Ufficiale pilota, 1940. Tenente, 1941. Comandante, 1943. Decorato, 1940. Interruzione, 1942. Decorato, 1943. Ucciso in azione, novembre 1943. A Little Over, maggio 1943-novembre 1943. Sposato, Birlchester 1942. Due figli. Indirizzo dei parenti prossimi (vedova): Signora Myrtle Elizabeth Allday, 147, Blenheim Road, Iron Common, Birlchester 17.

Edwards, Charles Henry, nato 1916. RAF 1935. Nominato, 1938. Ufficiale pilota, 1939. Tenente, 1940. Comandante, 1943. Commodoro, 1943. Decorato, 1940. Interruzione, 1943. Prigioniero di guerra: settembre 1943-aprile 1945. A Little Over, novembre 1941-settembre 1943. Sposato, Londra 1941. Un figlio. Serve tuttora nella RAF.

Ferguson, George Rodney, nato 1920. RAF 1940. Nominato, 1941. Ufficiale pilota, 1943. A Little Over, marzo 1943-dicembre 1944. Trasferito poi a Rocksea. Sposato, Birlchester 1940. Tre figli. Indirizzo: « The Hollies », Church Avenue, Paleside, Birlchester 22. Presta servizio nella RAFVR.

Fortescue, Roy Marlborough, nato 1920. RAF 1940. Nominato, 1940. Ufficiale pilota, 1941. A Little Over, aprile 1943-maggio 1943. Trasferito a FTS Biggots Aybury, come LMF, maggio 1943. Indirizzo dei parenti prossimi: Signor H. V. Fortescue, 14 Cedars Avenue, Flowersworth, Birlchester 20.

Se doveste chiedere informazioni sui sottufficiali, vi prego di fornire indicazioni molto circostanziate, per fare accertamenti nel minor tempo possibile. Vostro

(*firma illeggibile*)
per il comandante

MacIndoe rilesse la lettera un'altra volta, prima di passarla a Maddocks e a Baker. « Mi piace il suono di Roy

Marlborough Fortescue » osservò, non del tutto seriamente. « Tony, cosa significa FTS? ».

« Scuola istruttori ».

MacIndoe riflettè: « È stato dunque trasferito ad un aeroporto non in zona d'operazioni, dove ha avuto tempo di guardarsi attorno e di cercarsi una moglie. E cosa vuol dire LMF? ».

« Bassa fibra morale ».

MacIndoe ristette stupito. « Non sapevo che si preoccupassero della moralità nella RAF ».

« Veramente » fece notare Baker, « si riferisce più al morale che alla morale. Il fatto che fu nominato istruttore significa che era un buon elemento, il che a sua volta significa che si era comportato bene in guerra ».

« Però, non ebbe alcuna medaglia ».

« Non significa niente ».

« Quello che importa è che è vivo e che si chiama Roy » commentò Maddocks.

« Perché allora ci han dato l'indirizzo dei genitori come parenti più prossimi, se è sposato? » chiese MacIndoe.

« È l'ultimo indirizzo che avevano. Probabilmente, le loro informazioni non vanno oltre la data della smobilitazione. Deve esser ritornato con la moglie dai suoi genitori, per un certo periodo, almeno » disse Baker.

MacIndoe prese la bombetta. « Direi di fare una capatina dai signori Fortescue. Dei nomi in nostro possesso: un uomo è morto; uno l'abbiamo controllato: martedì scorso stava volando; un altro presta ancora servizio nella RAF e, presumibilmente, non può fare contemporaneamente il rappresentante; resta soltanto il signor Fortescue che ha per di più il nome attraente di Roy. Mi piace il suono di " bassa fibra morale ". È una perfetta descrizione del nostro uomo ».

Una mezz'ora più tardi, i tre investigatori erano al numero quattordici di Cedars Avenue, Flowersworth. Era un vasto edificio, distaccato dagli altri, in un sobborgo residenziale di Birlchester. Nascosto dalla strada da alberi e cespugli, era circondato da prati rasati su tre lati; sul quarto c'erano una serra, dei barili per l'acqua piovana, una tettoia e l'entrata di servizio. Alcuni cani si misero ad abbaiare, mentre i tre uomini si dirigevano, su un vialetto di ghiaia rossa, alla porta. MacIndoe si sentì un po' imbarazzato. Non sembrava il tipo di casa in cui fare indagini su un delitto. È vero che aveva letto nei romanzi di assassini in case sontuose, ma sapeva che, nella realtà, il delitto, con altre miserie umane, è prerogativa dei poveri e della gente allevata male.

Una cameriera aprì la porta. Dietro di lei, nel vestibolo, MacIndoe scorse un armadio di legno, un pezzo d'antiquariato, e appeso a una parete il disegno di una cattedrale. Sembrava una casa molto rispettabile. Ma, insomma, era autorizzato a fare le indagini che voleva. « È in casa il signor Fortescue? ».

« No. Desiderano parlare con la signora? ».

« Se è possibile ».

« Il loro nome, prego? ».

« Siamo ufficiali di polizia ».

« Oh! ». La bocca della ragazza si serrò indispettita. Era evidente che se l'avesse saputo prima, anche la signora sarebbe stata fuori. I suoi padroni dovevano essere difesi dalle persone non del tutto rispettabili. La ragazza includeva la polizia (non la classe degli ufficiali) in questa categoria. Non c'è nessuno paragonabile a un inglese, pensava MacIndoe. Quando credete ormai che siano tutti quanti aristocratici insopportabili e ipocriti, uno di loro scoppia a ridere e dovete rivedere le vostre opinioni. Ma, almeno, ridono.

La cameriera ritornò immediatamente. « Vogliono accomodarsi da questa parte? ».

Vennero condotti in un salotto dove furono raggiunti da una donna di mezz'età, alta, che li salutò freddamente. Era ben vestita, accorta e sicura di sé, con una espressione leggermente distaccata ed ostile. Così altera e sicura di sé, era ovvio che non aveva ragione di credere che la loro visita sarebbe stata ostile. « Volevano veder me? » chiese, e il tono implicava la domanda: « Di quanto danaro avete bisogno? ». Ogni cosa, alla fine, si risolveva in una questione di danaro.

« Veramente, desideravamo parlare con il signor Fortescue ».

« È fuori per affari ».

« Volevo dire suo figlio ».

L'espressione della donna mutò quasi impercettibilmente. « Come mai mio figlio? ».

« Dovremmo parlargli, ma non conosciamo il suo indirizzo ».

« Come mai mio figlio? Posso saperlo? ».

« Penso che sarebbe meglio parlare della cosa direttamente con lui ».

« Allora, perché venire qui? ».

« Vorremmo il suo indirizzo ».

« Sospettate forse mio figlio di qualche misfatto? ».

« Dobbiamo renderci conto che non è coinvolto » disse MacIndoe. « Il suo nome ricorre in un diario, ecco tutto. Vede, si tratta di essere sicuri su ogni cosa che abbia a che fare con qualche misfatto ».

La donna disse: « Oh, per questo, vi posso togliere io ogni dubbio. Mio figlio è morto ».

I poliziotti non poterono nascondere il loro stupore che la donna rilevò.

« Mi sembrate sorpresi » aggiunse.

« C'era stato detto che era sopravvissuto alla guerra. Colpisce sentire che un uomo giovane è morto in tempo di pace. Mi spiace moltissimo, signora Fortescue. Se l'avessimo saputo... ».

Per la prima volta, la donna sorrise. « Dovevate seguire una traccia, no? Su cosa indagavate? ».

« Sull'assassinio di una ragazza ».

La donna si volse e tolse da un tavolino una fotografia in cornice. « Questo era mio figlio » disse.

MacIndoe pensò con stupore: non ha sentito quello che ho detto? Non le interessa per nulla l'assassinio della ragazza? Non può provare alcuna emozione, pietà o, almeno, curiosità? Amava tanto il figlio da rimanere insensibile alla morte di chiunque altro? Guardò a lungo, attentamente, la fotografia di un ufficiale con le stellette da pilota. Capelli scuri, naso a becco, labbra tumide, espressione arrogante, occhi grandi.

...Desidera ardentemente possedermi e mostra perfino una leggera impazienza ai miei argomenti... Potrebbe essere « lui », pensò MacIndoe, ma la madre dice che è morto. « Era un bel ragazzo » osservò (la donna non sapeva che la parola era press'a poco priva di significato). « Suppongo che lasci una vedova ».

« Sì ».

« Vive con lei? ».

« No. Non siamo più in contatto, anzi».

« Come si chiama? ».

La donna guardò MacIndoe negli occhi, ma non fu capace di sostenerne lo sguardo. Si voltò da un lato, in una posizione leggermente teatrale, e disse: « Che cosa le importa, ormai? ». MacIndoe non rispose. Fu costretta a continuare e disse: « Margaret ».

« Suo figlio faceva il rappresentante? ».

« Oh, no ».

La signora Fortescue si mostrò allegra e disinvolta mentre accompagnava lei stessa gli ufficiali di polizia alla porta. « Credo proprio che abbiate avuto qualche sospetto su mio figlio » disse. « Potete pensare che un ragazzo che esce da una casa come questa possa commettere un delitto del genere? ».

MacIndoe non rispose e lasciò a Maddocks l'incarico di dire: « No, certo ».

I tre ufficiali di polizia ritornarono adagio lungo il vialetto di ghiaia rossa. MacIndoe si voltò e scorse il volto della signora Fortescue dietro una finestra del pianterreno. Non erano stati ricevuti in quella stanza: il comportamento della donna raddoppiò i suoi sospetti. Non era parsa imbarazzata, era troppo accorta per questo, ma si era mostrata fin troppo equilibrata e disinvolta. Non il più piccolo imbarazzo, e MacIndoe l'avrebbe attribuito a una semplice curiosità (gli investigatori incuriosiscono la gente), ma i suoi sguardi, al pari delle azioni e delle parole, erano stati troppo controllati.

Arrivati alla macchina, disse: « Che cosa ve ne pare? ».

Maddocks rispose: « Non è stato soddisfacente, non è vero? ».

« C'è qualcosa che non va. Avete osservato la sua faccia, quando ho pronunciato la parola " delitto "? ».

« No. Si è voltata troppo in fretta. Non ha mostrato il minimo interessamento, vero? ».

« È questo che mi fa pensare » disse MacIndoe. « Si è mostrata troppo indifferente. Non sembrava che ci stesse aspettando e avesse qualcosa da difendere? Non avete notato come era cauta nel parlare? È stata così abile da scoprire il motivo per cui eravamo venuti, prima ancora di dirci una parola sul figlio ».

Baker disse: « Ma se è morto, signore, non ci dovrebbe importare poi molto il suo comportamento ».

MacIndoe sedette al volante. « Ci ha, in qualche modo, ingannati ». Si morse l'unghia del pollice e rimase qualche istante sopra pensiero. « Facciamo l'ipotesi che sia vivo, invece. Lei era all'oscuro del delitto, ma giungiamo noi a metterle una pulce nell'orecchio. Incomincia a mentire, per evitare al figlio dei guai, e quando viene informata di che genere di misfatto si tratta, continua a mentire, perché... ».

« Perché giudica il figlio capace di un delitto » completò la frase Maddocks.

« Esattamente » disse MacIndoe.

Intervenne Baker: « Ma non stiamo traendo delle conclusioni un po' troppo azzardate? ».

MacIndoe sorrise. « Forse. Non sapeva che fosse capace di un delitto, ma doveva sapere che era poco tenero con le donne. Probabilmente, passa sopra a ogni cosa, pur di avere suo figlio. Una madre eccessivamente indulgente. In quella sola stanza, ci sono ben due fotografie di Roy. Ho visto l'altra sullo scaffale. Non sembrava molto attaccata alla nuora e si è mostrata completamente indifferente per la sorte di Olwen... ».

Baker osservò: « Sta parlando come uno psichiatra, signore ».

MacIndoe rise ed incominciò a guidare. « Credo di aver visto giusto ».

Maddocks suggerì: « Potremmo anche tornare indietro ».

« Se alzassimo la voce o le chiedessimo di mostrarci la

tomba... No, se poi sbagliassimo, un nostro errore la sconvolgerebbe ».

Dieci minuti più tardi, ancora guidando, MacIndoe disse:

« Non possiamo rimproverare una madre se protegge il figlio... il suo unico figlio. Le donne non si interessano al trionfo della giustizia, quando danneggia qualcuno che amano. So che l'aviazione deve avere un ruolo importante in tutta la faccenda. È stata la prima cosa che ha detto ad Olwen: ero un pilota bombardiere a Little Over; soltanto per questo dovresti ammirarmi. È in carattere, Tony, con quella faccia ».

Baker non disse niente. Fu Maddocks a rispondere: « Sì, ma c'è una mor... » e lasciò a mezzo la parola.

Cinque minuti dopo, MacIndoe comunicò la sua decisione. « Andrò a Biggots Aybury. Se il suo nome era Margaret, mi riterrò soddisfatto. Se era Evelyn... Il vicario lo saprà ».

Baker chiese: « Non partirà subito? ».

« È lontano? ».

« Penso che sia nel Somerset ».

« Partirò il più presto possibile ».

« Devo venire con lei? ».

« No, Tony. Un pazzo come me può bastare. Tu andrai a caccia della macchina rossa ».

Si volse a Maddocks. « Quando avremo finito ad Almond Vale, vorrei che fossero interrogati tutti i farmacisti e i parrucchieri del viale di Almond Vale. Per un raggio di un chilometro dal negozio di Olga Harper. Qualcuno dovrà pure ricordarsi di un rappresentante con una macchina rossa sport. Altrimenti, faremo appello alla stampa ».

MacIndoe non poté lasciare il Middleshire in giornata. Partì all'alba del giorno seguente, un sabato. Gli ci vollero quattro ore di macchina, a forte andatura, per raggiungere il paese di Biggots Aybury. Non aveva fatto colazione e si fermò a bere un caffè nell'ultima cittadina che incontrò lungo la strada. Parecchie volte fu colto dal timore di esagerare in sottigliezza e di passare magari per sciocco agli occhi degli altri: la polizia locale avrebbe anche potuto togliergli l'incarico, per questo. Raggiunse l'aeroporto alle nove. Era completamente abbandonato. Lembi di teloni pendevano dagli scheletri dei capannoni, le pecore pascolavano dove un tempo si erano alzati in volo gli aerei. C'era ancora una torretta di controllo, in mattoni, ma era evidente che l'aeroporto non veniva più usato. Da una parte, vicino alla strada, a disposizione di tutti, erano rimasti cilindri, barattoli di vernice e cassette di bulloni di vario tipo.

Nel villaggio la chiesa era ancora chiusa, e MacIndoe, contento di poter scendere dalla macchina, si incamminò verso un vasto, antico edificio, circondato dagli alberi, che aveva tutto l'aspetto del vicariato.

Bussò: una vecchia signora rispose, e lo informò che il vicario stava facendo visita a un'ammalata. Ci sarebbero stati due matrimoni quella mattina. (« Due gemelle: curioso, eh? »). Avrebbe potuto ripassare nel pomeriggio?

« Vorrei vederlo prima, se possibile ».

« È importante? ».

« Sì ».

La vecchia signora rifletté. Aveva uno sguardo assente e un viso gentile che cercava di superare con sforzo una sofferenza costante. « Perché non aspetta in chiesa? Ci vorrà una buona mezz'oretta prima del primo matrimonio ».

« La chiesa è chiusa a chiave ».

« No, non lo è mai. Henry non vuole... La porta è soltanto accostata ».

« Dove potrei fare colazione? ».

« Non abita nella nostra parrocchia? Pensavo che fosse... C'è un bar nel villaggio. Non so se si possa far colazione ».

MacIndoe trovò il bar e fu servito di prosciutto e piselli da una simpatica giovane donna. Mangiò e bevve una tazza di caffè, sotto lo sguardo dei due bambini della donna.

Alle dieci girò una pesante maniglia, ed entrò nella chiesa di Santa Maria. Fuori, c'era un delicato stormire d'alberi nel vento leggero. Il cielo, di un azzurro molto pallido, era percorso da qualche nuvoletta; in terra, ogni cosa aveva assunto contorni ben definiti: i muri di pietra della chiesa, le vecchie pietre tombali, la macchia di colore su quelle dei morti recenti, la corteccia degli alberi, i campi verdi che si stendevano fino all'orizzonte. Ogni segno o fessura nei muri della chiesa era messo in evidenza: anch'essa ha le sue magagne, pensò MacIndoe, come vide le screpolature e le macchie lasciate dagli uccelli. Ciò nonostante, era una chiesetta simpatica. Aveva un odore d'incenso, di legno, di fiori appassiti e di libri. La luce era smorzata, tranne quando si alzava lo sguardo alle vetrate: allora, gli occhi di MacIndoe, già stanchi per la tensione del viaggio, furono accecati dalla forza dei colori. Non c'erano cartelli: nessun avviso di pulirsi i piedi, di fare l'elemosina, di pregare per farci perdonare le guerre: non vi erano stendardi, e non si nominava alcun romanziere, meritevole di aver ricordato nelle sue opere la parrocchia. Sciolti dall'ipocrisia e dalla pompa, si doveva partecipare soltanto spontaneamente alla vita di quella chiesa, senza essere adescati a farlo.

Quell'atmosfera incominciò a colpire MacIndoe. Aveva vissuto precipitosamente quel giorno ed i precedenti, ma qui ritrovava qualcosa di stabile ed eterno. Non vado abbastanza spesso in chiesa, pensò, lavoro anche di domenica. La chiesa era immersa in una quiete assoluta: anche fuori c'era silenzio, ma dentro il silenzio era una presenza tangibile, e se ne sentì subito rapito. Soli, in quel silenzio, ci si sentiva liberi da distrazioni. Le cose del giorno, dell'ora, del momento, erano lasciate indietro e ci si trovava spogli e costretti a pensare. La mente allora si scuoteva come un pesce preso all'amo, preferendo le distrazioni, impaurita da quel silenzio. Le distrazioni rappresentavano la salvezza, perché non erano irreali: il mondo era pieno del suono delle parole. Nei tribunali giustizia e sapienza erano dispensate come compresse di aspirina e ci si trovava insoddisfatti: era quella la fine del processo? Nel silenzio si capiva che non ci poteva essere una fine così: la giustizia dev'essere indivisibile e non può essere nelle mani degli uomini con i loro pregiudizi, i loro punti di vista meschini, la conoscenza formatasi sui libri e un'opinione dell'umanità basata sulla feccia di essa. Nel silenzio si aspettava un suono pieno di significato. Si udivano le proteste degli uomini condannati arbitrariamente, il respiro affannoso dei sofferenti, la soddisfazione a metà dei martiri, la collera degli ignoranti, il pianto dei bambini. Nel silenzio intenso si poteva sentire il cigolio della croce e le risa della folla sul Golgota. L'atteso suono pieno di significato sembrò venire finalmente, attraverso la Manica, una notte d'autunno del 1917: il crepitio dei fucili. Quando sarò adulto, combatterò contro il male, le cattiverie... La guerra finì, prima che mi facessi uomo, seppi che non c'era stata una lotta contro il male: era stata soltanto una stupidità economica. Così, contro i desideri di mio padre, mi arruolai nella polizia. Volevo che la mia lotta fosse reale e fisica: volevo inseguire il peccato e colpirlo con uno sfollagente. Ma il tempo e il successo hanno mutato questo ideale nella solita lotta del poliziotto contro l'illegalità. I criminali erano arrestati e mandati in prigione o impiccati non perché avevano peccato, ma perché avevano infranto la legge. Anche tu hai fallito, MacIndoe, perfino tu, con la tua pietà, hai fallito. Lo so. Lo so. Tutti sono falliti. Chi ha mai sentito di un idealista, i cui ideali abbiano ottenuto successo? Siamo tutti criminali. E che cosa farò quando prenderò quel R.? Sono ormai del tutto compromesso in questa faccenda. Mi sto perfino prendendo gioco di me stesso. Che farò se vincerò la battaglia legale? Devo fargli una predica? Devo dargli il diario di Olwen perché capisca che cosa ha distrutto? Devo metterlo a confronto con i genitori di lei? Ma la verità è che la legge, di cui faccio parte, non mi permette di far altro che accertare e presentare le prove della sua colpa. MacIndoe si inginocchiò perplesso, per affidare il problema ad un Altro. In un fervido bisbiglio che fece cessare il silenzio, mormorò parte di quella sorprendente preghiera, il salmo 119. *Sono piccolo e di nessuna fama: eppure non mi dimentico dei tuoi comandamenti. La rettitudine è una virtù che dura sempre, e la tua legge è la verità.*

Udì il rumore leggero di un passo attraverso le pietre tombali. Qualcuno stava muovendo verso di lui dall'altra parte della navata. MacIndoe si alzò in piedi. Era un pastore quello che si stava avvicinando. Era piccolo e fragile. La sua magrezza sembrava recente, perché gli abiti gli cadevano addosso: il suo corpo era fatto più d'ossa che di carne. La sua faccia, poi, era tutta coperta di segni intrecciati come una complicata acquaforte. Nel suo essere contorto, soltanto gli occhi parevano vivere, sorretti da una volontà che era in possesso della verità, a dispetto di quello che aveva visto. Pareva malato, pensò MacIndoe, di una malattia di lunga data, che apparteneva tanto alla mente quanto al cuore. I miti erediteranno la terra. Sì, ma soltanto dopo che l'umiliazione e la degradazione li avranno stancati di tutto.

« Buongiorno » disse il pastore. La sua faccia mutava, quando sorrideva; si capiva che doveva aver riso molto, un tempo: i ricevimenti in giardino, i battesimi e i tè dovevano essere stati allora una parte gradita della sua vita. « È il testimone? ».

« Buongiorno » rispose MacIndoe. « No, non sono del posto ».

« Benvenuto nella nostra chiesa ».

« Sono venuto per vedere lei ».

« Non mi pare di conoscerla ».

« Sono uno della polizia ».

« Viene da Taunton? ».

« No, da Londra, ma, per ora, sono di stanza nel Middleshire ».

« Ed ha fatto tutto quel viaggio per me? Ha bisogno di qualche... aiuto? ».

« Sì ».

Il vecchio mosse un braccio stancamente come a dire: « Sono qui apposta per aiutare la gente ».

Il gesto era pieno d'amarezza. Gli uomini non volevano essere aiutati. Volevano soltanto essere approvati, qualsiasi cosa facessero. Si coprivano di fango per aver danaro, autorità e, se v'intromettevate, vi accusavano di usare un potere non vostro.

Non si deve quindi intervenire, se non si è richiesti di farlo, e si dovrebbe, poi, soltanto ripetere le loro opinioni. Dio e i suoi rappresentanti dovevano capire che gli uomini erano molto occupati, in quei giorni, per faccende importanti: mutamenti sociali ed economici, legalizzazione del delitto e dell'adulterio, comprensione dei fenomeni artistici, ricerca di posizioni politiche, di danaro, di libertà, di felicità. Se Dio e i suoi rappresentanti non si ricordavano di stare al loro posto, gli uomini non sarebbero più entrati nelle loro chiese, nemmeno ogni sedicesima domenica, nemmeno per i matrimoni delle figlie o quando la guerra avesse preso una brutta piega: nonostante la sua difficoltà, se fossero stati urtati eccessivamente, avrebbero incominciato a studiare la scienza. E allora dove si sarebbe rifugiato Dio?

MacIndoe disse: « Quello che devo chiederle è di rispondere ad una semplice domanda, collegata purtroppo a una faccenda molto grave. Penso che sarebbe meglio, forse, non parlarne qui ».

« Preferisce uscire? ».

« Ecco, precisamente ».

« Lei è pieno di riguardo ».

« I poliziotti vanno qualche volta in chiesa, ma non spesso, naturalmente, perché, come i soldati, non afferrano del tutto la lotta in cui si trovano coinvolti ».

Il pastore lo fissò in faccia. « Capisco. Usciamo, allora ».

Fuori, un'ondata di calore li investì. MacIndoe si sentì di nuovo immerso nei rumori della realtà fisica: il ronzio degli insetti, il cinguettio di un tordo, il sospiro del vento, il pigolio delle galline in cerca di cibo e, in lontananza, il rombo di un camion lanciato a piena velocità.

I due uomini stettero immobili per alcuni minuti, osservando il panorama, comprendendosi a vicenda senza parlare.

« Quello che devo scoprire » spiegò MacIndoe, « è il nome di una persona che si sposò in questa parrocchia tra il maggio e il dicembre del 1943 ».

« Sa almeno il nome di uno dei contraenti? ».

« Conosco il nome dell'uomo e vorrei quello della ragazza ».

« Bisognerà tornare in chiesa. Qual è il nome di cui è a conoscenza? ».

« Ufficiale pilota Roy Marlborough Fortescue ».

Il pastore emise un gridolino, una curiosa espressione di dolore e di paura.

« Di cosa si tratta? » chiese MacIndoe. « Il nome le dice qualcosa? ».

Lentamente, il vicario si riebbe. Era stato, evidentemente, un brutto colpo per lui. Stava ancora tremando quando disse: « Posso dirle il nome della ragazza ».

« Margaret? ».

« Era mia figlia Evelyn ».

MacIndoe lo guardò sbigottito, non provando nessuna esultanza per la scoperta. Il vecchio, ancora agitato e tremante, avrebbe dovuto ricevere un altro colpo: avrebbe dovuto sapere che razza di uomo sua figlia aveva sposato. Ma, forse, lo sapeva già...

Il vicario diede un'occhiata all'orologio. « Fra un quarto d'ora dovrò celebrare il primo matrimonio della giornata. Mi dica tutto quello che può. Anche mia figlia è coinvolta? ».

« No. Suo marito ».

« Non ne sono sorpreso ».

« È vivo suo genero? ».

« Oh, sì. Anzi, troppo pieno di vita ».

« Qualcuno ci ha detto che è morto ».

« Chi? ».

« La madre di lui ».

« Quando è morto? Quanto tempo fa? ».

« Non so. Ci ha detto anche di non essere più in contatto con la nuora ».

« Roy Fortescue era vivo tre settimane fa ».

« Allora, è vivo anche adesso ».

« Non capisco perché le abbia mentito. Veramente, non l'ho mai vista e non so che tipo di donna sia. Non è possibile che abbia capito male? ».

« No. Mentiva. Ha mentito, anzi, due volte, dicendo che il nome di sua figlia è Margaret ».

« Che cosa le ha fatto nascere sospetti? ».

« Il fatto che non mostrasse alcuna pietà per la vittima del delitto ».

« C'è stato un delitto? ».

« Sì ».

« Coinvolge anche mia figlia? ».

MacIndoe disse con cautela: « Forse, in seguito. Mi parli di sua figlia ».

« Che cosa vuol sapere? ».

« Quando l'ha vista l'ultima volta? ».

« Non l'ho più rivista da quando si è sposata. L'ha fatto contro la nostra volontà, più di undici anni fa ».

« Quando ha avuto sue notizie per l'ultima volta? ».

« Tre settimane fa ».

« Stava bene? ».

« Bene? Sì, per quello che ne so ».

« Da dove veniva la lettera? ».

« Da Birlchester. Abità là, in un appartamentino in affitto ».

« Con suo marito? ».

« Sì. Almeno così risulta dalla sua lettera. È la prima lettera che riceviamo da lei, sa? È stato come avevamo, pensato... Il matrimonio è completamente fallito. È molto infelice. Le mostrerò la lettera. Vuole aspettare? Si tratta di un'oretta, ma ne vale la pena ».

« Va bene, aspetterò. Un'altra domanda: si è sposata nella sua chiesa? ».

« Oh, no. Non ci può soffrire quel giovanotto. Non ha un briciolo di sentimento. C'era una ragazza in paese... Ma che cosa ha fatto? ».

« Ha ucciso una ragazza ».

Il pastore ansimò. « Ne ha le prove? ».

« Non del tutto. C'è l'evidenza dei fatti, alcuni testimoni che l'hanno visto insieme con la vittima poche ore prima. E poi, abbiamo il diario della ragazza che spiega l'intero tranello. È possibile... Ma, dentro di me, ho la certezza che è colpevole. Raccontò alla ragazza di avere la moglie, di nome Evelyn, ricoverata in una casa di cura. È per questo che le ho domandato... ».

« È proprio il suo modo di fare. È la dimostrazione del suo cinismo. Ha una specie di fascino perverso... Ci ha ingannati per mesi, quella volta. Questa ragazza era... cattiva? ».

« No. Un'ingenua, una sciocchina forse, ma era innamorata di lui. Era religiosa, anche. Gli ci vollero settimane di persuasione e di bugie per... ».

« Non c'è bisogno che me lo dica. Accadono delle cose tanto insopportabili alle persone religiose, nei nostri tempi, che sono costretto a chiedermi se l'altra parte possa avere la meglio. Noi abbiamo imparato che la parte di Dio è la più forte e dovrà inevitabilmente vincere... E poi, se lei mi racconta della crudeltà con cui ha trattato quella povera ragazza, posso immaginare facilmente quello che ha dovuto sopportare Evelyn ».

MacIndoe chiese: « Ma non è vero che l'amore può tollerare ogni cosa e sopravvivere? ».

« Non quel genere d'amore » spiegò il vicario. « L'amore? ». Si mise a riflettere sulla parola. « Sono stanco del deliberato travisamento dell'amore da parte della gente. Sono stanco di questo genere d'amore. Mi si para dinanzi sui manifesti delle commedie e sui giornali, si scherza sulla sua santità alla radio, si è alla ricerca, per questo amore, di sempre più energia e danaro, di sapone più profumato, di un respiro più gradevole, di suggestioni più profonde, e di nuovi, stupefacenti mezzi per sedurre. Non si sente un discorso o si esamina un capitolo, che non finisca con l'abbandono ai sensi. L'unica cosa che non si desidera è il sacrificio: questa parola non viene mai pronunciata. A volte, mi chiedo perché la gente venga ancora da noi sacerdoti. Perché continuano a desiderare una santa sottomissione in questo edificio in cui non entreranno più? Pensano che possiamo violentare talmente la misericordia divina da affidarli ad essa interamente? Parlo ai giovani: l'amore è tutto, dico loro, e lo credo ancora, ma alludo al Suo tipo di amore. Ma molti di loro fanno un risolino furbo, hanno gli occhi accesi e si precipitano fuori dicendo: " Che vecchio pazzo ". E quando la mattina o la morte o l'infelicità li raggiungono attraverso i loro errori e peccati, si lamentano e gridano che Dio non avrebbe dovuto permetterlo. E io non li vedo più... L'amore, ha detto? È una cosa troppo alta per queste generazioni materialiste. Ma non badi a me: secondo loro, sono un vecchio pazzo ».

« Certo » disse MacIndoe, « la sua amarezza non è dovuta a un uomo e ad una ragazza soltanto, anche se si tratta di sua figlia? Sono un poliziotto ed ho esperienza del dolore. Eppure, la mia impressione è che anche oggi la maggior parte della gente sia capace di amare e di sacrificarsi per gli altri... Questa è una generazione che cerca malamente la verità. Ha anche buone qualità, odia la crudeltà, per esempio. Il suo spirito critico la esime dalla inflessibilità pomposa dei suoi antenati... ».

Il vicario fissò MacIndoe di nuovo, con un pallido sorriso negli occhi verdi di miope. « Mi dica, lei che, presumibilmente, è un uomo che ha visto del gran male senza venirne ferito, mi dica: crede che un uomo come quello sia fatto ad immagine di Dio? ».

MacIndoe fu colpito da una sorta di sgomento: « Ed è *lei* a farmi questa domanda? ».

« Sì, sì. Non è il momento per una elegante disquisizione. Sono vecchio e il mondo mi ha ferito. Ho lavorato sodo tutta la vita e non penso che la mia sincerità abbia fatto breccia in un solo cuore. Sembriamo tutti quanti preoccupati di noi stessi, alla fine ».

« Suppongo » disse MacIndoe, vedendo stagliarsi nella sua mente la faccia insensibile, orgogliosa e fredda della signora Fortescue, « che ci devono essere stati dei momenti, prima che Roy si lasciasse afferrare dalla vita. Quando era un bambino, per esempio... ».

« Vuole vedere Evelyn? ».

« Non so ».

« Vada a trovarla. È una buona ragazza. Quest'uomo fu costretto a sposarla... poi, il bambino morì. Oh, che cose pietose e piccine sono gli esseri umani! Come supplicano gli altri di ammirarli... Per questo, sacrificherebbero l'universo. E sapendo ogni volta che l'uomo è impastato di male... mi pare un tale affronto alla misericordia divina... ».

« Devo dirle di tornare a casa? ».

« La vedrà, no? Noi non ci scrivevamo da anni, quando

arrivò questa lettera. Ne ringrazio Dio. Sì, le dica, la persuada a tornare a casa. Mia moglie... ».

« Glielo dirò ».

« E ascolti. Lei è una brava persona, l'ho vista pregare. Cerchi di convincere *lui* che ha sbagliato... non soltanto legalmente, no... Io non sarei capace di penetrare nella sua anima... era innamorato di se stesso e del male ».

« È molto difficile ».

« Sì, ma tenti ».

« Pensa che ci sarebbe una differenza? ».

« È destinato a morire, no? Qualsiasi piccolo pentimento potrebbe portare una differenza ».

Un'ora dopo MacIndoe lesse la lettera di Evelyn. Veniva da una casa d'affitto nella zona nord-est di Birlchester.

Carissimi genitori,
è molto tempo che non vi do mie notizie. Non tento di scusarmi... ne sappiamo tutti il perché. Sono stata molto infelice in questi anni, da quando vi ho lasciati. Potreste dire che l'ho voluto io, ma, in realtà, non avrei avuto il coraggio di scrivervi se questa infelicità non fosse divenuta ormai senza significato. Da settimane, non faccio altro che pensare che ci sono ancora al mondo due persone che mi amano e vorrebbero sapere, forse, che non le ho dimenticate.

Il mio matrimonio è stato felice per qualche anno. Sono certa che non mi rimprovererete per questo: è il desiderio di ogni ragazza. Poi, ho scoperto che Roy mi aveva tradito con una signora con cui giocava a tennis, una certa signora Saunders, sposata lei pure. Litigammo, ma gli perdonai. Poi, capii che l'infedeltà era un'abitudine per lui.

Quando seppi che due anni soltanto dopo il nostro matrimonio aveva sedotto anche delle ragazze, sue ex colleghe, impiegate al Ministero dell'Aviazione, allora incominciò la mia tortura, perché compresi di non aver mai contato nella sua vita. Le sue lettere di quel tempo erano piene di sentimento e di passione: credevo che parlassero di me, quando si dilungava sulla « donna »... Potete immaginare adesso il resto. Non avevo mai saputo che una persona, senza violenza, ira o altro mezzo del genere, potesse fare tanto male a un'altra. Mi ammalai e fu una malattia molto lunga. Ci vollero degli anni, perché cercassi di essere felice in altri modi. Vivo adesso in un mondo in cui non può ferirmi: in mezzo ai libri, alla musica, a pochi amici e col conforto della religione.

Lui è così assorbito nel suo mondo, che include altre donne, lo so, che può conservare, giorno per giorno, la più perfetta ipocrisia.

Voglio che mi diciate che mi perdonate. Caro papà, è stato un peccato amare qualcuno tanto cattivo? Non lo amo più, adesso, naturalmente, ma intendo restare con lui. Un giorno, potrebbe stancarsi di se stesso e tornare a me. Allora, potrei tentare di distruggere tutto il male che... Per piacere, scrivetemi. Sono in ansia di sapere che state entrambi bene e che perdonate alla vostra affezionata figlia

EVELYN

MacIndoe restituì la lettera al vicario, dicendo: « Deve essere stato molto contento di ricevere questa lettera ».

« Certo, anche mia moglie ».

« Credo che soffrirà per quello che verrà a sapere. Un po' del suo amore deve essere rimasto ».

« Sì, credo di sì. Ma è anche coraggiosa. Sarebbe rimasta vicino a lui e avrebbe tentato... ».

« Le dirò di tornare a casa. È troppo tardi per salvarlo. Evelyn appartiene a voi, a questo mondo. Sa dove lavori quest'uomo? ».

« Credo lavorasse per una compagnia di viaggi ».

« Sa quale? ».

« Devo avere l'indirizzo da qualche parte. Si fermerà a

colazione, naturalmente. Le dirò tutto quello che so ».

MacIndoe tornò, guidando ad una discreta velocità, nel Middleshire. Agli uffici della compagnia di viaggi, fu informato che Roy Fortescue non faceva più parte del personale. Venne inoltre a sapere una quantità di altre cose su Fortescue.

A Almond Vale, alla polizia, Baker e Maddocks lo stavano aspettando, piuttosto eccitati: « Ormai, è nelle nostre mani » disse Baker. « Un farmacista del viale di Almond Vale dice che un uomo dal nome sconosciuto che ha un macchina rossa, passa da lui per conto della *Perfecta Saponi Company*. La ditta è chiusa il sabato pomeriggio, ma ci siamo fatti dare i nomi dei vari direttori e del direttore generale. È un'ora che la stiamo aspettando ».

MacIndoe sorrise. « Grazie. Io ho scoperto invece il suo nome e il suo indirizzo ».

« Era pilota? ».

« Sì, lo è stato ».

« È morto? ».

MacIndoe li informò del suo viaggio e di Evelyn, viva ed in buona salute. « Non voglio perdere tempo. Altra gente potrebbe essere in pericolo. Andiamo a cercarlo ».

« E lo arrestiamo? ».

« No, non proprio. Dipende da lui, questo. Gli chiederemo per prima cosa... Ispettore, vuole portare le impronte dei denti prese dal dottor Baxter? Se vediamo prima la moglie, le chiederemo il nome del suo dentista e andremo subito da lui ».

Con una macchina della polizia si spinsero nella zona nord-est di Birlchester. MacIndoe saltò sul marciapiede con sorprendente agilità, come se anche i secondi fossero di vitale importanza. Alcuni passanti si fermarono incuriositi. Nell'atrio della casa, lessero i nomi degli inquilini. L'appartamento di Fortescue era al secondo piano. Salirono in ascensore, silenziosi, nonostante non ci fossero altri passeggeri. Ciascuno era pieno di tensione e impaziente per la lentezza dell'ascensore. Il numero dell'appartamento era l'undici e il nome R. M. Fortescue era inciso su una targhetta di bronzo. MacIndoe bussò leggermente.

Una donna sulla trentina, forse più, rispose subito, come se aspettasse qualcuno. La donna, che doveva essere Evelyn Fortescue, non corrispondeva all'idea che MacIndoe si era fatta di lei. Era di bell'aspetto, di una magrezza vivace, con una faccia attraente e, perfino, altera: sembrava interamente padrona di se stessa. Era molto elegante, con scarpe e vestiti di ottima fattura. Se non avesse letto la sua lettera, MacIndoe non avrebbe mai indovinato che era una donna infelice e per niente egoista: sembrava troppo mondana per avere anche altri sentimenti. Era probabile perfino che non gli sarebbe piaciuta.

Osservò i tre uomini con franca curiosità; l'esame di MacIndoe si prolungò tanto, che le fece esclamare: « Dunque? ».

« La signora Fortescue? ».

« Sì ».

« Siamo della polizia. Suo marito è in casa? ».

« No ».

« Dov'è? ».

« Non lo so con precisione. Immagino che stia giocando a tennis. Posso fare altro per loro? ».

« Potrebbe darci qualche informazione? ».

« Vogliono entrare? ».

Li condusse in un salotto, in cui ogni oggetto era di

ottimo gusto, ma l'atmosfera non era proprio riposante, pensò MacIndoe: sembrava una illustrazione tolta da una rivista mondana. La signora Fortescue stava evidentemente scrivendo una lettera, perché si diresse ad un tavolino e chiuse un blocco di carta da scrivere. « Siedano, prego » disse, abbandonandosi in una poltrona. Gli uomini rimasero in piedi. « Si tratta di qualcosa di grave? » chiese, quando se ne accorse.

« Signora Fortescue, sa dove fosse suo marito il pomeriggio del ventisei luglio, cioè martedì scorso? ».

« Temo di no ».

« Per niente? ».

« Vogliono avere indicazioni precise? Ebbene, è un rappresentante e potrebbe essere stato in qualsiasi località del Middleshire ».

« Venne a casa a colazione, quel giorno? ».

« Non viene mai per l'ora di colazione. Non crede che sarebbe un'idea migliore farmi sapere di che si tratta e permettermi di aiutarla? Non la ingannerò e, comunque, se ne accorgerebbe, perché, in tal caso, diventerei rossa ».

« A che ora rientrò quel giorno? ».

« Perché non lo chiede a lui? ».

« Non è qui ».

« Verso le cinque. Presto, per esser martedì ».

« Rientra più tardi del solito, ogni martedì? ».

« Me lo sta chiedendo o dicendo? ».

« Glielo stavo chiedendo, signora Fortescue ».

« Mi spiace di essere così sgarbata, ma se mi tratta come una bambina... ».

« Era agitato? ».

« No, al contrario. Era eccezionalmente... ».

« Eccezionalmente cosa? ».

« È una ridicola conversazione, o come altro lo chiamate questo genere di interrogatori. Stavo per dire che era eccezionalmente tenero. Qualche infrazione forse al regolamento stradale? ».

« Il suo comportamento era normale? ».

« Era molto gentile. Mi chiese... ». Si interruppe e disse: « Oh, no. Era un altro giorno ».

« Che cosa le chiese? ».

« Be', se vuole proprio conoscere questi particolari insignificanti, le dirò che voleva fare un bagno ».

Maddocks intervenne. « Hanno il riscaldamento centrale o uno scaldabagno autonomo? ».

« Oh, siamo ancora piuttosto primitivi ».

« Allora le chiese di accendergli il fuoco? ».

« Lei è troppo sottile per me. Comunque, il tempo era troppo caldo, così non volle dell'acqua calda. Del resto » disse spiritosamente, « ha fatto il ragazzo esploratore ed era in grado di accenderselo lui, il fuoco, se lo voleva ».

« Signora Fortescue » disse MacIndoe, « apprezziamo la sua lealtà, ma non possiamo dirle di che cosa si tratta. Francamente, è così importante che, come ufficiali di polizia, dobbiamo poter trarre tutto il profitto dalle domande che le facciamo ».

La donna impallidì. « Allora, non le rispondo più, finché sono in posizione di svantaggio. Non è leale, non le pare? Mi sta trattando come una persona colpevole ».

MacIndoe riprese, con tutta la gentilezza possibile: « Sappiamo fin troppo bene, signora Fortescue, che lei è innocente... una vittima, anzi ».

Balzò in piedi arrabbiata. « Troveranno mio marito, probabilmente, al Wellington Tennis Club. Non è molto lontano. Li lascio arrangiarsi da soli, dato che si divertono tanto a giocare al mistero ».

« Non mi diverto, signora Fortescue » disse MacIndoe con sincerità. « Non le ha mai fatto, suo marito, il nome di Olwen Hughes? ».

La giovane donna si aggrappò all'orlo del tavolino. Una gamba incominciò a tremarle, in modo pauroso, mentre l'altra rimaneva immobile. Disse con voce roca: « Ma è la ragazza che... ».

« Esattamente ».

Disse subito, come per scoprire un difetto d'argomentazione: « Ma lei mi ha chiesto che cosa fece Roy martedì! Certo non pensa che... ». Sbottò in una breve risata isterica. « Non lo pensa, no? ».

MacIndoe rispose: « Mi spiace moltissimo, signora Fortescue, ma lo pensiamo ».

Evelyn era diventata molto pallida. Un polpaccio continuava a tremarle, soltanto a intervalli, però, come se si sforzasse di riprendere il controllo del muscolo. La sua bocca era troppo rigida, perché potesse parlare con naturalezza: pareva che se ne fosse accorta, perché formulava ogni parola con difficoltà. « Non ha mai fatto quel nome ».

« Non gli è mai sfuggito qualche altro nome? ».

« Non so cosa voglia dire ».

« Non ha mai detto i nomi delle donne che frequentava? ».

« Vuole, dunque, far dei pettegolezzi su mio marito? E pretende che io le tenga dietro? ».

« Signora Fortescue, è stata assassinata una ragazza. Costei ha fatto menzione, nel suo diario, del nome di suo marito, in modo tale che ci permette di considerarlo più che un pettegolezzo. Ha scritto che... ».

« Non voglio sentire che cosa può aver detto o scritto una commessa qualsiasi ».

« Non sapeva, naturalmente, il nome vero di suo marito, ma un nome falso. Scrisse in piena sincerità che questo Roy Harrison, rappresentante di commercio, con una macchina rossa sport, ex pilota bombardiere all'aeroporto di Little Over, voleva sposarla, e che l'avrebbe fatto quando sua moglie Evelyn fosse morta in una casa di cura in cui era ricoverata da un anno o due. Che conclusioni dobbiamo trarne? Dobbiamo .considerarlo un pettegolezzo? Che cosa ne pensa lei, signora Fortescue? Quanto a lungo ritiene di doversi mostrare leale? ».

Evelyn sedette di nuovo e fissò distrattamente una finestra. « Mi dica, ispettore, o chiunque lei sia, suppongo che abbia un buon posto nella gerarchia, mi dica: tradirebbe sua moglie, se venisse qualcuno ad interrogarla? ».

MacIndoe rispose: « Se fosse malata, certo chiamerei un dottore ».

« Non è questo che le ho chiesto ».

« Ebbene, no, signora Fortescue, credo che non lo farei. Cercherei di persuaderla a recarsi al più vicino commissariato di sua spontanea volontà. Soffrirei tremendamente finché non lo avesse fatto ».

« E se non lo volesse fare? ».

« Aspetterei finché non venissero ad arrestarla ».

« E se non venissero? ».

« Non è questo, il suo caso, no? Abbiamo soltanto da aspettare ed il signor Fortescue tornerà a casa. Oppure, potremmo anche andare subito al tennis che ci ha detto... il Wellington, mi pare? ».

Le lacrime stavano scorrendo ormai sul suo volto ma, apparentemente ignara di esse, disse: « Non deve più farmi alcuna domanda su di lui. Se sa già tanto, non ha bisogno anche di un tradimento ».

« Va bene » disse MacIndoe. « Posso farle allora qualche domanda personale? Lei non è malata, vero? Non è mai stata malata di mente? ».

« Sì » gli rispose voltandosi verso di lui. (Aveva una faccia simpatica dopo tutto, pensò MacIndoe, una volta smesso il suo atteggiamento altero). « Sono stata malata a lungo. La mia malattia è cominciata dal giorno che l'ho incontrato. Ma è stata una malattia piacevole, all'inizio. Poi, subentrò una crisi. Avevamo sfidato Dio ed i miei genitori: pensavo che fosse bello e che il resto del mondo dovesse badare ai fatti suoi. Non mi importava di nulla. Egli trovava sciocco tutto quello che sembrava importante, e io ne ridevo. Avevo soltanto ventitré anni ed era bello andare alla conquista del mondo con lui. Finché non mi accorsi che non ero la sola, ma facevo parte del mondo che disprezzava. Ha avuto un'avventura con un'ausiliaria della WAAF due anni soltanto dopo il nostro matrimonio, e l'ha fatto senza preoccuparsi di me. Avrei dovuto accorgermene quando morì il bambino... Lo sapevo... Dio non si lascia prendere in giro impunemente. È paziente e continua a perdonare per un bel po', perché bisogna che i giovani si sfoghino; alcuni uomini sembra che stiano per maturare definitivamente, ma non è così. Qualcuno che essi amano muore, viene la malattia, la solitudine, la paura e devono imparare l'umiltà o fallire... Se soltanto fosse vissuto il bambino... ».

Evelyn cessò di parlare per lottare ancora contro le lacrime. I tre uomini stavano immobili, per rispetto della sua sofferenza. Dopo un po' si riebbe. « Ho avuto un esaurimento nervoso. La mia concezione di vita si era scontrata con la realtà. Mentre mi amava e mi parlava, io pensavo agli altri, alle altre. Quando sembravo guarita, tornai a casa dall'ospedale. Mi ero tanto rimessa in forze, che potevo leggere anche il desiderio nei suoi occhi. Dovetti tornare dal dottore che mi trovò organicamente sana. Mi giudicò una pazza, malata di mania di persecuzione, credo. Mi recai allora da uno psichiatra, sperando che potesse guarirmi. Gli dissi: " Perfino quando ero all'ospedale, Roy aveva un'avventura ". Mi rispose: " La cosa da fare è combatterlo con le sue stesse armi. Si diverta. Si trovi un amico. Non avrà scrupoli religiosi, no? ". Fu allora che mi convinsi che l'altra metà del mondo era malvagia. " Certo che li ho " risposi ed uscii dal suo gabinetto di consultazione. Guarii molto bene, allora ».

« Suo marito sa che lei è a conoscenza? ».

« Conoscenza di cosa? ».

« Che è... guarita ».

« Finché non mi ha raccontato ciò che quella poveretta aveva scritto sul diario, non credevo che Roy fosse così accorto. Tra l'altro devo dirle che ha un notevole senso dell'ironia ». Il tono di Evelyn si mutò e disse con un'angoscia che li agghiacciò: « È piuttosto divertente. Terribilmente teatrale. Senza una parola, con un gesto, scimmiotta gli altri. A volte, ci osserviamo, ed io volto via la faccia, in lacrime... Sono ancora convalescente, credo. La guarigione non è facile... Dopo tutto, avevamo affrontato il mondo insieme. E poi, egli ha paura, non di me, naturalmente, ma del suo superiore, Bushell. Se io dovessi lasciarlo e Bushell lo venisse a sapere, allora Roy verrebbe licenziato e la sua vita avventurosa sarebbe finita... La ragazza credeva che fossi in ospedale? Qui, in questa stessa stanza, ho vissuto il mio inferno, per anni... Mi sento un po' sconvolta, è meglio che prenda un bicchierino di sherry. Un'altra cosa su Roy: gli piace l'alcool. È una sua regola: se qualcosa non va, se hai dei fastidi, bevi, intontisciti. Semplice, no? ». Si diresse attraverso la stanza a un mobiletto bar. « Ne vogliono anche loro? ».

« No, grazie ».

« Naturalmente. Lavoro, non è vero? Tutto questo è soltanto lavoro, per loro ».

Evelyn bevve lentamente lo sherry: le sue mani non cessarono un momento di tremare.

MacIndoe disse: « È troppo tardi per tornare indietro, signora Fortescue, e non possiamo fermarci. Devo procedere, anche se è una cosa antipatica. Ha una cartella, suo marito? ».

« Sì, nell'altra stanza ».

« Potremmo averla? ».

« Non posso impedirlo ».

Andò Baker a cercarla. Aveva scompartimenti divisi per ordine alfabetico, come aveva detto la cameriera del Priory. « È meglio che la portiamo via con noi » disse MacIndoe.

Evelyn protestò. « Aspetti un minuto... ».

« Ci ha detto che potevamo prenderla. Chi è il suo dentista, signora Fortescue? ».

« Il mio dentista? ».

« Appunto ».

« Il dottor Wiggins ».

« Il suo indirizzo? ».

Evelyn glielo diede.

« È anche il dentista di suo marito? ».

« Sì, perché? ».

« Così, per sapere ».

Maddocks chiese: « Posso andare, adesso? ». MacIndoe annuì. Evelyn s'incuriosì. « Dove sta andando? » ma MacIndoe, invece di risponderle, le chiese: « Suo marito ha un paio di calzoni chiari, di flanella? ».

« Sì ».

« Gli altri suoi abiti sono qui? ».

« Credo di sì ».

« Le spiacerebbe farmi vedere il suo guardaroba? ».

« Il suo guardaroba? ».

« Sì, gli abiti... ».

« Va bene. Se lo desidera... ».

La camera da letto era la stanza accanto. MacIndoe aprì l'armadio e fece passare abiti e giacche, finché trovò i calzoni di flanella e la giacca sportiva che cercava: la trama della stoffa era proprio blu, rossa e marrone. « Prendo questi » disse accigliato. (Avrebbe potuto esserci della terra, della polvere, dell'erba o qualcos'altro, nei risvolti). « Potrebbero fornirci delle prove ». Le scarpe con la fibbia erano in un altro scomparto. « E anche queste ».

Evelyn si era messa a piangere di nuovo, senza isterismi. Era un pianto profondo, disperato: sembrava quasi tosse. Era lo sfogo delle lacrime trattenute prima, con sforzo; la desolazione di un matrimonio disastroso durato dieci anni.

MacIndoe le toccò una spalla. « Suvvia, non faccia così. Non c'è rimedio, per lui. Il suo comportamento è normale, no? Non è andato a giocare a tennis? Con una ragazza, non è vero? La ragazza morta non significa nulla, per lui. Crede di essere immune, al di là di ogni rimprovero... Non c'è bisogno di essere cristiani per capire che non si può permetterglielo. Va contro l'umanità. Era viva, aveva un bambino, suo, lo amava ed egli l'ha uccisa. Non è qualcosa che possiamo mettere da parte, con una spiegazione tolta da Freud. Non c'è rimedio ».

Evelyn rabbrividì. « Non sapevo che fosse tanto cattivo ».

« Che bene potrebbe fargli adesso? Lei ha fatto tutto

quello che ha potuto e deve abbandonarlo, ormai, se ci riesce. Deve rifarsi una nuova vita, perché lei è innocente ».

« Non è vero, non lo sono! » gridò. « Sapevo quello che facevo. Oh, Dio, come vorrei essere morta! ».

« Ora sa anche lei che l'ha fatto, non è vero? ».

Disse quietamente: « Sì ».

« Ne è sicura, senza averne le prove. Anche la madre di lui lo sapeva e ci ha mentito, dicendoci che era morto. Loro due sanno che è colpevole, senza aver sentito una parola. Perché? Perché sanno quanto sia corrotto ».

Evelyn disse, disperata: « Non è una cosa semplice, per me. Credevo di avere smesso di amarlo da anni, invece mi accorgo che non è vero ».

« Su, ormai deve farsi coraggio. Torni a casa sua, signora Fortescue. Sono stato a Biggots Aybury: i suoi genitori sono ansiosi di rivederla ».

Evelyn piangeva ormai senza parole, senza badare alla loro presenza. La sua amarezza era profonda. MacIndoe aveva premura. « Metterà giudizio, allora? Dobbiamo lasciarla, ormai ».

« Lo rivedrò ancora? ».

« Non qui ».

« Che cosa devo fare? ».

« Vada a casa subito. Non faccia nessuna sciocchezza, capito? Lei è ancora giovane... Ha tutta la vita davanti a sé ».

Rispose, senza speranza: « Sia gentile, non vuole? Voglio dire... ».

« Capisco, ma non usi il telefono, la prego... Non gli gioverebbe lo stesso ».

« Andate... subito? ».

« Sì ».

« Io però non l'ho tradito, non è vero? ».

« No ».

« Vuole dirglielo? ».

« Certamente ».

MacIndoe scese i gradini a due per volta, non aspettò nemmeno l'ascensore. Baker non riusciva quasi a tenergli dietro. L'autista della polizia sapeva dov'era il Wellington Tennis e giunse in un baleno ai cancelli del circolo. Voltò la macchina nel parcheggio, in modo che fosse pronta a partire subito: vetture rosse sport non ce n'erano.

I due poliziotti percorsero un sentiero asfaltato, lasciando l'autista accanto alla macchina. Minore scandalo si fa, e meglio è, pensavano. Alcune persone vestite di bianco stavano chiacchierando vicino ad una veranda, altre signore sedevano in sedie a sdraio osservando il gioco: i sei campi da gioco erano interamente occupati. MacIndoe si sentì mal vestito e a disagio in mezzo a tanto bianco. Devo farmi pulire questo impermeabile, pensò in un momento di depressione. Janet me l'ha detto almeno tre volte. Qualcuno li osservò, ma la maggior parte non prestò loro attenzione, continuando a chiacchierare nel tono nasale, tipico della media borghesia.

«Dev'essere nella veranda » disse MacIndoe.

Mentre salivano i pochi gradini di legno, sentirono che qualcuno domandava: « Sono soci? ». MacIndoe non gli diede retta.

C'era poca gente, dentro. Tutti i tavolini erano apparecchiati per il tè, ma soltanto tre erano occupati. Un uomo di mezz'età mangiava dell'insalata con due giovani donne: le figlie, probabilmente. Due giovanotti facevano compagnia a due graziose ragazze: ridevano smodatamente e facevano rumore con le posate. MacIndoe, in uno stato di tensione acuta, ebbe il tempo di pensare: non c'è niente che offenda tanto Dio quanto la distruzione dell'innocenza. Provò quindi una forte emozione, vedendo la faccia a forma di cuneo già vista nella fotografia della signora Fortescue madre. Fortescue era seduto ad un tavolino e stava parlando con una ragazza in calzoncini bianchi. La ragazza aveva gambe affusolate e un bel seno. Poteva avere diciannove anni e i suoi occhi, guardando MacIndoe, si riempirono di ingenuo rispetto. Sembri innocente, pensò MacIndoe. Spero che tu lo sia ancora almeno. Era Fortescue che parlava. La stai lusingando, si disse MacIndoe, vedendo la ragazza arrossire ed agitarsi per la smania di piacergli e la confusione. Olwen, pensò MacIndoe, sei presente anche tu? Lo vedi, adesso? Lo capisci, adesso? È troppo bello, bambina mia, per pensare anche agli altri. I tipi come lui amano soltanto se stessi. Noi, invece, guardandoci allo specchio e constatando la nostra bruttezza, siamo pieni di riconoscenza per chi ci ama. Sappiamo troppo bene che siamo deboli e pieni di difetti... Sei tuttora capace di freddezza, pensò di Fortescue, scommetto che non immagini che ho visto i tuoi suoceri stamattina.

Erano ormai vicini alla tavola, quando l'uomo, che parlava animatamente, e la ragazza alzarono lo sguardo. Negli occhi di Fortescue balenò la paura.

« Il signor Fortescue? » chiese MacIndoe.

Non poteva mentire, per la ragazza che stava con lui.

« Non vedono che sono occupato? ».

« È lei il signor Fortescue? ».

« Sì, sì. Cosa c'è? ». Mosse la mano sinistra con nervosismo, irritato, e MacIndoe notò l'anello d'oro massiccio.

« Siamo ufficiali di polizia » disse MacIndoe. Il silenzio era soffocante, insopportabile, così che perfino MacIndoe desiderò romperlo. Non era il silenzio della chiesa di Santa Maria, ma un silenzio funesto. Qualcosa è cambiato, qualcosa è finito, pensò MacIndoe. Ne era turbato. Di cosa si trattava? Si era fermato un orologio? Si accorse allora che si trattava del rumore delle posate: tutti avevano smesso di mangiare per ascoltare. « Vorremmo che ci accompagnasse alla sede della polizia di Almond Vale ».

La ragazza fece un risolino. « Lontano. Trenta chilometri ».

Fortescue disse: « Non ne vedo il motivo ». Crede ancora di poterci sfuggire, con le parole, pensava MacIndoe. Con le parole non ha mai mancato lo scopo, prima.

« Penso che sarebbe meglio rimandare la discussione a quando saremo giunti a destinazione ».

« Non si potrebbe rimandare dopo il tè? ».

« No ».

« E il mio abito? Non posso venire vestito da tennis ».

« Non ha importanza ».

« Comunque, di che si tratta? ».

« Della morte di una ragazza: Olwen Hughes ».

La ragazza in calzoncini sbatté le palpebre, in preda a una violenta emozione, e spalancò la bocca. MacIndoe poteva percepire il suo respiro affannoso.

Fortescue chiese: « Chi è questa Olwen Hughes? ».

MacIndoe rispose, con stanco umorismo: « Se non lo sa, allora la faccenda sarà presto risolta ».

Fortescue si alzò. Vanità o coraggio? MacIndoe se lo chiese. « Suppongo che sarei accusato di resistenza alla polizia se rifiutassi. Chi mi ricondurrà indietro? ».

MacIndoe rispose: « La riporterò indietro io, appena è possibile... ».

Fortescue si rivolse alla ragazza: « Potrebbe essere divertente. Perché non viene anche lei? ».

La ragazza rispose in fretta (non era quell'ingenua che sembrava): « Non posso, sono nelle semifinali ».

« Mi aspetti » replicò Fortescue. « Prenderemo insieme l'aperitivo ».

« Certo » gli disse.

Gli uomini si diressero alla porta. Tutti riabbassarono gli occhi sui loro piatti: il rumore delle posate si fece sentire di nuovo. Baker indugiò, sorrise alla ragazza e le disse: « Se io fossi in lei, non aspetterei. Queste cose richiedono molto tempo ».

Fortescue sentì le sue parole, aprì la bocca per protestare, ma ci ripensò, e continuò a camminare insieme con MacIndoe, in direzione della macchina della polizia.

IX

In macchina gli ufficiali sedevano in silenzio. La radio era disturbata: MacIndoe la spense.

L'autista guidava a forte velocità e Fortescue era il solo a voler chiacchierare. A intervalli, la quiete lo soffocava: era come se lo condannasse, e non poteva sopportarla. Era piombato in un mondo privo di donne: questi uomini veri, che non apprezzavano la sua statura, le sue parole, i suoi successi amorosi. I giochi di parole volgari non li stuzzicavano, e non li addomesticava qualche bicchierino in più; era proprio solo. Il loro silenzioso disprezzo lo fece esclamare: « Oh, ragazzi, sembrate proprio due mummie! ». Ma a nessuno passava per la testa che MacIndoe potesse sembrare una mummia e la sua osservazione cadde nel vuoto. Allora, riprese: « Senza dubbio, la taglia deve essere alta. Due poliziotti, una macchina e un autista per un solo uomo e... proprio quello sbagliato ». Ma l'autista badava imperterrito alla strada, preoccupato di raggiungere presto Almond Vale. Baker, seduto accanto a Fortescue, sbadigliava. MacIndoe stava pensando ai suoi bambini. Bricconcelli, pensava. Dio, come voglio bene a tutti e due! Dato che gli ufficiali stavano zitti, Fortescue chiese: « Si può sapere come mi avete trovato? ».

MacIndoe rispose, sopra la spalla: « Conosciamo le sue abitudini ».

Fortescue si smarrì. « Io no, invece » protestò. « È l'unica cosa che non ho, le abitudini. Quali sarebbero del resto? ».

MacIndoe non rispose e Fortescue riprese, come un bambino: « Non può dirmelo, perché non lo sa ». Lo so, eccome, pensava MacIndoe, ma non voglio darti alcun vantaggio: tu non hai dato nessun vantaggio ad Olwen. E la cosa è già abbastanza difficile com'è. Le abitudini di Fortescue, lo sapeva, consistevano nel dire bugie, nel sedurre le donne, nel vantarsi di cose quasi tutte inventate. Non è uno sciocco, pensava MacIndoe, ed ha, a suo vantaggio, freddezza ed astuzia. Era ovvio che adesso stava pensando alla sua situazione: a come evadere e a quali bugie raccontare: nessun rimorso lo snervava. Devo girargli intorno e metterlo in trappola. Non otterremo molte risposte dirette, finché non gli mostreremo di avere un cervello anche noi, e nemmeno allora se non gli infonderemo un po' di timor di Dio. MacIndoe stava riflettendo all'interrogatorio ormai vicino. Sebbene avesse una quantità di prove che Fortescue frequentava Olwen Hughes, tuttavia non aveva nessun elemento per cui avrebbe potuto dire davanti ad una giuria (a meno che non fosse il dentista a provvedergliene uno): « Quest'uomo si trovava nel boschetto quando Olwen morì » (non si erano infatti trovate impronte digitali sulla macchina fotografica). Aveva un gran numero di prove, sebbene non ancora vagliate, da produrre (le più decisive erano quelle di Carter e della cameriera di Almond Vale), ma, perfino allora, una giuria avrebbe potuto mandare assolto Fortescue per insufficienza di prove. Non si poteva convincere una giuria, adducendo come prove le bugie di una madre o le lacrime di sua moglie, la infelicità di un vicario o la crudeltà di cui parlava il diario di Olwen. Non si potevano dimostrare nemmeno le proprie sensazioni e il proprio convincimento che era quello l'uomo. Si doveva soltanto rispondere, nel preciso linguaggio legale fatto di « sì » e « no »: infine, la giustizia era pur nelle mani di uomini che avevano il dono dell'abilità dialettica. Si dovevano addurre prove e confessioni. Era una imparzialità giusta, eppure non del tutto soddisfacente. A volte, ci si convinceva che la giustizia non aveva niente a che fare con la verità, ma era legata ad imposture, coincidenze, pagamenti di onorari... Si aveva la sicurezza che l'ingranaggio funzionasse bene soltanto quando era manovrato da uomini onesti.

Comunque, tutto questo riguardava altre persone. Come ufficiale di polizia, il suo incarico era di procurarsi prove, chiare ed evidenti, dei testimoni e un accusato. Poteva anche interrogare questo presunto colpevole, purché si astenesse da suggestioni, violenze, minacce e dal farlo crollare per la stanchezza. Anzi, doveva trattarlo come se fosse stato commesso un errore ed egli fosse innocente.

L'interrogatorio ebbe inizio quasi subito dopo il loro arrivo ad Almond Vale. Erano presenti Baker e due altri agenti. Maddocks non era ancora ritornato. Fortescue sedeva dall'altra parte della scrivania di Maddocks. Si era appoggiato allo schienale con eccessiva disinvoltura, incrociando una gamba sopra l'altra, e si era messo le mani in tasca.

MacIndoe gli chiese: « Come si chiama? ».

Fortescue rispose: « Non lo sa? Me l'ha già chiesto una volta ».

MacIndoe disse, con enorme pazienza: « Non sciupi il tempo con le sue spiritosaggini. Molte delle mie domande le sembreranno banali. Però, nel suo interesse, cerchi di rispondermi. Si risparmierà il fiato. Adesso mi dica il suo nome per intero ».

« Roy Marlborough Fortescue ».

« Che cosa fa? ».

« Rappresentante ».

« Quando dice rappresentante, vuol dire viaggiatore o allude a un altro tipo di rappresentanza? ».

« Viaggiatore ».

« Chi sono i suoi datori di lavoro? ».

« La *Perfecta Saponi Company* ».

« Da quanto tempo vi è impiegato? ».

« Dal 1946 ».

« Che zona copre per loro? ».

« Il Middleshire ».

« Tutto? ».

« Sì ».

« Da quanto tempo ha questo particolare incarico? ».

« Da quando mi sono impiegato lì ».

« Conosce bene la contea? ».

« Naturalmente ».

« Si spinge anche fino ad Almond Vale? ».

« Certo ».

« Chi sono i suoi clienti là? ».

« Un farmacista in High Street e un parrucchiere presso il ponte ».

« Quando vi è passato l'ultima volta? ».

« Oh, non mi ricordo ».

« Non è stato martedì scorso? ».

« No, prima di allora ».

« Quanto prima? ».

« Settimane prima. Vi passo circa una volta al mese ».

« Non ci va spesso, allora? ».

« No ».

« Può visitare anche altre cittadine e villaggi nello stesso giorno? ».

« Sì, è quello che faccio di solito ».

« Non si ferma molto nelle cittadine? ».

« No, ne passo in rivista parecchie nello stesso giorno ».

« Dove si ferma, allora, con più comodo? Nelle grandi città? ».

« Sì ».

« E a Birlchester? ».

« Naturalmente ».

« Conosce bene Birlchester? ».

« Naturalmente. Ci abito anche ».

« Se si apre un nuovo negozio, allora lo noterebbe e lo visiterebbe? ».

« Certo ».

« E se uno fosse ridipinto? ».

« Credo di sì ».

« Copre anche la zona sud-ovest di Birlchester? ».

« Gliel'ho detto: tutta ».

« È mai passato da Swan, al cinquantasette di Clifford Avenue? ».

« Sì, ci passo spesso ».

« Ogni quanto? ».

« Ogni quindici giorni ».

« In quale giorno? ».

« Il martedì, di solito ».

« È mai passato da Birrell, due porte più avanti? ».

« Non mi pare ».

« È soltanto due porte più avanti ».

« Non è il negozio di un farmacista ».

« Come lo sa? ».

« Ci sono passato davanti ».

« Non è mai entrato? Non è passato di lì il ventidue marzo? ».

« Non credo di esserci mai entrato ».

« Come mai ne è così sicuro? ».

« È un droghiere ».
« Non ha affari con i droghieri? ».
« Sì, ma meno che con gli altri negozi ».
« Quali altri? ».
« I farmacisti ».
« Ha detto gli altri. È un plurale. Chi altro oltre ai farmacisti? Passa dai negozi di parrucchiere? ».
« Sì ».
« Da pochi o da molti? ».
« Da moltissimi ».
« Quanti più è possibile? ».
« Sì ».
« Non è mai passato al numero 1227 del viale di Almond Vale? ».
« Non mi dice niente ».
« È appena voltato l'angolo, dopo Swan e Birrell. Quelli li ricorda ».
« Questo non l'ho presente ».
« La padrona è la signora Harper. Il negozio si chiama " Olga " ».
« Non ci sono mai entrato ».
« È là da anni. Non è un nuovo negozio, anche se è stato ridipinto da non molto tempo. È sulla strada principale. Lei perlustra quella zona da anni. Passa da ogni negozio, ha detto, ma non da quello. Come mai? ».
« È possibile che l'abbia fatto; ma che sia stata rifiutata la mia merce ».
« Non è molto abile nel suo lavoro? ».
« Non sono certo infallibile ».
« Allora, perché non è mai passato di là? ».
« Non so. Forse ci sono passato ».
« Si decida... ».
« È stato molto tempo fa... ».

« Che cosa vuol dire “ è stato molto tempo fa ”? ».

Fortescue balbettò: « Quando ho visitato per la prima volta quella zona ».

« Se fosse stato respinto allora, non avrebbe più ritentato un'altra volta? ».

« Se avessi avuto tempo... ».

« L'avrebbe fatto saltar fuori il tempo. Non è lo scopo del suo lavoro allargare il più possibile la cerchia degli affari? ».

Fortescue non rispose e MacIndoe continuò: « Quali sono i prodotti che può vendere ai negozi di parrucchiere? ».

Fortescue gli disse i nomi.

« Sono nomi che non mi sono nuovi » disse MacIndoe. « Una pettinatrice ne ha bisogno? ».

« Sì, se è brava ».

« Chi non li acquistasse, correrebbe il rischio di perdere i clienti? ».

« Sì ».

« Sapendo questo, non sarebbe ansioso di passare di là di nuovo? ».

« A meno che non fossero stati sgarbati ».

« Ma non lo sono stati, no? Altrimenti, se ne sarebbe ricordato, non è vero? ».

« Non necessariamente, direi ».

« Con chi parlò quando passò per la prima volta da Olga Harper? ».

« Non me ne ricordo ».

« Può ricordarsi quando passò? ».

« Non penso di averlo fatto ».

« Ha visto la signora Harper? ».

« Non so ».

« Forse, la signora Harper se ne ricorderà ».

« Non è possibile ».

« *Perché non è possibile?* ».

Le labbra di Fortescue tremarono: si accorse che, pur usando estrema cautela, poteva cadere in un tranello. « Perché la signora dovrebbe ricordarsene? ».

« Non cerchi di fare il furbo » disse MacIndoe, alzando la voce. « Lei ha dichiarato che non è possibile che la signora Harper sappia se lei è passato dal suo negozio. *Perché?* ».

« Perché non ci andai ».

« Allora, se lei fosse passato, lo saprebbe, no? Non sia evasivo, signor Fortescue. Perché la signora Harper non potrebbe riconoscerla? ».

« Non ho visto " lei " ».

« Chi ha visto allora? ».

« Una delle sue lavoranti ».

« Quale? ».

« Non so. Forse, poteva anche essere la signora Harper, ma sembrava un po' troppo giovane ».

« Allora, la ricorda? ».

« So soltanto che era giovane ».

« Graziosa? ».

« Come faccio a saperlo? ».

« Non guarda i tipetti graziosi? ».

« No, sono sposato ».

« Non ha mai conosciuto una donna di nome Myrel Burgess? ».

Fortescue spalancò gli occhi. « Mi sembra di averla sentita nominare ».

« È stato il suo amante nel 1940? ».

« Ero un ragazzo, allora ».

« Era sposata lei? ».

« Sì ».

« Non capisco i suoi princìpi, signor Fortescue. Le spiacerebbe spiegarmeli? ».

« Non so che cosa voglia dire ».

« Questo: nel 1940, lei ancora scapolo, un ragazzo, come ha detto lei stesso, ha intrecciato una relazione amorosa con una donna sposata; ma, adesso, siccome è sposato anche lei, dice che non guarda più le ragazze... implicando di comportarsi in tal modo proprio perché è sposato. Mi meraviglio della sua logica, ecco tutto ».

« Non so cosa abbia a che fare con questa faccenda. Tutto questo è successo prima del mio matrimonio ».

« Ha cambiato modo di pensare da quando si è sposato. Apprezza la santità del matrimonio, adesso... è così? ».

« Se le piace proprio impostare la questione in questo modo... ».

« Conosce una signora Saunders? ».

Fortescue esclamò eccitato: « Buon Dio, che domande insulse. Sono tutte cose morte e sepolte. Occorreva proprio la polizia per disseppellirle. Era socia del circolo del tennis. Desiderava correre un'avventuretta con qualcuno, non aveva importanza con chi... ».

« Allora, deve aver osservato quella donna » riprese MacIndoe. « In altre parole, lei *guarda* i tipetti graziosi. Ma, forse, la signora Saunders era brutta. Che tipo era la ragazza... quella della signora Harper? Grassa? ».

« Non direi ».

« Portava gli occhiali? ».

« No ».

« Allora, deve essere stata la terza delle ragazze » continuò, incalzando, MacIndoe. « Deve essere stata quella dai capelli rosso-castani, che si chiamava Olwen Hughes. Dia un'occhiata a questa fotografia: era *lei*? ».

Fortescue non volle guardare la fotografia che gli era stata presentata. Disse, quasi con ira: « Anche se l'ho conosciuta, questo non significa proprio niente. Perché non mi chiede quello che vuole sapere e non mi rimanda indietro per l'incontro di tennis? ».

« Nessuno ha detto che conoscere Olwen Hughes implichi qualche cosa. Il fatto è che c'è poca gente che l'ha conosciuta, e non ne so il perché, e così chiediamo l'aiuto di quei pochi. Non si preoccupi per il tempo, signor Fortescue. Non c'è bisogno di correre: dobbiamo essere molto accurati e sicuri di noi stessi. La giustizia non è la stessa cosa del vendere sapone. Forse, gradirebbe una tazza di tè? ». Sorrise con ironia. « Prendiamone una tutti. Un agente sarà così gentile da... ».

Infatti, un agente sporse la testa dalla porta gridando: « Tè! ».

Fortescue sedeva immobile, sforzandosi di mantenere il suo contegno disinvolto. Era inconsapevole di essersi in certo modo compromesso; non aveva capito che le domande di MacIndoe si basavano su induzioni e che le sue menzogne erano state esaminate e, quando necessario, sarebbero state utilizzate. Sembrò a MacIndoe che Fortescue non si fosse preparato alcun alibi e che non avesse, in previsione di un interrogatorio, ordinato le sue bugie in modo che fossero concatenate l'una con l'altra; era così fiducioso in se stesso, che esauriva ogni domanda così come gli veniva posta: sinceramente, se possibile, altrimenti, mentendo.

« Così, conosceva Olwen Hughes? » commentò MacIndoe, guardando in faccia Baker, come ad indicargli che era stato lo scopo di tutte le sue domande l'arrivare a questa puntualizzazione, e che vi era riuscito. « Perché non l'ha detto subito? ».

« So com'è fatta la gente: se uno dice che ha frequentato una donna un po'... ardente, si conclude che è stato lui ad ucciderla ».

« Oh, no, niente del genere. Se qualcuno ha frequentato una donna che ora è morta, si vuole scoprire se può averla uccisa lui. Saremmo sciocchi se non ce ne accertassimo, le pare? Di che genere era la sua relazione con la signorina Hughes? ». Sorseggiava il suo tè come se si trattasse di una questione puramente accademica e di poco interesse.

Si aprì la porta e Fortescue si voltò indietro in fretta, come se si aspettasse di vedere un testimonio non troppo gradito: un barista, una cameriera o un barcaiolo.

Invece, era soltanto un altro poliziotto.

Si trattava di Maddocks, che fece un cenno d'assenso in direzione di MacIndoe e gli disse: « È pronto a giurare in tribunale che quelli del suo cliente lasciano quella particolare impronta ».

« Bene » osservò MacIndoe, mentre Fortescue li guardava ansiosamente. « Grazie, ispettore. È qualcosa di cui potremo valerci con sicurezza. Questo è il signor Fortescue ».

« Sì, lo so » rispose Maddocks. « Buongiorno ».

Fortescue sembrò leggermente allarmato. « Suppongo che lei sia Maddocks ».

« È vero » disse MacIndoe. « Come lo sa? Forse, l'ha letto sui giornali ». Ci fu una pausa in cui lo lasciò riflettere su quello che aveva detto, poi: « Il signor Fortescue dice di aver conosciuto Olwen Hughes ». Si volse direttamente a Fortescue: « Ci stava spiegando, se non sbaglio, i suoi rapporti con la signorina Hughes ».

Fortescue disse: « Be', era la solita fraschetta ».

« Come stringeste amicizia? ».

« Mi fece l'occhiolino in negozio e poi acconsentì a fare un giretto in macchina ».

« È stato lei a chiederglielo? ».

« Credo di sì ».

« Dove andaste con la macchina? ».

« Oh, un giretto intorno ».

« In nessun posto in particolare? ».

« Non mi pare ».

« Di chi era la macchina? Della ditta? ».

« No, mia ».

« Che tipo di macchina? ».

« Una coperta. Nera ».

« Qual è il numero della targa? ».

« Il numero? ».

« Sì, appunto ».

« Non me ne ricordo ».

« Da quanto tempo l'ha? ».

« Oh, mesi... ».

« E non si ricorda il numero? ».

« Non al momento. Mi verrà in mente ».

« Non ha mai avuto una macchina rossa sport? ».

« No ».

« Non ne ha mai presa a prestito una? ».

« Non credo ».

« Dove è andato con la ragazza? ».

« Gliel'ho detto: in nessun posto in particolare ».

« Aveva così poca importanza ai suoi occhi? ».

« Era soltanto una fraschetta ».

« Stringe così facilmente amicizia con donne sconosciute, di solito? ».

Fortescue esitò. « No ».

« Allora, dove l'ha portata per stare un po' con lei, in pace? ».

« Ci fermavamo in viottoli di campagna ».

« Perché? ».

« Per il... solito ».

« Chiedeva soldi in cambio? ».

« No, però me lo dava ad intendere ».

« Le ha mai dato del danaro? ».

« Qualche volta ».

« Per cosa? ».

« In regalo ».

« Non ce ne sarebbe stato bisogno? ».

« No ».

« Perché l'ha fatto, allora, se si trattava di una fraschetta qualunque? ».

« Avrebbe potuto piantarmi per un altro ».

« E le sarebbe spiaciuto? ».

« Non mi piace che siano le donne a lasciarmi ».

« Preferisce lasciarle lei? ».

« Naturalmente ».

« Ha successo con le donne? ».

« Posso conquistare qualsiasi gonnella ».

« Non sono loro, di solito, a piantarla? ».

« Credo di no. Le pianto io ».

« E Olwen Hughes? È stato lei a lasciarla? ».

« No » disse in fretta.

« Allora, è stata lei? ».

« No » con ugual fretta.

« Era ancora in termini amichevoli con lei al tempo della sua morte? ».

« Non la vedevo da molto tempo ».

« Bene. Ma eravate ancora amici? ».

« Mi piaceva sempre ».

« La sua morte le è dispiaciuta? ».

« Sì ».

« Perché? ».

« Be', perché eravamo affezionati ».

« Affezionati? ».

« Sì ».

« Era dunque qualcosa di più di una delle solite fraschette? ».

« Credo di sì ».

« Le piaceva? ».

« Aveva quanto basta ».

« Cosa vuol dire? ».

« Aveva un corpo discreto ».

« Le ho chiesto se le piaceva ».

« Be', credo di sì ».

« E lei piaceva alla ragazza? ».

« Sì ».

« Era innamorata di lei? ».

« Le piaceva fare all'amore ».

« Le ho chiesto se era innamorata di lei ».

« Poteva anche darsi ».

« Buon Dio! Non capisce quando una donna è innamorata? Lo era o non lo era? ».

« Deve esserlo stata ».

« Perché tutte queste esitazioni? Non aveva già esperienza di gente innamorata di lei? Dunque, Olwen...? ».

Fortescue fece una smorfia. « Lo era ».

« Era soddisfatta di quella relazione passeggera? ».

« Deve esserlo stata ».

« Non le ha mai parlato di matrimonio? ».

« Sempre parlano di matrimonio ».

« Ma che cosa le ha detto, in particolare, Olwen Hughes? ».

« Faceva allusioni ».

« A che cosa? ».

« A come sarebbe stato bello esser sposati ».

« Con lei? ».

« Con chiunque ».

« Ma se era innamorata di lei... ». Fortescue non fece alcun commento e MacIndoe continuò: « Non desiderava sposare lei? ».

Fortescue mosse una mano con gesto di disprezzo. « Lo desiderano tutte ».

« Lei, invece, non desiderava sposarla? ».

« No ».

« Perché no? ».

« Sono già sposato ».

« Felicemente? ».

« Entro i limiti del matrimonio ».

« Se è felicemente sposato, perché si concede queste avventurette? ».

Fortescue rispose con freddezza: « Perché non dovrei? Non vado in chiesa, io ».

« Sì, ma a sua moglie non dispiace che...? ».

« Non ne è al corrente e, comunque, è ammalata ».

« Che tipo di malattia? ».

« Psicologica, credo ».

« Mentale, vuol dire? ».

« Non proprio ».

« Perché non hanno divorziato? ».

Fortescue si strinse nelle spalle. « E perché? È una brava cuoca ».

« Allora, lei avrebbe potuto risposarsi con chi le faceva comodo ».

« Non sarei certo stato così stupido ».

« Non avrebbe sposato Olwen Hughes? ».

« Come faccio a saperlo? ».
« Se aveva una relazione con lei, dovrebbe saperlo ».
« Non facevo pazzie per lei ».
« Le ha detto che era sposato? ».
Fortescue esitò. « Sì ».
« Come prendeva la cosa? ».
« Non se ne preoccupava ».
« Non le importava che lei fosse sposato? ».
« No, no. Si accontentava di quello che poteva avere ».

« Allora, riassumendo » disse MacIndoe, « lei ha stretto amicizia con una ragazza e l'ha sedotta, lasciandola sperare in un matrimonio, senza disilluderla, a questo riguardo. Questa ragazza si innamora e le dà tutto quello di cui è capace una donna innamorata. Nello stesso tempo, lei non ricambia l'amore della ragazza. È sposato e glielo spiega, raccontandole pure che sua moglie è ammalata... ».

Fortescue alzò uno sguardo spaventato alle ultime parole, che sembravano venire dal profondo di una tomba. « Io non l'ho uccisa. Non può biasimarmi se approfitto di una bella ragazza che si dà via per niente... Prima o poi, era destinata ad imbattersi in qualche mascalzone. Suppongo che si sia concessa ad uno di quei pazzi bastardi che si esaltano e uccidono poi... ».

MacIndoe seppe allora, dalla bocca dell'uomo che aveva distrutto l'innocenza di Olwen (a meno che il diario fosse frutto di fantasia e ci fossero stati altri uomini prima di Fortescue), che, sebbene ella avesse avuto frequenti rapporti con lui, i suoi motivi erano stati sempre onesti. Questo contava poco nelle prove legali sulla colpevolezza di qualcuno, ma MacIndoe desiderava convincere Fortescue che, oltre al delitto, aveva ugualmente agito molto male. Non che MacIndoe seguisse le esortazioni del vicario. Olwen lo aveva impressionato più di ogni altra vittima precedente. Soltanto un uomo incredibilmente malvagio avrebbe potuto fare ciò che aveva fatto e, poi, parlare della ragazza come se fosse una sgualdrinella di nessun conto. Anche se Fortescue non avesse commesso quel delitto, le sue risposte davano a vedere una insensibilità eccezionale. Evelyn, un'altra vittima, aveva detto: « Non voglio sentire quello che può aver detto una commessa qualsiasi ». Forse, era stata guastata dal marito, forse aveva semplicemente titubato davanti alle dichiarazioni di una commessa qualsiasi... In ogni caso, il suo atteggiamento era erroneo. Era come se ciascuno impersonasse un simbolo: la ragazza, il bene; l'uomo, il male. Le parole dei buoni erano fievoli, non ottenevano alcun effetto, mostravano soltanto delle sofferenze. Le parole dei cattivi, invece, erano più sottili e suadenti: procedevano con maggior logica, davano a vedere di essere in possesso di prove, beni e godimento, almeno fino alla morte. Al loro confronto, le speranze dei buoni, di una vita dopo la morte e di una ricompensa per la loro lotta vittoriosa contro tutti gli istinti, sembravano assurde. I Fortescue del mondo sapevano che le chiese sarebbero state vuote, se non fosse stato per quei pochi a cui il timore e la debolezza impedivano di godersi la vita. Quelli che erano impossibilitati a divertirsi protestavano contro quelli che potevano farlo: era il rovescio della medaglia. Era questa disposizione d'animo che MacIndoe doveva combattere e sapeva che, purtroppo, non stava facendo progressi.

Sarebbe stato necessario, naturalmente, esaminare i precisi rapporti che intercorrevano tra Fortescue e la ragazza, fuori di ogni considerazione morale. Dacché Fortescue aveva ammesso di avere avuto rapporti sessuali con lei, dal punto di vista della polizia rimaneva da accertare quando ciò era successo per la prima volta (se, cioè, avesse potuto renderla incinta) e quando per l'ultima. Era ovvio che Fortescue, amico intimo di una ragazza che, nel giorno della sua morte, aveva concesso a qualcuno un certo grado di intimità (la camicetta aperta), volontariamente, avrebbe dovuto rendere conto con molta precisione dei suoi movimenti di quel giorno. Il fatto che MacIndoe fosse del tutto sicuro della colpevolezza di Fortescue non aboliva affatto la necessità di interrogarlo.

Chiese: « Quando l'ha incontrata per la prima volta? ».

« In primavera ».

« In marzo? ».

« Potrebbe essere ».

« Ogni quanto la incontrava? ».

« Una volta alla settimana ».

« In un giorno particolare? ».

« Di solito il martedì ».

« Perché proprio quel giorno? ».

« Era il suo pomeriggio libero ».

« Non la incontrava mai in qualche altro giorno? ».

« Una o due volte, di domenica ».

« Ma, per lei, non era un giorno lavorativo? ».

« Sbrigavo in fretta il mio lavoro in modo da poterla vedere ».

« A che ora vi incontravate? ».

« Quando aveva finito al negozio ».

« Che ore erano? ».

« L'una ».

« Dove? ».

« All'incrocio ».

« In Clifford Avenue? ».

« Sì ».

« Dopo colazione? ».

« A volte prima ».
« Allora andavate insieme a far colazione? ».
« Qualche volta ».
« Dove? ».
« In qualsiasi posto comodo ».
« Dove in particolare? ».
« Non mi ricordo ».
« Non siete mai andati alla sala da tè del Priory? ».
« È possibile ».
« E al Dragon Hotel? ».
« No, non al Dragon ».
« Non si ricorda dove è andato e si ricorda invece dove non è stato. Sa dov'è il Dragon? ».
« No ».
« Potreste essere stati anche là ».
« No, vi si beve alcool e a Olwen non piaceva ».
« Infatti, non doveva bere ».
« E non lo facevamo, comunque ».
« Per quanti martedì è uscito a colazione con la signorina Hughes? ».
« Quasi ogni volta che ci vedevamo ».
« V'incontravate spesso? ».
« Sì ».
« Ogni martedì? ».
« Be', quasi ».
« La signorina Hughes è stata vista al Dragon ».
« Non con me ».
« Vi si recava a colazione con un uomo... sempre di martedì ».
« Non uscivamo insieme ogni martedì ».
« Ma lei la incontrava " quasi " tutti i martedì ».
« Non andavamo al Dragon. Era probabilmente un'altra rossa ».

« No, no » disse MacIndoe. « Il barista ed un cameriere la identificarono subito da una fotografia. Furono loro a dire che aveva i capelli rossi... ».

« Questo le dimostra... che era la ragazza di tutti ».

« Si trattava sempre dello stesso uomo ».

« Non ero io ».

« Dove portava Olwen a colazione? ».

« Andammo una volta al Castello a Brownhill ».

« È un locale autorizzato? ».

« Sì ».

« La signorina Hughes non voleva andare al Dragon, ma non faceva storie per il Castello? ».

« Be', siccome aveva l'aspetto di un castello... ».

« Beveva qualcosa? ».

« A volte prendeva uno sherry ».

« *A volte*... quando ci siete andati una volta sola? ».

« Qualche volta ne portavo con me una bottiglia in macchina ».

« Perché, dal momento che non beveva? ».

« Non beveva da principio ».

« E lei l'ha persuasa a bere? ».

« È stato lo stesso che per tutto il resto: faceva finta di essere casta e pura, finché non la si convinceva a lasciarsi andare. Allora, era uguale alle altre ».

« Ha dovuto fare opera di convinzione, in qualche caso? ».

« Sì ».

« L'ha convinta a fare all'amore? ».

« Perché, altrimenti, sarei andato con lei? ».

« Fa così con tutte? ».

« Non so cosa voglia dire ».

« Nessuno l'ha mai convinta a fare qualcosa, signor Fortescue? ».

« Non credo ».

« Come si sentirebbe se qualcuno la volesse convincere a fare qualcosa che le sembra sbagliato? Gli vorrebbe bene lo stesso? ».

« No ».

« Olwen Hughes le voleva bene. Sa immaginare perché? ».

« Perché era sciocca ».

« Pensa che tutte le ragazze graziose siano sciocche? ».

« La maggior parte ».

« E quelle brutte? ».

« Non capisco ».

« Anche loro sono sciocche? Quali sono le loro qualità? ».

« Sono soltanto maledettamente sfortunate ».

« Perché immagina che vengano al mondo le persone, signor Fortescue? ».

« Perché i loro genitori sono andati a letto ».

Tutto sembrava inutile. Era impenetrabile. MacIndoe gli chiese, in preda a una vera angoscia: « Che cosa ne pensa di sua madre? Ha un po' di affetto per lei? ».

« Lo può credere. È lei che ha i soldi ».

Forse, pensava MacIndoe, riusciremo a piegarlo in altra maniera. Continuò: « Dove conduceva la signorina Hughes? ».

« Di solito facevamo un giro in macchina in campagna. Siamo stati anche al cinema qualche volta ».

« E a ballare? ».

« Una o due volte ».

« Sempre di martedì? ».

« Quasi sempre ».

« Cosa ha fatto martedì scorso? ».

« Ho lavorato ».

« Dove? ».
« A Birlchester ».
« In quale parte? ».
« L'ho visitata tutta ».
« Compresa la zona sud-ovest? ».
« No, non quella parte ».
« Perché no? ».
« Non avevo motivo d'andarvi ».
« Ha un itinerario fisso? ».
« Non proprio ».
« Passa dai clienti quando vuole? ».
« Vado quando devo andare ».
« Questa non è una risposta. Prima aveva detto di aver visitato quella zona martedì. Ho ragione, agente? ».

Un agente scorse il verbale e disse: « Lei gli ha chiesto: " È mai passato da Swan, al cinquantasette di Clifford Avenue? ". " Sì, ci passo spesso ". " Ogni quanto? ". " Ogni quindici giorni ". " In quale giorno? ". " Il martedì, di solito ". Dopo, lei gli ha chiesto: " Ogni quanto la incontrava? ". " Una volta la settimana ". " In un giorno particolare? ". " Di solito, il martedì " ».

Fortescue, leggermente sudato, disse in fretta: « Be', non era proprio un itinerario fisso. Cercavo di andare in quei paraggi il martedì, quando volevo vedere Olwen ».
« L'ha incontrata martedì? ».
« No, avevo smesso di vederla ».
« Quando è successo questo? ».
« Poche settimane fa ».
« L'aveva piantata? ».
« Sì ».
« Perché? ».
« Si era attaccata troppo ».
« Prima, aveva detto di non averla piantata, ma che era

stata lei a farlo. Ci racconti un po' quello che è successo ».

« Mi aveva detto di aver conosciuto un altro uomo e che non dovevamo incontrarci più ».

« Così, è stata Olwen a lasciarla? ».

« Ci siamo lasciati a vicenda ».

« Le ha detto chi era l'altro uomo? ».

L'ombra di un sorriso passò sul volto di Fortescue mentre diceva: « Si chiamava Harrison ».

« Abbiamo già cercato questo Harrison » disse MacIndoe. « L'unica informazione che abbiamo è che ha una moglie malata di mente, di nome Evelyn. Lei è sposato, signor Fortescue? ».

« Sì ».

« Come si chiama sua moglie? ».

« Non è matta... ».

« Le ho chiesto il nome di sua moglie ».

« Evelyn Margaret ».

« Come la chiama? ».

« Evelyn ».

« E ha una malattia di carattere psicologico, non è vero? » chiese MacIndoe. « Sua madre la chiama invece Margaret. Saprebbe dirci il perché? ».

Fortescue si allarmò, finalmente: « Mia madre...? ».

« Risponda alla mia domanda ».

« Non saprei ».

« Ha visto sua madre di recente? ».

« Dieci giorni fa ».

« Potrebbe dirci la ragione per cui sua madre pensa che lei sia morto? ».

« Pensa che io sia morto? ».

« Sì, pensa che lei sia morto, signor Fortescue. Mi domando perché ».

« Non capisco ».

« Io lo capisco, invece. Non credo nelle coincidenze, nemmeno quando sono in gran numero. Non ha mai conosciuto un uomo che si chiamava Guy Lester? ».

« No ».

« Non ha mai sentito parlare di lui? ».

« No. Che cosa c'entra? ».

« È morto ».

« Non conosco nessun morto ».

« Lei non pensa molto alla morte, non è vero, signor Fortescue? ».

« Non mi fa paura ».

« Pensa qualche volta alla vecchiaia? ».

« Me ne preoccuperò quando sarò vecchio ».

« Se lo sarà, signor Fortescue. Un mucchio di gente muore giovane in questi tempi. Che cosa farà, quando sarà vecchio? Una volta senza energie fisiche, si metterà a leggere libri sporchi? Farà pure qualcosa, no, signor Fortescue? Forse, incomincerà a pensare ».

« Non sono obbligato ad ascoltare le sue villanie. Rientri in argomento. Non ha il diritto di insultarmi ».

« Passiamo ad un altro argomento. Vedo che porta una cravatta della *Royal Air Force.* Fa forse parte della RAF? ».

« No ».

« So che quel signor Harrison che stiamo cercando, potrebbe far parte della RAFVR. Fa parte di qualche riserva della *Air Force*, signor Fortescue? ».

« No ».

« Perché allora porta questa cravatta? ».

« Ne ho fatto parte durante la guerra ».

« Davvero? Anche il sergente era sui caccia. *Whirlwinds*, non è vero, sergente? ».

« *Spitfires* » rispose Baker.

« Lei era sui caccia, signor Fortescue? Ne è il tipo ».

« Ero su apparecchi da bombardamento ».

« Avevo un cugino a Mildenhall » disse MacIndoe. « Era addetto ai radar. Forse, l'ha conosciuto ».

« No. Io ero a Little Over ».

« Il nome non mi giunge nuovo. Non vi è accaduto qualcosa di speciale? ».

« Partimmo di là per l'incursione su Kiel. Soltanto pochi tornarono indietro ».

« Anche lei vi ha partecipato? ».

« Ha indovinato ».

« Le ho già chiesto di un tale Guy Lester, signor Fortescue? ».

« Sì, ma non ho mai sentito parlare di lui ».

MacIndoe disse con voce dura: « Il comandante Guy Lester guidò l'incursione su Kiel, signor Fortescue. Rimase ucciso. Ma lei non ha partecipato a quell'incursione, non è vero? Lei non conosce nessun morto, o mi sbaglio? Penso che lei ne conosca uno di nome Olwen Hughes, molto bene ».

Le mani di Fortescue si torsero. « Ci furono altre incursioni su Kiel. Pensavo che alludesse... ».

« Sappiamo dov'era » disse MacIndoe. Fortescue rimase colpito dal tono della sua voce. « Lei si trovava a Little Over nell'aprile e nel maggio del 1943. In seguito, lei si trasferì a Biggots Aybury, dove incontrò sua moglie ».

Fortescue disse spaventato: « Non prova niente ».

« Ha detto che Olwen l'ha lasciata per un certo Harrison? ».

« Sì. Dev'essere stato... ».

« Conosce il nome di battesimo di questo Harrison? ».

« Non me l'ha detto ».

« Qualcuno ci ha detto che è Roy ».

« Non so cosa farci. Il mio cognome è Fortescue ».

MacIndoe diede un colpo sul tavolo con la mano destra. Questo gesto sbalordì perfino Baker e Maddocks. « Il signor Roy Harrison era pilota a Little Over durante la guerra » urlò MacIndoe. « Era un rappresentante di commercio. Ha condotto Olwen Hughes al Castello di Brownhill. La intontiva con dello sherry in macchina. Aveva una moglie malata di mente che si chiamava Evelyn. Ci prende proprio per scemi? Ha ucciso lei Olwen? ».

Fortescue, con i lineamenti contratti e i denti che battevano, disse, con un tono di voce fievole, infantile: « La descrizione che ha fatto è la " mia " descrizione ».

« Anche Harrison ha detto di sé le stesse cose ».

« Non conosco Harrison ».

« Lo conosceva Olwen Hughes ».

« Se lei sa che Harrison ha detto queste cose, dovrebbe anche conoscerlo. A chi potrebbe averle dette, se non a lei? ».

« Ad Olwen, per esempio, e... Olwen le ha raccontate a noi ».

« Come ha potuto, se è morta? ».

« Nel suo diario ».

Quasi in un soffio, Fortescue mormorò: « Oh Cristo, oh Cristo ». (Oh Cristo, in cui io, Roy Fortescue, non credo, salvami dalla giustizia di questi uomini che vogliono uccidermi, così che io possa ancora avere il privilegio di sconfessarti).

La morte, di cui si era beffato pochi minuti prima, come di una cosa insignificante e revocabile, lo stava fissando al di là della scrivania. La morte era un uomo di mezz'età, con un impermeabile a buon mercato, sporco. Fortescue lo guardò con paura: non sembrava un avversario pericoloso. Perfino in quel momento, non sembrava un uomo capace di aver la meglio in una discussione un po' elevata. La morte era un uomo panciuto che aveva lasciato raffreddare il suo tè. Era un uomo dalla faccia rotonda, benevola, che stava divenendo calvo. I suoi occhi scuri lo stavano fissando con tristezza. Non sembrava che gli importasse la sua morte: era ossessionato da un pensiero insistente: se, cioè, Fortescue avesse amato Olwen e da un mucchio di altre riflessioni morali. Era come se Fortescue riconoscesse: « Sì, lo so, ho sbagliato » e lui sorridendo, rispondesse: « Be', adesso va meglio, e abbiamo tutti la coscienza tranquilla per la tua morte ». Fanno tutti del moralismo, quando invecchiano, ma prima si sono goduti la vita. Un famoso sermone di Donne è intitolato « Ricordati adesso del tuo Creatore, nei giorni della tua giovinezza ». Anche Donne aveva avuto la sua parte di dissolutezza come tutta la gioventù del suo tempo. Quello che lui, Fortescue, aveva fatto non era peggio di quello che aveva fatto Donne all'epoca della sua giovinezza. Era stata Olwen a volerlo, eh? Il male consisteva nell'essere lui, Fortescue, sposato? Nell'essere Olwen incinta? La morte non si era curata di questo; ma lui doveva sapere che era male, dal momento che ogni giornale del paese ne aveva parlato. Fortescue, terribilmente spaventato, senza nemmeno la forza di alzarsi e di camminare, era tuttavia in grado di pensare. Non si era ancora né arreso né discolpato, e la sua confessione era stata negativa ed egoista. Ma altri pensieri, insoliti, stavano sorgendo, a poco a poco, in lui.

MacIndoe vedendo che la sua angoscia comportava qualche cosa di più di una semplice paura, accorgendosi che, infine, qualcos'altro aveva aperto una breccia in lui, disse quietamente, perfino con riluttanza: « Sono sue queste scarpe, la giacca e i calzoni? ».

Fortescue rispose, confuso, non sapendo cosa dire, cercando una via di scampo: « No ».

« Sulla giacca c'è il suo nome ».

« Non è mia ».

« L'abbiamo presa da casa sua ».

Fortescue ansimò. « Da casa mia? ».

MacIndoe annuì. « Sì, naturalmente. Dove altrimenti? Sua moglie non voleva darcela ».

« Ha visto mia moglie? ».

« Certo. Sa tutto di lei, signor Fortescue ».

Fortescue non osò chiedere altro di sua moglie. Disse: « Allora, devono essere i miei abiti ».

« E questa non è una sua fotografia? Non portava questi calzoni? ».

« Non è una fotografia molto riuscita, direi ».

« No, è stata esposta troppo alla luce del sole ».

Fortescue esclamò, con la voce rotta dall'emozione: « Non sono io! Io non ero là ».

« *Lei non era là?* Dove? ».

Fortescue cercò di evitare il tranello. « Non sono io » disse. « Potrebbero essere di chiunque, questi calzoni. La giacchetta, poi, potrebbe essere di un altro colore ».

« Chi è il suo dentista? ».

« Il mio dentista? ».

« Sì, il suo dentista ».

« È il dottor Wiggins ».

« Il suo indirizzo? ».

« Nel quartiere di Flowersworth ».

« Al numero quarantanove di High Street? ».

« Credo di sì ».

« Lo conosce bene? ».

« Da quando ero ragazzo ».

« Lo ritiene bravo? ».

« Io avrei fiducia in lui ».

« E io pure » disse MacIndoe. « Sostiene che i segni dei denti sulla gola di Olwen sono stati lasciati da lei. È pronto a giurarlo in tribunale ».

Fortescue sembrava respirare a stento. Con voce rotta, disse: « È un bugiardo. Non può sapere quello che ho fatto ».

« Ma lei l'ha fatto, non è vero? ».

Fortescue pronunciò un debole: « Sì ».

« L'ha uccisa non è vero? ».

Ancora più debolmente: « Sì ».

« Ma perché? ».

« Voleva formarsi una famiglia, capisce? Avrebbe parlato e mi avrebbe rovinato ogni cosa: l'impiego, mia moglie... ».

« Ma lei è una vecchia volpe » osservò MacIndoe, « come mai le è successo che...? ».

« Non potevo usare delle precauzioni con quella ragazza » rispose Fortescue. « Si sarebbe subito accorta che la stavo prendendo in giro e che c'erano state altre donne ».

« Vuol dire che era una brava ragazza? Che era innocente? ».

Fortescue era ormai perso del tutto. Tutto quello che ancora poteva fare era tirare avanti, momento per momento. « Non so perché si preoccupi tanto della sua innocenza ».

« Non crede che sia una cosa importante? ».

« No. È come la religione. Non ha mai avuto alcun significato, per me. La gente fa sempre quello che le piace. Se va in chiesa, è perché è portata a farlo ».

« Olwen Hughes andava in chiesa, prima di conoscere lei ».

« Acconsentì ad uscire con me molto in fretta. Lo fece molto volentieri. Forse era annoiata d'andare in chiesa ».

« Aveva conosciuto e voluto bene ad altri uomini, prima di lei. Come l'ha convinta ad abbandonarsi? ».

« Prospettandole il matrimonio ».

« Voleva convincerla ad amarla, il giorno in cui la uccise? ».

« Cercai di convincerla, ma saltò fuori con la storia del bambino ».

« Lei sapeva che l'avrebbe uccisa... e tentò lo stesso di amarla? ».

« Non volevo ucciderla, ma ne fui costretto. Non avrebbe dovuto minacciarmi ».

« L'ha minacciata? ».

« Era decisa a parlare per salvare altre vittime, disse, ma, naturalmente, voleva soltanto vendicarsi ».

« Penso che si sia sbagliato » disse MacIndoe. « Nonostante i suoi successi con le donne, è privo delle più elementari nozioni sul carattere femminile ».

Fortescue aveva cominciato a piangere con lunghi singhiozzi. Si sforzava di non farlo, ma era inutile. Ansimava forte: « Non voglio morire. Non mi lasci morire » lo supplicò. Non era più un bell'uomo, col volto bagnato di lacrime, disperato.

« Di cosa ha paura, se con la morte finisce tutto? ».

« Non voglio morire » gemette Fortescue. Quindi, con enorme stupore di MacIndoe, aggiunse: « Non voglio rivederla. Non posso... ».

« Penso » disse MacIndoe, « che se continua la vita dopo la morte, l'unica persona che avrà pietà di lei sarà Olwen. E lei, Fortescue, deve imparare a sentire compassione per Olwen, per il bambino, per i suoi genitori e amici che hanno tutti sofferto per la sua vanità e il suo amore egoista. Non prova rimorso per quello che ha fatto? ».

La testa di Fortescue era appoggiata alla scrivania e le lacrime (o era sudore?) correvano a rivoli a rovinare le parole scritte in inchiostro: era l'ultima sua distruzione. Le parole gli uscirono in singulti: « Non posso! Non posso! Non ne sono mai stato capace! ».

« Allora, per amore di Dio, e per lei, *provi adesso* » lo supplicò MacIndoe. « Mi creda, non le resta ancora molto tempo per farlo ».

Un poco ancora ne ha, pensava MacIndoe. Ha ancora settimane di sofferenza davanti a sé: molte umiliazioni, molta gente che lo guarderà con orrore e lo convincerà con la sua repulsione, una solitudine assoluta e un sacerdote che tenterà di aiutarlo. Le fredde, severe parole della giustizia, e il buon senso pratico dei due uomini che giocheranno a carte con lui nella cella della morte. E ci sarà quel cameratismo mosso dalla pietà: i piccoli atti di gentilezza di coloro che fanno parte della macchina che lo ucciderà, le sigarette, il « su, allegro » e i libri saggi da leggere, se non sarà sconvolto del tutto dal terrore. Se c'è stata una lotta, egli ne ha vinto una parte, ma ora è un prigioniero di guerra e deve sperare in una pietà maggiore di quella che abbia mostrato verso gli altri.

Era quasi finito. Erano passate meno di tre ore da quando erano entrati al circolo del tennis. MacIndoe era molto stanco, ma c'era un'ultima cosa, la più ufficiale, da sbrigare. Disse: « Desidero che ora faccia una dichiarazione scritta, signor Fortescue, ma prima devo avvisarla... ».

X

MacIndoe entrò nella rimessa a marcia indietro e poi spense il motore. Rimase in macchina ancora un istante. Il silenzio era un sollievo per lui: a volte, un vero piacere. Sbadigliò, pensando che l'aveva già fatto un'infinità di volte, durante quel giorno, come se avesse lavorato anche la notte.

Con una chiave nella sinistra ed una valigia nella destra, si avviò verso casa. Nel giardinetto antistante, i fiori erano appassiti e il prato era stato tagliato. La porta di casa era aperta. Janet si era accorta del suo arrivo e stava aspettando, timida, nel vano della porta. Non lo avrebbe mai abbracciato, lo sapeva, in pubblico, e così egli chiuse la porta prima di dire una sola parola. Gli riusciva difficile parlare. Era come se tornasse da una battaglia. Ogni cosa era la stessa, ma lui era diverso. Si sentiva infelice. Quelli che ci amano ci vogliono sempre indietro uguali a come siamo partiti, ma non si poteva spiegar loro la battaglia per mezzo di parole. Non c'era proprio niente da fare se qualcuno era morto, se altri erano stati offesi e feriti...

Disse burberamente: « Eccomi a casa ».

« Lo vedo ».

Stettero abbracciati per un lungo momento e MacIndoe sfiorò leggermente la testa della moglie. Come sono piccole e fragili le donne, pensava. Come devono essere astute o belle per saper trattare con gli uomini. Come siamo fragili tutti quanti: il corpo umano è la cosa più delicata che esista. Ebbe una visione, breve e tremenda, del modo in cui Olwen Hughes era morta e dovette fare degli sforzi per togliersela di mente. « State tutti bene? » chiese.

« Ti sembro diversa o c'è qualcosa che non va? ».

« No, grazie a Dio, mi sembri la stessa ».

« Non dovresti parlare così ».

« Ma se lo penso ».

« Be', non dovresti ».

« Che cosa è successo, mentre sono stato via? ».

« Niente di speciale. C'è un invito per la sfilata militare e ha scritto mia sorella. Verrà a Londra fra due settimane e starà con noi ».

« Acc... che orribili notizie! Poliziotti a cavallo e l'arrivo di Edith ».

« Perché non ti piace Edith? » chiese Janet, seria seria. « È la mia gemella, ma non ti è mai stata simpatica. Può darsi che non ti sia simpatica neanch'io ».

MacIndoe le prese la testa fra le mani: « Non dire sciocchezze ».

« Ma se mi assomiglia come una goccia d'acqua ».

« Sciocchina! La sua voce è diversa ».

« Allora vuoi dire che ti piaccio soltanto per la voce? Non ho mai sentito una tale enormità! Hai poi mangiato quei panini che ti diedi? ».

« Certo ».

« E ne hai dato anche qualcuno al signor Baker? ».

« Sì, sì » disse MacIndoe, « li abbiamo mangiati ad Oxford ».

« Come mai ad Oxford? ».

« Non so. Comunque, non era Oxford ».

« Non dovresti dire bugie ».

« Era un posto dell'Oxfordshire ».

« Se non sei sicuro della città, come puoi esserlo della contea? ».

« Vuoi finire la tua inchiesta? Mi sembri una donna poliziotto ».

« Grazie per la cartolina e per la lettera. Sembra un posto grazioso ».

« È abbastanza simpatico ».

« Devi tornarci? ».

« Sì, per il processo ».

« Posso venire con te? È un posto adatto a una vacanza? ». MacIndoe disse in fretta: « No, è meglio che tu non venga ». Lo guardò. « È stata una brutta faccenda? ».

« Sono tutte antipatiche ».

« So cosa vuoi dire ».

« È stata veramente brutta, questa. Non desidero passare là una vacanza. Non lungo il fiume ».

« Era soltanto un pensiero ».

« La ragazza è morta là, capisci? ».

« Avete preso l'assassino? ».

« Sì ».

« Chi è? Un pazzo? Ha perso la testa? ».

« No, molto peggio. Non ha saputo affrontare la sua responsabilità. Non gli importava che gli altri soffrissero. Le diede un bambino e poi se ne spaventò ».

« Allora, li ha uccisi tutti e due? Oh, è tremendo » disse Janet. « Lo condanneranno? ».

« Certo ».

« E la sua famiglia? ».

« La moglie tornerà dai suoi genitori. La cosa più straordinaria » disse MacIndoe, e lo aveva molto stupito,

« è che egli abbia raccontato tutta la vicenda in un quaderno. L'abbiamo trovato nella sua macchina. Descrisse tutto quello che era successo quel giorno, e le parole che le mise in bocca non sono quelle che lei deve aver detto allora, ma quelle che gli diceva da settimane. Le parole che le attribuì erano bellissime... Eppure, sai perché le ha scritte? Perché provassero che razza di sciocca era ».

« È molto strano » osservò Janet. Ma MacIndoe s'accose che non ne afferrava l'eccezionalità. Si deve infatti partecipare alle battaglie per capire la guerra.

Si udì un suono di voci infantili: due bambini si precipitarono nel vestibolo. Il bambino fu più svelto e la sorellina allora strillò, già prossima al pianto, perché avrebbe desiderato essere abbracciata per prima. MacIndoe la sollevò tra le braccia: sempre pronta a passare dalle lacrime al riso, istantaneamente, era quella che aveva maggior bisogno d'affetto. Andrew, serio e tranquillo, aveva già un mondo tutto suo. MacIndoe disse: « Papà vi ha portato qualcosa ».

« Che cosa? » chiese la bambina. « Dimmelo ».

« Indovina ».

« No, dimmelo. Una bambola? ».

« Quasi quasi ».

« Un orso di pezza! ».

Sapeva di aver indovinato: lo desiderava tanto! Quando si hanno otto anni, non solo si hanno le cose che si desiderano, ma si ha perfino il diritto di averle.

« Dov'è, papà? ».

« In macchina ».

« Vado a prenderlo ».

MacIndoe tolse da una tasca dell'impermeabile una automobilina e la tese ad Andrew.

« Grazie, papà. A cosa serve la croce rossa? ».

« È un'autoambulanza. Sapevo che non l'avevi ».

« Ma a cosa serve un'autoambulanza? ».

« Per quando la gente si fa male ».

« Giocando? ».

« Sì ».

« Quali persone si fanno male? ».

MacIndoe rispose: « Credo che, forse, si fanno male tutti ».

Indice

Questo volume è stato stampato
su carta Palatina
delle Cartiere Miliani di Fabriano
nel mese di marzo 2013

Stampa: Officine Grafiche soc. coop., Palermo

Legatura: LE.I.MA. s.r.l., Palermo

La memoria

1 Leonardo Sciascia. Dalle parti degli infedeli
2 Robert L. Stevenson. Il diamante del Rajà
3 Lidia Storoni Mazzolani. Il ragionamento del principe di Biscari a Madama N.N.
4 Anatole France. Il procuratore della Giudea
5 Voltaire. Memorie
6 Ivàn Turghèniev. Lo spadaccino
7 Il romanzo della volpe
8 Alberto Moravia. Cosma e i briganti
9 Napoleone Bonaparte. Clisson ed Eugénie
10 Leonardo Sciascia. Atti relativi alla morte di Raymond Roussel
11 Daniel Defoe. La vera storia di Jonathan Wild
12 Joseph S. Le Fanu. Carmilla
13 Héctor Bianciotti. La ricerca del giardino
14 Le avventure di Giuseppe Pignata fuggito dalle carceri dell'Inquisizione di Roma
15 Edmondo De Amicis. Il "Re delle bambole"
16 John M. Synge. Le isole Aran
17 Jean Giraudoux. Susanna e il Pacifico
18 Augusto Monterroso. La pecora nera e altre favole
19 André Gide. Il viaggio d'Urien
20 Madame de La Fayette. L'amor geloso
21 Rex Stout. Due rampe per l'abisso
22 Fiòdor Dostojevskij. Il villaggio di Stepàncikovo
23 Gesualdo Bufalino. Diceria dell'untore
24 Laurence Sterne. Per Eliza
25 Wolfgang Goethe. Incomincia la novella storia
26 Arrigo Boito. Il pugno chiuso
27 Alessandro Manzoni. Storia della Colonna Infame
28 Max Aub. Delitti esemplari
29 Irene Brin. Usi e costumi 1920-1940
30 Maria Messina. Casa paterna
31 Nikolàj Gògol. Il Vij
32 Andrzej Kuśniewicz. Il Re delle due Sicilie
33 Francisco Vásquez. La veridica istoria di Lope de Aguirre
34 Neera. L'indomani
35 Sofia Guglielmina margravia di Bareith. Il rosso e il rosa

36 Giuseppe Vannicola. Il veleno
37 Marco Ramperti. L'alfabeto delle stelle
38 Massimo Bontempelli. La scacchiera davanti allo specchio
39 Leonardo Sciascia. Kermesse
40 Gesualdo Bufalino. Museo d'ombre
41 Max Beerbohm. Storie fantastiche per uomini stanchi
42 Anonimo ateniese. La democrazia come violenza
43 Michele Amari. Racconto popolare del Vespro siciliano
44 Vernon Lee. Possessioni
45 Teresa d'Avila. Libro delle relazioni e delle grazie
46 Annie Messina (Gamîla Ghâli). Il mirto e la rosa
47 Narciso Feliciano Pelosini. Maestro Domenico
48 Sebastiano Addamo. Le abitudini e l'assenza
49 Crébillon fils. La notte e il momento
50 Alfredo Panzini. Grammatica italiana
51 Maria Messina. La casa nel vicolo
52 Lidia Storoni Mazzolani. Una moglie
53 Martín Luis Guzmán. ¡Que Viva Villa!
54 Joseph-Arthur de Gobineau. Mademoiselle Irnois
55 Henry James. Il patto col fantasma
56 Leonardo Sciascia. La sentenza memorabile
57 Cesare Greppi. I testimoni
58 Giovanni Verga. Le storie del castello di Trezza
59 Henryk Sienkiewicz. Quo vadis?
60 Benedetto Croce. Isabella di Morra e Diego Sandoval de Castro
61 Diodoro Siculo. La rivolta degli schiavi in Sicilia
62 George Meredith. La vicenda del generale Ople e di Lady Camper
63 Bernardino de Sahagún. Storia indiana della conquista di Messico
64 Andrzej Kuśniewicz. Lezione di lingua morta
65 Maria Luisa Aguirre D'Amico. Paesi lontani
66 Giuseppe Antonio Borgese. Le belle
67 Luisa Adorno. L'ultima provincia
68 Charles e Mary Lamb. Cinque racconti da Shakespeare
69 Prosper Mérimée. Lokis
70 Charles-Louis de Montesquieu. Storia vera
71 Antonio Tabucchi. Donna di Porto Pim
72 Luciano Canfora. Storie di oligarchi
73 Giani Stuparich. Donne nella vita di Stefano Premuda
74 Wladislaw Terlecki. In fondo alla strada
75 Antonio Fogazzaro. Eden Anto
76 Anonimo. Storia del bellissimo Giuseppe e della sua sposa Aseneth
77 Vanni e Gian Mario Beltrami. Una breve illusione
78 Giorgio Pecorini. Il milite noto
79 Giuseppe Bonaviri. L'incominciamento
80 Leonardo Sciascia. L'affaire Moro
81 Ivàn Turghèniev. Primo amore
82 Nikolàj Leskòv. L'artista del toupet
83 Aleksàndr Puškin. La solitaria casetta sull'isola di Vasilij
84 Michaìl Čulkòv. La cuoca avvenente

85 Anita Loos. I signori preferiscono le bionde
86 Anita Loos. Ma... i signori sposano le brune
87 Angelo Morino. La donna marina
88 Guglielmo Negri. Il risveglio
89 Héctor Bianciotti. L'amore non è amato
90 Joris-Karl Huysmans. Il pensionato signor Bougran
91 André Chénier. Gli altari della paura
92 Luciano Canfora. Il comunista senza partito
93 Antonio Tabucchi. Notturno indiano
94 Jules Verne. L'eterno Adamo
95 Manuel Vázquez Montalbán. Assassinio al Comitato Centrale
96 Julian Stryjkowski. Il sogno di Asril
97 Manuel Puig. Agonia di un decennio, New York '78
98 Victor Zaslavsky. Il dottor Petrov parapsicologo
99 Gesualdo Bufalino. Argo il cieco ovvero I sogni della memoria
100 Leonardo Sciascia. Cronachette
101 Enea Silvio Piccolomini. Storia di due amanti
102 Angelo Rinaldi. L'ultima festa dell'Empire
103 Luisa Adorno. Le dorate stanze
104 James M. Cain. Il bambino nella ghiacciaia
105 Enrico Job. La Palazzina di villeggiatura
106 Antonio Castelli. Passi a piedi passi a memoria
107 Wilkie Collins. Tre storie in giallo
108 Friedrich Glauser. Il grafico della febbre
109 Friedrich Glauser. Il tè delle tre vecchie signore
110 Mary Lavin. Eterna
111 Aldo Alberti. La Rotonda dei Massalongo
112 Senofonte. Le Tavole di Licurgo
113 Leonardo Sciascia. Per un ritratto dello scrittore da giovane
114 Mario Soldati. 24 ore in uno studio cinematografico
115 Denis Diderot. L'uccello bianco. Racconto blu
116 Joseph-Arthur de Gobineau. Adelaide
117 Jurij Tynjanov. Il sottotenente Summenzionato
118 Boris Hazanov. L'ora del re
119 Anatolij Mariengof. I cinici
120 I. Grekova. Parrucchiere per signora
121 Corrado Alvaro. L'Italia rinunzia?
122 Gian Gaspare Napolitano. In guerra con gli scozzesi
123 Giuseppe Antonio Borgese. La città sconosciuta
124 Antonio Aniante. La rosa di zolfo
125 Maria Luisa Aguirre D'Amico. Come si può
126 Sergio Atzeni. Apologo del giudice bandito
127 Domenico Campana. La stanza dello scirocco
128 Aldo Alberti. La Lega delle Dame per il trasferimento del Papato nelle Americhe
129 Friedrich Glauser. Il sergente Studer
130 Matthew Phipps Shiel. Il principe Zaleski
131 Ben Hecht. Delitto senza passione
132 Fernand Crommelynck. La martingala rovesciata
133 Rosa Chacel. Relazione di un architetto

134 Walter De la Mare. L'artigiano ideale
135 Ludwig Achim von Arnim. Passioni olandesi
136 Rudyard Kipling. L'uomo che volle essere Re
137 Senofonte. La tirannide
138 Plutarco. Sertorio
139 Cicerone. La repubblica luminosa
140 Luciano Canfora. La biblioteca scomparsa
141 Etiemble. Tre donne di razza
142 Marco Momigliano. Autobiografia di un Rabbino italiano
143 Irene Brin. Dizionario del successo dell'insuccesso e dei luoghi comuni
144 Giovanni Ruffini. Il dottor Antonio
145 Aleksej Tolstoj. Il conte di Cagliostro
146 Mary Lamb. La scuola della signora Leicester
147 Luigi Capuana. Tortura
148 Ljudmila Shtern. I Dodici Collegi
149 Diario di Esterina
150 Madame de Vandeul. Diderot, mio padre
151 Ortensia Mancini. I piaceri della stupidità
152 Maria Mancini. I dispiaceri del Cardinale
153 Francesco Algarotti. Saggio sopra l'Imperio degl'Incas
154 Alessandro Manzoni. Quell'innominato
155 Jerre Mangione. Ricerca nella notte
156 Friedrich Glauser. Krock & Co.
157 Cami. Le avventure di Lufock Holmes
158 Ivan Gončarov. La malattia malvagia
159 Fausto Pirandello. Piccole impertinenze
160 Vincenzo Consolo. Retablo
161 Piero Calamandrei. La burla di Primavera con altre fiabe, e prose sparse
162 Antonio Tabucchi. I volatili del Beato Angelico
163 Fazil' Iskander. La costellazione del caprotoro
164 Ramón Gómez de la Serna. Le Tre Grazie
165 Corrado Alvaro. La signora dell'isola
166 Nadežda Durova. Memorie del cavalier-pulzella
167 Boris Jampol'skij. La grande epoca
168 Vito Piazza. La valigia sotto il letto
169 Eustachy Rylski. Una provincia sulla Vistola
170 Jerzy Andrzejewski. Le porte del paradiso
171 Madame de Caylus. Souvenirs
172 Principessa Palatina. Lettere
173 Friedrich Glauser. Il Cinese
174 Friedrich Glauser. Il regno di Matto
175 Gianfranco Dioguardi. Ange Goudar contro l'Ancien régime
176 Palmiro Togliatti. Il memoriale di Yalta
177 Mohandas Karamchand Gandhi. Tempio di Verità
178 Seneca. La vita felice
179 John Fante. Una moglie per Dino Rossi
180 Antifonte. La Verità
181 Evgenij Zamjatin. Il destino di un eretico
182 Gaetano Volpi. Del furore d'aver libri

183 Domostroj ovvero La felicità domestica
184 Luigi Capuana. C'era una volta...
185 Roberto Romani. La soffitta del Trianon
186 Athos Bigongiali. Una città proletaria
187 Antoine Rivarol. Piccolo dizionario dei grandi uomini della Rivoluzione
188 Ling Shuhua. Dopo la festa
189 Plutarco. Il simposio dei sette sapienti
190 Plutarco. Anziani e politica
191 Giuseppe Scaraffia. Il mantello di Casanova
192 Enrico Deaglio. Cinque storie quasi vere
193 Aleksandr Bogdanov. La stella rossa
194 Eáca de Queiroz-Ramalho Ortigão. Il mistero della strada di Sintra
195 Carlo Panella. Il verbale
196 Severino Cesari. Storie per quattro giornate
197 Charlotte Robespierre. Memorie sui miei fratelli
198 Fazil' Iskander. Oh, Marat!
199 Friedrich Glauser. I primi casi del sergente Studer
200
201 Adalbert Stifter. Pietra calcarea
202 Carlo Collodi. I ragazzi grandi
203 Valery Larbaud. Sotto la protezione di san Girolamo
204 Madame de Duras. Il segreto
205 Jurij Tomin. Magie a Leningrado
206 Enrico Morovich. I giganti marini
207 Edmondo De Amicis. Carmela
208 Luisa Adorno. Arco di luminara
209 Michele Perriera.-A presto
210 Geoffrey Holiday Hall. La fine è nota
211 Teresa d'Avila. Meditazioni sul Cantico dei Cantici
212 Mary MacCarthy. Un'infanzia ottocento
213 Giuseppe Tornatore. Nuovo Cinema Paradiso
214 Adriano Sofri. Memoria
215 Carlo Lucarelli. Carta bianca
216 Ameng di Wu. La manica tagliata
217 Athos Bigangioli. Avvertimenti contro il mal di terra
218 Elvira Mancuso. Vecchia storia... inverosimile
219 Eduardo Rebulla. Carte celesti
220 Francesco Berti Arnoaldi. Viaggio con l'amico
221 Julien Benda. L'ordinazione
222 Voltaire. L'America
223 Saga di Eirik il rosso
224 Cristoforo Colombo. Lettere ai reali di Spagna
225 Bernardino de Sahagún. I colloqui dei Dodici
226 Sergio Atzeni. Il figlio di Bakunìn
227 Giuseppe Gangale. Revival
228 Alfredo Panzini. La cagna nera
229 Giovanni Boccaccio, Francesco Petrarca. Griselda
230 Adriano Sofri. L'ombra di Moro
231 Diego Novelli. Una vita sospesa

232 Ousmane Sembène. La Nera di...
233 Eugenio Battisti. Il ricordo d'un canto che non sento
234 Wilkie Collins. Il truffatore truffato
235 Carlo Lucarelli. L'estate torbida
236 Michail Kuzmin. La prodigiosa vita di Giuseppe Balsamo, conte di Cagliostro
237 Nelida Milani. Una valigia di cartone
238 David Herbert Lawrence. La volpe
239 Ghassan Kanafani. Uomini sotto il sole
240 Valentino Bompiani. La conchiglia all'orecchio
241 Franco Vegliani. Storie di animali
242 Irene Brin. Le visite
243 Jorge de Sena. La finestra d'angolo
244 Sergio Pitol. Valzer di Mefisto
245 Cesare De Marchi. Il bacio della maestra
246 Salvatore Nicosia. Il segno e la memoria
247 Ramón Pané. Relazione sulle antichità degli indiani
248 Gonzalo Fernández de Oviedo. Sommario della storia naturale delle Indie
249 Pero Vaz de Caminha. Lettera sulla scoperta del Brasile
250 Felipe Guamán Poma de Ayala. Conquista del Regno del Perù
251 Gabriel-François Coyer. Come il prospero Chinki s'immiserì per la ricchezza della nazione
252 David Hume. Il caso di Margaret, detta Peg, unica sorella legittima di John Bull
253 José Bianco. Ombre
254 Marcel Thiry. Distanze
255 Geoffrey Holiday Hall. Qualcuno alla porta
256 Eduardo Rebulla. Linea di terra
257 Igor Man. Gli ultimi cinque minuti
258 Enrico Deaglio. Il figlio della professoressa Colomba
259 Jean Rhys. Smile please
260 Pierre Drieu la Rochelle. Diario di un uomo tradito
261 J. E. Austen-Leigh. Ricordo di Jane Austen
262 Caroline Commanville. Anche mio zio Gustave Flaubert era un letterato
263 Christopher Morley. Il Parnaso ambulante
264 Christopher Morley. La libreria stregata
265 Madame de Grafigny. Lettere di una peruviana
266 Roger de Bussy-Rabutin. Storia amorosa delle Gallie
267 Antonio Tabucchi. Sogni di sogni
268 Arnold Toynbee. Il mondo e l'Occidente
269 Ugo Baduel. L'elmetto inglese
270 Apuleio. Della magia
271 Giacomo Debenedetti. 16 ottobre 1943
272 Antonio Faeti. L'archivio di Abele
273 Maria Messina. L'amore negato
274 Arnaldo Fraccaroli. Tomaso Largaspugna uomo pubblico
275 Laura Pariani. Di corno o d'oro
276 Luisa Adorno. La libertà ha un cappello a cilindro
277 Adriano Sofri. Le prigioni degli altri
278 Renzo Tomatis. Il laboratorio
279 Athos Bigongiali. Veglia irlandese

280 Michail Kuzmin. Le avventure di Aymé Leboeuf
281 Concetto Marchesi. Il libro di Tersite
282 Lorenza Mazzetti. Il cielo cade
283 Marcella Olschki. Terza liceo 1939
284 Maria Occhipinti. Una donna di Ragusa
285 Steno. Sotto le stelle del '44
286 Antonio Tosti. Cri-Kri
287 Daniel Defoe. La vita e le imprese di Sir Walter Raleigh
288 Ronan Sheehan. Il ragazzo con la ferita all'occhio
289 Marcella Cioni. La corimante
290 Marcella Cioni. Il Narciso di Rembrandt
291 Colette. La gatta
292 Carl Djerassi. Il futurista e altri racconti
293 Voltaire. Lettere d'amore alla nipote
294 Tacito. La Germania
295 Friedrich Glauser. Oltre il muro
296 Louise de Vilmorin. I gioielli di Madame de ***
297 Walter De la Mare. La tromba
298 Else Lasker-Schüler. La gatta rossa
299 Cesare De Marchi. La malattia del commissario
300
301 Zlatko Dizdarević. Giornale di guerra
302 Giuseppe Di Lello. Giudici
303 Andrea Camilleri. La forma dell'acqua
304 Andrea Camilleri. La stagione della caccia
305 Robert Louis Stevenson. Lettera al dottor Hyde
306 Robert Louis Stevenson. Weir di Hermiston
307 Dashiell Hammett. La ragazza dagli occhi d'argento
308 Carlo Bini. Manoscritto di un prigioniero
309 Vittorio Alfieri. Mirandomi in appannato specchio
310 Silvio d'Amico. Regina Coeli
311 Manuel Vázquez Montalbán. Il pianista
312 Ugo Pirro. Osteria dei pittori
313 Irene Brin. Cose viste 1938-1939
314 Enrique Vila-Matas. Suicidi esemplari
315 Sergio Pitol. La vita coniugale
316 Luis G. Martín. Gli oscuri
317 William Somerset Maugham. La villa sulla collina
318 James Barlow. Torno presto
319 Israel Zangwill. Il grande mistero di Bow
320 Pierluigi Celli. Il manager avveduto
321 Renato Serra. Esame di coscienza di un letterato
322 Sulayman Fayyad. Voci
323 Alessandro Defilippi. Una lunga consuetudine
324 Giuseppe Bonaviri. Il dottor Bilob
325 Antonio Tabucchi. Gli ultimi tre giorni di Fernando Pessoa
326 Denis Diderot. Il sogno di d'Alembert. Seguito da Il sogno di una rosa di Eugenio Scalfari
327 Marc Soriano. La settimana della cometa

328 Sebastiano Addamo. Non si fa mai giorno
329 Giovanni Ferrara. Il senso della notte
330 Eduardo Rebulla. Segni di fuoco
331 Andrea Camilleri. Il birraio di Preston
332 Isabelle, Véronique e Marc Soriano. Il Testamour o dei rimedi alla malinconia
333 Maurice Druon. Il bambino dai pollici verdi
334 George Meredith. Il racconto di Cloe
335 Sergio Marzorati. Ritorno a Zagabria
336 Enrico Job. Il pittore felice
337 Laura Pariani. Il pettine
338 Marco Ferrari. Alla rivoluzione sulla Due Cavalli
339 Luisa Adorno. Come a un ballo in maschera
340 Daria Galateria. Il tè a Port-Royal
341 James Hilton. Orizzonte perduto
342 Henry Rider Haggard. Lei
343 Henry Rider Haggard. Il ritorno di Lei
344 Maurizio Valenzi. C'è Togliatti!
345 Laura Pariani. La spada e la luna
346 Michele Perriera. Delirium cordis
347 Marisa Fenoglio. Casa Fenoglio
348 Friedrich Glauser. Morfina
349 Annie Messina. La principessa e il wâlî
350 Giovanni Ferrara. La sosta
351 Romain Colomb. Stendhal, mio cugino
352 Vito Piazza. Milanesi non si nasce
353 Marco Denevi. Rosaura alle dieci
354 Robert Louis Stevenson. Ricordo di Fleeming Jenkin
355 Andrea Camilleri. Il cane di terracotta
356 Francesco Bacone. Saggi
357 Wilkie Collins. Testimone d'accusa
358 Santo Piazzese. I delitti di via Medina-Sidonia
359 Patricia Highsmith. La casa nera
360 Racconti gialli
361 L'almanacco del delitto
362 Baronessa Orczy. Il vecchio nell'angolo
363 Jean Giono. La fine degli eroi
364 Carlo Lucarelli. Via delle Oche
365 Sergio Atzeni. Bellas mariposas
366 José Martí. Il processo Guiteau
367 Marcella Olschki. Oh, America!
368 Franco Vegliani. La frontiera
369 Maria Messina. Pettini-fini
370 Maria Messina. Le briciole del destino
371 Maria Messina. Il guinzaglio
372 Gesualdo Bufalino. La luce e il lutto
373 Christopher Morley. La macchina da scrivere
374 Andrea Camilleri. Il ladro di merendine
375 Pino Di Silvestro. Le epigrafi di Leonardo Sciascia
376 Francis Scott Fitzgerald. La crociera del Rottame Vagante

377 Franz Kafka. Sogni
378 Andrea Camilleri. Un filo di fumo
379 Annie Messina. Il banchetto dell'emiro
380 Lucio Anneo Seneca. Alla madre
381 Tommaso Di Ciaula. Acque sante, acque marce
382 Giovanni Papapietro. L'amica di mia madre
383 Ignazio Buttitta. La vera storia di Salvatore Giuliano
384 Giovanni di Alta Selva. Dolopato ovvero Il re e i sette sapienti
385 Andrea Camilleri. La bolla di componenda
386 Daphne du Maurier. Non voltarti
387 Daphne du Maurier. Gli uccelli
388 Daphne du Maurier. L'alibi
389 Julia Kristeva. Una donna decapitata
390 Alessandro Perissinotto. L'anno che uccisero Rosetta
391 Maurice Leblanc. Arsène Lupin contro la Mafia
392 Carolyn G. Hart. Morte in libreria
393 Fabrizio Canfora, Gotthold Ephraim Lessing. L'educazione del genere umano
394 Maria Messina. Ragazze siciliane
395 Maria Messina. Piccoli gorghi
396 Federico De Roberto. La sorte
397 Federico De Roberto. Processi verbali
398 Andrea Camilleri. La strage dimenticata
399 Andrea Camilleri. Il gioco della mosca
400
401 Andrea Camilleri. La voce del violino
402 Goliarda Sapienza. Lettera aperta
403 Marisa Fenoglio. Vivere altrove
404 Luigi Filippo d'Amico. Il cappellino
405 Irvine Welsh. La casa di John il Sordo
406 Giovanni Ferrara. La visione
407 Andrea Camilleri. La concessione del telefono
408 Antonio Tabucchi. La gastrite di Platone
409 Le carceri dell'Inquisizione
410 Tullio Pinelli. La casa di Robespierre
411 Mathilde Mauté. Moglie di Verlaine
412 Maria Messina. Personcine
413 Pierluigi Celli. Addio al padre
414 Santo Piazzese. La doppia vita di M. Laurent
415 Luciano Canfora. La lista di Andocide
416 D. J. Taylor. L'accordo inglese
417 Roberto Bolaño. La letteratura nazista in America
418 Rodolfo Walsh. Variazioni in rosso
419 Penelope Fitzgerald. Il fiore azzurro
420 Gaston Leroux. La poltrona maledetta
421 Maria Messina. Dopo l'inverno
422 Maria Cristina Faraoni. I giorni delle bisce nere
423 Andrea Camilleri. Il corso delle cose
424 Anthelme Brillat-Savarin. Fisiologia del gusto
425 Friedrich Christian Delius. La passeggiata da Rostock a Siracusa

426 Penelope Fitzgerald. La libreria
427 Boris Vian. Autunno a Pechino
428 Marco Ferrari. Ti ricordi Glauber
429 Salvatore Nicosia. Peppe Radar
430 Sergej Dovlatov. Straniera
431 Marco Ferrari. I sogni di Tristan
432 Ignazio Buttitta. La mia vita vorrei scriverla cantando
433 Sergio Atzeni. Raccontar fole
434 Leonardo Sciascia. Fatti diversi di storia letteraria e civile
435 Luisa Adorno. Sebben che siamo donne...
436 Philip K. Dick. Le tre stimmate di Palmer Eldritch
437 Philip K. Dick. Tempo fuori luogo
438 Adriano Sofri. Piccola posta
439 Jorge Ibargüengoitia. Due delitti
440 Rex Stout. Il guanto
441 Marco Denevi. Assassini dei giorni di festa
442 Margaret Doody. Aristotele detective
443 Noël Calef. Ascensore per il patibolo